LE SECRET
DU DIXIÈME TOMBEAU

MICHAEL BYRNES

LE SECRET
DU DIXIÈME TOMBEAU

*Traduit de l'américain
par Arnaud d'Apremont*

belfond
12, avenue d'Italie
75013 Paris

Titre original :
THE SACRED BONES
publié par Simon and Schuster UK Ltd, Londres.

Si vous souhaitez recevoir notre catalogue
et être tenu au courant de nos publications,
vous pouvez consulter notre site internet :
www.belfond.fr
ou envoyer vos nom et adresse,
en citant ce livre,
aux Éditions Belfond,
12, avenue d'Italie, 75013 Paris.
Et, pour le Canada,
à Interforum Canada Inc.,
1055, bd René-Lévesque-Est,
Bureau 1100,
Montréal, Québec, H2L 4S5.

ISBN : 978-2-7144-4350-2
© Michael Byrnes 2007. Tous droits réservés.
Et pour la traduction française place des éditeurs, 2008.
© Belfond, un département de place des éditeurs, 2008.

Pour Caroline, Vivian et Camille

Prologue

Limassol, Chypre

Avril 1292

Depuis le parapet oriental de la tour carrée de la citadelle de Kolossi, Jacques de Molay contemplait la Méditerranée. Son manteau blanc et sa barbe auburn rayonnante ondulaient dans la brise chaude. À presque cinquante ans, ses traits majestueux – un long nez, des yeux gris pénétrants, un front résolu et des pommettes sculptées – demeuraient étonnamment juvéniles. Toutefois, plusieurs fils d'argent parsemaient déjà sa chevelure courte et drue.

S'il ne pouvait pas apercevoir les rivages de la Terre sainte, il aurait juré humer la délicate fragrance de ses eucalyptus.

Une année s'était écoulée depuis Acre. Un an déjà que la dernière place forte croisée du royaume oriental de Jérusalem était tombée entre les mains du mamelouk[1] égyptien. Le siège avait duré six semaines ; six semaines sanglantes jusqu'au jour où le grand maître Guillaume de Beaujeu avait laissé choir son épée à terre et quitté les murs de la citadelle sous les réprobations de ses hommes. « *Je ne m'enfuis pas*, leur avait répondu Beaujeu. *Je suis mort*[*2]. » Et levant son bras ensanglanté, il avait révélé la

---

1. Titre donné à la dynastie de sultans qui régna sur l'Égypte de 1250 à 1517. En 1250, les mamelouks (un ordre de combattants d'élite d'origine circassienne, né en 1227), mécontents du sultan de l'époque, l'avaient renversé pour mettre à sa place l'un des leurs. Al-Ashraf Salâh al-dîn Khâlil, qui s'empare d'Acre en 1291, est le huitième mamelouk. (Toutes les notes sont du traducteur.)

2. Les mots en italique suivis d'un astérisque sont en français dans le texte.

9

flèche qui s'enfonçait profondément dans son flanc. Alors il s'était effondré pour ne plus jamais se relever.

Maintenant, Molay se demandait si la mort de Beaujeu n'avait pas auguré la destinée de l'Ordre lui-même.

— *Monsieur** ! l'interpella une voix dans son dos.

Molay se retourna. Un jeune scribe se tenait près des marches.

— *Oui** ?

— Il est prêt à vous parler.

Le vieux guerrier hocha la tête avant de descendre à la suite du garçon l'escalier qui s'enfonçait dans les entrailles de la forteresse. Les mailles du haubert qu'il portait sous son manteau cliquetaient à chaque marche. L'adolescent le précéda jusqu'à une chambre voûtée. Au centre de la pièce, sur un lit, le nouveau grand maître, Thibaud Gaudin, était étendu, hagard. L'air fétide empestait le manque d'hygiène et de soins.

Jacques de Molay s'efforça de ne pas regarder les mains osseuses du grand maître, couvertes de plaies béantes. Son visage blême était tout aussi effrayant avec ses yeux jaunâtres enfoncés dans leurs orbites.

— Comment vous sentez-vous ?

Le ton laissait transparaître une cordialité quelque peu forcée.

— Aussi bien que j'en ai l'air.

Gaudin contemplait la croix rouge pattée ornant le manteau de Molay, juste au-dessus de son cœur.

— Pourquoi m'avez-vous fait venir ici ?

Indépendamment de sa triste condition, le grand maître demeurait le premier rival de Molay.

— Pour discuter de ce qui va se passer après ma disparition, répliqua Gaudin d'une voix faible. Il y a des choses que tu dois savoir.

— Tout ce que je sais, c'est que vous refusez de rassembler une nouvelle armée pour reprendre ce que nous avons perdu, rétorqua Molay d'un ton de défi.

— Allons, Jacques. Encore cette histoire ? Le pape est mort et avec lui le dernier espoir d'une nouvelle croisade. Même toi, tu dois admettre que, sans le soutien de Rome, nous n'avons aucune chance de survie.

— Non. Je ne l'accepterai jamais.

Nicolas IV, premier pape franciscain et ardent défenseur des templiers, avait en vain essayé de trouver des soutiens pour une nouvelle croisade. Il avait même organisé des synodes pour tenter de réunir templiers et chevaliers de Saint-Jean[1]. Grâce à ses efforts, il était parvenu à dégager des fonds pour armer vingt navires et il avait même dépêché des émissaires jusqu'en Chine pour sceller des alliances militaires. Seulement, le vieux pape de soixante-quatre ans venait de s'éteindre brutalement, quelques jours plus tôt, à Rome. De cause naturelle, dit-on.

— Beaucoup à Rome soufflent que la mort de Nicolas n'aurait rien d'accidentel, lâcha Gaudin.

Les traits de Molay se figèrent.

— Quoi ?

— Le dévouement du Saint-Père envers l'Église était incontestable, continua Gaudin. Mais il s'était fait beaucoup d'ennemis, particulièrement en France.

Le grand maître souleva une main tremblante.

— Comme tu le sais, le roi Philippe a pris des mesures drastiques pour financer ses campagnes militaires. Il a fait arrêter les juifs pour s'emparer de tout ce qu'ils possédaient[2]. Il a également prélevé un impôt de cinquante pour cent sur le clergé français. Sa Sainteté Nicolas a protesté contre toutes ces mesures…

— Vous n'êtes quand même pas en train de dire que Philippe l'a fait tuer ?

Le grand maître toussa dans sa manche. Quand il laissa retomber son bras, des traces de sang maculaient l'étoffe.

— Philippe ambitionne de soumettre Rome. C'est tout ce qu'il te faut savoir. L'Église doit donc faire face à un problème beaucoup plus grave. Jérusalem devra attendre.

Pendant un long moment, Molay demeura silencieux. Puis il reporta son attention sur le moribond.

— Vous savez ce qui se trouve sous le temple de Salomon. Comment pouvez-vous faire mine de l'ignorer ?

---

1. Les chevaliers de Saint-Jean-de-Jérusalem que l'on devait connaître plus simplement sous le nom d'hospitaliers, avant de devenir l'ordre de Malte.

2. À cette époque, le roi Philippe montrait plutôt une certaine bienveillance à l'endroit des juifs en les défendant contre le clergé chrétien (notamment en 1288, il fit interdire qu'un juif puisse être arrêté sur la simple réquisition d'un moine). C'est en 1306 que, en quête de capitaux, il les fera arrêter et dépouiller de leurs biens.

— Nous ne sommes que des hommes, Jacques. Ce qui se trouve là, Dieu seul peut le protéger. Tu serais fou de croire que nous avons fait quoi que ce soit pour changer cet état de fait.

— Qu'est-ce qui vous donne une telle certitude ?

Gaudin parvint à esquisser un petit sourire.

— Ai-je besoin de te rappeler que pendant des siècles avant notre arrivée à Jérusalem beaucoup d'autres se sont eux aussi battus pour protéger ces secrets ? Nous n'avons joué qu'un petit rôle dans cette transmission... et je suis certain que nous ne serons pas les derniers.

Il marqua une pause.

— Je connais tes intentions. Ta volonté est forte. Les hommes t'écoutent. Quand je serai mort, je ne doute pas que tu essaieras d'imposer tes propres vues.

— N'est-ce pas notre devoir ? N'est-ce pas pour cette raison que nous avons prêté serment à Dieu ?

— Possible. Mais peut-être faut-il révéler ce que nous avons tenu caché au cours de toutes ces années.

Molay se rapprocha du visage blême du grand maître.

— De telles révélations auraient raison de nos croyances !

— Mais à la place pourrait émerger quelque chose de meilleur.

La voix de Gaudin se mua en chuchotement.

— Garde la foi, mon ami. Et remise ton épée au fourreau.

— Jamais.

1

Jérusalem

Aujourd'hui

Salvatore Conte ne s'interrogeait jamais sur les motivations de ses clients. Sa longue expérience lui permettait de rester calme et concentré en toutes circonstances. Mais ce soir, c'était différent. Ce soir, il se sentait préoccupé.

Les huit hommes remontaient les vieilles rues étroites. Tout de noir vêtus, ils progressaient silencieusement sur les pavés grâce aux semelles en caoutchouc de leurs rangers. Armés de fusils d'assaut légers Heckler & Koch XM-8 dotés de chargeurs de cent cartouches et d'un lance-grenades, ils sondaient la pénombre grâce à leurs lunettes à infrarouge. L'histoire suintait de toutes les pierres qui les entouraient.

D'un geste vif de la main, Conte ordonna à ses hommes de s'immobiliser et poursuivit seul.

Il savait que les membres de son équipe partageaient son appréhension. Le nom de Jérusalem avait beau signifier « la Cité de la paix », ce lieu était devenu le cadre de troubles permanents. Chaque rue silencieuse les rapprochait du cœur divisé de la ville.

Les huit hommes étaient arrivés séparément, en provenance de différents pays européens. Ils s'étaient donné rendez-vous deux jours plus tôt dans un appartement loué au nom de « Daniel Marrone », l'un des nombreux pseudos de Conte. Il surplombait la place Battei Makhase, un petit coin tranquille du quartier juif.

13

Dès son arrivée, Conte avait joué au touriste, histoire de se familiariser avec le réseau de ruelles et d'artères sinuant autour de l'immense forteresse rectangulaire de quatorze hectares plantée au centre de la vieille ville fortifiée. Cet ensemble monumental de remparts et de murs de soutènement de trente-deux mètres de haut ressemblait à un monolithe colossal posé sur la crête escarpée du mont Moriah. C'était incontestablement le lopin de terre le plus disputé au monde. Les musulmans le nommaient Haram esh-Sharif, ou « Noble Sanctuaire », mais il était plus connu sous le nom de « Mont du Temple ».

À l'instant de quitter le couvert des maisons pour se retrouver face à l'immense mur occidental, Conte fit signe à deux de ses hommes d'approcher. Les faisceaux des projecteurs fixés à flanc de muraille créaient de grandes poches d'ombre. Ses comparses allaient pouvoir aisément se fondre dans l'obscurité... seulement, les soldats des FDI – les forces de défense israéliennes – pouvaient en faire autant.

Les conflits sans fin opposant Juifs et Palestiniens avaient fait de Jérusalem la ville la plus protégée au monde. Cependant, Conte savait que les FDI étaient composées de jeunes conscrits dont le seul objectif était de tirer leurs trois ans de service obligatoire et que son commando aguerri n'avait rien à craindre d'eux.

Il scruta l'espace devant lui. À travers ses lunettes à vision nocturne, tout le décor baignait dans un vert sinistre. Seuls deux soldats baguenaudaient à une cinquantaine de mètres de là. Armés de M-16, ils étaient revêtus du treillis standard vert olive de leur unité, d'un gilet pare-balles et d'un béret noir. Les deux hommes fumaient des Time Lite – les cigarettes les plus populaires en Israël, mais les plus infectes de l'avis de Conte.

Il tourna son regard vers la porte des Maghrébins, un grand porche percé dans le mur ouest de l'esplanade du Temple. C'était par là qu'il pensait pénétrer dans le sanctuaire. Seulement il comprit tout de suite qu'il ne pourrait atteindre le Mont du Temple sans se faire repérer par les deux gardes.

Glissant doucement ses doigts le long du canon de son XM-8, il le bascula en mode coup par coup et l'épaula. Utilisant le bout incandescent de la cigarette comme repère, il visa la silhouette verte et déplaça le point rouge du laser vers le crâne. Conte savait bien que les balles en titane du XM-8 auraient traversé sans problème la veste en Kevlar du soldat, mais il estimait qu'il n'y avait aucun mérite à tirer dans la poitrine... Et le résultat était plus aléatoire.

La règle était simple.

Une balle. Un mort.

Son doigt pressa doucement la détente. Il y eut un bruit étouffé, un léger recul de l'arme et il vit sa cible tomber à genoux. Au tour de son collègue maintenant.

Celui-ci n'eut même pas le temps de se rendre compte de ce qui se passait. La balle le frappa en pleine face et lui traversa le cerveau.

Conte le regarda s'effondrer à son tour. Il marqua une pause, tendit l'oreille. Tout demeurait silencieux.

Il était fasciné de s'apercevoir une fois de plus combien le mot « défense » était un terme symbolique qui ne servait guère qu'à leurrer le public. En revanche, si son pays natal, l'Italie, avait une compétence militaire dérisoire, il sentait qu'à sa manière, et à lui tout seul, il rétablissait l'équilibre.

Sans traîner, il fit signe à ses hommes, qui accoururent. Il les lança à l'assaut de la rampe d'accès de la porte des Maghrébins. À sa gauche, il voyait la petite place du mur occidental nichée au pied de l'esplanade. Hier, il s'était émerveillé au spectacle des juifs orthodoxes qui se rassemblaient ici, devant le mur des Lamentations. Les hommes séparés des femmes par un rideau, ils venaient pleurer l'ancien Temple qui, selon eux, avait jadis honoré ce saint lieu de sa présence. À sa droite, il apercevait un grand espace dégagé avec tout un réseau de fondations mises au jour : les plus vieilles ruines de Jérusalem.

Au sommet de la rampe, une porte en fer massive fermée par un gros verrou interdisait l'accès à l'esplanade du Temple. En moins de quinze secondes, la serrure fut crochetée et l'équipe s'engouffra dans le tunnel. Quelques instants plus tard, les huit hommes atteignirent l'autre extrémité du boyau et se déployèrent sur la vaste esplanade.

Dépassant silencieusement la grosse mosquée al-Aqsa adossée au mur sud du Mont du Temple, Conte tourna son regard vers le centre du périmètre. Derrière une rangée de grands cyprès se dressait une seconde mosquée, beaucoup plus imposante qu'al-Aqsa : le Dôme du Rocher – symbole des revendications musulmanes sur la Terre sainte. Sa coupole dorée scintillait comme nimbée d'un halo dans le ciel nocturne.

Conte entraîna ses hommes vers l'angle sud-est de l'esplanade du Temple. Ils s'arrêtèrent près d'une grande ouverture. L'escalier moderne qui y était aménagé s'enfonçait dans le ventre de la montagne. Conte écarta les doigts de sa main droite gantée et cinq hommes disparurent sous la surface. Puis il signifia aux deux derniers d'aller s'accroupir dans l'ombre des arbres voisins pour sécuriser le secteur.

En dessous, plus les hommes descendaient, plus l'air s'humidifiait et se rafraîchissait. Une odeur de mousse flottait. Une fois réunis au pied des marches, ils allumèrent les petites lampes halogènes montées sur les fusils d'assaut. Les puissants faisceaux lumineux transpercèrent les ténèbres pour révéler un immense espace voûté. Les énormes piliers de soutènement formaient d'étroites galeries.

Conte se souvint d'avoir lu quelque part que les croisés du XIIe siècle avaient utilisé cette salle souterraine comme écurie. Ses derniers occupants, les musulmans, l'avaient récemment convertie en mosquée[1], mais le décor islamique n'empêchait pas de lui trouver une étonnante ressemblance avec une station de métro.

En faisant courir le rayon de sa torche halogène le long du mur oriental, il repéra avec soulagement les deux sacs de toile brune que le contact local avait promis de déposer à cet endroit.

— Gretner, lança-t-il. Ils sont pour toi.

L'homme, un Viennois de trente-cinq ans, spécialiste des explosifs, s'en empara.

Après avoir remis son fusil en bandoulière, Conte sortit une feuille pliée de sa poche et alluma une lampe-stylo. Le plan dessiné sur le papier indiquait l'emplacement exact de ce qu'il devait récupérer. Il n'aimait pas parler de « vol ». Ce terme, estimait-il, disqualifiait son professionnalisme. Il projeta le rayon de sa lampe sur le mur.

— Ça doit être juste devant nous.

Conte s'exprimait étonnamment bien en anglais. Pour communiquer efficacement sans éveiller les soupçons des

---

1. La mosquée Marwani.

16

Israéliens, il avait exigé de ses hommes qu'ils utilisent exclusivement la langue de Shakespeare.

Coinçant sa lampe-stylo entre ses dents, il récupéra de sa main libre le Stanley Tru-Laser, un appareil de mesure électronique longue distance, accroché à sa ceinture. Dès qu'il eut pressé un bouton sous l'écran LCD, celui-ci s'anima et un fin pinceau laser rouge transperça les ténèbres. Conte avança droit devant lui. Son équipe lui emboîta le pas.

Il traversa la chambre souterraine en diagonale. Les gros piliers l'obligeaient à slalomer. Après avoir fait quelques pas, il s'immobilisa brusquement, vérifia les mesures sur l'écran à cristaux liquides et déplaça lentement le laser jusqu'à ce qu'il ait trouvé le mur sud de la mosquée. Alors il pivota de cent quatre-vingts degrés pour se trouver face au mur nord, les entrailles du Mont du Temple.

— Ce que nous cherchons doit se trouver juste derrière.

2

Salvatore Conte sonda les pierres calcaires du mur de sa paume gantée.

— Qu'en penses-tu ?

Gretner posa ses sacs de toile sur le sol et décrocha l'appareil à ultrasons fixé à sa ceinture. Il le dirigea vers la paroi pour mesurer sa densité. Quelques secondes plus tard, le résultat s'afficha sur l'écran.

— Cinquante centimètres et des poussières.

Conte extirpa une foreuse du premier sac – plus précisément le modèle Flex BHI 822 VR qu'il avait réclamé. Le mandrin était déjà équipé d'un foret à pointe de diamant de 82 mm. Scintillant dans le faisceau de la lampe-stylo, la perceuse paraissait flambant neuve. Conte la tendit à Gretner.

— Cela devrait être un jeu d'enfant pour toi avec ça. Il y a des prises de courant tout le long du mur. La rallonge et l'adaptateur sont dans le sac. À ton avis, il va te falloir combien de trous ?

— La pierre est tendre. Six devraient suffire.

Dans le second sac, Conte récupéra le premier pain gris de plastic C-4. Précautionneusement, il se mit à le modeler en petits cylindres, tandis que l'Autrichien s'attaquait au percement des jointures du mur.

Dix minutes plus tard, six petits trous avaient été remplis d'explosif et rebouchés avec des détonateurs à déclenchement à distance. Après avoir soigneusement essuyé le foret, Gretner posa le Flex contre le mur. Il rejoignit Conte qui s'était mis à couvert derrière les colonnes et distribuait des respirateurs tirés eux aussi du sac. Les hommes se les appliquèrent sur le visage.

Alors, à l'aide d'un mini-émetteur, l'Autrichien déclencha les six explosions simultanées.

La déflagration assourdissante provoqua une avalanche de débris et de poussière.

Conte s'approcha du trou béant. Après avoir dégagé quelques briques branlantes pour élargir le passage, il se glissa dans l'ouverture. Ses compagnons le suivirent en file indienne.

Ils débouchèrent dans une nouvelle chambre envahie par un nuage de poussière qui empêchait d'en distinguer les détails. À peine pouvait-on remarquer que le plafond bas était soutenu par de massifs piliers de pierre. Malgré les masques, les hommes respiraient avec difficulté. L'air diffus était saturé de vapeurs lancinantes de cyclotriméthylène dont l'odeur rappelait celle de l'essence.

Ça faisait manifestement très longtemps que cette salle avait été condamnée, songea Conte. Comment son client avait-il pu avoir connaissance de son existence ? se demanda-t-il un instant. Mais il n'y avait pas une seconde à perdre et il se tourna vers l'homme à sa gauche.

— Éclaire-moi.

La torche balaya la pénombre et révéla une rangée de dix blocs rectangulaires alignés sur le sol contre le mur latéral de la chambre. De couleur crème, chacun faisait environ soixante-dix centimètres de long et s'évasait légèrement vers le haut.

Conte s'arrêta près du dernier et s'agenouilla pour mieux l'observer. Il n'avait pas imaginé identifier aussi facilement celui qu'il devait récupérer. À la différence des neuf autres, il était recouvert de motifs gravés. Conte inclina la tête pour examiner le flanc gauche du coffre de pierre. Il tira une photocopie de sa poche et compara le symbole qui y était dessiné à celui qui ornait le bloc. Ils étaient parfaitement identiques.

— C'est celui-là, annonça-t-il aux autres en remettant le papier dans sa poche. On se dépêche.

Bien qu'ils fussent à bonne profondeur sous le Mont du Temple, Conte savait que le bruit des explosions avait certainement été entendu à l'extérieur.

Gretner s'approcha.

— Ça a l'air lourd.

— Dans les trente-trois kilos.

19

Il renonçait à comprendre comment son client pouvait également connaître ce détail. En se relevant, il s'écarta pour laisser ses hommes opérer.

Après avoir passé la bandoulière de son XM-8 autour de son cou, Gretner disposa un ensemble de sangles de nylon sur le sol. Avec l'aide d'un de ses camarades, il saisit le bloc de pierre pour le déposer sur le harnais. Puis ils soulevèrent le tout.

— Filons maintenant, lança Conte à son équipe.

Ils repassèrent par le trou creusé par l'explosion et retraversèrent la mosquée souterraine. Avant de remonter l'escalier, Conte récupéra tous les respirateurs et les rangea dans le sac.

Au moment d'émerger sur l'esplanade, Conte balaya méticuleusement la zone du regard. Ses deux sentinelles étaient toujours postées dans l'ombre des cyprès. D'un signe, il leur ordonna de courir vers la sortie du sanctuaire.

Le reste du commando s'était regroupé. Ils observèrent leurs camarades disparaître dans le boyau de la porte des Maghrébins. Presque simultanément, ils entendirent des rafales d'armes automatiques en provenance de la place qui longeait le mur des Lamentations et ils virent leurs deux collègues battre en retraite précipitamment.

Un bref moment de silence s'ensuivit.

Puis des cris et de nouvelles salves retentirent à distance.

Intimant au commando de rester immobile, Conte se précipita vers la porte et se jeta à plat ventre en approchant de la sortie du sas. Sans se faire voir, il constata que les parages grouillaient de soldats et de policiers israéliens qui bloquaient la rampe débouchant sur la petite place fermée par le mur occidental. Quelqu'un avait dû trouver les corps des deux soldats des FDI ou entendre la détonation souterraine.

Les Israéliens accroupis attendaient que les intrus fassent un mouvement. La porte des Maghrébins n'était pas la seule voie d'accès à l'esplanade du Temple. Conte réfléchit rapidement à un nouveau plan d'évacuation. Il était certain que les FDI s'étaient déployées devant toutes les portes. Elles n'allaient plus tarder à donner l'assaut.

Suivre le plan initial et récupérer la camionnette de location garée dans la vallée du Cédron n'était plus envisageable. Conte s'éloigna de la porte et fit signe à ses deux guetteurs de rejoindre avec lui le reste du groupe.

Alors qu'il repassait en courant devant la mosquée al-Aqsa, il saisit l'émetteur radio crypté fixé à sa ceinture.

— Répondez Alpha Un. À vous.

Mais le récepteur ne crachota que des parasites. Le mur de la mosquée devait faire interférence et il s'en écarta.

— *Alpha Un...*

La voix hachée était à peine audible.

Conte appuya de nouveau sur le bouton émetteur.

— Si vous m'entendez, nous devons changer de plan. On nous tire dessus.

Il éleva la voix pour articuler aussi distinctement que possible :

— Récupérez-nous à l'angle sud-est de l'esplanade du Mont du Temple, à côté de la mosquée al-Aqsa. À vous.

Il y eut un silence.

Puis encore des parasites.

— *Bien reçu ! Je suis en route*, crachota la voix ténue. *À vous.*

Conte réprima un soupir de soulagement. Juste au-dessus de la petite chaîne de montagnes dentelées au sud, il détecta un vrombissement dans le ciel nocturne.

L'hélicoptère approchait rapidement.

Il bascula son XM-8 en position tir automatique et activa le lance-grenades. Ses hommes l'imitèrent. Il savait que les Israéliens hésiteraient à leur opposer un tir nourri par crainte d'infliger des dommages à ce lieu sacré. Mais son commando n'aurait pas les mêmes réticences.

— Si on veut dégager le secteur, il va falloir repousser ces types, indiqua Conte.

À son signal, les mercenaires se précipitèrent en formation serrée vers la porte, fusil d'assaut en avant.

Dans le lointain, le son haché des pales d'hélicoptère avait attiré l'attention des Israéliens. La plupart avaient déjà aperçu l'ombre noire qui se dirigeait droit sur le Mont du Temple presque en rase-mottes.

Tapis dans l'obscurité au sommet de la rampe d'accès, Conte et ses hommes déclenchèrent un déluge de balles sur les soldats embusqués en dessous d'eux. En quelques secondes, huit Israéliens furent à terre. D'autres filèrent se mettre à couvert autour de la place, tandis que des renforts surgissaient des différentes ruelles des quartiers juif et musulman et se déployaient.

Le Black Hawk de l'aviation israélienne s'éleva soudain au-dessus de l'angle sud-est du sanctuaire fortifié. Les marquages familiers de son flanc camouflé aux couleurs du désert trompèrent momentanément les soldats des FDI. Mais Conte repéra un groupe en train de se positionner au pied du rempart sud-ouest du Mont du Temple. Brusquement, juste à sa droite, l'Anglais Doug Wilkinson, l'assassin de Manchester, eut un mouvement de recul et agrippa le haut de son bras en laissant tomber son XM-8.

Conte se concentra sur la grappe de soldats qui s'apprêtaient à donner l'assaut. Il fit glisser son doigt vers la seconde détente de son arme et la pressa. La grenade fila en laissant derrière elle un arc de fumée et d'étincelles orange avant d'exploser dans une gerbe de fragments de pierre. D'autres grenades partirent presque simultanément. Le barrage ardent d'éclats de pierre et de métal contraignit les Israéliens à battre en retraite dans la plus grande confusion.

Le Black Hawk était maintenant tout près dans le dos du commando. Les pales de son rotor soulevaient une tempête de poussière. L'appareil s'immobilisa sur l'esplanade juste à côté de la mosquée al-Aqsa.

Conte désigna l'hélico à ses hommes.

— Allons-y, hurla-t-il. Déposez le colis à bord !

L'Italien abandonna le dernier sa position près de la porte. De nombreux soldats des FDI surgissaient déjà d'entre les cyprès à l'autre extrémité du Mont du Temple. Ils étaient en train de cerner tous les abords de l'esplanade du Dôme du Rocher.

Ça va se jouer à peu de chose, pensa Conte.

Le sarcophage fut rapidement arrimé dans l'appareil, puis les hommes du commando se hissèrent à bord. Conte se courba pour passer sous les pales et sauta à son tour à l'intérieur.

Sous un tir de barrage intensif, le Black Hawk s'arracha du sol et s'éloigna du Mont du Temple. Rasant le sol de la vallée d'Ha-Ela, il survola l'étendue désertique du Néguev, cap sur le sud-ouest. Volant bas, l'appareil se maintenait bien en dessous du champ des radars, mais même à une altitude supérieure, sa technologie de pointe en matière de brouillage des ondes électromagnétiques le rendait quasiment indétectable.

Quelques minutes plus tard, les premières lumières des villages palestiniens de la bande de Gaza furent en vue. Puis, les plages du territoire palestinien laissèrent rapidement place au miroir sombre de la Méditerranée.

À quatre-vingts kilomètres au large des côtes d'Israël, un yacht à moteur Hinckley de vingt mètres – un modèle fabriqué sur commande – était ancré à l'endroit précis correspondant aux coordonnées qu'on avait entrées dans la console de vol du Black Hawk. Le pilote positionna son appareil à l'aplomb du pont arrière du bateau et l'immobilisa en vol stationnaire.

Le sarcophage fut accroché avec d'infinies précautions à un câble et réceptionné par l'équipage du Hinckley. Puis, l'un après l'autre, les membres du commando empruntèrent le même chemin. Quand vint le tour de Wilkinson, celui-ci cala son bras blessé contre son flanc tandis que Conte l'arrimait au câble. Tout bien considéré, la blessure était relativement bénigne. Dès que l'Anglais atteignit le pont, ce fut au tour de Conte de descendre.

Après avoir déclenché le pilotage automatique en vol stationnaire, le pilote du Black Hawk évacua le cockpit et enjamba les cadavres des deux Israéliens. Quelques heures plus tôt, ignorant qu'un homme armé s'était caché à l'arrière de l'appareil et s'apprêtait à le détourner, ils avaient quitté la base aérienne Sde Dov pour une mission de surveillance de routine le long de la frontière égyptienne.

Une fois la cargaison et les passagers en sûreté à bord, les moteurs du Hinckley furent lancés. Le bateau s'éloigna à petite vitesse. Conte introduisit une grenade dans son XM-8. Il épaula et visa l'hélicoptère qui se trouvait déjà à une cinquantaine de mètres derrière eux. Une seconde plus tard, une boule de feu embrasa le ciel noir : ce que la technologie militaire américaine avait produit de plus sophistiqué ces derniers temps venait d'être pulvérisé.

Fendant les eaux agitées de la Méditerranée, le yacht accéléra pour atteindre sa vitesse de croisière de vingt-deux nœuds et mit le cap au nord-ouest.

Il n'y aurait plus de combats cette nuit-là. Comme Conte l'avait prévu, les Israéliens ne s'attendaient absolument pas à subir une attaque-surprise aussi bien préparée. D'un autre côté, les difficultés inattendues rencontrées, l'évacuation problématique et le nombre de morts venaient d'un coup de faire grimper le montant de ses honoraires.

LUNDI

Trois jours plus tard

3

Tel-Aviv

Le commandant du vol El Al venait d'annoncer la descente vers l'aéroport international Bin-Gourion. Razak bin Ahmed bin al-Tahini regarda par le hublot. La Méditerranée laissait place à un paysage désertique sur fond d'azur.

La veille, il avait reçu un appel téléphonique troublant. On ne lui avait communiqué aucun détail, mais simplement une requête urgente du Waqf[1] – le conseil musulman qui administrait l'Haram esh-Sharif, autrement dit le Mont du Temple. On lui demandait de venir immédiatement à Jérusalem pour apporter son aide dans une affaire sensible.

— Monsieur, l'interpella une voix douce.

Il tourna la tête vers la jeune hôtesse de l'air en tailleur bleu marine et chemisier blanc. Les yeux de Razak s'attardèrent sur l'insigne de la compagnie El Al au revers de la veste : une étoile de David ailée. En hébreu, El Al signifie « Vers le ciel ». C'était aussi une façon de rappeler qu'Israël n'exerçait pas seulement son pouvoir sur la terre.

— Veuillez redresser votre siège, s'il vous plaît, lui demanda-t-elle poliment. Nous allons atterrir dans quelques minutes.

---

1. Avant de s'appliquer au conseil chargé de leur gestion, le terme *waqf* désigne avant tout des biens déclarés inaliénables par leur propriétaire qui leur attribuait une fonction précise qui se devait d'être agréable à Dieu. De ce fait, ils étaient considérés comme appartenant finalement à ce dernier et donc sacrés. Ils étaient confiés au contrôle et à la gestion de *cadis* (agents de l'autorité appartenant à l'organisation judiciaire).

Élevé à Damas, la capitale syrienne, Razak était l'aîné d'une famille très unie de huit enfants. Il épaulait fréquemment sa mère, du fait de l'absence quasi permanente de son père, un diplomate syrien. Avec l'aide de ce dernier, Razak avait entamé une carrière politique en jouant les bons offices entre les factions sunnite et chiite de Syrie, puis dans tout le monde arabe. Après des études de sciences politiques à Londres, il était rentré au Moyen-Orient, où il avait élargi le champ de ses activités. On lui avait notamment confié des missions diplomatiques auprès des Nations unies et il avait servi d'intermédiaire dans des échanges commerciaux entre Arabes et Européens.

Depuis près d'une décennie, Razak s'était retrouvé impliqué dans les affaires les plus sensibles et les plus épineuses de la région. Malgré lui, il était devenu un personnage politique dont l'influence grandissait sans cesse. Dans le monde moderne, il se révélait de plus en plus difficile de respecter les principes de l'Islam : il était constamment confronté aux assauts destructeurs de la mondialisation et surtout à son association pernicieuse avec le fanatisme radical et ses actions terroristes. En endossant son rôle, Razak avait voulu se concentrer exclusivement sur les aspects religieux de l'Islam, mais il avait rapidement compris que le spirituel ne pouvait pas être dissocié du politique.

À quarante-cinq ans, l'homme était profondément marqué par ses responsabilités. Les fils argentés de ses tempes avaient gagné toute sa tignasse noire. Des cernes marquaient ses yeux sombres et graves. De taille et de carrure moyennes, Razak n'était pas un homme sur qui on se retournait. Pourtant, dans de nombreux cercles, son habileté diplomatique laissait une empreinte durable.

Son choix de vie personnel avait représenté un sacrifice important : rapidement, son idéalisme juvénile s'était métamorphosé en un cynisme modéré. Il se remémorait constamment les sages paroles que son père lui avait dites un jour quand il était petit :

— *Le monde est une chose compliquée, Razak, quelque chose qu'il n'est pas facile de comprendre. Mais si tu veux survivre dans ce monde...*

De l'index, il avait désigné un point virtuel dans le lointain.

— ... *tu ne dois jamais compromettre ton esprit, parce que ça, rien ni personne ne peut te l'enlever. C'est le don le plus précieux qu'Allah t'a fait... Et ce que tu accomplis avec, c'est le présent que tu Lui offres en retour.*

Au moment où le train d'atterrissage du Boeing 767 touchait le sol, les pensées de Razak l'avaient ramené aux mystérieux incidents qui, trois jours plus tôt, avaient eu pour cadre la vieille ville de Jérusalem. Les médias du monde entier avaient parlé du violent affrontement du vendredi précédent sur le Mont du Temple. Si l'objet réel de cette agression demeurait éminemment hypothétique, tous les comptes rendus confirmaient que treize soldats des forces de défense israéliennes avaient été tués par un adversaire encore non identifié.

Dans de pareilles circonstances, Razak se doutait que le recours à ses services n'était pas une coïncidence.

Tandis qu'il récupérait sa valise sur le carrousel des bagages du terminal, l'alarme de sa montre retentit. Il l'avait programmée pour qu'elle sonne cinq fois par jour avec chaque fois une sonnerie différente.

Quatorze heures trente.

Après une halte dans les toilettes hommes pour se laver rituellement le visage, les mains et le cou, il se trouva un petit coin tranquille dans le hall et posa son sac. Sa montre était équipée d'une puce GPS couplée à un écran digital miniaturisé. Il rentra les coordonnées idoines et regarda la petite flèche se déplacer sur l'écran jusqu'à se positionner dans la direction de La Mecque.

Levant ses paumes, il prononça deux fois « *Allah Akbar* ». Puis il croisa ses mains sur sa poitrine et entama l'une des cinq séries de prières quotidiennes obligatoires dans la liturgie de l'islam.

— Je porte témoignage qu'il n'y a pas d'autre Dieu qu'Allah, murmura-t-il doucement en se laissant tomber à genoux.

Il s'inclina alors en signe de soumission. Dans la prière, il trouvait une solitude qui faisait taire les bruits environnants. Il en oubliait tous les compromis qu'on lui demandait d'accomplir au nom de sa religion.

Perdu dans sa méditation, il ne se rendit même pas compte qu'il bloquait le passage à un groupe de touristes occidentaux qui l'observaient. Prier avec ferveur semblait un concept totalement étranger à bon nombre de ressortissants du monde moderne. Razak n'était pas surpris que la vision d'un Arabe en costume trois pièces agenouillé pieusement devant une présence invisible puisse si facilement susciter la curiosité des infidèles. Il avait compris depuis bien longtemps que dévotion et monde moderne ne faisaient pas toujours bon ménage.

Dès qu'il eut terminé, il se releva et reboutonna le bouton du haut de sa veste beige.

Deux soldats israéliens le regardèrent avec mépris se diriger vers la sortie. Ils fixaient sa valise à roulettes comme si elle contenait du plutonium. Razak les ignora : leur réaction n'était que la manifestation de la tension extrême qui régnait en ce lieu.

À l'extérieur du terminal, il fut accueilli par un représentant du Waqf, un grand jeune homme aux traits sombres qui le guida jusqu'à sa Mercedes 500 blanche.

— *Assalaamu 'alaykum.*

— *Wa 'alaykum assalaam*, répondit Razak. Ta famille va bien, Akil ?

— Merci, oui. C'est un honneur de vous savoir de retour parmi nous, monsieur.

Akil prit le sac du voyageur et ouvrit la portière arrière. Razak s'engouffra dans l'habitacle climatisé et le jeune Arabe s'installa au volant.

— Nous devrions être à Jérusalem dans moins d'une heure.

À proximité du haut mur de blocs calcaires qui cernait la vieille ville de Jérusalem, le conducteur s'engagea dans un parking et gagna son emplacement réservé. Ils allaient devoir poursuivre à pied, car la plupart des véhicules n'avaient pas le droit de circuler dans le cœur historique de la cité aux ruelles invraisemblablement étroites.

Devant la porte de Jaffa, les gardes des FDI lourdement armés obligèrent Razak et son chauffeur à rejoindre une longue file d'attente. Au niveau de la porte, les deux hommes durent se soumettre à une fouille au corps minutieuse. Le bagage du Syrien fut inspecté et passé au crible d'un scanner portatif. Après un contrôle méticuleux de leurs papiers, on les autorisa finalement à passer sous un détecteur à métaux. Tout le temps que dura la procédure, ils furent suivis par les objectifs des caméras perchées au sommet d'un poteau.

— C'est pire que jamais, indiqua Akil à son compagnon en lui reprenant son bagage. Bientôt, on n'aura plus le droit de rentrer du tout.

Ils s'engagèrent dans un étroit tunnel en forme de L, creusé des siècles plus tôt pour ralentir d'éventuels assaillants. À l'autre extrémité, ils émergèrent dans la fourmilière du quartier chrétien. À mesure qu'il gravissait les rues pavées en pente pour gagner le quartier musulman, Razak reconnaissait les multiples parfums du *souk* voisin : des fragrances mêlées de pain frais, de viande épicée, de tamarin, de charbon de bois et de menthe. Il leur fallut quinze bonnes minutes pour atteindre le grand escalier sur la Via Dolorosa[1] qui montait vers la porte nord du Mont du Temple. Là, d'autres FDI procédèrent à un nouveau contrôle, moins poussé toutefois que le premier.

Tandis qu'il traversait l'immense esplanade du Dôme du Rocher derrière Akil, Razak entendit les cris de manifestants au-delà de l'enceinte. Sans qu'il soit nécessaire de les voir, il devinait que les contestataires s'étaient rassemblés sur la place devant le mur occidental en contrebas et que des effectifs importants de la police de Jérusalem et des FDI devaient être déployés là pour tenir la foule en respect. Les yeux fixés sur le spectaculaire panorama montagneux qu'offrait la situation surélevée du Mont du Temple, il s'efforça de fermer un instant son esprit à tous ces bruits discordants.

— Où doit avoir lieu la réunion ? s'enquit-il.

— Au second étage du bâtiment du Dôme de l'Instruction[2].

Récupérant sa valise, Razak remercia Akil et le quitta au niveau d'une arche solitaire au milieu de l'esplanade. Puis il prit la direction d'un bâtiment trapu de deux étages planté entre les deux mosquées sacrées, le Dôme du Rocher et al-Aqsa.

Après avoir emprunté sa porte nord et gravi une volée de marches, il remonta un étroit corridor jusqu'à une salle discrète. Déjà, il pouvait entendre les voix des officiels du Waqf qui l'attendaient.

À l'intérieur, neuf Arabes étaient assis autour d'une lourde table en teck. Tous avaient au moins la cinquantaine. Certains

---

1. La petite artère qu'aurait empruntée Jésus lors de sa montée au calvaire.
2. Qubbet es-Nahawwiyah, dans l'angle sud-ouest de l'esplanade du Temple, conçu comme une école de littérature arabe.

portaient un costume et un *kaffiyeh* traditionnel sur la tête. D'autres avaient opté pour un turban et une tunique colorée. Quand Razak entra, la pièce devint silencieuse.

À l'extrémité de la table, un grand Arabe barbu à coiffe blanche quitta son fauteuil et leva la main pour saluer l'arrivant.

Razak se porta à sa rencontre.

— *Assalaamu 'alaykum*.

— *Wa 'alaykum assalaam*, répondit l'homme avec un sourire.

Farouq bin Alim Abd al-Rahmaan al-Jamir avait de la prestance. Si l'on ignorait son âge, la plupart de ceux qui le connaissaient lui donnaient environ soixante-cinq ans. Ses yeux gris et vifs trahissaient combien lui pesait le fardeau de nombreux secrets, mais ne révélaient pas grand-chose de ce que l'homme celait au fond de lui-même. Une large cicatrice courait le long de sa joue gauche. Il l'arborait fièrement comme un témoignage des combats auxquels il avait participé. Ses dents anormalement symétriques et blanches étaient manifestement des prothèses.

Depuis que les musulmans avaient reconquis le Mont du Temple, au XIIIᵉ siècle, le Waqf avait administré cet éminent sanctuaire. Un « Gardien » était nommé pour occuper la fonction d'administrateur suprême. Cette responsabilité, qui s'étendait sur tout ce qui touchait au caractère sacré du site, reposait maintenant sur les épaules de Farouq.

Les deux hommes s'assirent et le Gardien présenta les officiels autour de la table à Razak – qui les connaissait déjà tous. Puis Farouq passa directement à l'ordre du jour.

— Je n'ai pas besoin de m'excuser pour t'avoir convoqué si vite.

Il laissa son regard balayer la table. De la pointe de son stylo à bille, il tapotait nerveusement la surface polie du teck.

— Vous êtes tous au courant de l'incident de vendredi dernier.

Un serviteur déposa près de Razak une tasse de café arabe épicé – le fameux *qahwa*.

— Un incident extrêmement troublant, continua le Gardien. Tard dans la soirée, un groupe d'hommes s'est introduit dans la mosquée Marwani. Ils ont utilisé des explosifs pour accéder à une salle secrète dissimulée derrière le mur du fond.

Le vendredi soir, des musulmans de tout Jérusalem devaient être rassemblés sur l'Haram esh-Sharif pour la prière. Ce détail

32

interpellait Razak. Les auteurs de ce forfait voulaient-ils semer la terreur au sein de la communauté musulmane ? Quelle audace fallait-il pour oser profaner un lieu aussi sacré, se demanda-t-il.

— Quel était leur objectif ?

Razak sirotait lentement son café. L'arôme de la cardamome lui emplissait voluptueusement les narines.

— Ils ont, semble-t-il, volé un… objet.

— De quelle sorte ?

Razak préférait les réponses claires.

— Nous y viendrons plus tard, éluda Farouq.

Le Gardien avait l'habitude de ne pas abattre d'emblée toutes ses cartes. Razak le savait d'expérience, mais, comme chaque fois, il aurait de beaucoup préféré qu'il en aille autrement.

— Du travail de pro, alors ?

— Ça y ressemble.

— Les explosions ont-elles endommagé la mosquée ?

— Miraculeusement non. Nous avons immédiatement contacté un maître d'œuvre. Apparemment, les dommages ont été circonscrits au mur.

Razak fronça les sourcils.

— Qui a pu faire ça ? Vous avez une idée ?

Farouq secoua négativement la tête.

— Ce sont les Israéliens, je vous l'ai dit ! explosa un des anciens tremblant de rage, un rictus furieux au coin des lèvres.

Tous les regards se fixèrent sur le vieil homme. Celui-ci regardait ailleurs pour tenter de recouvrer son calme.

— Ce n'est pas certain, le coupa fermement Farouq. Même s'il est exact que des témoins oculaires ont affirmé qu'un Black Hawk israélien a été utilisé pour récupérer les voleurs.

— Quoi ? s'exclama Razak abasourdi.

Farouq confirma d'un hochement de tête.

— Il a atterri sur l'esplanade juste à côté de la mosquée al-Aqsa et il les a emportés.

— Mais n'est-ce pas un espace aérien interdit ?

— Absolument.

Même s'il n'aurait jamais voulu l'admettre, le fait que quelqu'un ait pu réussir une telle opération, particulièrement ici à Jérusalem, impressionnait Razak.

— Comment ont-ils fait ?

— Nous n'avons pas de détails.

On entendit de nouveau le petit tapotement régulier du stylo de Farouq sur le bois de la table.

— Tout ce que nous savons, c'est que l'hélicoptère a été repéré au-dessus de Gaza quelques minutes après le vol. Nous attendons un rapport plus complet des FDI. Mais n'oublions pas que treize Israéliens ont été tués au cours de l'attaque et que beaucoup d'autres ont été blessés, rappela le Gardien à l'assemblée. Des policiers et des soldats des FDI. Pour l'heure et au vu de ce que nous savons, il n'y a pas grand sens à s'imaginer que les Israéliens puissent être responsables de cette affaire.

Un autre ancien prit la parole.

— Cette situation est très compliquée. Ce vol relève clairement de notre compétence. Mais la mort de tant de soldats israéliens est un paramètre qui a aussi son importance.

Il écarta les mains et marqua une pause.

— Les Israéliens sont d'accord pour garder tout ça sous silence, mais ils demandent que nous coopérions en partageant toutes les informations que notre enquête interne pourrait permettre de découvrir.

Razak passa son doigt autour de sa tasse et leva les yeux.

— Je suppose que la police a déjà entamé ses enquêtes préliminaires ?

— Naturellement, répondit Farouq. Ils sont arrivés quelques minutes à peine après l'explosion. Le problème, c'est qu'ils ne nous ont encore fourni aucun élément concluant. Nous les soupçonnons de dissimuler des faits importants. C'est pour ça que nous t'avons convoqué. La confrontation paraît inévitable.

— Si seulement…, commença Razak.

— Le temps est limité, le coupa un autre membre du Waqf à la chevelure argentée et fournie. Comme les deux camps sont concernés, les médias ne vont pas tarder à tirer leurs propres conclusions. Et nous savons bien dans quelle direction elles iront.

Ses yeux graves firent le tour de la table en quête d'assentiment.

— Razak, vous savez à quel point notre position est fragile, ici à Jérusalem. Vous voyez ce qui se passe dehors dans les rues. Notre peuple compte sur nous pour protéger la ville.

Il tapa deux fois la table avec son index.

— Personne ne peut savoir comment ils réagiront. Contrairement à nous... *à la plupart d'entre nous...*

Il s'était tourné vers le premier ancien à avoir parlé, encore empourpré de rage.

— ... ils penseront que les Israéliens sont responsables.

Farouq reprit la parole.

— Vous pensez bien que le Hamas et le Hezbollah sont tous les deux impatients de mettre cette affaire sur le dos des juifs.

Son visage s'assombrit.

— Ils veulent que nous les soutenions et que nous désignions les Israéliens comme responsables afin d'alimenter leur lutte pour la libération de la Palestine.

La situation était encore pire que Razak ne l'avait imaginé. Les tensions demeuraient exacerbées entre Israéliens et Palestiniens. En s'opposant ostensiblement à l'occupation israélienne, tant le Hamas que le Hezbollah avaient recueilli de nombreux soutiens au cours des dernières années. Cet incident allait sûrement relancer de plus belle l'agitation politique qu'ils entretenaient. Razak essaya de ne pas penser aux conséquences encore plus radicales que cette affaire risquait de provoquer. Le Waqf se retrouvait maintenant coincé au centre d'un imbroglio extrêmement complexe – une situation que même Razak jugeait effroyablement délicate.

— Qu'attendez-vous de moi ? demanda-t-il à chacun des hommes présents autour de la table.

— Que vous trouviez qui a volé la relique, reprit l'ancien à la voix douce. Nous avons besoin de savoir qui a commis ce forfait pour que justice soit rendue. Notre peuple mérite qu'on lui explique pourquoi un lieu aussi sacré a été si odieusement profané.

Un silence s'ensuivit. Par la fenêtre, Razak pouvait entendre les cris lointains des manifestants. On aurait dit des voix remontant du tombeau.

— Je vais faire le nécessaire, assura-t-il. D'abord, j'ai besoin de voir où ça s'est passé.

Farouq se leva.

— Je t'y conduis immédiatement.

4

Cité du Vatican

Charlotte Hennesey résistait de toutes ses forces contre les huit heures implacables de décalage horaire. Elle avait déjà pris trois espressos, mais ils n'avaient pas suffi à la remettre d'aplomb.

Conformément aux instructions reçues, elle attendait dans sa chambre qu'on vienne la chercher. Contrastant avec la limousine et la première classe de l'avion qui l'avaient amenée de Phoenix à Rome, sa chambre dans la résidence Domus Sanctae Marthae [1] du Vatican était pour le moins dépouillée. Des murs blancs, un ameublement en chêne d'une grande simplicité, un petit lit et une table de nuit. Mais elle disposait quand même de sa propre salle de bains et d'un petit réfrigérateur.

Assise à la fenêtre baignée de soleil, elle regardait les toits de tuile des quartiers ouest de l'agglomération romaine. Le vol lui avait permis d'achever son roman – *Saint Lendemain*, d'Anne Tyler –, aussi avait-elle entrepris de lire de A à Z l'édition anglaise de l'*Osservatore Romano* [2]. Avec un soupir, elle reposa le journal et tourna son regard vers le réveil digital posé sur la table de nuit. 15 : 18.

Si elle avait hâte de se mettre au travail, elle se demandait bien à quoi une généticienne américaine pouvait être utile ici. En sa

---

1. Maison Sainte-Marthe. Nouvelle résidence souhaitée par le pape Jean-Paul II, notamment pour accueillir dans de meilleures conditions les cardinaux appelés en conclave (qui jusque-là dormaient de manière spartiate dans la basilique Saint-Pierre). En temps normal, la résidence accueille les hôtes du Vatican.
2. Le quotidien d'informations officiel du Vatican.

qualité de directrice du département recherche et développement de la firme BioMapping Solutions, Charlotte avait surtout l'habitude de rendre visite à des sociétés pharmaceutiques ou biotechnologiques afin d'appliquer à leurs propres recherches les dernières découvertes sur le génome humain.

C'était son patron, Evan Aldrich, le fondateur de BMS, qui, deux semaines plus tôt, avait pris l'appel du père Patrick Donovan, un ecclésiastique du Vatican. Après avoir écouté la séduisante proposition du prêtre, Aldrich avait donc demandé à Charlotte de se mettre au service d'un projet éminemment secret. Peu de choses pouvaient détourner Evan Aldrich de ses activités habituelles, a fortiori quand la requête réclamait la mise à disposition d'un de ses meilleurs chercheurs.

On se trouvait pourtant clairement dans cette configuration.

Du haut de son mètre quatre-vingts, Charlotte était une jeune femme mince de trente-deux ans avec des yeux vert émeraude saisissants et un visage hâlé, respirant la santé, sans une ride et encadré par des boucles de cheveux châtains qui lui tombaient sur les épaules. Elle mariait avec une rare harmonie charme et intelligence, ce qui lui avait permis de devenir le porte-parole de sa firme dans un secteur industriel caractérisé par des scientifiques grisonnants. Le domaine de la génétique humaine était souvent mal compris et toujours controversé. Alors, au regard de la campagne offensive que menait BMS pour promouvoir sa dernière innovation technologique en matière de cartographie génétique, il lui était essentiel d'avoir une bonne image publique.

Récemment, Charlotte avait donc ajouté à sa panoplie de talents les apparitions médiatiques dans les talk-shows et autres programmes d'informations télévisés. Le prêtre du Vatican avait vu une de ses dernières interviews relatives à la reconstruction de la lignée maternelle par la carte ADN mitochondriale. C'était en tout cas ce que lui avait dit son patron en ajoutant que c'était pour cette raison que l'ecclésiastique avait requis ses services.

Maintenant que son temps se partageait entre la recherche et les relations publiques, elle se demandait lequel de ces deux costumes elle était censée endosser ici.

Ses pensées retournèrent à Evan Aldrich.

Dix ans plus tôt, celui-ci avait subitement pris un virage professionnel et abandonné son poste sûr et tranquille de professeur de génétique à l'université de Harvard pour se lancer dans le monde incertain des affaires et il avait opéré cette mutation avec brio. Mais aujourd'hui, pour la première fois, Charlotte s'interrogeait sur les motivations profondes d'Aldrich. Assurément ce n'était pas l'argent, même s'il ramasserait un gros paquet quand BMS finirait par s'introduire en Bourse. Ce qui animait vraiment l'homme, c'était le sens de sa mission, la certitude que le travail qu'il accomplissait et les choix qu'il faisait avaient vraiment de l'importance. C'était cette passion qui l'avait séduite. Sa passion et un authentique charisme ! Et le fait qu'Aldrich ressemblait, selon elle, à une star de ciné ne gâtait rien.

Un peu moins d'un an plus tôt, ils avaient commencé à se fréquenter un peu plus intimement. Tous les deux étaient parfaitement conscients des problèmes que ce type de relation pouvait entraîner dans le travail. S'il était vrai que deux individus puissent être complémentaires, il semblait à Charlotte qu'elle avait trouvé celui qui l'était pour elle : à l'instar des lois de la physique auxquelles il était impossible d'échapper, elle se sentait désespérément attirée par Aldrich. À peine quatre mois plus tôt, tout semblait aller parfaitement entre eux.

Mais le sort lui avait réservé une mauvaise surprise.

Un test sanguin de routine lors de son check-up annuel avait détecté un taux de protéines anormalement élevé dans son sang. Elle avait dû subir des examens complémentaires dont une douloureuse biopsie osseuse. Et le diagnostic terrible était tombé : *myélome multiple*.

Cancer des os.

D'abord, une grande colère l'avait envahie. Après tout, elle était quasiment végétarienne, buvait rarement et faisait du sport comme une folle. Cela n'avait aucun sens, surtout qu'à l'époque elle se sentait parfaitement bien.

Ce n'était plus le cas désormais. Une semaine plus tôt exactement, elle avait commencé à prendre du Melphalan, sa première cure de chimiothérapie à faible dose. Et maintenant, elle avait l'impression de lutter contre une gueule de bois permanente entrecoupée de vagues nauséeuses intermittentes.

Elle n'avait pas eu le cœur de le dire à Evan. Du moins, pas encore. Il lui avait déjà parlé d'avenir, de stabilité et même d'enfants. Seulement, aujourd'hui, tous ces projets paraissaient irréalisables et elle était anéantie. Au cours des toutes dernières

38

semaines, elle s'était laissé de plus en plus envahir par le décou-
ragement. Elle avait besoin d'être absolument certaine de faire
partie des dix pour cent des malades qui triomphaient de cette
maladie avant de s'engager dans quoi que ce soit de plus sérieux
avec lui.

Un petit coup discret frappé contre la porte l'arracha à ses
pensées.

Traversant la pièce à grands pas, elle alla ouvrir. Elle se
retrouva nez à nez avec un individu chauve à lunettes. Il faisait
à peu près sa taille à elle, portait un costume et une chemise
noirs et arborait un visage aussi pâle que lisse. L'homme devait
avoir autour de la cinquantaine, se dit-elle. Son regard fut immédiatement attiré par le col ecclésiastique blanc.

— Bonjour, docteur Hennesey. Je suis le père Patrick
Donovan.

Il s'exprimait avec une pointe d'accent irlandais. Gratifiant la
jeune femme d'un sourire aimable, Donovan lui tendit une main
fine.

Mon admirateur du Vatican, pensa-t-elle.

— C'est un plaisir pour moi de faire votre connaissance, mon
père.

— J'apprécie d'autant votre patience. Veuillez m'excuser
pour le retard. Pouvons-nous y aller ?

— Naturellement.

5

Jérusalem, Mont du Temple

Dans les profondeurs du Mont du Temple, Razak et Farouq se trouvaient au milieu des décombres de la mosquée Marwani. Comme le Gardien l'avait indiqué, les dommages infligés au site étaient considérables, mais circonscrits. Des projecteurs sur pied éclairaient un trou béant d'environ un mètre cinquante de diamètre dans le mur du fond. En le découvrant, Razak avait senti son estomac se nouer.

Il se rappelait sa première visite en ce lieu. Elle remontait à la fin des années 1990. À cette époque, les pierres et les gravats occupaient encore tout l'espace, du sol au plafond. C'était avant que le gouvernement israélien autorise le Waqf à procéder à l'excavation et à la restauration de la mosquée. En échange, des archéologues israéliens avaient pu fouiller le tunnel du mur occidental, un passage souterrain s'enfonçant profondément sous les maisons du quartier musulman et reliant le sud de la place du mur des Lamentations à la Via Dolorosa au niveau du soubassement de l'angle nord-ouest. Comme d'habitude, le compromis avait été accompagné de combats sanglants. Régulièrement, des émeutes avaient opposé Palestiniens et Israéliens à cause de ces fouilles. Plus de soixante-dix soldats et civils y avaient trouvé la mort, dont le meilleur ami de Razak, Ghalib. Celui-ci s'était violemment heurté aux Israéliens qui creusaient sous sa maison aboutée au mur de soutènement occidental du Mont du Temple.

Certains musulmans s'étaient persuadés qu'un démon appelé Jin avait délibérément rempli cette salle souterraine de gravats pour en interdire l'accès. Et maintenant que sa restauration était près d'être achevée, Razak ne pouvait s'empêcher de ressentir une présence malveillante tapie dans les ombres.

Palpant le bord déchiqueté de la brèche, ses doigts rencontrèrent un résidu gluant. De l'autre côté de la trouée, à l'intérieur de la chambre secrète, il n'y avait quasiment pas de gravats.

Farouq s'approcha et lui tendit un morceau de maçonnerie.

— Regarde ça.

Il voulait attirer son attention sur une rainure lisse courant sur toute la longueur d'une brique.

— Les Israéliens ont trouvé une foreuse abandonnée par les voleurs. Ils l'ont utilisée pour faire les trous qu'ils ont remplis d'explosifs.

Razak examina la brique.

— Comment ont-ils pu introduire clandestinement des explosifs au cœur de Jérusalem avec tous les postes de contrôle à franchir ?

— Des explosifs *et* des armes. Nous avons affaire à des gars intelligents.

Farouq se pencha dans la brèche et regarda à son tour à l'intérieur de la chambre secrète.

— Je n'avais pas envie de mentionner ce détail devant les autres, mais, apparemment, ils auraient bénéficié d'une aide interne. Les juifs ont peut-être quand même quelque chose à voir avec cette affaire.

Razak n'en était pas aussi sûr.

— Vous avez dit que la police avait déjà vu ça ?

— La police et le service de renseignement des FDI. Ils ont tout passé au crible ici pendant deux jours.

Leur minutie ne surprenait pas le Syrien.

— Nous attendons encore leur rapport complet, précisa Farouq.

Les deux hommes enjambèrent les gravats pour passer de l'autre côté de la brèche.

D'autres projecteurs sur pied éclairaient la chambre. Celle-ci était visiblement taillée directement dans le calcaire tendre du mont Moriah. De gros piliers de pierre supportaient le plafond rocheux. Les murs étaient vierges de tout ornement. Des effluves d'explosifs flottaient encore dans l'air stagnant.

Razak se tourna vers le Gardien.

— Vous connaissiez l'existence de ce caveau ?

— Absolument pas. Nos fouilles se limitaient à l'intérieur de la mosquée elle-même. Toute autre fouille était strictement interdite.

Farouq n'avait pas cillé un instant, mais Razak savait bien que, par le passé, le Waqf avait pris quelques libertés en ce qui concernait cette question.

Razak repéra un alignement de neuf coffres de pierre le long du mur oriental. Sur les flancs de chacun d'entre eux, on remarquait des signes qui ressemblaient à des caractères hébraïques. Il s'en approcha. Au bout de cet alignement, une légère dépression rectangulaire dans le sol de terre laissait supposer qu'un dixième bloc avait été subtilisé. Le Syrien entreprit d'examiner l'endroit plus attentivement.

Brusquement, une voix retentit de l'autre côté de la brèche.

— Messieurs. Pouvez-vous m'accorder un instant ?

Razak et Farouq se retournèrent vers un homme d'une cinquantaine d'années dont la tête venait d'apparaître devant eux. Une tignasse de cheveux bruns indisciplinés encadrait un visage pâle et ridé par le soleil.

— Excusez-moi. Parlez-vous anglais ?

L'étranger s'exprimait avec un accent anglais quelque peu maniéré.

— Oui.

Razak le rejoignit en deux enjambées.

— Merveilleux, sourit l'inconnu. Ça va faciliter les choses. Mon arabe est un peu rouillé.

Farouq donna un coup de coude à Razak.

— Qui êtes-vous ?

— Mon nom est Barton.

L'homme s'avança dans la brèche.

— Graham Barton. Je...

Le Gardien offusqué leva ses grosses mains.

— Comment osez-vous pénétrer dans ce lieu saint !

Barton s'immobilisa, comme s'il venait de prendre conscience qu'il se trouvait au milieu d'un champ de mines.

— Je suis désolé. Mais si vous me laissez...

— Qui vous a permis d'entrer ?

Razak repassa devant Farouq pour interdire l'accès à la crypte.

— Le commissaire de police israélien. Il m'a envoyé vous aider.

L'homme sortit une lettre à en-tête de la police.

— Un Anglais !

Farouq gesticulait de plus belle.

— Ils envoient un *Anglais* pour nous aider. Après ce qu'ils nous ont fait !

Depuis le temps que Barton travaillait sur des programmes de fouilles en Israël, il avait bien compris qu'ici les Anglais étaient surtout connus pour leur désastreuse tentative de colonisation du début du XXᵉ siècle ; un échec qui n'avait servi qu'à nourrir le ressentiment des Palestiniens envers l'Occident. Les commissures de ses lèvres esquissèrent une grimace.

— Ai-je besoin de vous rappeler, l'avertit Farouq, que cet endroit est interdit aux non-musulmans ?

— Mes affinités religieuses ne sont pas aussi clairement déterminées, objecta Barton.

À une époque, il assistait régulièrement à l'office anglican de l'église de la Sainte-Trinité, dans son quartier londonien de Kensington. Mais cela faisait bien longtemps. Maintenant, il se considérait comme un croyant séculier qui se défiait des autorités religieuses, mais qui cherchait toujours à approfondir sa conviction qu'il existait dans cet univers miraculeux quelque chose de plus grand que lui-même, quelque chose qui le dépassait. Cette quête l'obligeait à écarter des éléments de la plupart des religions, y compris l'islam, même s'il avait une haute opinion de celui-ci.

— Quelle est donc la raison de votre visite ? l'interrogea Razak.

— Je travaille pour l'Autorité pour les antiquités israéliennes, précisa Barton.

Il se disait qu'il avait peut-être eu une très mauvaise idée en acceptant cette mission. Le petit poisson s'était jeté dans la fosse aux piranhas.

— Les antiquités de la Terre sainte sont ma spécialité.

Antiquités *bibliques* aurait été un terme plus adéquat, pensa-t-il. Mais émettre cette nuance devant ces deux hommes n'aurait sans doute pas été judicieux dans les circonstances présentes.

— Je suis assez bien considéré dans mon domaine.

Renommé, pour être plus précis, songea-t-il encore. Formé à Oxford, conservateur en chef des antiquités au British Museum de Londres, son CV se lisait comme un roman, sans parler des innombrables fouilles archéologiques qu'il avait entreprises dans et autour de Jérusalem et de ses contributions régulières dans la *Biblical Archaeology Review*. Peu avant l'incident du vendredi précédent, l'Autorité pour les antiquités israéliennes – l'AAI[1], autrement dit le service responsable des fouilles et des recherches archéologiques en Israël – lui avait octroyé une somme généreuse pour superviser une campagne de numérisation de la totalité des inestimables collections des musées d'Israël. Sagement, il choisit également de ne pas communiquer ce détail.

Les traits de Farouq ne se départaient pas d'une expression méprisante.

— Les passe-droits ne m'impressionnent pas.

— D'accord. Mais je peux vous faire gagner beaucoup de temps, ajouta Barton pour couper court à l'hostilité du Gardien. Et, de toute façon, les FDI et la police israélienne ont fait appel à mes services. On m'a aussi assuré de votre totale coopération. J'ai une lettre d'introduction.

Son ton avait retrouvé davantage d'assurance.

Les yeux de Farouq croisèrent ceux de Razak. Les uns comme les autres trahissaient un vif mécontentement à l'endroit des méthodes sournoises des Israéliens.

— J'ai été informé qu'une ancienne relique a peut-être été la cause de ce qui s'est passé ici.

Barton essayait de regarder par-dessus l'épaule de Razak. De leur côté, les deux musulmans en étaient encore à se demander comment ils allaient pouvoir se débarrasser de cet importun.

— Les voleurs devaient avoir des informations très précises, se lança Barton, pour connaître la localisation exacte d'une salle si bien cachée sous le Mont du Temple. Vous n'êtes pas de mon avis ?

— Un instant, s'il vous plaît.

De l'index, Farouq avait fait signe à l'archéologue de repasser de l'autre côté du trou.

Avec un soupir, Barton se replia dans la mosquée. La politique tortueuse de cette région du monde.

Razak le regarda ressortir de la crypte secrète.

— Étrange. Je me demande s'ils...

---

1. En anglais IAA, Israeli Antiquities Authority.

— C'est un scandale !

Farouq avait rapproché son visage tout près du sien.

— Les Israéliens vous ont parlé de ça ? lui glissa Razak presque à l'oreille.

— Absolument pas. Et je ne le permettrai pas.

Le diplomate syrien inspira profondément. La perspective de laisser ce Barton, apparemment un représentant des autorités juives, intervenir dans une enquête aussi sensible ne lui plaisait pas. Après tout, la police israélienne et les FDI avaient déjà passé deux jours à inspecter la scène du crime sans résultat apparent. Maintenant, ils envoyaient un étranger. Ce Barton n'était peut-être pas là pour se contenter de reprendre leur enquête. Rien ne permettait pour l'heure de dire quels étaient leurs desseins. Cependant, Razak était sûr d'une chose : le temps jouait contre lui, et sa propre connaissance de l'archéologie et des antiquités était, au mieux, limitée.

Farouq se rapprocha encore un peu plus de son coreligionnaire.

— À quoi penses-tu ?

— Nous ne disposons pas de beaucoup de temps. Dès lors que Barton prétend être un expert...

— Et alors...

— Il est évident que les Israéliens savent ce qui s'est passé ici. Peut-être que cet Anglais peut nous fournir des informations. Un point de départ. Nous avons tous intérêt à résoudre rapidement cette affaire.

Le Gardien regardait fixement le sol.

— Razak. La confiance se mérite. Tout homme a besoin de faire la preuve de ce qu'il est. Toi, tu es un homme vertueux. Mais tout le monde n'est pas comme toi. Toi et moi, nous nous accordons une confiance réciproque.

Il dressa l'index pour insister sur un point.

— Mais nous devons nous montrer extrêmement prudents avec ce Barton.

Razak leva un sourcil.

— Naturellement, mais avons-nous vraiment le choix ?

Farouq lui retourna son regard. Finalement, son front se dérida et son expression s'adoucit.

— Il est possible que tu aies raison, se détendit-il avec un long soupir avant d'ajouter : J'aurais simplement préféré qu'il ne soit pas anglais.

Le Gardien se força à sourire.

— Prends sa lettre et va vérifier l'authenticité de son accréditation auprès de la police. Fais comme bon te semble. Je te laisse.

De retour dans la mosquée, Razak récupéra la lettre et demanda à l'Anglais de l'attendre. Puis il rejoignit Farouq au pied de l'escalier.

— Garde un œil attentif sur lui, insista encore une fois le Gardien, le regard fixé sur Barton.

Razak retira sa veste et demanda à Farouq s'il pouvait la rapporter dans son bureau. Il regarda le Gardien gravir les marches et disparaître dans le soleil.

Après avoir remonté ses manches, Razak prit son téléphone portable et composa le numéro du commissaire de police israélien qui avait signé la lettre. Deux transferts plus tard, on le mit en attente avec un air de variétés israéliennes des plus communs. Il voyait Barton faire les cent pas dans la mosquée Marwani. Lui-même se balançait d'une jambe sur l'autre. Le tempo techno de la musique commençait à lui donner la migraine, aussi éloigna-t-il le téléphone de son oreille. Au terme d'une bonne minute, deux petits clics distincts précédèrent une nouvelle sonnerie.

Une forte voix nasillarde retentit dans l'écouteur.

— Major Topol, j'écoute.

Razak fit de son mieux pour expurger les intonations arabes de son anglais presque parfait.

— Je m'appelle Razak bin Ahmed bin al-Tahini. J'ai été mandaté par le Waqf pour superviser l'enquête au Mont du Temple.

— J'attendais votre appel, indiqua le policier entre deux gorgées du café brûlé qu'il buvait dans sa tasse en carton.

Il n'était manifestement pas impressionné.

— J'en déduis que vous avez rencontré M. Barton.

Le franc-parler de son interlocuteur déconcerta Razak.

— Oui.

— C'est un bon... J'l'ai déjà utilisé. Très objectif.

Le Syrien se retint de tout commentaire.

— Je dois vous informer qu'il n'a pas été particulièrement bien accueilli. Nous comprenons le sens de l'intervention de votre département, mais M. Barton a pénétré dans la mosquée sans autorisation.

— Désolé de ne pas vous avoir prévenus, rétorqua Topol qui réprimait un bâillement. Mais Graham Barton a été autorisé à agir en notre nom. Tout est dans la lettre qu'il a en sa possession. Je suis certain que vous comprenez que la nature de ce crime requiert que nous participions conjointement à cette enquête.

— Mais il s'agit d'un archéologue, pas d'un enquêteur, objecta Razak. La police israélienne a déjà analysé la scène du crime.

— C'est vrai. Nos gars sont allés là-bas, reconnut Topol. Mais cette affaire concerne manifestement une relique manquante. Nous sommes la police. Les voitures volées, les cambriolages, les meurtres, on connaît. Mais pas les antiquités. Alors nous avons estimé que les lumières archéologiques de Barton pouvaient être du plus grand profit dans cette conjoncture.

Razak ne répondit rien. Il avait coutume de préférer le silence à la confrontation. Dans une négociation, l'autre lâchait souvent des informations importantes rien que pour combler le silence. La pause lui permit de considérer les arguments de Topol. Pour l'essentiel, ils semblaient sensés.

Le policier baissa la voix.

— Je crois que nous devons tous les deux mettre de côté nos différences pour que justice soit faite.

— Mes collègues et moi-même partageons votre souci. Pouvons-nous être assurés que toutes les informations demeureront confidentielles jusqu'à la fin de nos investigations ?

— Vous avez ma parole. Nous souhaitons une résolution rapide et paisible de cette affaire. Les rumeurs se répandent comme un feu de forêt. Si nous ne faisons pas attention, nous pourrions rapidement avoir sur les bras des problèmes beaucoup plus importants.

— Je comprends.

— Bonne chance à vous.

La ligne téléphonique se tut.

Razak retourna vers l'Anglais qui se tenait près du trou de l'explosion. Les mains dans le dos, il ponctuait de petits sifflements admiratifs sa contemplation de la mosquée Marwani. Barton se tourna vers le Syrien.

— Tout est OK ?

Razak acquiesça de la tête et lui tendit la main.

— Bienvenue, monsieur Barton. Je m'appelle Razak.

6

Cité du Vatican

Parvenus au bout du couloir sombre, Charlotte Hennesey et le père Donovan descendirent deux volées de marches. Ils émergèrent dans le hall d'entrée moderne de la Domus, traversèrent le sol de marbre blanc, dépassèrent un buste du pape Jean-Paul II et sortirent du bâtiment pour se laisser inonder par un généreux soleil d'après-midi.

Charlotte avait l'habitude de la chaleur désertique sèche de Phoenix. Celle de Rome était alourdie d'une humidité oppressante. Mais, surtout, le Vatican exigeait le respect d'un code vestimentaire très strict : les bras, les jambes et les épaules devaient être constamment couverts. Pas de shorts ni de hauts sans manches. C'était comme en fac : pas de bustier tube sans bretelles ni de ventre ou de dos nus. Pour les jours à venir, elle serait au régime pantalon kaki et chemise à manches longues à l'épaisseur extrêmement inconfortable. Chez elle, en Arizona, ses journées s'achevaient typiquement par un bain de soleil en bikini au bord de la piscine à l'arrière de son ranch à l'architecture espagnole. Tout au moins, quand elle se sentait assez bien pour ça. Il était évident que cela n'arriverait pas ici.

— Je suis certain que vous êtes curieuse de savoir pourquoi on vous a demandé de venir au Vatican, remarqua le père Donovan.

— Cette pensée m'a traversé l'esprit, répondit-elle poliment.

— Le Vatican est très compétent en matière de théologie et de foi. Cependant, vous ne serez pas surprise d'apprendre que

49

dans le domaine des sciences naturelles nos aptitudes souffrent d'évidentes lacunes.

Il esquissa un petit sourire contrit.

— C'est parfaitement compréhensible.

Ce prêtre avait l'air d'être une personne aimable, pensa-t-elle. Si son accent irlandais était apaisant, elle remarqua qu'il gesticulait beaucoup. Sans doute le résultat d'années passées en chaire.

Après avoir remonté la Piazza Santa Marta, ils empruntèrent le passage qui contournait l'abside de la basilique. Charlotte s'extasia devant la façade de marbre et de vitraux.

— Prenez mon cas, par exemple, poursuivit-il. *Prefetto di Biblioteca Apostolica Vaticana...* voilà bien une manière emphatique pour dire simplement conservateur en chef de la bibliothèque du Vatican. Mes spécialités, ce sont les livres et l'histoire de l'Église. Je dois confesser que je ne connais pas grand-chose de votre domaine. Mais quand je vous ai vue à la télévision, j'ai été immédiatement convaincu que vous pouviez réellement m'aider dans un dossier dont on m'a demandé de m'occuper.

— Pardonnez-moi, mais je suis étonnée que mon domaine d'expertise intéresse qui que ce soit au Vatican.

— En vérité, les objectifs de la recherche génétique susciteraient bien des réserves au sein de ces murs. Cependant, à la différence de beaucoup d'autres, je me plais à garder un esprit plus ouvert.

— C'est bon à savoir, sourit-elle. Mais expliquez-moi ce que je vais devoir étudier.

Le prêtre ne répondit pas immédiatement. Il laissa d'abord deux ecclésiastiques les dépasser et s'éloigner à bonne distance avant de confier d'une voix douce :

— Une relique.

Un instant, il envisagea de poursuivre, mais décida de s'abstenir pour le moment.

— Il est préférable que vous la voyiez de vos yeux.

Par le Viale del Giardino Quadrato qui les guidait vers le nord, le couple traversa l'oasis de verdure des luxuriants jardins du Vatican. Ils dépassèrent le Casino de Pie IV, la somptueuse résidence d'été néoclassique des papes datant du XVIᵉ siècle. La longue allée rectiligne courait derrière l'imposant musée du Vatican. Charlotte se rappelait avoir lu quelque part que l'immense collection d'œuvres d'art vaticane se trouvait là, à l'intérieur de l'ancien palais Renaissance des papes. C'était aussi ici que des queues ininterrompues de visiteurs du monde entier venaient s'émerveiller devant le spectacle le plus formidable de la cité, la chapelle Sixtine avec ses murs recouverts de fresques narratives et son plafond peint par Michel-Ange.

Charlotte devinait que le père Donovan n'était pas disposé à en dire plus. Aussi, même si elle aurait bien voulu savoir pourquoi le bibliothécaire s'occupait de l'étude des reliques, elle décida de changer de sujet.

— Cet endroit est enchanteur.

Elle admirait les fleurs, les fontaines sculptées, la fantastique architecture Renaissance...

— On se croirait dans un conte de fées, ajouta-t-elle. Vous vivez ici ?

— Oh oui, confirma-t-il.

— Et ça ressemble à quoi la vie au Vatican ?

Le prêtre tourna ses yeux vers elle et lui sourit.

— Le Vatican est un monde autonome. Tout ce dont j'ai besoin se trouve entre ces murs. C'est un peu comme un campus universitaire chez vous, j'imagine.

— Vraiment ?

Il leva ses deux mains.

— Sans la vie nocturne, naturellement, rit-il. Même si je dois admettre que nous avons nos propres équivalents des fraternités estudiantines.

Ils arrivaient au niveau de l'entrée de service du musée. Même à un pas tranquille, ils avaient parcouru six cents mètres en moins de dix minutes. En somme, pratiquement la longueur totale de l'État.

7

Jérusalem, Mont du Temple

Razak ramena l'Anglais vers la brèche. Il lui fit signe de passer le premier.

Dès qu'il fut à l'intérieur, le regard analytique de Barton commença à balayer la chambre.

Razak resta derrière lui, près de l'ouverture. L'atmosphère ténébreuse et souterraine le mettait mal à l'aise.

Enthousiaste, Barton n'hésita pas à livrer d'emblée ses premières impressions.

— À la fin du Ier siècle avant l'ère commune, le roi Hérode le Grand a fait appel à des maîtres architectes de Rome et d'Égypte pour rebâtir le Mont du Temple. C'était une entreprise phénoménale. Elle nécessitait la construction d'une gigantesque esplanade qui incorporerait la masse même de la montagne à l'extrémité nord.

D'un geste, l'archéologue désigna la direction dans son dos.

— Et ils développèrent le projet vers le sud en érigeant d'imposants murs de soutènement là où les pentes du mont Moriah descendaient.

Il pivota pour esquisser un geste identique dans la direction opposée.

— C'est pourquoi l'extrémité sud de l'esplanade peut aisément abriter des salles voûtées, comme l'espace qui est occupé aujourd'hui par la mosquée Marwani. Les archéologues ont longtemps soutenu que d'autres salles semblables devaient exister sous le Mont.

— Êtes-vous en train de me dire que les Israéliens avaient connaissance de l'existence de ce caveau ?

Barton savait que Razak cherchait des suspects, aussi devait-il progresser prudemment. Il savait que des archéologues israéliens avaient procédé à des scannages thermiques sur le Mont qui avaient fait apparaître des anomalies suspectes juste en dessous de la surface. Pour autant, il était quasi certain que cette salle spécifique n'avait pas été détectée.

— Absolument pas. Je suis sûr que s'ils en avaient eu connaissance le Waqf en aurait été informé.

Il pouvait parier que Razak n'en croyait pas un mot.

Barton concentra son attention sur les neuf coffres de pierre. Il s'accroupit pour mieux les étudier l'un après l'autre. Son excitation grandissait à chaque étape de l'examen.

Pendant ce temps, Razak laissait errer son regard sur les murs de roche.

— Selon vous, quel est cet endroit ?

L'Anglais se redressa et laissa échapper un long soupir.

— Nous nous trouvons dans ce qui paraît être une ancienne crypte juive.

Razak serra les bras autour de sa poitrine. L'idée de se trouver au milieu de morts et d'âmes non réconciliées le mettait extrêmement mal à l'aise et ne faisait que renforcer le mauvais pressentiment lancinant qui l'étreignait. Et des juifs, par-dessus le marché ! L'endroit lui sembla instantanément plus petit. Oppressant.

— On dirait bien que vos voleurs ont emporté l'un des occupants permanents de cette crypte.

Barton désignait la dépression rectangulaire dans la poussière à l'extrémité de la rangée. Il n'arrêtait pas de se balancer d'un pied sur l'autre.

— Mais ces boîtes ne sont-elles pas trop petites pour des cercueils ?

— Laissez-moi vous expliquer.

L'archéologue marqua une pause afin de rassembler ses pensées.

— Au cours de l'ancien rituel funéraire juif, le *tahara*, les corps des défunts étaient nettoyés, puis recouverts de fleurs, d'herbes, d'épices et d'huiles. Ensuite, les chevilles, les poignets et les mâchoires étaient liés et on plaçait deux pièces de monnaie sur les yeux.

Il appliqua ses mains sur ses propres paupières.

— Finalement, tout le corps était enveloppé dans de la toile de lin et recouvert d'un linceul.

À ce stade, Barton savait que le corps préparé allait être placé dans une longue niche ou *loculus*[1]. On n'en voyait aucune ici, mais les variantes dans la configuration des tombes n'étaient pas rares et il ne voulait pas compliquer l'affaire pour le plaisir.

Essayant de visualiser les dimensions intérieures des urnes, Razak ne comprenait pas comment un corps pouvait tenir dans un réceptacle aussi étroit.

— Je ne vois toujours pas...

Barton leva la main.

— S'il vous plaît, le coupa-t-il doucement. Ils croyaient que le corps avait besoin d'expier ses péchés qui s'échappaient à mesure que la chair se décomposait. Donc la famille laissait le corps se putréfier pendant un an, délai au terme duquel ils récupéraient les os et les déposaient dans un sarcophage de pierre sacré, un cercueil miniature appelé ossuaire.

Razak le regarda fixement. La pratique funéraire islamique – un enterrement dans les vingt-quatre heures du décès dans une tombe modeste faisant face à La Mecque (et de préférence sans cercueil) – contrastait totalement avec ces anciens rituels juifs sophistiqués.

— Je vois.

Razak se tapota le menton.

— Ce type de funérailles était commun dans cette région, poursuivit Barton. Mais il n'a été pratiqué que sur une courte période, en gros de 200 avant l'ère commune à 70 de l'ère commune. Cela nous aide à dater les ossuaires assez précisément, sans avoir recours à une quantité excessive de tests. Comme vous pouvez le voir...

Barton indiqua du doigt la série d'ossuaires.

— ... les boîtes sont juste assez larges pour accueillir un squelette démembré.

— Pourquoi gardaient-ils les os ?

Razak pensait connaître la réponse, mais il voulait s'en assurer.

----

1. Pluriel, *loculi*.

— Les anciens juifs croyaient fermement en leur résurrection finale, caractérisée par la venue du vrai Messie.

Razak hocha positivement la tête. Les cadavres des musulmans attendaient aussi dans leur tombe le jour du Jugement dernier, ce qui lui rappelait à quel point juifs et musulmans partageaient des racines communes.

— Ce même Messie, ajouta Barton, qui, selon les juifs, doit reconstruire le troisième et ultime temple là-haut, ajouta-t-il, l'index pointé vers la surface du Mont du Temple.

— Cela n'arrivera jamais, rétorqua Razak avec un air de défi.

C'était précisément la réaction que Barton aurait attendue d'un musulman.

— En tous les cas, cette pratique funéraire était considérée comme une préparation en vue de ce jour-là. Sans leurs os, ils n'auraient aucune chance de ressusciter.

— Est-ce que les ossuaires ont de la valeur ?

— Cela dépend. La pierre doit être dans un état irréprochable.

L'archéologue se retourna vers les neuf reliques restantes.

— Ceux-là m'ont l'air excellemment conservés. Ils ne présentent aucune fracture apparente et en plus ils ont encore leurs couvercles. Les gravures peuvent aussi avoir de la valeur. Souvent, un graveur sculptait à la surface une marque indiquant l'identité du défunt. Parfois ils ajoutaient des scènes ou des motifs décoratifs. Si les gravures sont impeccables, cela fait monter les prix.

Barton avait déjà vu des centaines de coffres de pierre similaires retrouvés dans toute la région et beaucoup étaient bien plus impressionnants que ceux-là.

— Ces ossuaires ont l'air parfaitement ordinaires.

— Alors combien peut valoir un seul de ces spécimens ?

Barton se pinça les lèvres.

— Là encore, cela dépend. Peut-être six mille livres ou dix mille dollars, en supposant qu'il puisse être vendu sur le marché des antiquités. Le gros problème, c'est que la relique volée ne va a priori rien avoir de particulièrement extraordinaire. Pour obtenir un prix élevé, il faudrait qu'elle soit en parfait état et que l'acheteur soit un collectionneur passionné ou un musée. Seulement, ces temps-ci, les musées ont tendance à ne plus s'intéresser aux pièces provenant du marché des antiquités.

Razak commençait à s'habituer à l'accent anglais de l'archéologue.

— Pourquoi ?

— En fait, les bonnes pièces sont celles qui ont une provenance absolument fiable. Un acheteur sérieux a besoin de preuves tangibles qu'une relique a été exhumée d'un site spécifique, ce qui valide son authenticité. La terre et les autres objets éparpillés autour d'une fouille archéologique fournissent beaucoup d'indices sur l'âge d'une relique particulière. Si vous retirez la relique de son environnement, alors...

Il haussa les épaules.

Razak s'accroupit. Cela faisait un peu beaucoup à assimiler d'un seul coup.

— En somme, ce que vous êtes en train de me dire, c'est que... la valeur de l'objet dépend en grande partie de la preuve de son origine et donc que cet ossuaire volé risque de ne pas valoir grand-chose sur le marché des antiquités.

Barton acquiesça d'un mouvement de la tête.

— Exactement. La valeur repose aussi fortement sur la qualité du vendeur. Si sa provenance est suspecte, la valeur de l'ossuaire sera considérablement réduite, ce qui signifie que nous pouvons écarter l'hypothèse selon laquelle les voleurs auraient été commandités par un musée ou un collectionneur privé.

Barton regarda le musulman assis sur ses talons. Il se demanda s'il devait ou non l'imiter et s'accroupir. Est-ce qu'il s'attendait à ce qu'il le fasse ? Dans le doute, il choisit de rester debout.

— Les conséquences potentielles sont trop graves. En outre, au cours des deux dernières décennies, des musées européens ont acquis à des prix exorbitants de très nombreuses reliques qui se sont révélées par la suite être des faux.

Razak leva les yeux vers l'Anglais.

— Donc ce serait une absurdité pour eux d'exposer cet ossuaire dans une galerie ?

Barton confirma de la tête.

La valeur marchande discutable de l'objet volé ne collait pas avec le nombre de victimes israéliennes du casse.

— Pourquoi prendre tant de risques, déployer un tel déchaînement de violence, et n'emporter qu'un seul de ces coffres de pierre ? Pourquoi ne pas les avoir tous volés ?

— Bonne question, accorda Barton. C'est précisément ce que vous et moi devons déterminer. J'ai besoin d'analyser les gravures de ceux-ci. J'aurais également besoin d'étudier cette crypte en détail pour trouver des indices. Par exemple, découvrir quelle famille a pu être enterrée ici. À mon avis, les voleurs savaient très exactement quel ossuaire emporter. Cela écarte de la liste de nos suspects les archéologues sérieux qui ne sont pas connus pour faire des trous dans les murs à l'explosif.

Razak s'autorisa un sourire.

— Combien pèse l'un de ces sarcophages ?

— Probablement vingt-deux kilos environ, plus les os, soit un total approximatif de trente-cinq kilos.

— Et comment croyez-vous qu'ils vont l'acheminer ?

— Dans une caisse ordinaire, j'imagine. Ils vont devoir l'envelopper dans une bonne quantité de matériaux d'emballage. Si la caisse quitte Israël par l'un de ses ports, son contenu doit être en mesure de passer la douane sans encombre. Or je me suis laissé dire que, depuis vendredi, toutes les cargaisons en attente d'embarquement sont inspectées pièce par pièce. La nôtre ne passerait jamais au travers.

— Mais il est encore plus probable que les FDI ont fermé toutes les routes immédiatement après l'attaque, ajouta Razak. Donc l'ossuaire ne peut être sorti d'Israël par une voie terrestre.

Une lueur interrogatrice dans les yeux, Barton regarda le Syrien.

— Certes. Mais la police n'a-t-elle pas dit qu'un hélicoptère avait été utilisé pour le vol ?

Razak acquiesça.

— C'est ce que des témoins oculaires ont rapporté.

— Alors ai-je besoin de souligner l'évidence ? Nos voleurs ont pu franchir n'importe quelle frontière.

Les traits de Razak se décomposèrent. En réalité, cette idée lui avait déjà traversé l'esprit, mais il ne voulait pas envisager cette hypothèse.

— Tout est possible.

L'idée que la relique puisse se trouver hors d'atteinte était décourageante. Cette affaire l'entraînait à des lieues de ses tâches habituelles et il maudit intérieurement le Waqf de l'y avoir mêlé.

— Apparemment, des témoins ont aussi rapporté qu'un hélicoptère avait survolé Gaza peu après l'heure de l'attaque.

— Ah, ça, ce n'est pas bon, mon cher, indiqua Barton.

— Effectivement, renchérit sombrement Razak. Surtout quand on sait que l'hélicoptère en question n'est toujours pas revenu.

— Il existe encore une infime possibilité pour que l'ossuaire soit toujours ici en Israël, suggéra l'Anglais.

Razak se releva et épousseta son pantalon.

— Je pense que c'est improbable.

Remarquant l'accablement du délégué musulman, Barton jugea raisonnable de changer de sujet :

— Je ne suis pas expert en scène de crime, mais je crois que l'ossuaire renfermait plus que des os. Et je parierais que nos voleurs savaient exactement ce qu'il contenait.

Il posa une main bienveillante sur l'épaule de Razak.

— Nous allons tirer toute cette histoire au clair. Je vais faire de mon mieux pour déchiffrer ces inscriptions.

Voyant que son geste mettait le Syrien mal à l'aise, il retira sa main.

— Il va vous falloir combien de temps, monsieur Barton ?

— Une heure devrait suffire.

— Retrouvons-nous demain matin, proposa Razak. Un des hommes du Waqf, Akbar, vous attendra au sommet des marches. Il vous escortera ici pour que vous puissiez vous y mettre.

— Vous voulez dire qu'il me surveillera.

Razak ignora la remarque acerbe.

— Je ne vous blâme pas, vous savez, enchaîna Barton, les bras écartés et les paumes tournées vers le ciel. Je sais que ce lieu est sacré et que je ne suis pas musulman.

Le silence, pas la confrontation, se répéta Razak en lui-même.

— Alors, à neuf heures ?

— D'accord.

Razak tendit sa carte de visite à l'archéologue.

— Au cas où vous auriez besoin de me contacter.

Barton regarda le morceau de bristol. Il n'y avait qu'un nom et un numéro de portable.

— Merci. Et pour que les choses soient claires, Razak..., je ne m'intéresse pas à la politique. Je suis archéologue. S'il vous plaît, rappelez-vous simplement que je suis là pour vous aider. Treize hommes sont morts vendredi et, faites-moi confiance, je suis certain que les indices que nous allons trouver ici nous aideront à comprendre pourquoi.

Razak hocha poliment la tête et les deux hommes sortirent de la crypte.

8

Cité du Vatican

Le père Donovan et Charlotte empruntèrent un monte-charge bruyant pour descendre d'un niveau sous le musée du Vatican. Quand les portes s'ouvrirent, le prêtre la précéda dans un long couloir éclairé par une lumière fluorescente qu'elle se serait plutôt attendue à trouver dans un hôpital. Leurs pas résonnaient sur le carrelage de vinyle et les murs blancs immaculés. Le couloir n'était qu'une enfilade de portes. Très probablement des réserves, pensa-t-elle.

— Nous arrivons, indiqua le père Donovan.

Il montrait du doigt une grande porte de métal à l'autre extrémité de la galerie.

Le prêtre glissa une carte magnétique dans un lecteur fixé au châssis de la porte et un lourd verrou s'ouvrit. Donovan poussa la porte et fit signe à l'Américaine d'entrer.

— Vous pouvez conserver cette clé.

Il tendit la carte à Charlotte.

— Elle ouvre aussi la porte de service après les heures d'ouverture. Ne la perdez pas, s'il vous plaît.

Elle acquiesça de la tête et la glissa dans sa poche.

Une fois le seuil franchi, la généticienne se retrouva dans un spacieux laboratoire. Des armoires rutilantes s'alignaient le long des murs. La partie vitrée supérieure de celles-ci accueillait la panoplie du parfait chimiste, récipients, flacons, petites boîtes... Quant aux étagères du bas, elles exhibaient fièrement le dernier cri en matière de gadgets scientifiques. Des lampes halogènes agressives éclairaient les moindres recoins de la pièce et d'imposants postes de travail en acier inoxydable se répartissaient ici et là comme autant d'îlots. Un système de climatisation et de purification de l'air ronflait tranquillement en arrière-fond. Ce dispositif était destiné à éradiquer toute poussière ou toute autre particule de contamination microscopique et à réguler l'humidité et la température du laboratoire.

Si le Vatican ne s'intéressait pas à la science, ce n'était incontestablement pas ici qu'on pouvait s'en rendre compte. Pour tout dire, ce laboratoire était même l'un des espaces de travail les plus impressionnants qu'elle ait jamais vus.

— Voilà la toute dernière annexe du musée, expliqua Donovan. Mais nos résidents n'ont pas encore été admis à y pénétrer.

— Admirable.

— Nos collections d'art nécessitent un entretien constant, poursuivit-il comme s'il voulait se justifier. Beaucoup de sculptures en marbre, de peintures et de tapisseries.

Ses mains s'étaient remises à s'agiter comme s'il déclamait un sermon.

— C'est ici que nos trésors les plus précieux vont être traités pour que les générations futures puissent encore en profiter.

Un homme entra par une porte donnant sur une salle adjacente à l'arrière du laboratoire. Dès qu'il l'aperçut, le prêtre sourit.

— *Ah, Giovanni, come sta ?*

— *Fantastico, padro. E lei ?*

— *Bene, grazie.*

L'aisance avec laquelle le prêtre irlandais passait d'une langue à l'autre impressionna Charlotte. Elle détailla du regard le nouveau venu, un homme d'une cinquantaine d'années, revêtu d'une blouse blanche de laborantin impeccable. Des yeux noisette et d'épais cheveux blancs et gris complétaient un visage agréable qui n'avait pour seules rides que les marques laissées par l'immense sourire permanent qui semblait le caractériser.

— Docteur Giovanni Bersei, j'aimerais vous présenter le Dr Charlotte Hennesey, une généticienne réputée qui nous arrive de Phoenix.

Donovan posa une main sur l'épaule de la jeune femme.

— C'est un plaisir de vous rencontrer, docteur Hennesey, répondit aimablement le dénommé Bersei dans un anglais teinté d'accent.

Il lui tendit la main. Comme beaucoup de ceux qui rencontraient Charlotte pour la première fois, l'Italien fut captivé par ses fascinants yeux émeraude.

— Moi de même.

Gratifiant Bersei d'un chaleureux sourire, elle serra sa main douce. Elle aurait bien voulu lui dire quelque chose en italien, mais elle mesurait à quel point, comme la plupart des Américains, ses aptitudes linguistiques étaient lacunaires, bien qu'à Phoenix elle ait tout de même appris quelques rudiments d'espagnol.

— Le Dr Bersei nous a aidés de nombreuses fois par le passé, précisa le père Donovan. Il est anthropologue et sa spécialité est la culture de la Rome antique.

— Fascinant.

Elle se demanda instantanément comment leurs différentes disciplines pouvaient se compléter. Et de ce fait, elle fut d'autant plus impatiente de voir cette mystérieuse relique que Donovan avait évoquée.

Celui-ci tendit les mains comme si un calice eucharistique invisible venait d'apparaître devant lui.

— Il me faut vous quitter pour environ une heure. Je dois aller réceptionner notre colis à la gare Termini. J'imagine que vous allez pouvoir mieux faire connaissance l'un avec l'autre pendant mon absence.

— Super, s'exclama Charlotte.

Un simple coup d'œil vers Bersei lui permit de constater que cette perspective paraissait tout autant le réjouir.

Avant de se diriger vers la porte, le père Donovan ajouta :

— Je vous retrouve très vite.

Sur ce, le prêtre quitta la pièce.

Charlotte se tourna vers Bersei. L'anthropologue arborait une mine perplexe.

— Vous avez une idée de ce qui nous a amenés vous et moi ici ?

— Aucune, répondit-il avec un haussement d'épaules. Mais je dois admettre que je suis assez curieux. Comme le père Donovan vous l'a dit, j'ai participé à beaucoup de travaux pour le Vatican, mais je n'ai jamais eu à signer d'accords de confidentialité. On vous l'a demandé aussi, je suppose.

— Oui. J'ai moi-même trouvé ça curieux.

Trois pages de renonciation légale à tout ce qui pourrait ressortir de ce projet, estampillées par un sceau pontifical sec et certifiées par un notaire du Vatican. Manifestement, le secret qui devait entourer cette entreprise était bien plus qu'une simple requête accessoire. Elle fut tentée de poser des questions sur le côté financier de l'affaire, mais elle sentit que ce serait sans doute inapproprié. Aldrich n'avait pas dit exactement combien d'argent avait été viré sur le compte professionnel de BMS, mais elle devinait que la somme était importante.

— Et je n'ai assurément jamais été associé à une généticienne. Mais ne croyez pas que je me plaigne de cette situation, bien sûr, s'empressa-t-il d'ajouter.

— Vous vivez à Rome ?

— À deux kilomètres. Je viens en Vespa quand je travaille ici.

Il battit des paupières, ce qui fit rire Charlotte.

— J'espère que vous êtes prudent. Tout le monde a l'air de conduire vite dans le coin.

— Nous sommes les conducteurs les plus dingues d'Europe.

— Alors racontez-moi quels types de travaux vous avez accomplis ici par le passé ?

— Oh, quelques projets divers. Je suppose que mon droit à une petite notoriété me vient de mes articles sur les anciennes catacombes de Rome. Comme une commission du Vatican supervise les sites, j'ai des échanges assez réguliers avec eux. Mais à dire vrai, on m'appelle rarement à l'intérieur même du Vatican. C'est un peu intimidant, non ?

— Certainement, admit-elle. Il y a beaucoup de gardes.

— Ainsi vous êtes généticienne ? Ça a l'air excitant et très actuel.

— Je fais essentiellement des recherches sur le génome humain. J'analyse la structure des cellules et l'ADN pour repérer les anomalies génétiques qui provoquent les maladies.

Bersei se tapota le menton.

— Formidable. L'organisme humain est si remarquable.

— Oui, il m'a toujours fascinée, déjà quand j'étais une petite fille.

— Docteur Hennesey, je ne sais pas vraiment pourquoi le destin nous a réunis, mais j'ai assurément hâte de travailler avec vous.

— Merci. Et, s'il vous plaît, appelez-moi Charlotte.

— Venez.

Il lui fit signe de le suivre dans l'arrière-salle.

— Allons vous chercher une blouse. Je suis certain que le père Donovan sera impatient de commencer dès son retour.

9

Jérusalem

De retour de son entrevue avec l'archéologue, Razak retrouva Farouq dans la salle où le conseil du Waqf s'était réuni plus tôt dans l'après-midi. Le Gardien terminait une conversation téléphonique. Il replaça le combiné sur sa base.

— Alors que penses-tu de Barton ?

Farouq s'assit tranquillement dans un fauteuil.

— Il semble connaître son sujet, répondit Razak.

— C'était Topol, expliqua Farouq avec un mouvement de menton en direction du téléphone. Il s'excusait de ne pas nous avoir contactés plus tôt et proposait de renvoyer Barton si l'homme nous déplaisait. Je lui ai dit que je devais t'en parler d'abord.

Razak savait que Farouq lui demandait indirectement s'il acceptait d'endosser la responsabilité des actions futures de Barton.

— Je pense que nous pouvons lui faire confiance. Il m'a déjà fourni une information de valeur.

— Dois-je répondre à Topol que nous allons coopérer ?

— Cela témoignerait de notre bonne foi, l'encouragea Razak. Après tout, cette affaire affecte les deux camps. Si nous acceptons que les Israéliens s'en mêlent, cela dissipera les soupçons... et retardera toute manifestation violente.

Parfois la politique comme la paix civile reposaient sur la gestion des risques.

— Faites-le surveiller quand même, ordonna Farouq. Sait-il ce qui a été volé ?

— Oui, un ossuaire.

— Quoi ? Une boîte funéraire ? Tous ces problèmes pour un sarcophage ?

— Barton a besoin de temps pour nous dire exactement ce qu'il contenait. Il va inspecter la crypte demain matin pour en apprendre davantage.

— Je vois.

— Avez-vous obtenu des informations concernant l'hélicoptère ?

Farouq secoua la tête négativement.

— Jusqu'à ce que nous sachions ce qui s'est passé, continua Razak, nous devrions réclamer des copies des manifestes de tous les navires qui ont transité dans les ports israéliens au cours des trois derniers jours, à commencer par celui de Tel-Aviv. Et faisons la même chose avec les aéroports. D'après Barton, l'ossuaire devrait peser environ trente-cinq kilos. Il est probable que la caisse fait à peu près un mètre de long sur environ soixante-dix centimètres de large et de hauteur. Cela devrait réduire le champ des recherches.

— Je vais immédiatement demander les copies des mouvements de fret aérien, ferroviaire et maritime, indiqua Farouq sans enthousiasme.

Rechaussant ses lunettes, il griffonna quelques notes sur un bloc.

— Peut-on être sûrs que tous les postes de contrôle routiers étaient ouverts ?

Farouq grimaça.

— Allons, Razak. Comment pourrait-on être sûrs de ça ? Tout ce que je peux affirmer, c'est que tous les véhicules ont été minutieusement inspectés. Mais je doute fort qu'ils aient quitté Jérusalem par la route.

— Vous pensez qu'ils sont sortis du pays avec leur butin dans l'hélicoptère qui a disparu ?

Le fait que Barton lui-même ait mentionné cette hypothèse incitait Razak à l'envisager plus sérieusement.

— Il n'est toujours pas rentré en Israël, donc on peut parier qu'il a filé. Sinon, poursuivit Farouq après une pause, la police étudie un appel téléphonique d'une logeuse du quartier juif. Elle leur a dit qu'un étranger lui avait loué un appartement. Il le partageait avec plusieurs hommes qui, pensait-elle, appartenaient à un groupe de touristes. Ils ont tous disparu dans la nuit de vendredi un peu avant l'aube. La femme de chambre rencontrera demain un expert en portraits-robots.

— Vous pensez que c'est une piste ?

— Peut-être. Mais il a fallu trois jours à la femme pour se manifester. Ça semble un peu curieux.

Farouq consulta son bloc-notes.

— La chambre avait été réservée au nom de Daniel Marrone et on a loué une camionnette à ce même nom, que l'on a retrouvée à l'abandon sur Haofel Road. Je ne serais pas étonné d'apprendre qu'il s'agit d'un pseudo. Les Israéliens ont aussi effectué des tests balistiques sur les munitions retrouvées. Les voleurs étaient armés de fusils d'assaut XM-8. Apparemment des armes très sophistiquées fabriquées par la firme Heckler & Koch pour l'armée US.

— Intéressant.

Les labos des analystes criminels israéliens avaient toujours impressionné Razak. Le souci permanent d'assurer la sécurité de leurs compatriotes avait amené les autorités à faire de lourds investissements dans le domaine des technologies antiterroristes. Ils s'étaient donc notamment dotés d'une base de données très sophistiquée contenant les caractéristiques et les photos de toutes les armes manufacturées connues.

— Mais cela n'a aucun sens, grimaça Razak.

— Que veux-tu dire ?

— Selon Barton, l'ossuaire ne vaut probablement pas plus de quelques milliers de dollars.

— Hmmm !

Farouq médita cette nouvelle information.

— Attendons de voir ce que l'archéologue va trouver...

Le Gardien regarda sa montre.

— ... avant que cette relique ne soit totalement hors d'atteinte.

10

Rome

Sur le large trottoir cimenté longeant la zone de chargement de la Stazione Termini, un jeune bagagiste installait une caisse de bois volumineuse sur un chariot.

— *Tananài*, l'invectiva une voix italienne aiguë. Manipule ça soigneusement.

Clignant dans la lumière vive du soleil estival, l'employé leva la tête vers celui qui venait de le traiter d'abruti. Vêtu d'une chemise blanche et d'un pantalon *chino*, l'homme, un grand costaud, se tenait droit comme un i devant la structure moderne de verre et d'acier du terminal. L'étranger musclé n'avait pas l'air d'un type susceptible de réagir positivement à une réponse bien sentie.

— *Si, signore.*

Une camionnette Fiat blanche se déporta légèrement pour s'arracher au trafic dense de la Via Giovanni Giolitti et vint se ranger le long du trottoir. Le père Patrick Donovan en sauta et se précipita avec enthousiasme vers Conte.

— Tout va bien ?

— Ce serait le cas si les bagagistes voulaient faire leur travail correctement.

Le jeune employé écarquilla les yeux à l'insu de l'Italien impatient.

Conte dévisagea le prêtre avec un air désapprobateur.

— Êtes-vous obligé de vous accoutrer ainsi ? Est-ce que vous avez vraiment besoin d'être si repérable ?

Il regarda les plaques minéralogiques de la camionnette. Ce n'étaient pas des plaques du Vatican. Au moins, sur ce point, Donovan avait bien fait les choses.

Celui-ci haussa les épaules et laissa échapper un long soupir.

Conte fixa un moment le crâne chauve du prêtre luisant dans le soleil.

— Vous devriez mettre une lotion quelconque là-dessus avant que la réverbération ne me brûle les yeux.

L'employé de la gare ricana.

Mais l'ecclésiastique ne goûtait pas la plaisanterie.

— Rendez-vous utile et ouvrez les portes, ordonna Conte à l'Irlandais.

Silencieusement, Donovan se dirigea vers l'arrière de la camionnette. Quel impudent, pensa-t-il. Même s'il n'en attendait pas moins du mercenaire notoire du Vatican. Il détestait l'idée de devoir travailler avec Conte. Un voleur doublé d'un tueur. Sa fréquentation lui donnait la sensation d'être sale. Mais il se rappelait aussi à quel point l'exécution de cette mission était délicate. Il y avait tant en jeu. Et si avoir affaire aux Contes de ce monde faisait partie de ce jeu, alors qu'il en soit ainsi.

— Je m'en occupe, grommela Conte, écartant le porteur d'un geste vif de la main.

Le mercenaire se plaça derrière le chariot et souleva la charge. Les gros muscles saillants de ses bras jouaient sous la peau.

Le voyage de retour avait rendu Conte particulièrement irritable et cette mauvaise humeur n'était toujours pas retombée. Si sortir le colis de Jérusalem avait été une expérience pénible, les deux jours de traversée de la Méditerranée sur une mer agitée n'avaient pas grand-chose à lui envier, avec pour points culminants un mal de mer chronique et une confrontation avec Doug Wilkinson, l'un des membres du commando. Après avoir forcé sur la bouteille, le jeune crétin avait entraîné Conte dehors sur le pont arrière pour une discussion « amicale » à propos de la balle qu'il avait reçue dans son bras droit.

— Bon Dieu, c'est mon bon bras, avait protesté Wilkinson. Maintenant, j'vais me farcir une foutue infection. Vous devriez me payer le triple pour ça. Ce ne serait que justice, avait-il insisté dans un grommellement pâteux.

Ç'aurait peut-être été justice... si Conte ne l'avait pas assommé et balancé par-dessus le bastingage dans l'Adriatique. De l'appât à requin.

Alors après tout ce cirque, Conte n'entendait pas prendre le risque qu'un bagagiste boutonneux renverse ce maudit chargement.

Il poussa le chariot sur le trottoir jusqu'à l'arrière de la camionnette. D'un geste de la main, le mercenaire demanda à Donovan de l'aider à soulever la caisse pour la déposer dans la Fiat. Une fois celle-ci solidement arrimée à l'intérieur, Conte claqua les portes et rapporta le chariot au porteur. Sans lui laisser de pourboire.

Pendant ce temps, Donovan s'était assis sur le siège du conducteur et avait mis le contact. Mais Conte voyait les choses autrement. Avec un profond soupir, il s'approcha de la vitre et fit signe à Donovan de sortir de la camionnette.

Perplexe, l'ecclésiastique s'exécuta.

— Quand je suis ici, vous êtes là, grommela l'Italien en désignant la place du passager. Allez, montez.

Après s'être frayé un passage à travers les rues de Rome, la camionnette avait emprunté le Lungotevere Marzio, le long du Tibre scintillant, en direction du sud. Donovan regardait par la fenêtre. Il essayait de se détendre, mais la caisse sanglée à l'arrière le perturbait. Il espérait, priait même, pour que son contenu soit vraiment authentique. Seuls les scientifiques qu'il était parvenu à faire engager par le Saint-Siège pouvaient le déterminer sans que subsiste le moindre doute.

Au cours des trois derniers jours, le prêtre avait attentivement suivi toutes les nouvelles en provenance de Jérusalem. Chaque fois qu'il entendait parler du nombre de victimes, une vague nauséeuse le submergeait et il priait Dieu de lui pardonner d'avoir laissé une telle chose survenir. Il avait tout fait pour trouver une manière plus diplomatique de faire sortir la relique, mais il n'avait pas été écouté. Les manœuvres politiques dont il avait été témoin au cours de ses douze années de fonctions au Vatican auraient coupé le souffle de Machiavel lui-même.

Cela faisait quinze minutes qu'ils avaient quitté Termini et Conte n'avait pas encore prononcé la moindre parole. Il n'était certainement pas homme à se préoccuper de la première impression qu'il produisait, pensa Donovan, épiant du coin de l'œil l'inquiétant mercenaire. Il retourna son attention vers l'extérieur.

Les yeux du prêtre se posèrent sur le dôme blanc de la basilique Saint-Pierre qui se dressait comme une montagne sur la rive occidentale du Tibre. Saint-Pierre, le cœur de la cité du Vatican, un fanal que l'on pouvait voir de partout à Rome. En 1929, le gouvernement du Vatican, le Saint-Siège, s'était vu accorder les pleins droits de propriété et une souveraineté exclusive sur cette bande de terre par le dictateur fasciste de l'Italie, Benito Mussolini. Le Vatican était ainsi devenu le plus petit État indépendant du monde : une nation en plein cœur d'une autre. Fascinant, pensa Donovan. D'ici, le souverain catholique suprême, le pape, et ses fidèles conseillers, le sacré collège des cardinaux, administraient des opérations d'envergure internationale pour plus d'un milliard de catholiques et entretenaient des relations diplomatiques avec près de deux cents pays autour du globe.

Après avoir traversé le Ponte Umberto I, Conte tourna à angle droit pour longer les remparts massifs du château Saint-Ange bordant le fleuve. La camionnette Fiat remonta le Borgo Pio, puis se dirigea vers la Porta di Sant'Anna, l'une des deux seules entrées gardées pour les véhicules aménagées dans l'enceinte de quinze mètres de haut qui formait un périmètre hermétique de trois kilomètres autour des quarante-quatre hectares de la cité du Vatican. Le véhicule se rangea derrière une courte file de voitures attendant que les gardes suisses les autorisent à passer.

— Regardez-moi ces types, railla Conte. Déguisés comme des clowns.

Si la tenue ordinaire du bataillon des cent gardes suisses du Vatican était l'uniforme bleu et le béret noir, c'était leur uniforme officiel, datant du XVIe siècle, qui leur avait valu le titre d'« armée la plus colorée du monde » : une tunique à bandes violettes et jaunes et un pantalon bouffant des mêmes couleurs avec des manchettes rouges et des gants blancs, le tout surmonté d'un béret de feutre rouge.

Tenter d'expliquer à Conte que respecter la tradition avait un sens aurait été totalement stérile, aussi Donovan préféra-t-il garder le silence. Devant eux, il voyait les gardes entrer et sortir de leurs quartiers juste de l'autre côté de la porte Sainte-Anne.

Il n'y avait rien à craindre, pourtant quand on fit signe à la camionnette d'avancer jusqu'à l'entrée, le rythme cardiaque du prêtre s'accéléra irrationnellement.

Conte s'approcha à faible vitesse du seuil de la cité du Vatican. D'un geste impérieux, un garde lui ordonna de s'arrêter. Il vérifia les plaques minéralogiques, puis fit le tour du véhicule avant de s'arrêter près de la vitre ouverte de Conte.

— Que venez-vous faire ici ? demanda-t-il en italien d'un ton sévère.

Conte lui renvoya un petit sourire narquois.

— Vous n'avez pas vraiment envie de le savoir, répondit-il évasivement. Pourquoi ne le lui demandez-vous pas ?

Il s'appuya contre le dossier de son siège et désigna le prêtre.

Le garde reconnut immédiatement le père Donovan. Celui-ci hocha la tête.

— Tout va bien. Il est avec moi.

— Naturellement, mon père, dit le jeune garde.

Il jeta un dernier regard suspicieux à Conte.

— Bonne journée.

Le Suisse s'écarta de la camionnette et leur fit signe d'avancer.

Conte soupira.

— Quelle bande de bouffons. Ce gamin est encore imberbe. Ils sont plus pathétiques encore que les Israéliens.

La dureté de l'homme inspira un nouveau dégoût à Donovan. Il regrettait amèrement que le cardinal Antonio Carlo Santelli, le *Segretario di Stato*, autrement dit le Secrétaire d'État du Vatican, ait engagé ce mercenaire impitoyable pour une tâche aussi importante. On murmurait que le cardinal Santelli était la main cachée derrière de nombreux scandales du Vatican. Mais personne au sein de la Curie, y compris Santelli, ne semblait savoir grand-chose de Salvatore Conte, même pas si celui-ci était son vrai nom. Certains supposaient qu'il était un agent des services secrets italiens à la retraite.

D'après Santelli, les seules choses certaines concernant Conte étaient sa fiabilité et le numéro de compte à vingt-quatre chiffres qu'il ouvrait spécifiquement pour ses missions dans une banque des îles Caïmans. Dieu seul savait combien de comptes de ce type possédait un homme comme lui, médita Donovan. Il connaissait les avantages financiers généreux concédés pour s'assurer les services des scientifiques, et il était évident que

Santelli ne s'était interdit aucune dépense – que ce soit sur le plan financier... ou humain – pour garantir le succès de cette entreprise.

Le fourgon Fiat s'engagea dans l'artère pavée qui courait derrière le palais apostolique. Il traversa un ensemble de bâtiments bas parmi lesquels se trouvaient notamment la poste et le studio de télévision. Sur les indications de Donovan, Conte emprunta un petit tunnel. Il débouchait sur une allée étroite qui contournait l'immense complexe des musées écrasant de sa masse le secteur nord du Vatican.

Conte gara la camionnette près de l'entrée de service. Il déchargea sa mystérieuse cargaison sur un petit chariot. Le prêtre l'escorta jusqu'au monte-charge et ils gagnèrent le premier sous-sol.

Une fois entré dans le laboratoire, le mercenaire rangea le chariot sur le côté. Le père Donovan qui arrivait immédiatement sur ses talons vit les deux scientifiques venir à leur rencontre.

— Merci d'avoir attendu, dit le père Donovan en anglais. Docteur Giovanni Bersei, docteur Charlotte Hennesey...

Il fit un mouvement de main vers eux, puis vers le mercenaire.

— ... je vous présente Salvatore Conte.

Le prêtre choisit de ne pas s'étendre. Toute autre information que le seul nom de cet assassin aurait déjà été de trop.

Gardant ses distances, Conte se redressa de toute sa hauteur, mains sur les hanches. Ses yeux se fixèrent immédiatement sur Charlotte. Il la détailla de haut en bas, essayant d'imaginer ce qui se trouvait sous sa blouse blanche. Un petit sourire vint errer sur ses lèvres.

— Si mon docteur vous ressemblait, je serais malade toutes les semaines.

Charlotte se força à lui renvoyer un sourire poli, mais dévia au plus vite son attention vers la volumineuse caisse de bois.

— Alors c'est ça ? demanda-t-elle à Donovan.

Ostensiblement embarrassé par la grossièreté de Conte, le prêtre répondit :

— Oui. Je pense qu'il vaudrait mieux ouvrir la caisse sans tarder.

Il se tourna vers Conte avec l'air d'attendre une réaction de lui.

— Vous êtes un homme de Dieu, pas un handicapé, grommela Conte. Alors vous allez me donner un coup de main.

Il se pencha et attrapa une barre sur le chariot.

11

La caisse de bois ayant servi au transport était un robuste cube d'un mètre vingt de côté. Un logo Eurostar Italia s'étalait en travers de son couvercle. Conte commença par là. Il glissa la barre sous les lattes et secoua violemment le levier de bas en haut. Simultanément, Donovan s'était positionné pour empêcher le couvercle de s'envoler brusquement et d'aller endommager l'équipement flambant neuf du laboratoire.

Charlotte s'aperçut que les mains du prêtre tremblaient. Si elle ne l'avait pas remarqué, elle aurait juré que Donovan craignait que la caisse ne soit vide. Mais il était peut-être surtout exaspéré par la personnalité de ce Conte.

Moins de trente secondes plus tard, celui-ci parvint à dégager le couvercle. Le père Donovan le déposa doucement sur le sol.

Bien que le Dr Bersei eût à peine le temps d'entrevoir l'étiquette de fret, il nota que le port d'origine imprimé en gros caractères d'imprimerie était STAZIONE BARI. Bari était une ville de la côte orientale qui attirait les touristes pour deux raisons : les reliques de saint Nicolas qu'elle prétendait posséder et son port spectaculaire où les riches Italiens faisaient mouiller leurs yachts surdimensionnés.

L'intérieur de la caisse était rempli de nombreuses couches de plastique à bulles.

— Il faut aussi enlever ces deux panneaux.

Conte s'occupa du sien et fit signe à Bersei de se charger de celui près duquel il se trouvait.

L'anthropologue s'avança et le souleva facilement en le faisant glisser dans ses rainures. Le contenu de la caisse se livra un peu plus encore.

Charlotte s'approcha.

— Ne faites pas les timides. Arrachez-moi tout ça, ordonna Conte aux deux scientifiques.

Il désignait les bandes de plastique à bulles.

Lorsque ses mains enlevèrent la dernière couche d'emballage, les doigts de Charlotte effleurèrent une surface dure, plate, froide et lisse. Elle aperçut le plastique bleuté.

Quelques secondes plus tard, un bloc rectangulaire enveloppé dans la matière bleue apparut.

Frottant ses mains, Donovan leva les yeux vers les autres occupants de la pièce.

— Nous allons le porter sur le plan de travail, dit-il à Bersei. Docteur Hennesey, pouvez-vous, s'il vous plaît, étaler cette natte de caoutchouc sur la table ?

— Bien sûr.

Elle avait senti le soulagement ostensible de Donovan. L'Américaine posa la natte sur le plan de travail d'à côté tandis que Conte en approchait le chariot.

Sur un signe de Conte, Bersei s'accroupit et plaça ses mains aux coins de la masse bleue.

L'objet avait l'air massif.

— Ça pèse combien ? s'inquiéta l'anthropologue.

Les yeux inflexibles de Conte croisèrent les siens.

— Trente-trois kilos. Levez à « trois ».

Le mercenaire compta et ils soulevèrent de concert.

À mi-distance, les doigts fébriles de Bersei se mirent soudain à glisser sur l'enveloppe de plastique et la charge bascula brusquement. Charlotte se précipita pour la retenir, mais, plus rapide, Conte avait tendu le bras suffisamment vite pour l'empêcher de tomber.

Le mercenaire adressa un regard furieux à Bersei.

— Pas bon, doc, le stigmatisa-t-il en italien. Allez, on s'arrête pas.

D'un signe de tête, il ordonna au scientifique de continuer et ils parvinrent à déposer leur fardeau sur la natte.

— Si vous n'avez plus besoin de moi, grommela Conte, *moi*, j'aimerais bien aller boire un verre.

— Ce sera tout, monsieur Conte, répondit Donovan qui faisait de son mieux pour se montrer cordial. Merci.

Avant de s'en aller, le mercenaire, tournant le dos aux deux scientifiques, se planta devant le prêtre. Il tendit l'index vers son propre œil gauche, puis vers le père Donovan. Le message était clair. *Rappelez-vous, je vous ai à l'œil.* Et il sortit du laboratoire.

Quand Donovan retourna auprès des deux spécialistes, de petites gouttes de sueur perlaient sur son front.

— C'était la partie pénible du travail. Maintenant, enlevons ce plastique.

— Un instant, s'interposa Bersei. Je pense que nous devrions d'abord dégager tout ça avant de déballer.

Il montrait la caisse vide sur le chariot et les éclats éparpillés tout autour.

— Naturellement, admit l'Irlandais avec une pointe de regret dans la voix.

Il avait attendu si longtemps...

Dix minutes plus tard, le laboratoire était de nouveau parfaitement ordonné. Ils avaient poussé le chariot et les débris soigneusement emballés dans le couloir. Le sol avait même été balayé, aspiré et lavé au balai-serpillière.

Bersei disparut dans l'arrière-salle. Quelques secondes plus tard, il réapparut, une blouse fraîchement repassée à la main, qu'il tendit à Donovan.

— Vous devriez enfiler ça.

La blouse s'ajustait effroyablement mal à la carrure de Donovan.

— Et ça, ajouta Charlotte présentant au prêtre une boîte de gants en latex. Je ne les aime pas non plus, mais nous n'avons pas envie de contaminer le spécimen, n'est-ce pas ?

Chaque scientifique en enfila une paire et s'équipa également d'un masque et d'une coiffe stérile.

Charlotte tendit à Donovan un couteau de précision X-Acto qu'elle avait récupéré dans le tiroir à outils du plan de travail.

— À vous l'honneur.

Inspirant profondément, le bibliothécaire du Vatican la remercia d'un signe de tête. Il prit le couteau et commença à découper l'enveloppe plastique. Ce qu'il découvrit fit étinceler ses yeux d'émerveillement.

12

Le père Patrick Donovan dévorait des yeux ce qui se trouvait devant lui. Quelques semaines à peine plus tôt, il avait fait l'acquisition d'un manuscrit stupéfiant. Ses antiques pages de parchemin racontaient l'origine d'une magnifique relique. Le texte s'accompagnait même de croquis détaillés et de cartes pour localiser la cachette où elle reposait. Il avait tenté d'imaginer ce à quoi pouvait ressembler la boîte, mais rien n'aurait pu le préparer à ça. *Incroyable.*

Les yeux plissés, Giovanni Bersei fit le tour de l'objet.

— C'est un coffre funéraire, un ossuaire.

Le masque étouffait sa voix.

Charlotte sentit la chair de poule envahir ses bras.

— J'espère que le père Noël n'est pas dedans, ajouta Bersei dans un marmonnement à peine audible.

— Quoi ?

Charlotte avait tourné vers lui un regard intrigué.

— Non, rien, répondit-il.

Éclairées par la lumière vive des halogènes, les ornementations de l'ossuaire semblaient reprendre vie. Sur les faces avant et arrière, des motifs de rosettes et de hachures avaient été soigneusement sculptés, non pas en entamant la surface, mais en taillant la pierre tendre en relief. On avait biseauté les bords du couvercle bombé. Les faces les plus étroites étaient lisses. Ou plutôt, si l'une était effectivement vierge de tout ornement, l'autre n'exhibait qu'un simple relief représentant un dauphin se lovant autour d'un trident.

Charlotte Hennesey demeura un instant hypnotisée par cette image.

— Père Donovan..., que signifie ce symbole ?

Cherchant toujours à recouvrer son calme, Donovan l'étudia brièvement, puis secoua la tête.

— Je n'en suis pas certain.

Ce n'était pas vraiment un mensonge. Mais une chose était pour lui essentielle : ce symbole correspondait exactement à la description très précise du sarcophage que fournissait le manuscrit.

Bersei venait d'approcher la tête tout près du motif.

— C'est magnifique.

— Assurément, confirma Donovan.

La qualité artistique de l'ossuaire était impressionnante et dépassait de loin toutes les autres reliques de Terre sainte qu'il avait eu le loisir d'observer. Le sculpteur avait travaillé la pierre calcaire au stylet. Sa technique était magistrale. On ne voyait ni craquelure ni imperfection. L'ornementation n'avait rien à envier au travail des maîtres sculpteurs romains, une caractéristique qui, à elle seule, rendait cette relique extraordinaire.

Bersei passa un doigt ganté dans le mince espace courant le long du bord du couvercle.

— Il y a un joint ici.

Il appuya précautionneusement avant d'ajouter :

— Très probablement de la cire.

— Oui. Je le vois, confirma Donovan.

— C'est un bon indice nous permettant de penser que ce qu'il y a à l'intérieur a été bien préservé, précisa l'anthropologue.

— J'aimerais ouvrir ça maintenant, dit l'Irlandais. Ensuite, nous discuterons des détails de l'analyse que vous allez exécuter.

Hennesey et Bersei se regardèrent. Ils venaient de comprendre comment leurs compétences respectives allaient pouvoir être utilisées conjointement malgré leurs différences. L'ouverture d'une urne funéraire scellée impliquait la présence de quelque chose à l'intérieur : un corps.

Équipés l'un comme l'autre de télescopes Orascoptic – des lunettes protectrices dotées de télescopes miniatures se rabattant sur les verres –, Charlotte et Bersei travaillaient les bords du couvercle à l'aide de leurs couteaux X-Acto. Minutieusement, ils enlevaient la mince jointure de cire qui, en dépit de son âge, adhérait encore fermement à l'ossuaire.

— Pourquoi ne pas simplement faire fondre la cire ? s'enquit Donovan.

Bersei secoua la tête.

— Vous ne pouvez pas chauffer la pierre. Elle pourrait craquer ou se décolorer. En outre, la cire s'égoutterait à l'intérieur où elle ferait des dégâts.

Les minutes s'écoulèrent. En dehors du bourdonnement sourd du système de ventilation, le seul bruit perceptible était celui des deux lames grattant soigneusement le joint de l'ossuaire.

Le prêtre s'était éloigné pour observer les deux scientifiques afin de ne pas les déranger dans leur travail. Son esprit demeurait violemment tiraillé entre les secrets renversants censés se trouver dans le sarcophage selon le manuscrit et la fusillade qui avait coûté toutes ces vies à Jérusalem. Tant qu'il n'aurait pas vu le contenu de la boîte de ses propres yeux, il ne pourrait connaître aucun apaisement.

Bersei prit une profonde inspiration au moment de donner ses derniers coups de lame.

— On y est presque.

L'Italien était quasiment couché sur la table et achevait d'ôter le joint arrière.

De son côté, Charlotte acheva la face avant et ôta ses lunettes. Quelques secondes plus tard, Giovanni Bersei en fit autant après avoir reposé son couteau.

— Prêts ?

La question de l'anthropologue s'adressait au père Donovan et à Charlotte.

Donovan hocha positivement la tête et s'approcha de la table.

Les deux scientifiques prirent position de chaque côté du coffre. Après avoir passé leurs doigts sous les bords du couvercle, ils bandèrent leurs muscles et appliquèrent une poussée régulière vers le haut. Tout doucement, ils déplacèrent le couvercle d'un côté et de l'autre pour arracher les derniers reliquats de cire. Le vieux joint finit de céder avec un petit bruit sec, immédiatement suivi par le sifflement d'un gaz qui s'échappait. Même au travers de leurs masques, ils sentirent une odeur âcre se répandre.

— Probablement un effluve, observa Bersei. Le résultat de la décomposition des os.

Les deux hommes et la femme échangèrent des regards.

Donovan déglutit avec peine et leur fit signe de poursuivre.

Les scientifiques soulevèrent le couvercle de concert et le déposèrent sur la natte de caoutchouc.

13

Charlotte rapprocha ce qui ressemblait à une énorme lampe de bureau coulissant sur un rail fixé au flanc du plan de travail. Elle tira son bras rétractable pour positionner directement la source de lumière au-dessus de la cavité de l'ossuaire.

Sous son masque chirurgical, le père Patrick Donovan souriait d'une oreille à l'autre. De l'intérieur du trou le toisait un tas de restes humains soigneusement empilés. L'aspect foncé et granuleux des os les faisait ressembler à de l'érable sculpté.

Charlotte fut la première à tendre la main pour en toucher un. Ses doigts effleurèrent un fémur.

— Ils sont dans un état de conservation extraordinaire.

En son for intérieur, elle souhaita que ses propres os puissent paraître en aussi bon état quand son heure viendrait. Qu'on lui ait fait traverser près de la moitié du monde pour voir *ça* lui paraissait presque une ironie cruelle. Mais, après tout, le travail était son seul refuge, le seul moyen dont elle disposait pour détourner ses pensées de l'horrible pronostic. *Ceci justifiant cela.*

Intrigué, Bersei se tourna brusquement vers Donovan.

— À qui appartiennent ces restes ?

— Nous n'en sommes pas sûrs.

Le bibliothécaire évitait soigneusement que leurs regards se croisent.

— Et c'est précisément pour nous aider à identifier ce squelette qu'on vous a fait venir tous les deux. Comme je l'ai déjà mentionné, le Vatican manque de professionnels en interne pour analyser un objet aussi unique.

Il posa délicatement ses deux mains gantées sur le bord de l'ossuaire et regarda de nouveau à l'intérieur.

— Nous avons des raisons de croire que cette formidable relique pourrait nous aider à mieux comprendre le contexte historique de la Bible.

— De quelle manière exactement ? s'enquit Charlotte.

Elle préférait que les gens expriment clairement ce qu'ils avaient en tête.

Donovan gardait les yeux fixés sur les os.

— Nous ne le saurons pas avant que l'on ait pu très précisément dater ce spécimen, déterminer la cause de sa mort par une analyse scientifique et reconstruire son profil physique.

Bersei hésita. Comme Charlotte, il avait la sensation que le prêtre leur cachait quelque chose.

— Pour identifier une antiquité, il faut d'abord disposer d'informations relatives à son origine. Savez-vous quelque chose de la provenance de cet ossuaire ? Comment vous l'êtes-vous procuré ? D'où vient-il ? D'une fouille archéologique ?

Donovan secoua négativement la tête. Il se décida enfin à les regarder et à se redresser.

— On nous a fourni très peu de détails sur son origine. Vous pouvez deviner qu'une telle acquisition doit être traitée très précautionneusement.

L'expression de Charlotte trahissait son trouble. Deux scientifiques de premier plan avaient été appelés ici pour analyser des os et tous deux avaient dû signer des accords de confidentialité. Il était manifeste que pour le Vatican l'ossuaire et son contenu avaient une grande valeur.

— Nous allons effectuer une étude complète, le rassura Bersei. Un rapport pathologique exhaustif. Une reconstitution physique. La totale, quoi.

Il regarda Charlotte.

— De mon côté, je voudrais faire une datation au carbone et dresser son profil génétique complet, ajouta-t-elle. C'est un spécimen fantastique. Au regard de ce que je peux voir ici, il semble que vous ayez fait une excellente acquisition. Il ne fait à mon sens aucun doute que les résultats seront impressionnants.

— Excellent, s'exclama Donovan manifestement ravi. Faites-moi savoir quand vous serez prêts à rendre compte de vos travaux. Si possible, j'aimerais pouvoir présenter un rapport préliminaire dans les tout prochains jours.

Les scientifiques se consultèrent du regard.

— Ça devrait être possible, répondit Bersei.

Donovan ôta ses gants, son masque et sa blouse.

— Si vous avez besoin de quoi que ce soit, demandez-le-moi directement. Vous pourrez me joindre par l'Interphone.

Il montra du doigt le petit boîtier près de l'entrée.

— Ou composez au téléphone le poste 2124.

Il consulta sa montre. 18 : 12.

— Bon, il se fait tard. Je pense que ça suffit pour aujourd'hui. Autant commencer frais et dispos demain matin. Disons vers huit heures.

Les deux scientifiques acquiescèrent.

— Docteur Hennesey, avez-vous eu l'occasion de voir la basilique depuis votre arrivée ? demanda le prêtre.

— Non.

— Vous ne pouvez pas séjourner au Vatican sans avoir vu de vos yeux son cœur et son âme, considéra-t-il. Rien ne peut y être comparé. Beaucoup disent que c'est comme entrer au paradis.

— Il a raison, confirma Bersei.

— Vous aimeriez la voir maintenant ?

Les yeux de Charlotte s'illuminèrent.

— Si vous en avez le temps, j'adorerais.

— L'heure de la fermeture au public approche, il ne devrait pas y avoir trop de monde. Giovanni, voulez-vous vous joindre à nous ?

— Désolé, mais je dois rentrer à la maison retrouver mon épouse, déclina-t-il humblement. Elle fait de l'osso-buco pour le dîner.

Bersei se pencha vers Charlotte et lui murmura assez fort pour que Donovan entende :

— Vous êtes en de bonnes mains. C'est le meilleur guide du Vatican. Personne ne connaît mieux cet endroit que lui.

14

À l'extérieur du musée du Vatican, le soleil descendait sur les quartiers ouest de Rome. Les cyprès se balançaient dans une douce brise. Cheminant aux côtés du père Donovan, Charlotte remplissait ses narines de la fragrance des jardins qui semblait restituer l'arôme complexe d'un bouquet de fleurs géant.

— Dites-moi, docteur Hennesey, se hasarda Donovan, maintenant que vous avez vu la relique, vous êtes toujours disposée à faire ce travail ?

— Je dois admettre que ce n'est pas du tout ce à quoi je m'attendais.

C'était un euphémisme. On pouvait aisément imaginer que les musées du Vatican ne faisaient pas tous les jours l'acquisition de restes humains. Et qui plus est, ce n'était pas un bibliothécaire que l'on s'attendait à voir traiter ce genre d'opération.

— Mais je suis agréablement surprise, s'empressa-t-elle d'ajouter. Cela promet d'être très excitant.

— Ça le sera pour nous tous, promit le prêtre.

En approchant de l'arrière de la basilique, il leva les yeux vers elle avec révérence.

— Au Iᵉʳ siècle se dressait ici même, à l'emplacement qu'occupe notre petite cité, le cirque du Vatican, qui deviendra ultérieurement celui de l'empereur Néron. Dans son enceinte, Néron organisait des courses de chars. Quelle ironie, quand on sait qu'il est surtout connu pour avoir persécuté les premiers chrétiens.

— Il les a accusés du grand incendie qui a dévasté Rome en 64 de notre ère. Et en 67, il a fait crucifier saint Pierre pour distraire la foule.

L'intervention de la jeune femme impressionna Donovan.

85

— Dites-moi, vous êtes chrétienne ou simplement bonne historienne ?

— À une époque, j'étais très bonne dans les deux domaines.

— Je vois.

Le prêtre comprenait que la religion était pour elle un sujet sensible, mais il se risqua tout de même à ajouter :

— Vous savez, en Irlande, nous avons un proverbe : « Je crois dans le soleil, même quand il ne brille pas. Je crois en l'amour, même quand je ne le ressens pas. Je crois en Dieu, même quand Il est silencieux. »

Il regarda Charlotte et constata qu'elle souriait. Grâce à Dieu, il ne l'avait apparemment pas blessée.

— Parfois, il importe de garder en mémoire ce que nous chérissons.

Ils gravirent une volée de larges marches de marbre qui donnaient accès à l'abside de la basilique. Donovan amena la jeune femme devant l'une des plus grandes portes de bronze qu'elle ait jamais vues. Il sortit de sa poche une carte magnétique et l'introduisit dans le lecteur fixé au chambranle de la porte. Un petit clic métallique se fit entendre lorsqu'une serrure électromécanique tourna. Quasiment sans effort, le prêtre poussa la porte et invita Charlotte à pénétrer dans le sanctuaire.

— Nous allons passer par là ?

— Naturellement. C'est l'un des privilèges des hôtes de la papauté.

Avec toutes ses apparitions médiatiques, Charlotte s'était quelque peu habituée au traitement VIP. Mais ce n'était rien en comparaison de ce qu'elle vivait ici. Dès qu'elle franchit l'entrée voûtée, elle se sentit instantanément transportée dans un autre monde.

En émergeant du narthex, Charlotte fut abasourdie par la nef de marbre caverneuse de la basilique. Pendant le vol de Phoenix à Rome, elle se rappelait avoir lu dans son Fodor[1] que la cathédrale Notre-Dame de Paris pouvait aisément tenir dans cette immense église. Mais se trouver soi-même à l'intérieur faussait totalement les repères spatiaux.

---

1. Nom d'une célèbre série de guides créée par Eugène Fodor, réputé être l'inventeur du concept de voyage moderne.

Les yeux de la jeune femme furent immédiatement attirés vers la grande coupole à caissons de Michel-Ange. Recouverte de mosaïques, elle s'élevait à cent dix-neuf mètres au-dessus de la nef. Des colonnes de lumière solaire se déversaient de ses fenêtres occidentales et créaient une sorte de clarté éthérée.

Lentement, son regard redescendit comme un long panoramique vertical jusqu'au célèbre *baldacchino*, le baldaquin de bronze qui se dressait au-dessus de l'autel pontifical, pile sous la coupole. Conçues par ce géant de l'âge baroque qu'était Gian Lorenzo Bernini, plus connu sous le nom de Bernin, ses quatre colonnes de bronze spiralées montaient à vingt et un mètres pour soutenir un dais baroque doré qui s'étirait encore de six mètres vers le ciel.

Même le sol était recouvert de marbre et de mosaïque.

— Wouah, s'extasia-t-elle.

— Oui, vraiment splendide, renchérit Donovan les bras levés comme pour prendre la mesure de cette magnificence. Il me faudrait des heures entières pour vous faire visiter cet endroit. Il y a vingt-sept chapelles, quarante-huit autels et trois cent quatre-vingt-dix-huit statues à contempler. Mais la basilique est comme un voyage spirituel et il est préférable de la découvrir seul.

Il récupéra une carte et un guide à un kiosque de bois accroché au mur et les tendit à Charlotte.

— Si vous voyez quelque chose qui vous intéresse, reportez-vous au livre pour en avoir une description détaillée. J'ai à faire maintenant. Profitez bien de la visite.

Après avoir remercié le père Donovan, elle commença tranquillement à se promener dans les travées latérales de la basilique.

Comme la plupart des pèlerins qui venaient ici, elle s'arrêta devant la statue en bronze du XIIIe siècle posée sur un robuste piédestal de marbre qui représente un saint Pierre barbu. Assis sur un trône pontifical, le saint est couronné d'un halo solaire et tient une clé papale dans sa main gauche. Il lève la main droite en signe de bénédiction. Quelques visiteurs faisaient la queue pour pouvoir toucher le pied de la statue. La lecture du guide lui apprit que ce rituel était censé convoquer la chance. En principe, elle n'était pas superstitieuse, mais au regard des circonstances elle se dit qu'elle ne devait refuser aucune aide.

Moins de cinq minutes plus tard, elle s'avança à son tour, le regard fixé sur le visage solennel de la statue. Elle tendit la main gauche pour la poser sur le pied de métal froid. Et soudain, elle se surprit à faire une chose qu'elle n'avait pas accomplie depuis plus de dix ans. Elle pria Dieu de lui apporter force et inspiration. Comme l'avait dit Donovan, elle avait peut-être simplement besoin de se rappeler qu'elle avait été croyante jadis.

Charlotte avait abandonné la foi onze ans plus tôt, après avoir vu sa mère, une fervente catholique, lentement rongée et emportée par un cancer de l'estomac. La compassion de Dieu, s'était-elle empressée de conclure, n'était pas garantie aux pieux, quel que soit le nombre de neuvaines récitées ou de dimanche passés à écouter des sermons humblement assis sur un banc. Après la mort de sa mère, Charlotte n'avait plus cherché les réponses à ses questions dans les églises. Elle s'était assise devant un microscope, convaincue que le problème de sa mère n'était pas une question de foi, mais une simple imperfection génétique : un codage corrompu.

De son côté, son père, même après la perte cruelle de la femme qu'il adorait, avait continué d'assister aux offices chaque dimanche, de réciter le bénédicité avant chaque repas, et de remercier Dieu pour chaque nouvelle journée. *Comment fait-il ?* se demandait Charlotte. Un jour, elle lui avait même carrément posé la question. Sa réponse avait été prompte et sincère : « *Charlie* (il était la seule personne avec Evan Aldrich à l'avoir jamais appelée ainsi), *j'ai fait le choix de ne pas blâmer Dieu pour mon infortune. La vie est pleine de tragédies. Mais elle est aussi pleine de beauté.* » Alors qu'elle l'écoutait, il avait souri tendrement et il lui avait doucement caressé le visage. « *Qui suis-je pour interroger la puissance qui se trouve derrière une telle merveille ? Rappelle-toi, ma chérie, que la foi, c'est croire que la vie signifie quelque chose, même si les choses peuvent parfois sembler dures.* »

Aujourd'hui, elle voulait peut-être vraiment croire qu'il existait quelque divine raison à sa propre infortune. Mais en dépit de la force spirituelle de son père, elle n'avait toujours pas trouvé le courage de lui parler de sa propre maladie alors qu'il ne restait plus qu'eux deux désormais.

Elle se sentait spirituellement vide depuis qu'elle ne pouvait plus compter sur l'aide de la religion, particulièrement ces derniers temps. Charlotte Hennesey croyait-elle en Dieu ? Nul autre endroit sur terre que *celui-là* même où elle se trouvait n'aurait pu ramener cette question à la surface. Peut-être qu'elle allait en trouver la réponse ici. Peut-être que venir à Rome *était* son destin. Peut-être...

Après s'être glissée dans d'innombrables chapelles, cryptes et niches pour admirer encore d'autres tombeaux et reliquaires magnifiques, elle finit par approcher de l'entrée de la basilique. Là, la célèbre sculpture de Michel-Ange, la *Pietà*, disposait de sa propre chapelle plaquée de marbre. Protégée derrière une vitre[1], l'œuvre était spectaculaire et d'un réalisme surnaturel : la Madone en deuil tenait son fils défunt couché sur ses genoux. Pendant une longue minute, Charlotte resta là, captivée par les émotions qu'une telle représentation suscitait : la souffrance, la perte d'un être cher, l'amour, l'espoir.

Près de quarante minutes plus tard, alors qu'elle contournait le baldaquin par le côté sud cette fois, elle tomba nez à nez sur une sculpture inquiétante qui la figea sur place. Installé dans une niche aux marbres multicolores flanquée de colonnades massives, le *Monument d'Alexandre VII*, du Bernin, dominait la jeune Américaine de sa masse. Perché au sommet d'un piédestal, le pape défunt était immortalisé dans le marbre blanc agenouillé en prière. En dessous de lui, différentes statues représentaient la Vérité, la Justice, la Charité et la Prudence sous la forme de figures humaines.

Mais le regard horrifié de Charlotte avait instantanément occulté toutes ces images pour se concentrer sur l'élément central de la sculpture tombale : un gigantesque squelette humain ailé en bronze, tenant un sablier dans sa main droite. Son visage macabre est tourné vers le pape et le nargue en lui annonçant sa mort imminente, mais un voile flottant de marbre rouge le dissimule en partie.

L'Ange de la mort.

La basilique semblait plongée dans un complet silence. La sculpture prenait vie comme une figure démoniaque surgissant pour propager un peu plus ce maudit cancer dans son corps. Elle aurait juré voir le sable s'écouler dans le sablier. Un instant,

---

1. Une vitre blindée après que la sculpture eut été endommagée par un déséquilibré en 1972.

elle retint sa respiration et elle sentit des larmes sourdre dans ses yeux. Comment une représentation aussi diabolique pouvait-elle se trouver *ici* ? Elle se sentait presque violée, comme si tout cela lui était spécifiquement destiné.

— Sinistre, n'est-ce pas ?

La voix venait de l'arracher à ses pensées.

Sous le coup de la surprise, Charlotte eut un hoquet. En se retournant, elle reconnut une silhouette qui lui parut tout aussi inquiétante. D'où pouvait-il bien sortir ?

— Le Bernin avait presque quatre-vingts ans quand il a conçu ce monument, expliqua un Salvatore Conte transpirant la suffisance. On peut parier qu'il repensait avec amertume à ses années dorées.

Charlotte estima qu'il aurait été de bon ton de lui sourire, mais elle n'y parvint pas.

— Savez-vous que cet endroit a été construit avec l'argent des indulgences ?

Une expression désapprobatrice sur le visage, Conte leva les yeux vers le dôme central avant de poursuivre :

— Au XVIe siècle, le pape Léon X s'est retrouvé à court d'argent pour achever son grand projet, alors il a tout simplement eu l'idée de récolter des fonds en vendant aux catholiques des cartes « sortie d'enfer ». Les riches ont pu préacheter le pardon de Dieu. Ils avaient même un proverbe pour ça : *« Dès que la pièce dans le coffre retentit, du purgatoire l'âme jaillit. »*

Charlotte eut envie de lui demander : *« Et vous, de combien d'indulgences aurez-vous besoin pour libérer votre âme ? »* Conte avait assurément l'air d'un homme qui avait beaucoup à se faire pardonner. Elle se demanda même ce qu'il faisait au Vatican et ce qu'il avait à voir avec l'ossuaire. Le père Donovan avait donné l'impression d'être son prisonnier, non son collègue.

— J'en déduis que vous n'allez pas tous les dimanches à l'église, répondit-elle sarcastiquement.

Il se pencha et baissa sa voix d'une octave pour lui confier :

— Après tout ce que j'ai vu, particulièrement entre ces murs, je préfère tenter ma chance.

Elle essaya de comprendre ce qu'il voulait vraiment dire, mais il n'y avait rien dans ses yeux qui puisse l'expliquer et elle ne comptait assurément pas lui demander de préciser sa pensée.

— Vous visitiez la basilique ou vous me suiviez ?

La question le prit au dépourvu.

— Je regarde les monuments, répondit-il sans la regarder dans les yeux.

— Bon, il faut que j'y aille. Ravie de vous avoir revu.

Charlotte tourna les talons, prête à s'éloigner, quand elle sentit la main de Conte sur son épaule. Elle se raidit et pivota sur elle-même pour lui jeter un regard glaçant.

Prenant la mesure de son erreur, Conte leva les mains.

— Je suis désolé. Je sais que les Américaines sont chatouilleuses en ce qui concerne leur espace vital.

— Que voulez-vous ?

Elle avait prononcé distinctement chaque mot.

— Je voulais savoir si un peu de compagnie pour dîner ce soir vous ferait plaisir. Je me disais… vous êtes seule ici… je vois que vous ne portez pas d'alliance. Peut-être que vous aimeriez un peu de conversation. C'est tout.

Pendant un long moment, elle se contenta de le regarder, incapable de se faire à l'idée qu'il était bel et bien en train de la draguer en pleine basilique Saint-Pierre. Brusquement, elle se sentit mal pour toutes les femmes qui avaient pu tomber sous le charme de ce personnage. Bel homme, certes, mais tout le reste lui faisait sérieusement défaut.

— J'ai un compagnon et j'avais déjà d'autres projets. Merci quand même.

Ne sachant pas si les prochains jours l'amèneraient à le croiser de nouveau ou à collaborer avec lui, elle s'efforça de rester le plus courtoise possible.

— Une autre fois, alors, répondit-il confiant.

— Bonne nuit.

Charlotte tourna les talons et prit la direction de la sortie.

— Passez une bonne soirée, docteur Hennesey. *Buona sera.*

MARDI

15

Jérusalem, Mont du Temple

Le soleil levant déversait sur le mont des Oliviers une pâle clarté aux nuances bleutées et violacées. Razak traversait l'esplanade du Mont du Temple en direction de la coupole dorée du Dôme du Rocher. Sa flèche en forme de croissant montrait délicatement la direction de La Mecque.

Chaque fois qu'il y venait, ce lieu le touchait profondément. Ici, l'histoire et l'émotion semblaient s'égoutter comme la rosée.

Au VIIᵉ siècle, le Mont du Temple était quasiment oublié et aucun monument d'importance n'occupait son esplanade nue. Toutes les architectures antérieures avaient été détruites plusieurs fois. Or, en 638, une armée musulmane conduite par le calife Omar conquit Jérusalem, et, à peine quelques décennies plus tard, en 687 de l'ère commune, le neuvième calife, Abd al-Malik, entama la construction de la mosquée du Dôme du Rocher comme un témoignage de la renaissance du site... et de la prérogative islamique sur la Terre sainte.

Au cours des siècles qui suivirent, les musulmans perdirent périodiquement leur mainmise sur le Mont du Temple – qu'ils avaient rebaptisé Haram esh-Sharif –, notamment au profit des croisés chrétiens dont l'occupation avait duré du XIIᵉ au XIIIᵉ siècle. Mais ce dernier était finalement repassé sous le contrôle du califat et on avait confié au Waqf la mission de renforcer et de légitimer sa fonction. Ce n'était pas chose aisée, surtout à la lumière de l'instabilité politique croissante qui menaçait le monopole musulman sur ce lieu – un privilège qui avait failli disparaître en 1967, après la guerre des Six Jours.

Razak essaya d'imaginer ce que cela donnerait si la situation politique avait été inversée : des Palestiniens ayant le contrôle total de leur terre et les juifs dans les seuls territoires occupés, avec des musulmans réduits à adorer un vestige de mur tandis que les israélites posséderaient un sanctuaire sur leur site le plus sacré.

Il gravit une volée de marches jusqu'à l'esplanade de la mosquée. Devant l'entrée, il ôta ses mocassins Sutor Mantellassi, puis il pénétra dans le sanctuaire. Les mains croisées dans le dos, Razak se mit à faire le tour du tapis rouge sang du déambulatoire octogonal. Il gardait les yeux fixés sur la coupole sophistiquée qui reposait sur des colonnes de marbre lisse. Juste en dessous de la coupole, isolé par des barrières, on voyait un affleurement de pierre nue : le « Rocher » proprement dit, cime du mont Moriah.

Celui-ci marquait l'emplacement sacré où, dans les temps bibliques, Abraham avait voulu sacrifier son fils à Dieu et où Jacob avait rêvé d'une échelle s'élevant vers les cieux. Les juifs affirmaient qu'un grand temple construit par le roi Salomon, puis agrandi par le roi Hérode, s'élevait jadis ici. Et les chrétiens prétendaient que Jésus était venu plusieurs fois prêcher dans ce même temple.

Mais la raison pour laquelle le site revêtait une telle importance pour Razak et son peuple était tout autre.

En 621, l'ange Gabriel était apparu au grand prophète Mahomet à La Mecque. Il lui avait présenté une jument ailée à visage humain, appelée Buraq. Lorsqu'il entreprit son *Isrâ*, son « Voyage nocturne », Mahomet fut emporté par Buraq jusqu'au Mont du Temple. Là, il trouva une échelle qui lui permit de s'élever vers les cieux dans une glorieuse lumière pour rencontrer Allah et s'entretenir avec Moïse et les grands prophètes. C'est aussi là que Mahomet se vit remettre les cinq prières quotidiennes par Allah. Cette ascension céleste – que l'on connaît en arabe comme le *Mirâj* – fut un événement central dans le ministère du Prophète.

Le *Mirâj* a fait du Dôme du Rocher le troisième site religieux le plus important de l'Islam, juste après La Mecque – le lieu de naissance de Mahomet – et Médine où, au travers de grands combats et de sacrifices personnels, il établit la religion islamique[1].

Les yeux fixés sur la coupole, Razak en admirait la mosaïque exquise et déchiffrait les inscriptions se déroulant comme un ruban autour de sa base.

À l'extérieur, les haut-parleurs répercutaient l'appel du *muezzin* qui convoquait les musulmans à la prière. Devant le *mihrab* de la mosquée, la petite alcôve dorée et voûtée qui indiquait la direction de La Mecque, Razak se mit à genoux, les mains posées sur ses cuisses et il s'inclina pour la prière.

Après quelques minutes, il se releva, fit le tour du Rocher et s'arrêta à l'entrée d'un escalier. Celui-ci conduisait à une chambre appelée la « Source des âmes », où, disait-on, les esprits des morts se réunissaient pour prier. Là, Razak visualisa sa mère et son père resplendissant dans la divine lumière d'Allah et attendant le jour du Jugement dernier pour pouvoir entrer dans le *Janna*, le jardin du paradis éternel.

Le 23 septembre 1996, les parents de Razak avaient été tués par deux assassins masqués alors qu'ils étaient en vacances au bord du lac de Tibériade, côté jordanien. Beaucoup avaient soupçonné les agents du Shin Beth – le service de renseignement israélien – d'avoir ciblé son père parce qu'ils avaient cru par erreur qu'il entretenait des liens avec des activistes palestiniens. Mais ces rumeurs avaient été ultérieurement démenties. Quoi qu'il en soit, les meurtriers n'avaient jamais été retrouvés. La mort tragique de ses parents avait été une immense perte qui avait conduit – et conduisait encore aujourd'hui – Razak à s'impliquer plus profondément dans sa foi pour trouver des réponses à ses questions. Par bonheur, son éducation et ses études poursuivies à l'étranger lui avaient permis d'éviter les fanatismes politique et religieux : un piège facile pour ceux qui étaient si intimement affectés par la politique mortifère d'Israël.

Alors qu'il se dirigeait vers la sortie, le cours de ses pensées glissa subrepticement vers la crypte secrète enfouie profondément sous ses pieds et vers le casse mystérieux qui avait une fois de plus fait couler le sang autour de ce lieu saint. Quand il était arrivé ici la veille, il n'aurait jamais imaginé être amené à collaborer avec un homme comme Graham Barton.

---

1. Médine est aussi le lieu où Mahomet mourut et où se trouve son tombeau.

97

À l'entrée de la mosquée, Razak remit ses chaussures et sortit.

Il lui restait quelques heures de libres avant de retrouver l'archéologue. Aussi décida-t-il de descendre dans le quartier musulman pour prendre un petit déjeuner dans un café discret de la Via Dolorosa. Là, il retrouva quelques vieilles connaissances qui lui racontèrent tout ce qui s'était passé depuis sa dernière visite. Naturellement, la conversation tourna autour de l'attaque du vendredi. Mais Razak s'empressa d'indiquer qu'il n'était pas en mesure de commenter l'enquête.

À neuf heures, il n'y avait pas le moindre souffle de vent quand il traversa l'esplanade du Mont du Temple sous un soleil écrasant. Il descendit dans la mosquée Marwani. Dès qu'il se glissa dans la brèche de l'explosion, Akbar – le massif garde qui avait reçu l'ordre de surveiller Barton – l'informa que tout était en ordre. Razak le remercia d'un hochement de tête. Il lui fit signe de ressortir de la crypte, mais de rester dans la mosquée.

Graham Barton était accroupi dans un coin. Il retranscrivait l'inscription de l'un des ossuaires.

— Bonjour, monsieur Barton, l'interpella Razak en anglais.

L'archéologue se releva.

Le Syrien remarqua les feuilles de papier fin sur lesquelles Barton avait décalqué les inscriptions et qu'il avait disposées à intervalles réguliers sur le sol.

— Vous m'avez l'air bien occupé.

— En effet, répondit l'Anglais gaiement. Bien que je sois arrivé très tôt, Akbar a été assez gentil pour me laisser commencer à travailler.

— Qu'avez-vous trouvé pour l'instant ?

— J'ai fait une découverte extraordinaire. Cette crypte appartenait à un homme nommé Yosef.

Barton désigna du doigt le sarcophage à l'extrémité de la rangée. Il paraissait aussi rudimentaire que les autres.

— Vous noterez que chacun de ces ossuaires porte des inscriptions en hébreu avec les noms des membres de sa famille.

Peu impressionné pour le moment, Razak attendait une information signifiante.

— Yosef *qui* ?

Barton haussa les épaules.

— C'est le problème avec les anciens juifs. Ils n'étaient pas franchement précis en matière d'état civil. D'un côté, les noms de famille étaient rares et, de l'autre, le prénom hébreu Yosef était particulièrement commun à cette époque. De toute façon, chaque ossuaire ne porte qu'une inscription très sommaire.

Razak observa les caractères gravés sur les flancs des neuf coffres de pierre.

— Chacune dit plus ou moins la même chose, à savoir qui était la personne dont les restes sont à l'intérieur. Ici, vous avez les ossuaires de ses quatre filles.

Il désignait les quatre premiers sarcophages de la rangée, puis il poursuivit son énumération.

— Là, ce sont ses trois fils, et ici, son épouse chérie, Sarah.

Barton inspira profondément.

— Mais il y a une gravure sur le mur du fond de la crypte qui fournit d'autres détails.

Barton s'empara d'une lampe torche et fit signe à Razak de le suivre. Ils s'enfoncèrent dans un recoin enténébré jusqu'à une paroi rocheuse. Le faisceau de lumière balaya la cavité.

— Regardez ça !

Barton éclairait une tablette fixée au mur avec un encadrement de pierre ouvragé.

— C'est une liste des ossuaires placés dans cette chambre.

Le Syrien s'approcha.

— Donc le nom de la personne dont on a volé l'ossuaire devrait être inscrit ici.

Razak compta neuf lignes de texte, mais ses yeux furent immédiatement attirés par un profond coup de ciseau balafrant la roche polie sous la dernière ligne. Perplexe, il fixa un long moment cette entaille.

— Je ne vois que neuf noms.

— Exact. Et ces noms sont exactement ceux qui se trouvent sur les ossuaires restants.

Il concentra alors le faisceau de sa lampe sur la roche dégradée et tapota la pierre du bout de son index pour ajouter :

— Mais cette ligne-là identifiait probablement l'hôte du dixième ossuaire.

Razak l'examina un moment d'un œil critique.

— Cela ne va pas nous aider beaucoup maintenant, regretta-t-il.

— Encore exact. On se retrouve dans une nouvelle impasse.

Razak arpenta la crypte, les mains écartées en signe d'impuissance.

— Pourquoi ici ?

— Que voulez-vous dire ?

— Il y avait tellement d'endroits possibles. Alors pourquoi une crypte à cet endroit précis ?

Il marquait un bon point, pensa Barton.

— Normalement, enchaîna l'archéologue, on s'attend à ce que les cryptes funéraires soient situées hors des murs de la ville. Mais il est assurément possible que ce site ait été choisi pour des raisons de sécurité. En fait…

Il marqua une pause pour mieux formuler son idée.

— En fait, au Ier siècle de l'ère commune, la forteresse Antonia, la garnison romaine, jouxtait exactement le mur nord du Mont du Temple. L'esplanade au-dessus de nous…

Il avait levé le doigt vers la surface.

— … devait être un lieu très fréquenté. Toutes sortes d'activités s'y déroulaient. Des passages à portique couraient tout autour du périmètre de l'esplanade et formaient une boucle autour de la garnison. Les centurions romains allaient et venaient pour surveiller la foule, prêts à mater toute perturbation.

Barton se retint d'expliquer que, au Ier siècle, la première raison de la popularité du Mont du Temple était précisément la présence du grand sanctuaire juif qui se dressait alors en lieu et place de la mosquée du Dôme du Rocher ; une affirmation que le Waqf avait systématiquement niée depuis des siècles afin d'assurer sa mainmise sur le site. Dès lors qu'aucune preuve archéologique ne venait confirmer l'existence d'un temple, malgré les références bibliques, leur position était restée forte.

— Mais en quoi les centurions romains pouvaient-ils être concernés par cette crypte ?

— Rappelez-vous que, dans les temps anciens, il n'y avait ni coffres-forts, ni casiers à serrure. C'est pourquoi le pillage était le plus sûr moyen de devenir riche. Les biens étaient difficiles à protéger.

Razak fixait Barton intensément.

— L'armée était donc le plus sûr garant des trésors et des valeurs ?

— Parfaitement.

— Alors le dixième ossuaire ne renfermait peut-être pas de restes humains. N'aurait-il pu contenir une sorte de trésor ?

— C'est plausible.

— Ça serait plus logique. Je n'imagine pas que quelqu'un puisse prendre tant de risques pour voler des os.

Barton sentait que Razak était satisfait par son propre raisonnement et, en l'absence d'éléments tangibles à lui opposer, il n'entendait pas contrarier le Syrien.

— Pour autant qu'on puisse en juger, il est impossible de tirer des conclusions quant au contenu de l'ossuaire volé. Mais en ce qui concerne ceux-là...

Il montrait du doigt les neuf ossuaires alignés.

— ... nous y trouverons peut-être des indices. Alors vous allez avoir besoin de ça.

Il tendit à Razak une paire de gants en caoutchouc.

Une expression horrifiée voila le visage du musulman.

16

Cité du Vatican

Les deux scientifiques se retrouvèrent au laboratoire à huit heures. Ils filèrent immédiatement dans l'arrière-salle où Giovanni Bersei expliqua à Charlotte comment utiliser ce qu'il considérait comme l'équipement le plus important du laboratoire : la machine à café automatique Gaggia, qui distillait un café « à la carte » rien qu'en appuyant sur un bouton.

— Dites-moi. Comment s'est passée votre visite de la basilique hier soir ?

Les yeux pétillants, elle lui fit un bref résumé qui s'acheva par le récit de sa déplaisante rencontre avec Salvatore Conte. Charlotte expliqua qu'elle avait été tellement perturbée qu'elle avait finalement décidé de ne pas sortir en ville. Elle avait pris un sandwich au thon à la cafétéria de la Domus et s'était couchée tôt. En somme, cela n'avait pas été la plus excitante des soirées, dut-elle reconnaître, mais elle était heureuse d'avoir pu ainsi récupérer son retard de sommeil.

— Et vous ? Comment était votre osso-buco ?

Il esquissa une moue amère.

— Pas terrible. Carmela a beaucoup de qualités, mais la cuisine ne fait pas partie de la liste. En fait, elle est peut-être même la pire cuisinière d'Italie.

Charlotte lui tapota doucement l'épaule.

— Vous êtes affreux, Giovanni. J'espère que vous ne lui dites pas les choses comme ça.

— Vous êtes folle ? Je tiens à la vie.

Ils éclatèrent de rire en chœur.

Bersei regarda sa montre.

— Vous êtes prête ?

— Allons-y.

Après avoir une nouvelle fois rempli leurs tasses, ils enfilèrent leurs blouses blanches et retournèrent dans la salle principale pour s'installer devant leur poste de travail. L'ossuaire et son mystérieux squelette étaient tels qu'ils les avaient laissés la veille.

Bersei tendit à Charlotte un masque et des gants en latex. Elle les mit et il en fit autant.

La jeune femme regarda les os. Un instant, elle s'attendit presque à voir jaillir une main brandissant un sablier.

Pendant ce temps, Bersei était allé chercher un appareil photo numérique Canon EOS. Il prit quelques clichés et le posa sur une table.

Les deux scientifiques s'installèrent l'un en face de l'autre. Ils commencèrent à retirer les os, un par un, et les déposèrent précautionneusement sur la natte en caoutchouc. Lentement, le squelette retrouva sa structure originelle : les longs os des bras et des jambes, le bassin et la grappe des côtes flottantes, la colonne vertébrale et, finalement, les petits os délicats et complexes des mains et des pieds.

Avec des précautions infinies, Charlotte extirpa le crâne du fond de l'ossuaire. Soutenant la mandibule d'une main et le globe crânien de l'autre, elle le plaça au sommet du squelette reconstitué.

Bersei procéda à un rapide examen visuel.

— On dirait que les deux cent six os sont là.

Il s'empara du Canon et prit quelques nouveaux clichés du squelette complet.

Charlotte baissa les yeux vers le « corps ».

— Bien. Alors essayons maintenant de comprendre comment cet homme est mort.

— À proprement parler, nous ne savons pas encore si nous avons affaire à un homme, docteur Hennesey, la corrigea-t-il poliment.

La jeune Américaine pencha la tête.

— Assurément. Mais je doute que les os d'une femme aient été jugés dignes de reposer dans un sarcophage aussi précieux.

Bersei leva les sourcils. Il n'aurait su dire si sa collègue plaisantait.

— Pas de panique. Je ne vais pas jouer à la féministe avec vous, le rassura-t-elle. Je vous réserve ça pour plus tard.

— Soyez indulgente avec moi.

Les deux scientifiques s'accordèrent sur la procédure à suivre : ils allaient commencer par l'examen médico-pathologique du sujet afin de déterminer, si possible, la cause de la mort. Ensuite, il s'agirait de reconstituer le profil physique du squelette. Charlotte activa le microphone intégré au plan de travail pour enregistrer l'analyse au fur et à mesure. Ultérieurement, ils retranscriraient leurs notes orales. Dans le tiroir de la table, elle récupéra les deux paires de lunettes Orascoptic. Elle en tendit une à Bersei et mit l'autre. Puis elle fit basculer les lentilles de vision télescopique sur ses yeux.

Ils commencèrent par le crâne. Tous deux se penchèrent pour l'étudier avec la plus grande minutie.

— Il a l'air en parfait état, commenta Bersei qui l'observait à travers ses lunettes.

De son côté, Charlotte en évalua les dimensions et la forme.

— Menton carré, rebord sus-maxillaire et points d'attache des muscles proéminents. On dirait que nous avons affaire à un individu de sexe masculin.

— Vous avez peut-être raison, admit Bersei, cette fois.

Il inclina le crâne vers l'arrière et le fit tourner pour examiner la cavité intérieure.

— Les sutures sont encore visibles, mais elles sont toutes soudées. Voyez ici.

Il montrait la couture marquant l'endroit où les os du crâne aux contours nettement définis se rejoignaient. Elle ressemblait à une fermeture à glissière dentelée qui aurait été écrasée.

Charlotte vérifia l'exactitude de l'observation de son collègue. Elle connaissait le principe : plus le spécimen était jeune, plus les lignes de jointure étaient prononcées et ressemblaient à l'emboîtement précis de deux lames de scie. Plus le spécimen vieillissait et plus la fusion s'opérait jusqu'à rendre les lignes indiscernables.

— Cela signifie que nous avons devant nous un sujet qui serait mort entre vingt et trente ans. Au minimum, n'est-ce pas ?

— Je suis d'accord.

Bersei retourna le crâne plusieurs fois. Il en examina tous les os avec soin.

— Je ne relève pas le plus petit signe de traumatisme crânien, et vous ?

— Pas davantage.

Les deux scientifiques reportèrent leur attention sur la mandibule.

— Ces dents sont dans un état magnifique, observa Charlotte. J'aimerais que les miennes vieillissent aussi bien. Ce type est mort avec toutes les siennes et je ne vois aucune trace de maladie parodontale.

Pendant une seconde, elle manipula la bague rotative des télescopes pour augmenter le grossissement des lentilles.

— L'émail est intact. Il n'y a aucune cavité ni aucune inégalité.

— Étrange.

— Peut-être qu'il n'aimait pas les bonbons.

Ils passèrent à la région cervicale qu'ils examinèrent avec un soin extrême. Ils cherchaient notamment d'éventuelles anomalies au niveau du cou.

— Je ne vois pas ici la plus infime saillie, remarqua Charlotte. Ni de formation d'arêtes ou d'ossification.

— Et pas non plus de fusion, ajouta Bersei. En fait, les disques me paraissent tout à fait intacts.

Il fit tourner délicatement la petite section de vertèbres cervicales.

— Rien d'anormal.

L'anthropologue passa à la cage thoracique du squelette.

— Continuons.

Presque immédiatement, Charlotte eut un mouvement de sourcils.

— Attendez. Là, il y a quelque chose.

La généticienne désignait la région de la poitrine. Dans le champ visuel limité des télescopes, Bersei suivit le doigt de sa collègue, observa plus attentivement l'os plat du sternum et repéra rapidement ce que sa collègue avait découvert.

— C'est une énorme déchirure.

— Incontestablement.

Charlotte étudia soigneusement cette rupture du cartilage costal reliant les côtes au sternum.

— Pensez-vous que cela ait pu se produire quand la cage thoracique a été détachée pour la faire rentrer dans l'ossuaire ?

— Peut-être.

Le ton de l'anthropologue exprimait une grande circonspection. Il porta son attention sur l'épaule adjacente.

— Regardez ici.

Charlotte suivit l'indication de Bersei.

— Vous avez l'œil. L'humérus et la clavicule ont été séparés de l'omoplate, n'est-ce pas ?

— Oui, mais pas *post mortem*. Les déchirures sont fibreuses. Les sectionnements des tissus induisent une brisure intervenue avant leur dessiccation.

Il revint au sternum.

— Voyez. On dirait qu'il s'est passé la même chose, ici. Est-ce que vous arrivez à repérer l'endroit où les cartilages ont été étirés dans la largeur avant d'être littéralement arrachés ? Quand les os étaient préparés pour l'inhumation, on utilisait une lame pour couper les tissus.

Hennesey voyait où Bersei voulait en venir. Une coupure nette avait sectionné les parties latérales de cartilages arrachés.

— Ouch ! Ç'a dû faire mal. Qu'en pensez-vous ? Une dislocation ?

— Une *très violente* dislocation.

Le ton de Bersei trahissait son trouble.

— Ç'a dû vraiment faire mal.

— J'en suis certain. Mais ça ne l'a pas tué. Prenez ces côtes et moi je prends celles-ci.

Le temps parut suspendu tandis qu'ils travaillaient sur les éléments du thorax dont ils analysaient méticuleusement chaque centimètre carré.

Charlotte commençait à peine à se faire à l'idée qu'elle travaillait sur des os. Elle se concentrait sur la tâche en cours plutôt que sur la détestable représentation du chaos génétique qu'hébergeait son propre corps au même instant.

— Vous voyez ce que je vois ?

— Les profondes rainures ? répondit Bersei sans même relever la tête. Absolument.

Certaines côtes étaient parfaitement intactes, mais la plupart donnaient l'impression d'avoir été grattées avec de gros clous qui

106

avaient laissé de longues cannelures festonnées. Les horribles stries se répartissaient ici et là sans aucun ordre apparent.

— Qu'est-ce qui a pu provoquer ça ?

La voix de Charlotte n'était plus qu'un murmure.

— Je crois le deviner. Vous voyez ces traces de dépôt métallique ?

— Oui. Est-ce la résultante d'un épisode post mortem ? On dirait presque qu'un animal a mâché ces os.

— Je ne pense pas, non, objecta Bersei. Vous noterez que ces marques n'apparaissent que sur la bande antérieure. Des dents auraient laissé des empreintes des deux côtés, sans parler du fait que la plupart des prédateurs charognards se seraient d'abord enfuis avec l'os avant de le mâcher et ils ne nous auraient pas laissé un squelette complet.

— Alors d'où viennent ces marques selon vous ?

Charlotte s'était redressée.

— Laissez-moi vous exposer mon point de vue.

L'Italien regardait la jeune femme par-dessus les lentilles téles-copiques rabattables.

— Si les os ont l'air dans un aussi mauvais état, la chair qui les recouvrait devait être encore plus endommagée... Probable-ment déchiquetée.

Leurs regards se croisèrent et il inspira avant d'ajouter :

— Ce gars m'a tout l'air d'avoir été écorché vif.

— Vous voulez dire fouetté ?

Il acquiesça lentement de la tête.

— C'est ça. Ces marques sont celles d'un fouet barbelé.

— Pauvre homme.

La pensée d'une telle violence lui souleva les tripes.

— Continuons.

Bersei se pencha de nouveau et entreprit d'examiner des segments supérieurs des vertèbres lombaires.

Pour sa part, Charlotte s'occupa des vertèbres inférieures de la colonne vertébrale, en observant chaque os et chaque disque cartilagineux.

— Tout a l'air en bon état de ce côté-ci.

— Je suis d'accord.

Giovanni Bersei observait la structure compacte des os du bassin qui confirmait définitivement le sexe du sujet.

— Et vous aviez raison quant à son sexe. C'était assurément un homme.

Il laissa courir ses doigts sur les contours des os où devaient se trouver les organes génitaux.

— Aucun bébé n'est passé par là. Comme ça au moins, notre sujet n'aura pas laissé d'enfant orphelin de mère.

À ce stade, Giovanni Bersei était satisfait du travail accompli. Déterminer le sexe à partir des restes d'un squelette n'était jamais facile dans la mesure où la plupart des caractéristiques permettant de tirer des conclusions à ce sujet se trouvaient dans les tissus, pas dans les os. En fonction d'une variété de facteurs, allant du régime alimentaire au style de vie en passant par les tensions physiques dues aux activités du sujet, le squelette d'un individu féminin pouvait aisément modifier ses tissus mous d'une manière qui conditionnait la charpente squelettique et finissait par lui donner une apparence presque identique à celle d'un homme. L'accroissement de la masse musculaire pouvait être un évident homogénéisateur homme/femme, car ce processus réclamait des os plus épais pour la soutenir, surtout aux points d'attache des ligaments. Mais la filière pelvigénitale [1] était clairement discernable dans la plupart des squelettes féminins.

— Et maintenant... les bras ou les jambes ? demanda-t-il.

— Les bras.

Ils reprirent leur analyse minutieuse des os longs. Les deux spécialistes commencèrent par l'humérus puis passèrent à la paire inférieure de chaque bras, le radius et le cubitus.

Quelque chose attira le regard de Charlotte. Elle se rapprocha pour ajuster la résolution de ses lentilles. Un dommage évident avait été infligé aux surfaces internes des os se joignant au-dessus du poignet.

— Qu'est-ce que c'est ? Ils donnent l'impression d'avoir été passés dans un broyeur.

— Idem de ce côté. Le dommage est circonscrit à la zone immédiatement au-dessus du poignet, confirma Bersei. Vous voyez l'oxydation ? Comme de longues striures ?

---

1. L'espace du bassin par lequel le bébé à naître passe au moment de l'accouchement.

— Oui. Ce pourrait être un résidu métallique. Peut-être de l'hématite.

Mais elle vit quelque chose d'autre.

— Attendez.

Charlotte repositionna la lentille.

— Des fibres sont allées se loger dans l'os. De votre côté aussi.

— Il faut en récupérer un échantillon. On dirait de la laine.

Charlotte rouvrit le tiroir à outils. Elle récupéra une paire de brucelles et un petit tube de plastique. Puis elle s'occupa d'extraire soigneusement les fibres de l'os.

Pendant ce temps, Bersei examinait les pieds du squelette. Quelque chose attira son attention, il se pencha pour l'observer de plus près.

— Qu'est-ce que vous avez trouvé ? demanda Charlotte.

Elle s'était redressée et avait reposé les petites pinces et le tube.

Il lui fit signe de s'approcher.

— Venez voir.

Elle ajusta ses lentilles sur la zone située juste au-dessous du tibia. Ce dernier et le péroné adjacent avaient l'air en bon état. Mais, dissimulés dans les encoches supérieures de chaque pied, on remarquait deux trous profonds aux bords tranchants percés dans les os. Deux os du pied gauche avaient ainsi été fracturés.

— Regardez les dommages entre le deuxième et le troisième métatarse, nota Bersei. Ils sont identiques à ceux des poignets.

— Oui, on a les mêmes stries couleur rouille, ajouta Hennesey. On peut affirmer avec certitude qu'elles ont été creusées par un objet en métal qu'on a enfoncé dans les os.

— À en juger par les fractures du deuxième métatarse du pied gauche, c'était un clou. Vous voyez où la pointe a frappé l'os et l'a brisé ?

Charlotte observa plus attentivement l'indentation en forme de losange imprimée dans le centre de la fissure et elle détecta des éclats de bois.

— Incroyable. On dirait que le clou a raté sa cible une première fois.

Penser qu'un homme pouvait infliger une telle souffrance à un autre lui donna la nausée. Quelle sorte d'animal pouvait se montrer capable d'une telle cruauté ?

— Très probablement parce que les pieds étaient cloués l'un sur l'autre, déclara platement le Dr Bersei.

Il remarqua une autre bizarrerie près du genou et se déplaça pour mieux l'étudier.

— Que voyez-vous cette fois ?

— Venez vous en rendre compte par vous-même.

— Oh, mon Dieu.

— Complètement fracassé, s'étrangla Bersei. Regardez ces éclats dans le cartilage et les fêlures au-dessous du genou.

— Ses genoux ont été brisés ?

— Et pour cause.

— Que voulez-vous dire ?

Bersei se redressa et releva ses lentilles. Il était pâle comme la mort.

— Cet homme a été crucifié.

17

Jérusalem, Mont du Temple

— Vous ne vous attendez sûrement pas à ce que je profane ces sépultures.

Profondément choqué, Razak avait croisé les bras devant sa poitrine. Les sourcils froncés, il regardait Barton d'un œil noir.

— N'avez-vous pas de conscience ?

— C'est important, Razak.

Il lui tendit de nouveau les gants, mais Razak les repoussa.

— Je ne le permettrai pas !

Sa voix se répercuta avec force contre les murs de la chambre.

— Il va vous falloir obtenir l'autorisation du Waqf.

L'air inquiet, Akbar vint observer ce qui se passait à travers la brèche.

Évitant le regard du garde, Barton développa tranquillement son point de vue :

— Nous savons tous les deux qu'ils me la refuseront. On n'a plus de temps à perdre. Il nous faut prendre des initiatives afin de trouver des réponses. C'est pour ça que nous sommes ici.

Toujours en proie à une vive colère, Razak se tourna vers Akbar.

— Tout va bien.

Il fit signe au garde de s'éloigner. Puis il se frotta les tempes avant de revenir vers l'archéologue.

— Ce ne sont que des os dans des boîtes.

— Ce n'est pas certain.

Razak écarta les mains pour esquisser un ample geste en direction des urnes.

— Alors, pourquoi les voleurs n'ont-ils pas pris aussi ces ossuaires ?

— Nous devons être sûrs, s'entêta Barton. La moindre piste doit être explorée. Telles que les choses se présentent, les seuls indices que nous pouvons collecter se trouvent dans cette salle. Ce serait stupide et improductif de ne pas ouvrir ces ossuaires.

Pendant quelques secondes, un silence de mort retomba sur la crypte.

— D'accord, céda finalement Razak. Un ossuaire à la fois. Mais vous ferez ça tout seul.

— Compris.

— Qu'Allah nous sauve, murmura Razak. Allez-y. Faites ce que vous devez faire.

Il tourna le dos à la scène pour ne pas voir ce qui allait se passer.

Soulagé, Barton s'agenouilla devant le premier ossuaire, que les caractères hébraïques désignaient comme étant celui d'une certaine Rebecca.

— Il est possible que ça prenne un peu de temps, prévint-il Razak.

— J'attendrai, répondit celui-ci.

Barton tendit les mains vers le couvercle de pierre. Il en étreignit fermement les côtés et glissa un regard vers Razak. Le musulman lui tournait toujours le dos. L'archéologue prit une profonde inspiration, puis il fit glisser la pierre.

Deux heures après avoir ouvert le premier ossuaire, Graham Barton était tout juste en train de remettre en place les os qu'il avait sortis du septième sarcophage. Comme pratiquement tous les squelettes trouvés dans les six précédentes urnes funéraires, celui-là était remarquablement bien préservé.

Si l'anthropologie analytico-pathologique n'était pas sa spécialité, il avait étudié suffisamment d'os dans sa carrière pour connaître les rudiments de cette science. Assurément, les noms sculptés sur chaque ossuaire permettaient d'écarter une bonne partie des spéculations relatives au sexe. Et les indices fournis par les sutures des crânes, les articulations et les os pelviens l'amenaient à certaines conclusions concernant l'âge de ces squelettes. Les quatre femmes les plus jeunes – les filles du couple parental, supposa-t-il – étaient mortes jeunes, entre la fin de l'adolescence et le début de l'âge adulte. Les trois jeunes garçons – les fils, s'il adoptait la même logique – semblaient aussi se répartir dans la même tranche d'âge. Typique des familles du Ier siècle de l'ère commune, les enfants étaient nombreux et nés à de brefs intervalles pour assurer la survie de la famille.

Mais, pour autant que Barton puisse en juger, ces restes humains ne présentaient aucune anomalie évidente, aucun signe explicite de traumatisme.

À supposer que ces enfants fussent tous nés du père et de la mère inhumés dans les ossuaires huit et neuf, il semblait surprenant que tous soient morts si jeunes. Même au cours du Ier siècle, où l'espérance de vie ne devait pas se situer au-delà de trente-cinq ans, cette série de morts précoces paraissait statistiquement improbable. En réalité, on avait même l'impression qu'ils étaient tous morts en même temps.

Étrange.

Barton se releva pour s'étirer un instant.

— Tout va bien ?

Il s'était tourné vers Razak, toujours assis face au mur en position méditative à l'autre bout de la crypte. Pendant un moment, il l'avait entendu chanter des prières.

— Oui. Vous en avez encore pour longtemps ?

— Il m'en reste deux. Disons une demi-heure.

Le musulman hocha la tête.

L'archéologue s'accroupit devant le huitième ossuaire, qui contenait les restes de Sarah, l'épouse de Yosef. À ce stade, sa procédure d'analyse était bien rodée. Il souleva habilement le couvercle, le renversa et le déposa sur le sol de pierre afin de pouvoir l'utiliser comme paillasse pour les os que contenait le sarcophage.

Les orbites vides d'un crâne lisse et lustré le regardaient du fond de l'ossuaire. On aurait dit un moule de plâtre spectral passé au vernis beige.

Ne sachant pas vraiment ce qu'il cherchait, Barton commençait à perdre tout espoir de trouver quelque chose d'extraordinaire dans les deux ossuaires restants. Se pouvait-il que les voleurs aient réellement su qu'il n'y avait rien d'intéressant dans ceux-là et qu'ils aient sciemment laissé ces ossuaires comme le suggérait Razak ? Le contenu du dixième ossuaire ne pouvait certainement pas être aussi prosaïque que celui des neuf autres.

Des questions le laissaient perplexe : qu'est-ce que les voleurs savaient exactement de la relique manquante ? Comment avaient-ils pu se procurer préalablement des détails aussi spécifiques sur la crypte et l'ossuaire ?

Palpant le crâne, Barton le fit tourner entre ses mains. Quand il en éclaira l'intérieur à la lampe torche, le globe s'illumina comme un macabre *jack o'lantern* de Halloween. Au regard de la fusion de ses sutures, Sarah approchait très probablement de la quarantaine. Il reposa le crâne sur le couvercle de l'ossuaire. Puis, l'un après l'autre, il récupéra les os les plus longs et les empila soigneusement à côté du crâne. Barton sortit par pleines poignées les petits os tombés au fond de l'urne. Le squelette était complet et tout à fait normal. Pointant la lampe torche dans l'ossuaire vide, il examina méticuleusement chaque paroi et le fond à la recherche de gravures.

Avec respect, il remit les os de Sarah dans l'ossuaire et replaça le couvercle. Puis il se planta devant le neuvième ossuaire sans grand enthousiasme.

— Allez, Yosef. Un petit effort. Dis-moi quelque chose.

Tendant les mains, il se frotta le bout des doigts les uns contre les autres pour s'attirer la chance et saisit le couvercle. Mais une surprise l'attendait, car, cette fois, le couvercle ne bougea pas. Il essaya à nouveau. Rien.

— Curieux.

— Qu'est-ce qui se passe ? demanda Razak sans se retourner.

— Le couvercle du dernier ossuaire est scellé.

Barton passa la lampe torche sur la jointure. Il y avait incontestablement une matière qui ressemblait à de l'étoupe grise.

— Cela veut peut-être dire que vous devez le laisser en l'état.

Ce type est-il fou ? Il n'avait pas fait tout ça pour s'arrêter maintenant. Ignorant le Syrien, Barton sortit son couteau suisse de sa poche. Il déplia une lame de taille intermédiaire et gratta une partie de la substance gluante pour la récupérer sur sa paume gantée. L'observation des particules à la lumière le persuada qu'il s'agissait d'une sorte de cire consistante. Il lui fallut à peine cinq minutes pour décoller suffisamment de joint autour du couvercle. Cette tâche achevée, il replia la lame et rangea le couteau dans sa poche.

— Allons-y, murmura-t-il.

114

Il s'essuya la sueur du front. Attrapant le couvercle dans sa longueur, il le souleva, le renversa et le déposa sur le sol. Une odeur désagréable s'échappa de l'intérieur de l'ossuaire et Barton eut un haut-le-cœur.

Il s'empressa d'attraper la lampe et d'en projeter le faisceau à l'intérieur.

Les os les plus longs se trouvaient sur le dessus et il commença à les sortir du sarcophage.

Quand il en arriva au crâne, il le retourna et l'éclaira. La fusion avancée des sutures et l'usure substantielle des dents lui indiquèrent que Yosef devait avoisiner les soixante-dix ans au moment de sa mort. Quand le dernier de ses os fut extrait de l'ossuaire, Barton respira et pencha la tête au-dessus de la boîte dont il éclaira l'intérieur. Il fut surpris d'apercevoir au fond une petite plaque de métal rectangulaire. Immédiatement, il ouvrit son couteau suisse. Quand il parvint à soulever la plaque, il découvrit une petite niche qui avait été creusée dans la base de l'ossuaire. Et dans cette cavité, il trouva un cylindre de métal ne dépassant pas une quinzaine de centimètres de long. L'archéologue lâcha enfin un sourire.

— Voilà mon bébé.

Il l'attrapa du bout des doigts et le remonta.

— Vous avez trouvé quelque chose ?

La voix de Razak résonna dans la crypte.

— Oh oui. Venez voir.

Sans réfléchir, Razak se retourna. À peine eut-il entrevu le cylindre que ses yeux tombèrent sur la pile d'os. Instantanément, il pivota sur lui-même pour regarder de nouveau le mur.

— Âme infortunée. Que la paix soit sur toi, marmonna Razak.

— Désolé. J'aurais dû vous prévenir.

Lançant une main en arrière et secouant la tête, le Syrien répondit :

— Ça va. Qu'avez-vous dans la main ?

— Un indice.

Barton se releva et s'approcha du projecteur sur pied.

— Venez voir.

Razak se redressa à son tour et rejoignit Barton.

Examinant attentivement l'objet, Razak nota que le cylindre
– très probablement en bronze – possédait de petits capuchons
aux deux extrémités.

— Vous allez l'ouvrir ?

— Naturellement.

Sans hésitation, l'Anglais ôta l'un des capuchons et inclina
l'ouverture vers la lumière pour regarder à l'intérieur. Il vit
quelque chose dans le tube.

— Ah ! ah ! Je pense que nous avons un rouleau de
parchemin.

Razak se frottait nerveusement le menton. Il se demandait s'il
n'y avait pas une meilleure manière de résoudre tout ça, mais il
s'était résigné à admettre que, dans ce cas précis, l'expert, c'était
Barton.

Penchant le cylindre au-dessus de sa paume, l'archéologue le
tapota jusqu'à ce que le rouleau lui tombe dans la main. Véri-
fiant qu'il n'y avait rien d'autre à l'intérieur du tube de métal, il
glissa ce dernier dans la poche de sa chemise.

— Du vélin. Et excellemment bien préservé.

Très délicatement, il déroula le parchemin. Il était recouvert
d'une écriture antique, du grec à ce qu'il lui semblait. Barton
leva les yeux vers Razak.

— Bingo !

18

Cité du Vatican

Dans la salle de repos exiguë et blanche du laboratoire, Charlotte Hennesey et Giovanni Bersei, plongés dans leurs pensées, sirotaient leurs espressos tout droit sortis de la machine à café. Ils venaient de passer les deux dernières heures à constituer un journal aussi complet que possible de leurs premières analyses médico-pathologiques – photos numériques, descriptions précises, documents classés.

Bersei fit une grimace de dégoût.

— J'ai vu des restes humains de toute sorte. Des momies, des squelettes dont certains étaient encore recouverts de chairs décomposées.

Il s'interrompit.

— Mais là c'est une première absolue. Bien que ce ne soit pas une surprise.

— C'est-à-dire ?

— On croit que la crucifixion a été introduite par les Grecs, en réalité, elle a été essentiellement pratiquée par les Romains. C'était même leur principal mode d'exécution des criminels jusqu'à son abolition par l'empereur Constantin au IVe siècle.

— Vous êtes absolument certain que ce que nous avons vu sur ce squelette est le résultat d'une crucifixion et pas de quelque autre torture ?

— Certain. Et je vais vous dire pourquoi.

Bersei vida sa tasse de café.

— Commençons par le commencement. D'abord, vous devez comprendre *pourquoi* les Romains crucifiaient les criminels.

C'était très clairement une forme extrême de châtiment. Mais dans l'esprit des Romains, il s'agissait d'envoyer un message clair : les maîtres, c'étaient eux. Les crucifixions étaient publiques. On dénudait les victimes et on les suspendait le long des grandes routes ou de lieux symboliques. Il s'agissait d'une manière particulièrement déshonorante de mourir... extrêmement humiliante. Et pour cette raison, elle était spécifiquement réservée aux criminels de basse extraction et aux ennemis de l'État. Les Romains, qui gouvernaient par la peur, avaient trouvé là un moyen redoutablement efficace de l'entretenir.

Les yeux verts de Charlotte s'illuminèrent.

— Donc nous pourrions ici avoir affaire à un criminel ?

Il haussa les épaules.

— Peut-être.

— Comment savez-vous tout ça ? lui demanda-t-elle avec un regard plein de curiosité.

— Je conçois que cela puisse paraître curieux, mais, il y a quelques années, j'ai publié un article sur la crucifixion financé par la commission pontificale. J'ai cherché à comprendre comment mouraient les suppliciés.

Charlotte ne savait pas trop comment réagir à cette information.

— Je... Je peux vous demander... pourquoi ?

— Écoutez, je sais que cela peut paraître morbide. Mais la crucifixion a été pratiquée pendant des siècles et elle est extrêmement importante pour bien comprendre les premiers gouvernements romains. Pour moi, c'est un champ d'étude.

Bersei sourit à sa collègue.

— Mon article a eu un certain succès.

— J'en suis sûre. Il devait être franchement hilarant.

— Vous voulez que je poursuive ?

— S'il vous plaît.

— Avant d'être crucifiés, les criminels étaient flagellés, généralement avec une verge ou un fouet, ce qui les faisait filer doux sur le chemin qui les menait au lieu de leur supplice. Dans le cas de notre homme, il semble que l'instrument utilisé pour la flagellation ait été un *flagrum*, un fouet à plusieurs lanières pourvues de barbes de métal.

— Cela expliquerait pourquoi les côtes ont été si abîmées.

— *Si*. Et à en juger par la profondeur des fissures, sa chair a dû être sévèrement écorchée. Cet homme a probablement enduré les pires souffrances et saigné abondamment.

— Quelle cruauté.

Elle se refusait à visualiser la scène.

— Et ce n'était que le début. La crucifixion en elle-même était bien pire. Ce type d'exécution connaissait d'ailleurs un certain nombre de variantes, qui, fondamentalement, produisaient toutes le même résultat : la mort du supplicié. Le criminel était cloué sur une forme en croix par de longues pointes qu'on lui plantait dans les poignets et les pieds. On liait une corde autour de ses bras pour fournir un support supplémentaire quand la croix était redressée. De nombreux éléments pouvaient faire office de potence : un simple arbre, un pieu, deux madriers croisés en X ou une structure permanente en forme de T majuscule. À mon avis, dans le cas de notre homme, la croix était une *crux composita*, constituée d'un stipe, c'est-à-dire d'un poteau vertical, et d'une barre perpendiculaire appelée *patibulum*. Nous connaissons les images familières des crucifixions qui représentent les victimes clouées à la croix au travers de la paume des mains…

Charlotte connaissait la suite.

— Mais les petits os et la chair plus tendre des mains ne pourraient supporter le poids d'un homme, non ? S'il était vraiment cloué dans les mains, le corps devait glisser de la croix.

Elle resserra ses mains autour de la tasse.

— Exactement, approuva Bersei. Donc, pour supporter le poids, les pointes de fer – des clous gigantesques mesurant dix-huit centimètres environ – étaient plantées dans les poignets, juste au-dessous du radius et du cubitus avec une grande rondelle de bois pour assurer le maintien. Juste ici.

De l'index, Bersei indiquait un espace juste au-dessus de l'articulation du poignet.

— Cette perforation écrasait ou au moins endommageait le nerf médian, ce qui générait des ondes de douleur atroces dans tout le bras. Les mains étaient instantanément paralysées. Une fois les deux poignets cloués, le *patibulum*, supportant tout le poids du corps, était violemment relevé et positionné au sommet du stipe. On ne peut imaginer ce que la victime devait endurer. Une douleur intolérable.

De hideuses images de clous pénétrant la chair traversèrent l'esprit de Charlotte.

— Cela explique la dislocation de l'épaule, dit-elle.

— Et aussi les rainures et les traces résiduelles d'hématite que nous avons vues dans les poignets. Ce sont des indices d'une pression extrême sur les os. Des os broyés puisque tout le poids du corps était suspendu aux clous.

Charlotte Hennesey jeta son reste de café dans l'évier.

— Je ne peux plus boire.

Bersei posa sa main sur le bras de la généticienne.

— Ça va ?

Elle se frotta les yeux. Peut-être que le cancer des os n'était pas aussi effroyable après tout.

— Ça va. Oui. Continuez.

— Une fois que le corps était redressé, enchaîna l'Italien, les pieds étaient placés l'un sur l'autre, puis cloués dans le montant. L'opération ne devait pas être facile, car la victime se débattait probablement.

— Ce qui explique cette fois assurément la fracture que nous avons observée sur le pied. Il y a eu lutte.

— Oui.

Bersei avait baissé la voix.

— Parfois, pour empêcher cette résistance, on insérait une cheville de soutien, un *sedile*, juste entre les jambes. On plantait un clou dans...

Il fit une pause et se demanda s'il devait continuer. Mais il ressentit la nécessité de fournir une explication aussi complète que possible.

— ... dans le pénis et jusque dans le *sedile* pour fixer la victime à la croix.

Un instant, Charlotte crut qu'elle allait tourner de l'œil. Chaque fois que le Dr Bersei ajoutait de nouveaux détails, elle se sentait plonger un peu plus bas, comme si ses os étaient extraits un à un de son corps.

— C'est invraisemblablement brutal, parvint-elle à murmurer.

Que Giovanni, lui qui était si doux, soit spécialiste d'un sujet si terrifiant lui paraissait totalement incongru. Elle prit une profonde inspiration.

Croisant les mains devant lui, Bersei réfléchit un instant pour rassembler ses pensées.

— Le fait est que, dans la crucifixion, la cause de la mort du supplicié est multiple. C'est le traumatisme global subi qui la provoque. La flagellation, l'empalement, l'exposition aux éléments… Tout contribue à l'issue fatale. Selon l'état de santé de la victime avant l'exécution, la mort pouvait prendre des jours.

Charlotte était incapable de concevoir que des humains puissent être soumis à des châtiments aussi extrêmes. Mais ce qui la décontenançait également, c'était l'énergie que déployait Bersei pour en parler. Elle ne pouvait s'empêcher de penser que les hommes avaient une curiosité naturelle pour ce genre d'horreurs.

— Et nous savons déjà que cet homme était en excellente santé, rappela-t-elle.

Bersei acquiesça.

— Les dommages que nous avons observés sur les côtes laissent penser que la brutalité de la flagellation seule aurait dû le tuer. La peau et la structure musculaire devaient être en lambeaux. Les organes internes eux-mêmes étaient peut-être exposés. Il est incroyable que cet homme ait pu supporter une telle torture. Il devait horriblement souffrir. Ce qui m'amène au dernier point de mon exposé.

L'estomac de Charlotte se contracta. Elle devinait que Bersei s'apprêtait à lui assener des détails encore plus effroyables.

— Si les choses allaient trop lentement, continua Bersei, on précipitait la fin. On brisait les genoux du condamné avec une grosse barre de métal.

Charlotte ne put s'empêcher de visualiser mentalement cette scène et elle sentit ses propres genoux vaciller.

— C'est manifestement ce qui est arrivé à notre homme, compléta-t-elle.

La jeune femme se battait pour garder toute sa lucidité. Elle évalua immédiatement les effets de cette ultime violence.

— Sans le support des jambes, tout le poids du corps tirait sur la cage thoracique. Est-ce pour ça que le cartilage costal a été littéralement arraché ?

— Probablement. Ses poumons comprimés, la victime devait désespérément lutter pour respirer. Et simultanément, le peu de sang qui lui restait commençait à s'accumuler plus bas dans les jambes et le torse.

— Finalement, le criminel mourait d'asphyxie et d'arrêt cardiaque, c'est cela ?

— Exactement. La déshydratation et les blessures pouvaient aussi accélérer le processus.

Il marqua une pause et se pinça les lèvres.

— La victime pouvait rester des jours sur la croix à attendre que la mort survienne. Elle devait endurer une souffrance inouïe.

— Et ensuite ?

Les lèvres étirées à l'extrême, Bersei livra son explication.

— Les cadavres étaient jetés à terre et les vautours, les chiens et d'autres charognards se disputaient la dépouille. S'il restait de la chair sur les os, on jetait tout ça dans le feu. Les Romains respectaient la procédure à la lettre. Ils n'en donnaient que davantage de force au dernier stade du châtiment : refuser au criminel une inhumation décente. Au regard de pratiquement toutes les religions de l'époque, c'était un sacrilège. En brûlant les corps, les Romains privaient les victimes de toute possibilité d'après-vie, de réincarnation ou de résurrection.

— Le châtiment ultime.

Charlotte fixait le sol.

— C'est absolument ça. Le corps était totalement annihilé.

— La vision de tout ça devait retourner les tripes. Imaginez le spectacle effroyable : vous marchez sur une route et devant vous, tous ces corps cloués sur des croix. Parlez-moi de publicité suggestive.

— La puissance de Rome. Assurément, ce spectacle devait profondément marquer la population... et la contraindre à la docilité.

Un ange passa dans la salle de repos.

— À votre avis, qui était ce type ? demanda-t-elle enfin.

Bersei haussa les épaules et secoua la tête.

— Il est beaucoup trop tôt pour le dire. Les Romains ont crucifié des milliers d'hommes et il peut être n'importe lequel de ceux-là. Avant celui-ci, le seul reste de crucifié jamais trouvé était un os de talon avec un clou planté dedans. Le fait que nous ayons affaire au premier *corps* crucifié intact confère à cette relique une valeur extraordinaire.

Charlotte inclina la tête.

— Cela explique pourquoi le Vatican s'est donné tant de mal pour nous amener ici.

— Absolument. Et c'est parfaitement compréhensible. Une découverte comme celle-ci est phénoménale.

— Mais nous n'avons ouvert l'ossuaire qu'aujourd'hui. Et comme il était scellé, comment pouvaient-ils bien savoir que l'homme qui se trouvait à l'intérieur avait été crucifié ? Comment savaient-ils qu'ils allaient avoir besoin de notre expertise ?

Bersei considéra un instant cette question.

— Il n'y a rien de surprenant à ce qu'ils m'aient fait venir ici. Ayant travaillé dans les catacombes pendant des années, je suis tombé sur bon nombre de squelettes et quantité de reliques associées au monde funéraire... Quant à vous... Je n'ai pas vraiment besoin de vous rappeler que l'analyse ADN est un outil formidable pour l'étude des restes humains. Mais laissons de côté les hypothèses tant que nous n'aurons pas terminé l'examen de cet ossuaire plus avant. Après tout, les restes physiques ne nous racontent qu'une partie de l'histoire.

19

Dans le couloir menant au laboratoire, à l'intérieur d'un local exigu servant ordinairement de débarras, un réseau de câbles cascadait le long du mur jusqu'à l'unité centrale d'un ordinateur. Ils alimentaient les transmissions audio et vidéo en direct provenant du laboratoire et de sa salle de repos. Des écouteurs sur les oreilles raccordés aux équipements de surveillance, Salvatore Conte enregistrait méthodiquement tout ce que faisaient les scientifiques, conformément aux instructions du secrétaire d'État du Vatican, le cardinal Santelli.

Deux connexions radio autonomes enregistraient également toutes les communications téléphoniques de la chambre de Charlotte Hennesey (grâce à un mouchard placé dans le serveur téléphonique principal du Vatican) et du domicile de Giovanni Bersei. Il avait lui-même rendu une petite visite à la maison de l'anthropologue la nuit précédente. Tandis que ce dernier essayait de manger les jarrets de veau trop cuits de son épouse, Conte était dehors en train de raccorder un transmetteur à une boîte de raccordement téléphonique sur le flanc de la maison. Ces talents en matière d'ingénierie électrique, il les devait à ses précédents employeurs.

Si toutes les fastidieuses discussions scientifiques qu'il entendait ne l'intéressaient que très modérément, l'attirante généticienne américaine focalisait l'essentiel de son attention. Elle était très séduisante, pensait-il. Normalement, les types comme lui n'avaient pas beaucoup de chances avec des filles comme elle. Mais cela ne coûtait rien d'essayer. Et personne n'essayait avec plus de conviction que Salvatore Conte. La persévérance faisait tout.

À force d'étudier Hennesey – son visage, ses lèvres, ses cheveux, son corps –, il décida que, d'une manière ou d'une autre, il goûterait à elle. Il lui fallait juste attendre un peu que le travail ici soit terminé.

Sur un écran informatique séparé, il se connecta à Internet et fit apparaître la page d'accueil de la banque des îles Caïmans où il avait ouvert un nouveau compte sous l'un de ses pseudonymes. Après avoir entré son nom d'utilisateur et son mot de passe pour accéder au compte, il était sur le point de vérifier si Santelli avait rempli sa part du marché.

Un peu plus tôt dans la matinée, il avait eu une conversation franche avec le cardinal à propos d'un bonus de salaire pour la livraison rapide des reliques et d'une prime de risque supplémentaire pour lui et ses collègues (à l'exception de Doug Wilkinson). Il avait fait clairement comprendre au prélat qu'il serait très « dommageable » qu'il quitte le Vatican sans avoir constaté que le paiement avait été effectué. Très étonnamment, le cardinal n'avait pas protesté et il était même volontiers convenu qu'une opération réussie de manière si efficace valait bien une rallonge.

L'argent était transféré via l'une des banques affiliées au Vatican, Conte n'en doutait pas, pour éviter toute traçabilité comptable au sein même de ces murs. La banque ne l'avait même pas contacté à propos de la somme et les fonds avaient été virés immédiatement.

Adolescent, Salvatore Conte avait été un brillant élève de l'école militaire de Nunziatella de Naples. Une fois ses diplômes obtenus, il était parti accomplir ses huit mois de service militaire obligatoire. Il ne se passa guère de temps avant que ses aptitudes exceptionnelles – tant physiques qu'intellectuelles – n'attirent l'attention de ses officiers. Leurs éminents éloges lui permirent d'obtenir un poste au sein du SISDE, le *Servizio per le Informazioni e la Sicurezza Democratica*, autrement dit les services secrets italiens. Là, il avait acquis le savoir-faire qui l'avait aidé à devenir l'agent libre qu'il était aujourd'hui. Assassinats, prises d'otages, infiltration de cellules terroristes... Conte acceptait toutes les missions qui lui étaient proposées et il excellait en chacune. Il avait été engagé pour participer à des opérations interservices en Europe et aux États-Unis.

Sa décision de quitter le SISDE près de cinq ans plus tôt avait été la bonne. Au cours de ses années de service, il avait établi de très nombreux contacts et, depuis, il n'avait jamais été à court de clients désireux de se venger d'un adversaire ou de se « procurer » de nouveaux avoirs. Ils payaient toujours cash et en temps et en heure.

Cependant, il avait ciblé un petit groupe de clients potentiels qu'il considérait comme ses prospects les plus lucratifs. Parmi ceux-ci, il y avait le Vatican – un pays minuscule qui se considérait lui-même comme quasiment invincible avec ses hauts murs, son système de sécurité efficace et son armée mercenaire. Conte avait pris la liberté de rendre visite au vrai chef du Vatican pour lui rappeler qu'aucun système n'était impénétrable. Pas le pape bien sûr. Cela n'aurait pas été avisé. Non, Conte avait choisi le cardinal Santelli, l'homme qu'il savait être le vrai cerveau des opérations.

Il pouvait encore se rappeler l'expression du visage de ce vieux bâtard quand Santelli était arrivé tranquillement dans son bureau ce matin-là en sifflotant et que, soudain, il avait vu Conte, assis à son bureau impeccablement rangé, en train de jouer au solitaire sur son ordinateur sécurisé ; ordinateur dans lequel il était pourtant parvenu à rentrer grâce à un décodeur de mots de passe portatif. Le mercenaire était complètement vêtu de noir ; une tenue standard pour une incursion nocturne.

Consterné, le prélat avait hurlé :

— Qui êtes-vous ?

— Votre conseiller local en sécurité, avait promptement répondu Conte.

Il s'était levé et avait contourné le bureau pour offrir sa carte de visite personnalisée avec son pseudonyme et un numéro de téléphone portable crypté.

— J'étais dans le secteur et je voulais me présenter personnellement à vous pour pallier les quelques déficiences manifestes dans les systèmes de sécurité de votre État.

En vérité, pénétrer dans la cité du Vatican n'avait pas été un jeu d'enfant. Dans un sac à dos posé à côté du bureau de Santelli, il y avait tout un attirail : câbles à grappin, harnais de rappel, coupe-verre, lunettes de vision nocturne... Conte avait dû escalader le rempart nord de la cité, lancer un grappin sur le toit du musée du Vatican, se suspendre au-dessus du vide,

126

traverser le toit du bâtiment jusqu'au palais apostolique, brouiller le système de sécurité (en utilisant un appareil à impulsion électromagnétique qu'il avait volé au SISDE), descendre en rappel jusqu'à la fenêtre du bureau de Santelli, couper la vitre et ouvrir la fenêtre. Une fois à l'intérieur, il avait mangé de la mortadelle, du prosciutto[1] et un panini à la mozzarella, bu une Pellegrino Chinotto et il avait attendu le lever du soleil.

Il avait fallu deux minutes à Santelli pour se calmer et essayer de comprendre comment un intrus avait pu abuser tous les systèmes de sécurité hermétiques du Vatican. De son côté, après avoir expliqué qu'il pouvait fournir une myriade de services à « un homme aussi puissant que vous », Conte s'était mis à énoncer spécifiquement toute une liste d'opérations qu'il était susceptible d'entreprendre pour le compte du Vatican. Santelli feignit d'être choqué par cette énumération. Mais le mercenaire savait à quoi s'en tenir. Il avait vu le dossier concernant le cardinal quand il travaillait au SISDE, particulièrement les éléments relatifs au notoirement célèbre scandale du Banco Ambrosiano[2]. Il savait donc que le cardinal n'était pas étranger aux activités... scélérates.

— Et qu'est-ce qui vous fait croire que je ne vais pas vous faire arrêter sur-le-champ ? l'avait menacé le prélat.

— Parce que je ferais sauter le plastic C-4 caché dans ce bâtiment avant que vos gardes aient pu franchir cette porte.

Les yeux de Santelli avaient failli jaillir de leurs orbites.

— Vous bluffez.

Conte avait alors exhibé un petit transmetteur à distance.

— Le pape se trouve au-dessus actuellement, n'est-ce pas ? Vous voulez prendre ce risque ?

— D'accord, monsieur Conte. Vous avez gagné.

— Gardez ma carte. Faites-moi confiance... Un jour, vous aurez besoin de mon aide.

Il s'était penché et avait récupéré son volumineux sac à dos.

— J'apprécierais que vous m'escortiez jusqu'à la sortie.

Conte avait tapoté son sac.

1. Un jambon italien à la saveur fumée.
2. Appelé également « Scandale de la loge P2 ».

— Il y a pas mal de trucs là-dedans qui pourraient exciter vos détecteurs à métaux. Une fois que je serai en sécurité dehors, je vous dirai où se trouve le C-4. D'accord ?

Les parents de Conte étaient convaincus que leur fils devait sa réussite à ses investissements immobiliers, mais Maria, sa sœur de trente-cinq ans, n'était pas aussi facile à duper et elle donnait chaque fois aux réunions de famille des airs de thérapie de groupe.

Son travail ne lui permettait pas d'entretenir de relations permanentes. Pour autant que Salvatore Conte en fût capable... Au cours des quelques années à venir, il n'aurait aucune compagne régulière... Et encore moins d'épouse ou d'enfants. Ce type d'imprudence annihilait la notion même d'anonymat et créait trop de potentialités de complications. Pour le moment, il existait quantité d'autres femmes qui ne demandaient qu'à satis-faire les désirs les plus immédiats de Conte. Tout ce que ça lui coûtait, c'était de l'argent. Et vu le salaire que son dernier job lui avait procuré, il n'était pas près de manquer de femmes. Passer dans le « privé » l'avait bien servi.

Un immense sourire aux lèvres, Conte écarquilla les yeux en découvrant le solde du compte qui venait de s'afficher : 6 500 000,00 €. Après déduction de ses frais généraux et de ce qu'il devait aux six survivants de son commando, il lui restait un net confortable de quatre millions d'euros. Pas mal pour un travail de quelques jours.

Et il n'avait même pas été blessé. Un autre bonus.

20

Chinon, France

3 mars 1314

Dans une cellule exiguë et sombre des souterrains du fort du Coudray, Jacques de Molay était assis piteusement contre le mur de pierre glacé du donjon. Il regardait trois énormes rats se disputer le morceau de pain qu'il leur avait jeté.

Ses os ne parvenaient pas à se réchauffer. Une forte odeur d'excréments flottait dans l'air. Cet endroit n'était pas qu'une prison. C'était l'enfer.

À maintenant soixante-dix ans, le corps couturé et autrefois robuste de Molay était devenu blême. Désormais, c'était de joues émaciées que s'échappait sa longue barbe devenue d'un blanc ivoire ; une barbe emmêlée, grasse et grouillante de poux.

Si, depuis deux décennies, il occupait la fonction suprême de l'Ordre, celle de grand maître, l'humiliation était aujourd'hui sa seule récompense. Depuis six ans, victime des scandaleux complots politiques du jeune et ambitieux roi de France Philippe IV[1], il se morfondait dans ce trou oublié de Dieu Lui-même et de Son acolyte, le Saint-Père romain, Clément V.

Pas un jour ne s'écoulait sans qu'il repense à cette conversation qu'il avait eue avec Thibaud Gaudin, dans la citadelle de Kolossi. Peut-être qu'il aurait dû écouter le conseil du couard.

Il entendit soudain des sons qui provenaient du couloir de l'autre côté de la grille de fer. Les gonds d'une lourde porte

---

1. Né en 1268 (donc âgé de trente-neuf ans au moment de la chute des Templiers) et monté sur le trône en 1285.

grincèrent. Des clés tintèrent. Puis des pas approchèrent. Quelques secondes plus tard, une figure encapuchonnée se matérialisa derrière les barreaux de la cellule. Sans avoir besoin de lever les yeux, Molay avait déjà identifié le visiteur. La lourde fragrance de parfum ne laissait aucun doute : le pape Clément avait fini par se décider à venir. Le Saint-Père était flanqué de deux robustes gardes de la prison.

Une petite voix nasillarde fendit l'air.

— Vous avez une allure épouvantable, Jacques. Pire même que d'habitude.

Molay fixa le corpulent pontife qui dissimulait son nez crochu derrière un mouchoir brodé. Des anneaux d'or incrustés de bijoux, dont l'anneau du pêcheur pontifical, couvraient ses délicats doigts manucurés. Il portait une longue chasuble sous une lourde cape noire à capuche et sa croix pectorale d'or scintillait dans la lumière d'une torche voisine. Molay se décida à parler, mais bouger ses lèvres gercées réclamait de lui un effort douloureux.

— Vous avez l'air… mignon.

— Allons, allons, grand maître. Ne transformons pas ceci en une affaire personnelle.

— C'est trop tard pour ça. Cela n'a jamais été autre chose qu'une affaire personnelle, lui rappela Molay.

Clément abaissa le mouchoir et sourit.

— De quoi vouliez-vous parler avec moi ? Êtes-vous finalement prêt à vous confesser ?

Le regard glacial de Molay transperça le pape, un homme de vingt ans son cadet.

— Vous savez que je ne désavouerai pas mes frères ni mon propre honneur en me soumettant à vos intrigues.

Quatre ans plus tôt, on avait présenté à Molay pas moins de cent vingt-sept accusations contre l'Ordre, autant de charges incongrues qui incluaient l'adoration du diable, la perversion sexuelle et des myriades de blasphèmes contre le Christ et la chrétienté. Et deux ans plus tôt à peine, le 22 mars 1312,

Clément lui-même avait promulgué la bulle intitulée *Vox in excelso*[1], qui dissolvait officiellement l'Ordre.

— Vous avez déjà pris notre argent et nos terres.

Le ton de Molay trahissait son dégoût pour cet homme.

— Vous avez torturé des centaines de mes hommes pour leur arracher de fausses confessions. Vous en avez brûlé vifs cinquante-quatre autres. Tous des hommes honorables qui avaient voué leur vie à la sauvegarde du Saint-Siège de l'Église.

Ces remarques acerbes laissaient Clément de marbre.

— Vous savez que si vous ne mettez pas un terme à votre entêtement, vous serez condamné à mort par les inquisiteurs… et ce ne sera pas agréable. Gardez à l'esprit, Jacques, que vous et vos hommes êtes aussi archaïques que ce pour quoi vous luttez, l'honneur ou l'absence d'honneur. Je crois que cela fait plus de vingt ans que vos légions ont perdu le contrôle de la Terre sainte et détruit plus de deux siècles de progrès.

Le progrès ? Pendant un instant, Molay envisagea de bondir vers la grille, de passer ses mains à travers les barreaux et de les serrer autour du cou du pontife. Mais les deux gardes l'encadraient et veillaient au bon ordre de cette entrevue secrète.

— Nous savons tous les deux que Rome ne voulait pas soutenir nos efforts. Nous avions besoin d'une nouvelle armée et elle ne nous a pas été envoyée. Nous avons été submergés à un contre dix. C'était une question d'argent hier et ça l'est toujours aujourd'hui.

Le pape leva sa main dédaigneusement.

— C'est de l'histoire ancienne. Je détesterais avoir à me dire que j'ai fait tout ce voyage jusqu'ici pour que vous m'abreuviez de vieilles rancœurs. Pourquoi m'avez-vous fait venir ici ?

— Pour conclure un marché.

Clément éclata de rire.

— Vous n'êtes pas en position de marchander.

— Je veux réinstaurer l'Ordre. Pas pour moi, mais pour vous.

— Allons, Jacques, vous ne pouvez pas être sérieux.

Molay insista. La détermination se lisait dans son regard.

---

1. Également appelée *Vox clamantis*, cette bulle est bien datée du 22 mars 1312 à Vienne, mais elle ne fut rendue publique au concile que le 3 avril 1312, d'où l'attribution de l'une ou l'autre date à ce décret selon les auteurs.

— Après la chute d'Acre, nous n'avons pas eu l'occasion de retourner à Jérusalem. Nous avions pourtant laissé de nombreux trésors derrière nous. Des trésors de valeur qui pouvaient facilement tomber entre les mains des infidèles.

Ces temps-ci, s'il y avait bien une chose qui intéressait Clément, c'était d'éviter l'effondrement économique imminent des États pontificaux.

— À quelles reliques pourriez-vous faire allusion ?

Le pape avait approché son visage des barreaux, un air railleur sur les lèvres.

— La tête de Jean-Baptiste ? La vraie croix du Christ ? Ou peut-être même l'Arche d'Alliance ?

Molay serra les dents. Le caractère éminemment secret de l'Ordre avait suscité bien des spéculations quant à la manière dont il avait acquis ses phénoménales richesses, mais c'était aussi la raison qui expliquait comment le roi de France et le pape avaient pu les diaboliser si facilement et fabriquer leurs mensonges ignobles. Seulement entendre certaines de ces inventions immondes sortir de la bouche de l'efféminé Clément était une véritable torture.

— Je veux que vous m'écoutiez très attentivement. Parce que votre grande Église pourrait être en péril.

Le pape le regarda intrigué et s'écarta légèrement de la cage. Il jaugea le prisonnier de la tête aux pieds, un homme qu'il n'avait jamais considéré comme un menteur en dépit de toutes les récentes tribulations.

— J'écoute.

Molay sentait un nœud lui tordre l'estomac. Il ne pouvait croire ce qu'il s'apprêtait à faire. Mais après six longues années d'attente, il en était arrivé à la triste conclusion que ses frères templiers encore vivants ne survivraient pas à une autre année de détention et qu'il fallait que quelque chose de spectaculaire survienne. À remords, il s'était résigné à divulguer le secret le plus convoité de l'Ordre, cette chose même que la fraternité monastique avait juré de protéger en prononçant un serment lui-même secret.

— L'Ordre détient depuis plus de deux siècles un livre qui s'intitule *Ephemeris Conlusio*.

— Le *Journal des secrets* ?

Le ton du pape trahissait son impatience :

— Quels secrets ?

Pendant les quinze minutes suivantes, le grand maître du Temple narra une histoire remarquable : le récit d'une découverte phénoménale qui, si elle était avérée, remettrait en question l'Histoire elle-même. Or les détails étaient beaucoup trop précis pour ne pas être exacts. Le pape accordait toute son attention parce que, au sein de la hiérarchie catholique, des rumeurs sur l'existence d'une telle menace circulaient depuis des siècles.

Quand le grand maître eut terminé son récit, il s'assit parfaitement immobile, attendant la réaction du souverain pontife.

Après un instant de réflexion, Clément s'exprima enfin. L'assurance avait déserté son ton qui transpirait presque l'effroi maintenant.

— Et vous avez laissé ce livre à Jérusalem ?

— Nous n'avons pas eu le choix. La ville avait déjà été envahie.

En vérité, ils n'avaient jamais eu l'intention d'emporter les reliques. Ils s'étaient contentés de les mettre en sûreté. Telle avait été la volonté de Dieu.

— Quelle histoire ! ponctua Clément. Mais pourquoi me la racontez-vous maintenant ?

— Pour que vous puissiez rendre justice à l'Ordre. Nous avons besoin de lever une nouvelle armée pour aller chercher ce qui a été perdu. Si ce n'est pas possible, je pense que vous pouvez en imaginer les conséquences.

À regarder l'expression du pape, Molay constatait que Clément prenait toute la mesure de la situation.

— Même si, moi, je pouvais acquitter les templiers, pensa-t-il à haute voix, il me faudrait convaincre Philippe de faire de même.

Il secoua la tête d'un air dubitatif.

— Après tout ce qui est arrivé, je ne crois pas que ce soit possible.

— Vous devez essayer, le pressa Molay.

Il savait qu'il avait trouvé le point faible de Clément. Le pape commençait à considérer sérieusement sa proposition.

— Donnez-moi votre parole que vous allez essayer.

Clément avait espéré parvenir définitivement ce jour-là à briser Molay et à mettre ainsi un terme à toute cette mascarade. Soudain, il découvrait qu'il avait plus que jamais besoin de cet homme.

— Comme vous voulez, céda-t-il. Vous avez ma parole.

— Avant que vous partiez d'ici, je veux un engagement écrit de votre part. J'ai besoin d'une garantie.

— Je ne peux faire une telle chose.

— Sans mon aide, vous ne récupérerez jamais le livre… ni ce qu'il est censé vous permettre de retrouver, insista Molay. Je suis votre seul espoir.

Le souverain pontife réfléchit un moment.

— Qu'il en soit donc ainsi.

Il ordonna à l'un des gardes d'aller quérir son secrétaire.

— Et si Philippe s'y oppose ?

— Alors le destin qui nous attend, moi et mes hommes, n'aura plus aucune importance… car vous, le roi Philippe et toute la chrétienté serez condamnés.

21

Cité du Vatican

Au cœur du palais apostolique, le père Patrick Donovan était assis derrière un bureau de chêne massif au milieu d'une grande bibliothèque. On ne pouvait accéder à celle-ci qu'après s'être soumis au contrôle d'un scanner rétinien biométrique, au passage de portes dotées de serrures à clés magnétiques codées et sous le regard d'un contingent de gardes suisses.

Les *Archivum Secretum Apostolicum Vaticanum*, les Archives secrètes du Vatican.

Au cours du temps, le Vatican avait particulièrement développé le système de sécurité de cet endroit. L'État pontifical reconnaissait en effet qu'il n'y avait pas de trésors plus précieux au Vatican que ses secrets.

De grosses armoires en métal ignifugées nouvellement installées s'alignaient le long des murs. Elles s'élevaient vers les fresques du haut plafond de la salle principale, abritant plus de trente-cinq mille manuscrits et parchemins sur vélin dans des compartiments de verre fermés. Des ouvrages scripturaires mis à l'Index mêlant la philosophie, la mythologie païenne et l'histoire du Christ, jusqu'aux hérétiques de la Renaissance comme Galilée, les Archives du Vatican accumulaient des siècles de travaux interdits par les papes précédents, à côté des actes de propriété, des certificats de dépôt et autres documents légaux de la papauté.

Contrairement à la croyance populaire, le Vatican cherchait encore activement à augmenter le nombre déjà considérable d'archives en sa possession. L'hérésie était considérée comme très vivante et bien ancrée dans le XXIᵉ siècle. Les attaques contre la chrétienté se voulaient toujours plus sophistiquées – l'abîme séculier ne cessait de grandir. Et de nombreux manuscrits apocryphes prébibliques, remplis d'écrits polémiques qui sapaient l'intégrité des Évangiles, continuaient d'échapper à la mainmise du Vatican.

Tout au long de l'histoire catholique, on avait confié à quelques très rares élus la mission d'administrer ces archives impressionnantes. La façon dont il était devenu son très fidèle conservateur continuait d'émerveiller Donovan.

Longue était la route qui l'avait conduit de Belfast à Rome.

Dès sa sortie du séminaire, Donovan avait rejoint la cathédrale Christ Church de Dublin comme prêtre résident. Mais sa passion pour l'histoire et les livres lui avait rapidement valu d'être reconnu comme historien biblique. Deux ans plus tard, on lui avait confié un cours d'histoire biblique à l'University College de Dublin, qui, très vite, avait connu un vif succès. Ses légendaires conférences et articles sur les premières Écritures chrétiennes attirèrent l'attention du premier prélat d'Irlande, le cardinal Daniel Michael Shaunessey. Celui-ci ne tarda pas à demander à Donovan de l'accompagner au Vatican, où il le présenta au cardinal qui supervisait alors la Bibliothèque vaticane. Des projets conjoints s'ensuivirent et, moins de quatre mois plus tard, on fit une offre du genre qui ne se refuse pas à Donovan : administrer les Archives de la cité pontificale. S'il lui était pénible de laisser ses parents âgés en Irlande – la seule famille qui lui restait –, il accepta tout de même avec joie.

Douze ans déjà s'étaient écoulés. Et jamais il n'aurait imaginé se retrouver un jour impliqué dans ce qui s'annonçait comme le plus grand scandale de l'histoire de l'Église. Tout ça à cause d'un livre...

Penché sur des pages de parchemin jaunies, Donovan examinait attentivement la plus récente acquisition des Archives : le vieux codex relié cuir intitulé *Ephemeris Conlusio* – le *Journal des secrets*. Tant de sang avait été répandu pour récupérer la relique que l'on analysait en cet instant même dans les sous-sols du musée du Vatican ! Il avait besoin de se rassurer, d'être certain que l'ossuaire correspondait parfaitement aux critères décrits dans le texte. Le prêtre s'arrêta sur une page exposant une gravure de l'ossuaire afin de l'examiner. Enfin, il put laisser échapper un long soupir de soulagement : sous ses yeux s'étalait une reproduction fidèle de l'unique symbole gravé sur le flanc de l'urne.

Il était presque impossible pour le bibliothécaire de comprendre comment il en était arrivé là : un simple appel téléphonique reçu par un après-midi pluvieux deux semaines plus tôt à peine avait mis en branle toute une improbable série d'événements...

Une pluie peu estivale tambourinait alors contre la fenêtre de son bureau. Mais, indifférent, Donovan était profondément absorbé dans une étude du XVIIIe siècle sur la nature de l'hérésie quand le téléphone avait sonné. Quittant son fauteuil, il avait répondu à la quatrième sonnerie.

— Êtes-vous le père Patrick Donovan, le conservateur des Archives secrètes du Vatican ?

La voix avait un accent que Donovan ne parvint d'abord pas à reconnaître.

— Qui êtes-vous ?

— Qui je suis n'a pas d'importance pour vous.

— Vraiment.

Ce n'était pas la première fois qu'un journaliste ou un universitaire frustré appelait en se faisant passer pour un vendeur potentiel, afin d'avoir accès aux livres les plus convoités du globe.

— Je possède quelque chose qui vous intéresse.

— Je n'ai pas le temps pour les mystères, répondit sèchement le prêtre. Soyez plus direct.

Il était sur le point de ranger l'interlocuteur dans la catégorie des allumés, quand deux mots sortirent de sa bouche : *Ephemeris Conlusio*.

— Ce livre est une légende, rétorqua Donovan d'une voix presque cassée. Un pur mythe.

Comment pouvait-on avoir découvert son existence hors des murs des Archives vaticanes ou de la cellule de Jacques de Molay dans la prison du château de Chinon ? Dans l'attente d'une réponse, il se mit à arpenter la pièce nerveusement.

— Votre *légende* est actuellement entre mes mains.

Donovan réprima une bouffée de panique. À peine deux ans plus tôt, dans les mêmes circonstances, un homme avait tenté de monnayer l'Évangile de Judas, un ancien texte en copte qui renversait la vision traditionnelle que l'on avait du plus tristement célèbre des apôtres. Dans ce texte, Judas affirmait qu'il avait trahi Jésus à sa demande. Mais le Vatican avait jugé la provenance du document extrêmement suspecte et avait décliné cette offre. Grave erreur d'appréciation, car peu après ce texte avait été publié dans le monde entier par le *National Geographic*. Donovan était certain que le Vatican ne voudrait pas renouveler cette erreur.

— Si vous possédez réellement l'*Ephemeris Conlusio*, dites-moi en quelle langue il est écrit.

— En grec naturellement. Voulez-vous d'autres précisions ?

L'Irlandais perçut un tapotement rythmé à l'autre extrémité du fil.

— Qui en est l'auteur ?

Le correspondant le lui dit et Donovan demeura stupéfait.

— Le premier ennemi du catholicisme, est-ce que je me trompe ?

L'homme fit une pause avant d'ajouter :

— Je vous sais capable d'être plus subtil que ça !

Par la fenêtre, le bibliothécaire voyait que le ciel s'était assombri et que la pluie tombait plus dru.

Sur-le-champ, Donovan décida qu'il ne considérerait la proposition crédible que si l'interlocuteur anonyme était en mesure de révéler les éléments les plus sensibles du livre.

— La légende prétend que l'*Ephemeris Conlusio* contient une carte. Savez-vous ce qu'elle est censée représenter ?

Son cœur battait à tout rompre.

— S'il vous plaît, ne me méjugez pas, répondit le mystérieux interlocuteur.

Sur ce, il fournit des détails et une description précise des reliques légendaires. Donovan sentait sa lèvre inférieure trembler.

— Vous voulez vendre ce livre ? Est-ce là l'objet de votre appel ?

Donovan avait la bouche sèche.

— Ce n'est pas si simple.

Maintenant le prêtre craignait le pire. Il avait douloureusement conscience que cet étranger était potentiellement en situation de faire vaciller l'Église, peut-être même de saper ses bases.

Avant d'aller plus loin, il était essentiel de déterminer les motivations réelles de l'inconnu.

— Essayez-vous de faire chanter le Vatican ?

L'homme gloussa.

— Ce n'est pas une question d'argent, siffla-t-il. Considérez la possibilité que je puisse simplement chercher à vous aider, vous et vos employeurs.

— Ni votre attitude ni vos motivations ne semblent philanthropiques. Que cherchez-vous ?

L'inconnu répondit d'une manière énigmatique.

— Une fois que vous aurez vu ce que j'ai à offrir, vous saurez ce que je cherche. Et vous saurez ce qui vous restera à faire... et ce que vous voudrez faire. Ce sera mon salaire.

— Le Vatican va vouloir authentifier le livre avant même de discuter de son mode d'acquisition.

— Alors je vais vous l'envoyer, avait répondu l'interlocuteur.

— Il me faut une preuve maintenant.

Pas de réponse.

— Faxez-moi une page maintenant, insista Donovan.

— Donnez-moi votre numéro.

L'homme hésitait.

— Je vais rester en ligne, précisa-t-il.

Donovan répéta deux fois le numéro de fax privé de son bureau.

Une longue minute s'écoula avant que le télécopieur ne sonne. Il se connecta à la seconde sonnerie et une feuille de papier sortit du chargeur. Le document imprimé apparut quelques secondes plus tard. Donovan l'approcha de la lumière pour lire le texte grec indubitablement authentique. Quand il eut fini sa lecture, les mots qu'il venait de déchiffrer le laissèrent momentanément sans voix. Tremblant, il reprit le combiné du téléphone.

— Où avez-vous trouvé ça ?

— Cela n'a aucune importance.

— Pourquoi vous êtes-vous adressé à moi en particulier ?

— Vous êtes probablement le seul homme du Vatican qui puisse comprendre les implications profondes de ce livre. Jusqu'à présent, personne n'a voulu reconnaître son existence. Je vous ai choisi pour être mon porte-parole auprès du Saint-Siège.

Une nouvelle longue pause s'ensuivit.

— Vous voulez ce livre ou non ?

Nouvelle pause.

— Naturellement, finit par répondre l'Irlandais.

Donovan devait rencontrer le messager de l'interlocuteur anonyme deux jours plus tard dans le Caffè Greco, sur la Via Condotti, près de la place d'Espagne. Le prêtre avait pris quelques précautions. Deux gardes suisses armés et en civil étaient assis à une table voisine. L'émissaire apparut à l'heure dite et se présenta par un simple prénom. Pour d'éventuelles questions ultérieures, il laissa une carte de visite au prêtre. Donovan n'était resté assis en compagnie de l'homme que brièvement. Il n'obtint aucune indication quant à l'identité de l'expéditeur.

Discrètement, le messager lui avait glissé une sacoche en cuir.

Bien qu'aucune explication ne lui ait été donnée, Donovan devinait que l'homme assis face à lui ne savait rien du contenu réel du porte-documents. Il ne s'était rien passé qui nécessite l'intervention des gardes. Il ne s'agissait que d'une rapide transaction impersonnelle et les deux hommes s'étaient quittés en empruntant des directions séparées.

En ouvrant la sacoche dans le sanctuaire de son bureau, Donovan avait trouvé un message et une coupure de journal. Le mot disait : « *Utilisez la carte pour trouver les reliques. Agissez rapidement avant que les juifs ne les découvrent. Si vous avez besoin d'aide, appelez-moi.* » Un numéro de téléphone était indiqué sous le message. Salvatore Conte lui avait appris ultérieurement qu'il s'agissait d'un téléphone portable à usage unique et que toutes les communications suivantes avec l'homme avaient été systématiquement redirigées vers un nouveau numéro de téléphone ou un site web anonyme ne pouvant lui aussi servir qu'une fois. Tout autant intraçables. Apparemment, grâce à ces canaux sécurisés, l'« initié » avait coordonné avec Conte la fourniture d'explosifs et des outils nécessaires pour extraire l'ossuaire.

Les juifs ? Troublé, le prêtre avait lu la coupure tirée du *Jerusalem Post* et il avait instantanément compris ce qui avait précipité cette rencontre. Plongeant plus profondément la main dans la sacoche, il avait senti la couverture de cuir lisse de l'*Ephemeris Conlusio*.

22

Jérusalem

En quittant le Mont du Temple par la porte nord, Graham Barton évita le chaos de la place du mur des Lamentations. Il emprunta les étroites rues pavées qui sillonnaient la pente du mont Moriah.

L'archéologue était parvenu sans trop de peine à persuader Razak de le laisser emporter le parchemin à son bureau pour essayer d'en traduire le texte. Apparemment, le musulman était impatient d'obtenir des réponses.

Après avoir traversé les quartiers musulman et chrétien en pleine activité, il pénétra dans le quartier juif qui bordait Tiferet Yisrael et tourna à gauche sur l'immense esplanade de la place de la Hurva. La lumière crue de midi brillait encore plus fort quand il n'y avait pas de brise. Il leva les yeux vers le grand arc de pierre de la Hurva, point central de la place et seul vestige de la Grande Synagogue qui se dressait jadis là.

Hurva la bien nommée, pensa Barton qui savait que ce mot signifiait « destruction ». Comme Jérusalem elle-même, la Hurva avait été détruite et reconstruite plusieurs fois, conséquence des éternelles disputes opposant juifs et musulmans. La veille de la naissance d'Israël en 1948, la synagogue avait été occupée par les Arabes jordaniens et dynamitée. Un ultime coup qui lui avait été fatal.

Près de six décennies plus tard, les mêmes affrontements violents pour s'assurer le contrôle de ce territoire se poursuivaient bien au-delà de ses frontières. Une guerre amère entre

141

Israéliens et Palestiniens. Et, d'une certaine manière, lui-même se retrouvait pris au milieu de tout ça.

Si le siège de l'Autorité pour les antiquités israéliennes se trouvait à Tel-Aviv, un établissement annexe temporaire avait été installé ici trois semaines plus tôt, à l'intérieur du musée archéologique Wohl... non loin de l'appartement loué par les suspects du Mont du Temple.

Une berline BMW dorée avec des plaques de la police était garée devant le bâtiment. Barton pesta intérieurement, mais allongea le pas pour gagner la porte d'entrée d'où le guettait son assistante. Rachel Leibowitz était une attirante jeune femme de vingt ans et quelques avec de longs cheveux noirs, une peau olive et des yeux bleus hypnotiques.

— Graham, le pressa-t-elle. Deux hommes en uniforme vous attendent en bas. Je leur ai dit de rester dehors, mais ils ont insisté...

Barton leva une main rassurante.

— C'est bon, Rachel. Ils étaient attendus.

Il se surprit à regarder les lèvres de la jeune femme. Si l'AAI essayait de lui faire une faveur en lui attribuant une assistante aussi séduisante, elle ne faisait que compliquer les choses. À cinquante-quatre ans, Graham Barton n'était plus précisément le fringant jeune homme qu'il avait été. Mais dans son petit monde, il était une légende vivante et cela semblait bien compenser son apparence vieillissante. Des étudiantes ambitieuses comme Rachel auraient fait n'importe quoi pour se rapprocher de lui.

— S'il vous plaît, ne me passez pas de communications pour le moment.

Il passa près d'elle avec un sourire aux lèvres. De toutes ses forces, il essaya de ne pas se laisser enivrer par son parfum.

À proprement parler, il n'attendait personne ce jour-là. Mais Barton savait qu'après son examen de la scène du crime la police et les FDI n'allaient pas le lâcher d'une semelle. Ils voudraient évidemment être les premiers informés de ses découvertes.

En descendant dans la galerie souterraine du Wohl, il dépassa les mosaïques restaurées et les traditionnels bains d'une luxueuse villa exhumée de l'ère hérodienne.

L'AAI avait récemment entrepris une gigantesque campagne de numérisation de son immense collection : des vélins aux poteries, de la statuaire païenne aux ossuaires. Elle entendait ainsi créer une base de données avec le profil historique de toutes les reliques et leurs images tridimensionnelles. Il allait encore falloir développer des outils Internet pour permettre aux archéologues de terrain de décrypter les inscriptions anciennes. Barton avait déjà initié de tels programmes en Grande-Bretagne et il était donc le candidat idéal pour diriger ce projet. C'était ici qu'il avait commencé à piloter le programme de numérisation afin de trouver un bon rythme de travail avant de s'attaquer au réseau des musées israéliens et finir avec le plus célèbre d'entre eux, le musée d'Israël.

Barton gagna le fond de la galerie. Il atteignit une pièce carrée sans spécificité avec des murs blanc mat : son bureau provisoire. Deux hommes l'y attendaient. Il reconnut le commissaire de police de Jérusalem, le major général Jakob Topol, et le chef des renseignements intérieurs des FDI, le major général Ari Teleksen. Ils s'étaient déjà déplacés eux-mêmes la veille pour lui demander son aide dans l'enquête. Les deux officiers avaient récupéré des chaises pliantes en métal et ils s'étaient installés du côté « visiteur » de son bureau de fortune.

— Messieurs.

Barton posa sa serviette et s'assit face à eux.

Trapu, avec un faciès de pitbull, de grosses bajoues et des paupières bouffies, Teleksen approchait la soixantaine. Il était assis, bras croisés, sans faire le moindre effort pour dissimuler les deux doigts qui manquaient à sa main gauche. Célèbre vétéran du Mossad, il affectait en permanence la froideur de celui qui en a beaucoup trop vu. Son treillis olive et son béret noir portaient l'insigne des FDI : une étoile de David coupée en deux par une épée et un rameau d'olivier entrelacés. Ses épaulettes arboraient les insignes de son grade.

— Nous aimerions connaître les résultats de votre analyse préliminaire.

Sa voix rebondissait sur les murs nus.

Leur hôte se frotta le menton pendant qu'il rassemblait ses pensées.

— L'explosion a ouvert une brèche dans le mur arrière de la mosquée Marwani. Le travail a été très précis, très propre. Incontestablement exécuté par des professionnels.

— Nous le savons déjà, rétorqua Teleksen impatiemment tout en agitant sa main blessée. Ce que nous voulons savoir, c'est pourquoi.

— Pour accéder à une crypte funéraire cachée.

— Une crypte ? souligna Topol, les yeux fixés sur l'Anglais.

Le policier arborait une carrure massive, voire corpulente, et un visage anguleux aux yeux profondément enfoncés. Âgé d'une petite cinquantaine d'années, Topol était manifestement le plus jeune des deux visiteurs. Son uniforme aurait davantage convenu à un pilote de ligne : une chemise bleu clair avec les épaulettes de son grade sur chaque épaule et un pantalon bleu marine. Au-dessus de la visière de sa casquette, on reconnaissait l'insigne de la police israélienne : deux rameaux d'olivier encadrant une étoile de David.

— Une crypte, répéta Barton.

Il sortit de sa serviette une des feuilles sur laquelle il avait recueilli l'empreinte de la tablette gravée de la crypte.

— Regardez ça. C'est la liste des personnes inhumées dans ce caveau.

Les deux officiers regardèrent l'inscription avec attention.

— Qu'est-ce qui a été volé ? grommela Topol de sa voix bourrue.

— Je ne fais qu'émettre une hypothèse, mais il s'agissait apparemment d'une urne funéraire. Un ossuaire.

Teleksen leva sa main gauche mutilée.

— Une urne funéraire ?

— Un petit coffre de pierre qui avait à peu près cette taille.

Barton esquissait dans l'air les dimensions de l'ossuaire.

— Il contenait probablement les os d'un squelette humain.

— Je sais à quoi sert une urne funéraire, grogna le policier. Ce qui m'intéresse ici, ce sont les motifs. Ce qui m'intéresse, c'est d'apprendre qu'on a perdu treize gars des FDI pour une boîte remplie d'os !

Barton hocha positivement la tête.

Teleksen fit un geste de dédain.

Topol regarda de nouveau la liste de la crypte. Il pointa son index vers les noms hébreux.

— Alors lequel ont-ils pris ?

Sciemment, Barton désigna le gribouillage au bas de la feuille.

— Celui-là. Mais comme vous le voyez, le nom est illisible.

144

— Je vois, lâcha Topol.

En réalité, le policier essayait clairement de masquer sa perplexité. La nuit du vol, quand il était personnellement descendu sur la scène du crime avec ses enquêteurs, il se souvenait précisément de l'étrange image qu'il avait vue : un bas-relief représentant un dauphin lové autour d'un trident. Un symbole aussi curieux ne s'oubliait pas facilement. Mais sur la feuille de Barton, le symbole avait disparu. Si les voleurs ne l'avaient pas effacé, qui s'en était chargé ?

— À votre avis, qu'est-ce qui a pu pousser ces gens à commettre ce vol ?

— Je n'en suis pas encore sûr.

Barton inspira profondément.

— Il semble avoir été coordonné par quelqu'un qui savait exactement ce qui se trouvait dans l'urne.

— Quelle importance de toute façon ! s'exclama Teleksen. Qui s'intéresserait à un tas d'os ?

Le major général ne faisait aucun effort pour tempérer sa morgue. Il plongea la main dans la poche de poitrine de sa veste et en sortit un paquet de Time Lite. Teleksen le tapota pour en extraire une cigarette qu'il alluma avec son Zippo argenté, sans demander à Barton s'il avait le droit de fumer dans cette pièce.

— Difficile à dire, répondit Barton. Il va nous falloir spéculer sur la nature de ce qu'elle contenait.

Un ange passa très lentement dans la pièce. Les deux officiers échangeaient des regards.

— Des hypothèses ?

Teleksen avait énoncé chaque syllabe distinctement. Il tira une longue bouffée de la cigarette que tenait sa main meurtrie. Une partie de la fumée ressortit par ses narines.

— Pas encore.

— Est-il possible que l'objet disparu ne soit pas un ossuaire ? demanda Topol d'un ton radouci. Quelque chose d'autre pouvait-il se trouver dans cette crypte ?

— Non.

Barton était catégorique.

— On ne laissait généralement pas d'objets de valeur dans une crypte funéraire. Nous ne sommes pas dans l'Égypte antique, ici, major général.

— Avez-vous trouvé des indices qui pourraient nous conduire aux crapules qui ont fait ça ? Des éléments qui pourraient suggérer une implication des Palestiniens ? avança Teleksen.

Barton ne leur ferait pas entendre raison. À la différence de la plupart des Israéliens, il ne se sentait aucune allégeance religieuse ou politique.

— Pour l'instant, rien d'évident.

— Est-ce qu'il n'y a pas un moyen de retrouver la trace de cet ossuaire ?

Teleksen perdait visiblement patience.

— Peut-être.

Barton considérait les deux hommes sur un même plan, mais les mauvaises manières de Teleksen et la fumée de sa cigarette commençaient à lui taper sur les nerfs.

— Je vais surveiller attentivement les marchés d'antiquités. C'est l'endroit le plus probable où il peut réapparaître.

Il plongea la main dans sa serviette pour en extraire une autre feuille de papier et la poussa vers Topol.

— Voici un dessin grossier montrant ce à quoi l'ossuaire ressemblait probablement, avec ses dimensions et son poids approximatif. Je vous suggère de le faire circuler parmi vos hommes, particulièrement aux postes de contrôle. Et voici les reproductions des autres ossuaires trouvés dans la crypte.

Topol les fit disparaître dans sa poche.

— Je pense que vous êtes peut-être en train de passer à côté d'un aspect très important de cette affaire, ajouta tranquillement Barton.

Les deux hommes levèrent les yeux vers lui.

— L'existence d'une telle crypte sous le Mont conforterait la vieille idée sioniste selon laquelle un temple juif se dressait jadis à sa surface. Vous devriez peut-être transmettre cette information au Premier ministre.

Ce que voulait rappeler Barton, c'était que tous les juifs israéliens – tant orthodoxes que séculiers – s'accrochaient à l'espoir qu'un jour on découvre une preuve archéologique irréfutable leur permettant de revendiquer le Mont du Temple.

Teleksen s'agitait, mal à l'aise. Les pieds de métal de sa chaise crissaient sur le sol.

— Alors ne soyez pas trop surpris si cette enquête débouche sur une découverte beaucoup plus importante, ajouta l'archéologue.

— De quel genre ? s'enquit Topol.

Pendant un quart de seconde, il pensa leur faire part de sa découverte du rouleau manuscrit qui se trouvait pour l'heure en sécurité dans son cylindre au fond de la poche de son pantalon.

— C'est trop tôt pour le dire.

— Je n'ai pas vraiment besoin de vous rappeler ce qui est en jeu ici, indiqua fermement Teleksen. Nous sommes à deux doigts d'une très déplaisante confrontation avec le Hamas et l'Autorité palestinienne. Dans leur camp, beaucoup de gens sont prêts à utiliser n'importe quel prétexte pour nous accuser d'un acte terroriste contre l'Islam.

Barton les regarda.

— Je ferai tout ce qui est en mon pouvoir pour retrouver cet ossuaire.

Teleksen tira une dernière bouffée qui consuma la cigarette jusqu'à son filtre.

— Si vous trouvez ces foutus ossements, faites-le-nous savoir immédiatement. Nous sommes prêts à mettre tous nos moyens à votre disposition.

Il jeta le mégot sur le sol et l'écrasa avec son pied droit.

— Mais s'il vous plaît, continua-t-il, gardez à l'esprit que la prochaine fois que nous nous rencontrerons nous attendrons de vous davantage qu'une simple leçon d'archéologie.

Les deux hommes se levèrent et s'éloignèrent dans la galerie.

Rachel se trouvait au niveau supérieur. Barton l'appela par l'Interphone pour se faire confirmer que les deux officiers quittaient bien le bâtiment. Dès qu'il fut rassuré sur ce point, il s'empressa de fermer la porte de son bureau. Alors, en proie à une grande excitation, il sortit le cylindre de sa poche. Après l'avoir décapsulé, il fit tomber le rouleau sur un coin dégagé de son bureau. Dans une boîte posée sur une étagère voisine, il récupéra des gants en latex et un sac plastique à fermeture à glissière. Assis à sa table, il rapprocha le bras rétractable de sa lampe de bureau, puis enfila les gants.

Il commença par dérouler délicatement le vélin. Une fois cette étape accomplie, il glissa le parchemin, face vers le haut, dans le sac plastique. Puis, doucement, il l'aplatit en se servant de la paume de sa main. Barton n'avait pas besoin de lentille grossissante pour déchiffrer le texte manuscrit soigneusement en gros caractères. Cependant, il allait assurément avoir besoin d'un traducteur, parce que le grec n'était pas son fort.

Et de son point de vue, il n'y avait qu'un seul expert en grec ancien à Jérusalem.

23

Cité du Vatican

Charlotte Hennesey avait encore du mal à se faire à l'idée que les multiples traces de traumatismes du squelette de l'ossuaire suggéraient que le sujet mâle d'une trentaine d'années – autrement en parfaite santé – était mort crucifié.

Bersei et elle se préparaient maintenant à chercher d'autres éléments pour mieux cerner l'identité de leur spécimen et notamment l'estimation de la date de sa mort. Pour cela, une carbodatation des os se révélait nécessaire et ils allaient devoir examiner méticuleusement l'ossuaire lui-même en quête d'indices parlants.

Penchés sur l'urne de pierre, ils étudiaient sa structure calcaire.

— J'ai trouvé des informations sur un ossuaire semblable à celui-ci découvert en Israël en 2002, indiqua Bersei. Sur la base de ses inscriptions, on avait initialement pensé qu'il avait contenu les restes de Jacques, le frère de Jésus. Or, si l'examen de l'ossuaire a prouvé qu'il était authentique, il a été démontré que les inscriptions n'étaient pas d'époque. J'ai passé en revue les analyses scientifiques qui ont été effectuées sur cette relique, ce qui me permet d'avoir une idée assez claire de ce qu'il nous faut chercher ici.

— Comment ont-ils découvert que les inscriptions étaient fausses ? Quelle est la différence entre des gravures authentiques et des fausses ?

— Parfois, c'est l'intime conviction qui guide le chercheur, répondit Bersei. Mais, dans la majorité des cas, on s'appuie sur l'intégrité de la patine pour authentifier les inscriptions.

— Cette substance ?

Elle montrait du doigt une fine couche de sédiment gris-vert qui recouvrait uniformément la pierre.

— Oui. C'est un peu comme le vert-de-gris, cette oxydation verdâtre qui apparaît sur le cuivre. Dans le cas de la pierre, l'humidité, l'écoulement sédimentaire et les particules présentes dans l'air s'accumulent naturellement au cours du temps pour former un résidu.

— Et la composition organique de la patine permet de déterminer le type d'environnement dans lequel l'ossuaire a été trouvé ?

— Précisément.

Il rechaussa ses lunettes de lecture, consulta un bloc-notes et lut une série de notes qu'il avait prises.

— La nuit dernière, j'ai fait quelques recherches sur les ossuaires. Apparemment, ils ont surtout été utilisés dans la Jérusalem du Iᵉʳ siècle de notre ère. Et pas plus d'un siècle ou deux au-delà.

L'anthropologue leva les yeux vers sa collègue.

— Par conséquent, je suppose que cette pierre calcaire, comme l'ossuaire de Jacques, a été extraite d'une carrière au cours de cette période, quelque part en Israël.

— Je le pense aussi, le contenu minéral de la patine devrait le confirmer, résuma-t-elle. Mais attendez une seconde, Giovanni. Cela signifierait que cet ossuaire est vieux d'environ deux mille ans.

— Exact. Et puisque la crucifixion était pratiquée au cours de cette période, il semble que nous soyons sur la bonne piste.

Hennesey examina attentivement la patine.

— En somme, si la pierre a été falsifiée, la patine devrait avoir disparu dans le creux de l'inscription ?

— Exactement, sourit Bersei.

— Existe-t-il un moyen de dater la pierre ?

Il réfléchit une seconde à cette question.

— C'est possible, mais pas très utile.

— Pourquoi ?

— Cela nous dirait quand le calcaire s'est formé, ce qui ne nous intéresse pas franchement. La pierre elle-même doit avoir quelques millions d'années. Il serait déjà beaucoup plus pertinent de savoir quand elle a été extraite de sa carrière. La patine et les inscriptions sont probablement nos meilleurs indicateurs pour déterminer son âge.

— Et ça !

Charlotte montrait le symbole associant le dauphin et le trident.

— Vous pensez qu'on peut découvrir ce que cela signifie ?

— Je suis quasi certain que c'est un symbole païen, poursuivit l'anthropologue. C'est étrange, mais je sais que j'ai déjà vu ce symbole quelque part. D'abord, vérifions que cette patine est authentique.

— Pendant que vous finissez d'examiner l'ossuaire, je vais préparer un échantillon d'os pour la datation au carbone.

Elle se dirigea vers le squelette.

— Ça me semble parfait, approuva Bersei. À propos...

Il reprit son bloc-notes et griffonna quelque chose.

— Voici le nom et le numéro de quelqu'un qui travaille dans un laboratoire AMS[1], ici à Rome.

Il arracha la feuille.

— Dites-lui que vous appelez de ma part et que nous travaillons pour le Vatican. Cela devrait suffire. Et demandez-lui de nous rappeler dès qu'il a les résultats. Il pourra nous envoyer le certificat de datation ultérieurement.

Hennesey lut le papier.

— Antonio Ciardini ?

— Prononcez Chardini. C'est un de mes vieux amis.

— OK.

— Et ne vous inquiétez pas, il parle couramment l'anglais.

Bersei consulta sa montre : une heure et quart.

— Avant ça, que diriez-vous d'aller déjeuner ?

— J'aimerais beaucoup. Je suis morte de faim.

— Le sandwich au thon n'a plus vos faveurs ?

— Non, je pencherais plutôt pour la cuisine italienne.

---

1. Pour Accelerator Mass Spectrometer, spectromètre de masse à accélérateur, destiné à la mesure du carbone 14.

24

Jérusalem

Graham Barton s'engagea dans le souk El-Dabbagha dans le quartier chrétien. Il s'arrêta brièvement pour contempler la magnifique façade construite par les croisés au XIIe siècle pour masquer l'édifice originel de l'église du Saint-Sépulcre qui se délabrait.

Des foules de pèlerins chrétiens parcouraient Jérusalem pour mettre leurs pas dans ceux du Christ. Ils suivaient ainsi les quatorze « stations » de la flagellation à la crucifixion – la Via Dolorosa, la « Voie des Douleurs », mieux connue sous le nom des « Stations de la Croix ». Le parcours commençait devant un monastère franciscain, juste en dessous du mur nord du Mont du Temple. C'était l'endroit même où, pour de nombreux chrétiens qui en étaient convaincus, le Christ avait été chargé de son fardeau après avoir été flagellé et couronné d'épines. Les stations X à XIV – autrement dit, les étapes où il avait été dénudé, cloué à la croix, où il était mort, puis descendu de sa croix – se trouvaient à l'intérieur même de cette église.

Avec tout ce qui était arrivé à Jérusalem au cours des derniers jours, Barton n'était pas étonné de ne pas voir beaucoup de touristes. Il franchit l'entrée principale.

Sous la massive rotonde de l'église s'élevant au-dessus de deux étages de colonnades romaines circulaires, Barton fit le tour complet d'un petit mausolée rehaussé d'ornementations dorées sophistiquées. À l'intérieur se trouvait l'élément le plus sacré du sanctuaire : une plaque de marbre qui recouvrait le rocher sur lequel le Christ aurait été allongé pour son inhumation.

— Graham ? l'interpella quelqu'un d'une voix chaleureuse. Est-ce vous ?

Barton tourna la tête pour se retrouver face à un vieux prêtre corpulent avec une longue barbe blanche. Il était revêtu du vêtement cérémoniel de l'Église orthodoxe grecque : une longue soutane noire et une grande coiffe cylindrique de même couleur.

— Père Demetrios, s'exclama l'archéologue avec un grand sourire.

Le prêtre l'étreignit de ses grosses mains aux doigts boudinés.

— Vous avez l'air de bien vous porter, mon ami. Alors qu'est-ce qui vous amène à Jérusalem ?

Son anglais était empreint d'un lourd accent grec.

Près d'un an et demi s'était écoulé depuis que Barton avait fait la connaissance du prêtre. Il organisait alors au British Museum de Londres l'exposition de quelques crucifix et reliques du Sépulcre datant de l'époque des croisades. Le père Demetrios avait gracieusement prêté les œuvres au musée pour une période de trois mois, en échange d'une généreuse donation.

— Pour tout dire, j'espérais que vous pourriez m'aider à traduire un vieux document.

— Naturellement, répondit gaiement le religieux. Je ferais n'importe quoi pour vous. Allons, venez avec moi.

Cheminant au côté du père Demetrios, Barton regardait les nombreux ecclésiastiques qui allaient et venaient dans le sanctuaire. Le clergé grec avait été contraint par un décret ottoman à partager cet espace avec d'autres Églises – les catholiques romains, les éthiopiens, les syriaques, les arméniens et les coptes – et, dans le Saint-Sépulcre, chacun d'eux avait érigé sa propre chapelle rivalisant de magnificence. Il s'agissait d'un arrangement hasardeux tant architecturalement que spirituellement, pensa Barton. Il entendit un requiem chanté quelque part dans l'église.

— La rumeur prétend que les Israéliens vous ont appelé pour les aider dans l'enquête sur le Mont du Temple, murmura le prêtre. Y a-t-il du vrai là-dedans ?

— Je ne devrais pas le dire.

— Je ne vous blâme pas. Mais si c'est vrai, s'il vous plaît, soyez très prudent, Graham.

Le prêtre le conduisit jusqu'à la petite chapelle orthodoxe grecque connue sous le nom de « Centre du monde ». Elle devait son nom au bassin de pierre qui se trouvait en son centre et marquait le point exact séparant l'est et l'ouest, selon les anciens cartographes. Depuis sa dernière visite, Barton savait que le père Demetrios se sentait plus à l'aise ici, sur son propre terrain.

Contre le mur latéral, dominant un autel byzantin recouvert d'ornements dorés, un massif crucifix d'or exhibait fièrement un Christ grandeur nature couronné d'un halo solaire et flanqué des deux Marie en deuil et en pleurs, les yeux levés vers le défunt. À la base de l'autel, une châsse de verre enfermait un affleurement rocheux sur lequel le Christ aurait été, disait-on, crucifié. Le Golgotha !

La douzième station de la croix.

Devant l'autel, le prêtre fit le signe de croix avant de se tourner vers Barton.

— Montrez-moi ce document, Graham.

Le Grec chercha dans son vêtement une paire de lunettes de lecture.

Pendant ce temps, Barton sortit de sa poche de poitrine le vélin enfermé dans son sac plastique et le tendit au prêtre.

Celui-ci toucha le sac à glissière.

— Content de voir que la technologie n'a pas de secrets pour vous. Maintenant, voyons ça de plus près.

Chaussant ses lunettes, il leva le document dans la lumière dispensée par un candélabre ouvragé. Le prêtre étudia le texte très attentivement. Quelques secondes plus tard, il pâlit.

— Mon Dieu.

— Qu'est-ce que c'est ?

Le prêtre paraissait inquiet. Effrayé même.

Il regarda Barton par-dessus ses lunettes.

— Où avez-vous trouvé ça ? lui demanda-t-il le plus calmement possible.

Un instant, l'archéologue envisagea de le lui révéler, mais se ravisa.

— Je ne peux pas vous le dire. Je suis désolé.

— Je vois.

À l'expression de son regard, il était évident que le prêtre avait deviné la réponse.

— Pouvez-vous me dire ce que ça raconte ?

Le père Demetrios balaya la chapelle du regard. Trois prêtres, revêtus, eux, de soutanes franciscaines, déambulaient à proximité.

— Descendons.

Il fit signe à Barton de le suivre.

Le prêtre grec le précéda dans un large escalier qui se déroulait sous la nef.

Barton se demandait comment ce vieux texte pouvait avoir à ce point terrorisé le vieux prêtre. Ils continuèrent de s'enfoncer jusqu'à ce que les murs de brique laissent place à des parois de terre froide.

Parvenus dans ce qui ressemblait à une grotte, le prêtre s'arrêta enfin.

— Vous connaissez cet endroit ?

— Naturellement, répondit son visiteur.

Barton regardait le plafond rocheux bas qui portait des marques révélatrices d'activité minière.

— C'est la vieille carrière.

Ses yeux errèrent brièvement sur le mur derrière le prêtre où des centaines de croix équilatérales templières avaient été gravées dans la roche. Des graffiti du XIIe siècle.

— Le tombeau, le corrigea le prêtre en désignant les longues niches funéraires taillées dans le mur opposé. Même si je connais vos réserves sur ce point.

Et c'est aussi là que l'impératrice Hélène eut la chance formidable de déterrer la croix du Christ, eut envie d'ajouter Barton, mais il garda cette remarque pour lui.

Le fait que la mère de Constantin le Grand ait sciemment choisi ce site – qui avait été auparavant un temple romain où les païens adoraient Vénus – rendait la sainteté de ces lieux discutable. S'il connaissait bien les conceptions divergentes de l'historique et du religieux, il n'avait pas l'intention d'offenser son ami prêtre avec un blasphème.

— Il y a une autre tombe très sacrée juste au-dessus de nous, lui rappela le père Demetrios avec un visage grave.

— Et pourquoi m'avez-vous fait descendre ici ? Est-ce que ça a un rapport avec le parchemin ?

— Exactement, répondit-il d'une voix solennelle. Je ne sais pas où vous avez trouvé ceci, Graham, mais si ce rouleau provient d'un autre site – et je sais que c'est le cas –, je vous mets en garde. Soyez très, très prudent. Vous savez mieux que personne à quel point les mots peuvent être mal interprétés. Si vous me promettez de ne pas oublier mon petit préambule, je vais vous traduire ce texte.

— Vous avez ma parole.

— Bien.

Le prêtre secoua la tête et laissa échapper un profond soupir.

— Prêtez-moi votre stylo et un bout de papier.

25

Cité du Vatican

Chaque fois que le père Patrick Donovan remontait la grande galerie du palais apostolique, il se sentait intimidé. C'était la porte de la souveraineté vaticane, le sommet physique de la hiérarchie catholique. Jouxtant l'extrémité du musée du Vatican, il abritait les bureaux du pape et la Secrétairerie d'État. L'étage supérieur était occupé par le luxueux appartement Borgia du souverain pontife. Aussi grand qu'un hall d'aéroport, le complexe du palais ressemblait à une extension du musée lui-même avec ses fresques allant du sol au plafond, ses revêtements de marbre et ses ornements baroques.

Ici, les militaires du Vatican imposaient leur présence. Voir tous ces gardes suisses impassibles postés à intervalles réguliers ajoutait à la tension nerveuse du bibliothécaire.

La galerie surplombait la Piazza San Pietro, la place Saint-Pierre-de-Rome, cette immense cour elliptique conçue par le Bernin et achevée en 1667. Quatre arcs de colonnades circulaires embrassaient l'esplanade, avec pour épicentre l'obélisque de Caligula dérobé et rapporté du delta du Nil en 38 de notre ère. Ce vestige égyptien rappela brusquement à Donovan le pillage qui avait eu Jérusalem pour théâtre quatre jours plus tôt à peine.

De hautes portes se succédaient tout le long d'un côté du corridor. Sur le flanc opposé, de grandes fenêtres rectangulaires, protégées par des grilles de fer, rappelaient de manière évidente que ce bâtiment avait d'abord été conçu comme une forteresse.

À l'extrémité de la galerie, une double porte était flanquée de deux gardes suisses en grande tenue : tuniques et pantalons bouffants à bandes or et bleu Médicis, bérets rouges et gants blancs. *Les bouffons de Conte.* Chacun tenait une longue pique de deux mètres et demi de long appelée hallebarde – une arme du XVIe siècle qui combinait une extrémité pointue en forme de lance, un fer en forme de hache et un autre en forme de crochet. Donovan nota que les deux soldats portaient aussi un Beretta dans leur étui.

Il s'arrêta à deux mètres de la porte.

— *Buona sera, padre. Si chiama ?*

Le grand garde sur sa droite lui demandait son nom.

— Père Patrick Donovan, répondit-il en italien. J'ai été convoqué par Son Éminence, le cardinal Santelli. Le garde s'éclipsa derrière la porte. Quelques secondes inconfortables s'égrenèrent. Donovan regardait fixement le plancher. Quant au second garde suisse, il se tenait au garde-à-vous dans un parfait silence. Son collègue réapparut enfin.

— Il va vous recevoir.

Le bibliothécaire fut introduit dans une vaste antichambre au mobilier mêlant marbre et bois. Le secrétaire particulier de Santelli, le jeune père James Martin, assurait la réception derrière un bureau solitaire, avec un visage aussi inexpressif que renfermé. Donovan lui sourit chaleureusement et échangea quelques plaisanteries avec lui. Mentalement, il tentait de se représenter à quel point être aux ordres d'un homme comme Santelli devait être éreintant.

— Vous pouvez entrer, lui dit le père Martin.

Il désigna à son collègue irlandais une énorme porte de chêne.

En la poussant, Donovan pénétra dans un univers de luxe et de pompe. À l'autre extrémité d'une salle somptueuse, il vit une calotte pourpre et la masse familière de cheveux argentés dépassant d'un haut fauteuil de cuir.

Le secrétaire d'État du Vatican faisait face à la fenêtre dans laquelle s'encadrait parfaitement la silhouette de la basilique Saint-Pierre. Il tenait un téléphone contre son oreille droite. Ses mains frêles s'agitaient. Il se retourna et Donovan se trouva face au regard injecté de sang, aux sourcils broussailleux et aux grosses bajoues du cardinal Antonio Carlo Santelli. Le prélat lui indiqua d'un geste un fauteuil devant l'immense bureau d'acajou.

Le capitonnage geignit quand il s'assit lourdement.

Santelli était le cardinal de plus haut rang au Vatican. À ce titre, il était chargé de superviser les affaires politiques et diplomatiques du Saint-Siège. Dans les faits, il faisait office de Premier ministre de la Curie romaine et n'avait à rendre de comptes qu'au pape lui-même. Et même le Saint-Père acquiesçait de temps en temps aux requêtes de Santelli.

Les talents politiques de l'homme étaient légendaires. À peine nommé cardinal, au début des années 1980, il avait permis au Vatican de se sortir des méandres ténébreux du scandale du Banco Ambrosiano et du meurtre de Roberto Calvi, surnommé le « Banquier de Dieu », retrouvé à Londres, pendu sous le Blackfriars Bridge, le « pont des Frères-Noirs ».

Tandis que le cardinal finissait sa conversation téléphonique, Donovan parcourait des yeux ce saint des saints de la machine pontificale. L'immense bureau de Santelli était nu, à l'exception d'une petite pile de rapports impeccablement alignés et d'un énorme écran plasma monté sur un bras. Un green de golf s'affichait en guise d'écran de veille. Un petit drapeau flottait doucement dans une brise virtuelle. Et dessus, on pouvait lire : « *Nous n'avons besoin que de Foi.* » Grand passionné d'informatique, Santelli avait été le principal avocat de l'installation du réseau de fibres optiques sophistiqué du Vatican.

Dans un coin, une crédence à plateau de marbre supportait une réplique de la *Pietà* de Michel-Ange. À sa droite, une grande tapisserie dominait toute la pièce. Elle représentait la victoire de Constantin au pont Milvius. À la gauche de Donovan, trois Raphaël pendaient – presque fortuitement – sur le mur couleur lie-de-vin.

Son regard revint sur Santelli.

— Prévenez-le que la décision finale sera prise par le Saint-Père, disait le cardinal dans un italien rugueux.

Le secrétaire d'État était toujours direct.

— Appelez-moi dès que ce sera fait.

Il reposa le téléphone.

— Ponctuel comme toujours, Patrick.

Donovan lui sourit.

— Après le cirque effroyable de Jérusalem, j'espère que vous m'apportez de bonnes nouvelles. Dites-moi que tous nos efforts et tous ces sacrifices étaient justifiés.

Donovan se força à regarder Santelli dans les yeux.

— Nous disposons déjà d'assez d'éléments pour me permettre de croire que l'ossuaire est authentique.

Le cardinal grimaça.

— Mais vous n'en êtes pas certain ?

— Il y a encore du travail à faire. D'autres tests à effectuer.

Donovan savait que sa voix était hésitante.

— Mais jusqu'à présent, continua-t-il, les indices sont probants.

Un ange passa rapidement.

Puis le cardinal revint à la charge.

— Mais il y avait bien un corps ?

Donovan acquiesça.

— Exactement comme le manuscrit le laissait entendre.

— Splendide.

— Le Saint-Père va-t-il être informé ?

— Je m'en occuperai le moment venu.

Les coudes posés sur les bras de son fauteuil, Santelli avait joint les doigts comme s'il était en prière.

— Quand vos scientifiques seront-ils en mesure de présenter leurs conclusions ?

— Je leur ai demandé de préparer quelque chose pour vendredi.

— Parfait.

Le cardinal voyait que Donovan était soucieux.

— Courage, père Donovan, le rassura-t-il en écartant les mains. Vous avez contribué à régénérer notre grande institution.

De retour de déjeuner, les deux scientifiques se sentaient ragaillardis. L'après-midi s'était révélé doux et le soleil régénérant. Bersei avait emmené Charlotte au San Luigi, un café de la Via Mocenigo, à deux pas de l'entrée du musée du Vatican. La musique douce et le charmant décor dix-neuvième s'accordaient à merveille avec les raviolis de homard que Bersei lui avait conseillé de commander. Un sacré mieux comparé au sandwich au thon de la veille au soir.

Charlotte téléphona au laboratoire AMS tandis que l'anthropologue enfilait sa blouse pour commencer son examen de l'ossuaire. Baissant les lampes de son poste de travail, il balaya chaque surface de l'ossuaire avec un pinceau lumineux à ultraviolets. À travers les lunettes Orascoptic à haute restitution, les zones clés – notamment les rainures formant les motifs complexes – étaient fortement grossies.

La première chose qu'il nota était que la patine avait été grattée en de nombreux endroits, particulièrement le long des flancs. Des marques laissées par une matière abrasive longues et larges brillaient sous la lumière noire. Dans certains endroits, elles avaient l'apparence de fibres tissées. Des courroies, supposa-t-il, bien qu'il n'y ait aucune trace de fibre repérable. Probablement des sangles en nylon. Constatant que le dépôt sédimentaire zéro se retrouvait sur le contour des empreintes, il conclut qu'elles étaient fraîches.

Cela n'avait rien de dramatique. Il avait souvent vu des reliques détériorées au cours d'une exhumation ou d'un transport, mais le mépris du passé qui en était la cause le blessait toujours aussi douloureusement. Il avait lu que l'ossuaire de Jacques avait même été fendu pendant son transport. En comparaison, le dommage qu'avait subi celui-ci était presque insignifiant et n'entamerait même en rien la valeur du sarcophage.

Après avoir monté l'appareil photo numérique sur un trépied de table, il l'alluma, désactiva le flash et prit quelques clichés. Puis il éteignit la lumière noire et repoussa les lampes du poste de travail.

Ensuite, il inspecta méticuleusement chaque arête et chaque surface. Bersei cherchait le moindre détail indiquant que la patine avait été rajoutée récemment avec des outils. Si la boîte avait été gravée après sa découverte, le résidu géologique aurait dû présenter des anomalies manifestes. Cela lui prit un temps considérable, mais l'examen approfondi ne révéla aucun dommage ni éclat suspect. La patine compacte était déposée uniformément sur les surfaces calcaires de l'ossuaire, y compris le motif gravé sur le flanc de celui-ci.

L'anthropologue se redressa pour soulager ses épaules contractées. Il releva ses lentilles Orascoptic et prit le temps d'admirer une nouvelle fois les gravures de l'ossuaire. Son vingt-cinquième anniversaire de mariage approchait à grands pas et ce motif de rosette ferait très bien sur un bijou, se dit-il. Après tant d'années de vie commune avec Carmela, il devenait de plus en plus difficile de trouver un cadeau original.

L'Italien se pencha de nouveau sur l'ossuaire. Avec une petite lame, il entreprit de gratter des échantillons dans certaines zones. Soigneusement, il déposait la substance collectée sur des plaquettes de verre qu'il étiquetait clairement.

Après avoir recueilli quinze échantillons, il disposa les plaquettes précautionneusement sur un plateau et se dirigea vers un autre poste de travail équipé d'un microscope électronique. Il glissa le premier spécimen sous l'appareil.

Grossis et projetés sur un écran d'ordinateur, les minéraux et les dépôts secs qui constituaient la patine ressemblaient à un chou-fleur gris-beige. Il enregistra un profil détaillé de l'échantillon dans une base de données, retira cette première plaquette et positionna le spécimen suivant. Quand la dernière image fut capturée, Bersei afficha côte à côte sur l'écran l'ensemble des quinze échantillons.

L'ordinateur commença à analyser leur structure biologique. Après quelques secondes de calcul, le programme ne détecta aucune différence significative entre les échantillons. Si la moindre miette de patine avait été artificiellement « fabriquée » – la méthode la plus commune consistait à utiliser de la craie ou de la silice diluée dans de l'eau chaude –, le logiciel aurait repéré des rapports isotopiques contradictoires ou peut-être même des traces de fossiles susceptibles d'apparaître dans la composition de la craie ménagère.

Comme il l'avait prévu, tous les échantillons contenaient un fort taux de carbonate de calcium, avec des traces insignifiantes de strontium, de fer et de magnésium. D'après les recherches que Bersei avaient effectuées la veille sur le Web, ces résultats étaient cohérents par rapport aux patines trouvées sur des reliques semblables exhumées du sous-sol israélien.

L'Italien retira la dernière plaquette du microscope.

De son point de vue, ces résultats corroboraient le fait que les gravures de l'ossuaire étaient antérieures à la formation de cette patine. Il était plus que pertinent de conclure que le mystérieux symbole païen sur le flanc de l'urne datait de la même époque que les os. Donc, avec un peu de chance, comprendre ce qu'il signifiait aiderait peut-être à identifier le crucifié.

Les yeux fixés sur Giovanni Bersei affairé de l'autre côté du laboratoire, Charlotte décrocha le téléphone sans fil et composa le numéro qu'il lui avait donné. La sonnerie – si spécifiquement européenne – retentissait interminablement à l'autre bout du fil. Au moment précis où elle pensait devoir recomposer le numéro, une voix se fit entendre.

— *Salve.*

Pendant un moment, elle demeura sans savoir quoi dire. Elle s'était attendue à tomber sur un standard ou un assistant – peut-être même une boîte vocale – et elle se demandait si elle n'avait pas composé par erreur le numéro d'un particulier.

— *Salve ?*

La voix devenait plus insistante.

Elle regarda de nouveau le morceau de papier où elle avait griffonné le renseignement phonétiquement.

— Signore Antonio Ciardini ?

— *Si.*

— Je suis Charlotte Hennesey. Le Dr Giovanni Bersei m'a conseillé de vous téléphoner. Je suis désolée. J'ignorais que j'appelais à votre domicile.

— Non, vous avez composé mon numéro de portable. Tout va bien.

Il y eut une pause avant qu'il demande :

— Êtes-vous américaine ?

Son anglais était parfait.

— Oui.

— Que puis-je faire pour mon bon ami Giovanni ?

Tout le monde paraissait aimer le Dr Bersei.

— Lui et moi sommes en train de travailler sur un même projet, ici, à Rome. Au Vatican, plus précisément...

— La cité du Vatican ? la coupa Ciardini.

— Oui. On nous a demandé d'examiner un vieil échantillon osseux. Et pour compléter notre analyse, nous aimerions dater notre spécimen.

La voix d'Antonio Ciardini s'éleva d'un ton.

— Des spécimens d'os ? Au Vatican ? Voilà une bien curieuse association. Mais c'est vrai qu'ils enterrent les papes sous la basilique Saint-Pierre, essaya-t-il de raisonner.

— Oui, en fait...

Elle ne pouvait donner aucun détail.

— Je n'ai vraiment pas envie de vous embêter, mais le Dr Bersei se demandait si vous ne seriez pas en mesure de nous fournir des résultats rapides.

— Pour Giovanni, bien sûr. L'os... est-il en bon état ? Est-il propre ?

— Il est extrêmement bien préservé.

— Bien. Alors je vous suggère de m'adresser un échantillon d'au moins un gramme.

— Il y aurait aussi un éclat de bois que nous aimerions dater.

— Pour du bois, dix milligrammes suffisent, voire un milligramme.

— Pas de problème pour dix. Je dois remplir un formulaire quelconque ?

— Adressez-moi juste le paquet directement en indiquant votre nom. C'est tout. Je m'occuperai de la paperasse. Précisez-moi simplement où vous voulez que j'envoie le certificat de datation.

— C'est très gentil de votre part. Je sais que je vous demande déjà beaucoup, mais le Dr Bersei aimerait que vous nous appeliez dès que vous aurez les résultats.

— Alors c'est pour ça qu'il vous a demandé d'appeler, docteur Hennesey.

Ciardini laissa échapper un grand rire.

— Je m'occuperai des échantillons dès qu'ils arriveront. Normalement, il faut attendre des semaines pour récupérer les résultats, mais je vais essayer de vous les fournir d'ici demain. Je vous donne l'adresse.

Il répéta lentement les coordonnées tandis que Charlotte les notait.

— Merci. Je vous envoie un coursier du Vatican. Les échantillons seront chez vous d'ici deux heures. *Ciao*.

Elle replaça le téléphone sur son support mural. Puis elle retourna à son poste de travail.

Après un rapide examen du squelette, elle choisit un fragment du métatarse du pied gauche fracturé. Avec une paire de brucelles, elle préleva soigneusement un petit morceau et le déposa dans un tube plastique.

Pour déterminer son âge – et donc celui du squelette –, cet échantillon allait être incinéré. Les gaz carboniques seront collectés, nettoyés et comprimés afin de quantifier tout résidu de carbone 14 – l'isotope radioactif présent dans tous les organismes et qui, après la mort, se réduit de moitié tous les cinq mille sept cent trente ans. Si le processus lui paraissait simple, Charlotte avait appris que l'équipement complexe requis pour ce test réclamait des investissements et une maintenance substantiels. La plupart des musées et des missions archéologiques sous-traitaient les carbodatations à des laboratoires AMS spécialisés comme celui de Ciardini.

Elle récupéra l'éclat de bois qu'elle avait isolé lors de l'analyse pathologique initiale dans le tiroir.

Dès qu'elle eut placé les deux spécimens dans une enveloppe à bulles, elle en prépara une seconde avec une étiquette d'expédition de la cité du Vatican. Contemplant les armoiries pontificales gaufrées sur l'étiquette, elle sourit intérieurement. Elle avait l'impression de jouer un second rôle – ou peut-être même un premier – dans une intrigue policière. Tout cela semblait à des années-lumière de son quotidien, là-bas, à Phoenix. Quand elle analysait des échantillons chez BMS, elle connaissait au moins leur âge et d'où ils provenaient.

Pour recréer le profil physique complet du squelette, Charlotte aurait eu besoin de prélever un peu de son acide désoxyribonucléique – ou ADN. Présents au cœur de toute cellule vivante, les acides nucléotides en forme de ruban hélicoïdal renfermaient le code de tous les attributs physiques de son hôte. Elle avait lu quantité d'études qui affirmaient que bien conservé et à l'abri de toute contamination l'ADN pouvait demeurer viable longtemps. Des scientifiques avaient analysé l'ADN de momies égyptiennes vieilles de près de cinq mille ans. À en juger par l'état de conservation remarquable du squelette qu'ils étudiaient, elle était quasi certaine que son ADN était utilisable.

Comme les carbodatations, les analyses génétiques requéraient un équipement sophistiqué. Charlotte était convaincue que le meilleur matériel – à la fois le plus rapide et le plus fiable – pour exécuter de tels tests se trouvait dans les locaux de BioMapping Solutions, sous la garde vigilante d'Evan Aldrich. BMS avait breveté de nouveaux systèmes et logiciels pour séquencer le génome humain en utilisant des techniques perfectionnées de scannage. Elle-même avait contribué au développement technologique du système.

Elle jeta un regard à sa montre. Seize heures quarante-cinq. Même avec les huit heures de décalage, elle savait qu'en l'appelant maintenant elle ne le réveillerait pas. Elle composa donc le numéro de Phoenix.

Au bout de trois sonneries, il décrocha le téléphone.

— Aldrich.

Comme à son habitude, il était direct. Encore une chose qu'elle adorait chez lui.

— Coucou là-bas. C'est l'antenne de Rome qui appelle.

À peine eut-il entendu la voix de la jeune femme qu'il parut plus gai.

— Comment se passent les opérations à Christianita Central ?

— Bien. Et comment ça va à la maison ?

Elle toucha du bout des doigts l'une de ses boucles d'oreilles : un cadeau qu'il lui avait fait pour son dernier anniversaire. Des émeraudes. Sa pierre porte-bonheur. Il lui avait dit qu'elles étaient assorties à ses yeux.

— Comme toujours. Mais raconte-moi ce qui excite tant le Vatican ? Ils croient avoir trouvé un moyen de rendre le pape éternel ?

— Tu ne le croiras jamais. Je suis en train d'analyser les restes d'un squelette vieux de plusieurs milliers d'années. Pour l'instant, nous n'avons fait que les analyses médico-pathologiques classiques. Mais c'est fascinant. J'aurais voulu que tu voies ça.

— Alors tu es de retour aux affaires. J'espère que ça vaut la peine que tu sois partie là-bas.

— Il est encore trop tôt pour le dire. Mais c'est un travail extraordinaire. De toute façon, c'est pas tous les jours qu'on reçoit un appel du Vatican !

— Tu l'as dit...

Il laissa passer une seconde avant de demander :

— Je suppose que tu n'appelles pas simplement pour bavarder.

À cause de son départ abrupt – pour ne pas dire *glacial* –, elle savait qu'il faisait allusion à l'état de leur relation. Evan avait dormi chez elle la veille. Une nuit de passion qui avait amené une discussion au petit matin sur le thème : « Comment passer à l'étape suivante ? » Comme elle ne lui avait toujours pas parlé de son cancer, elle s'était empressée d'éluder le sujet, pour la plus grande frustration d'Evan. Il était important de faire le point sur leur avenir, mais ce n'était pas le moment. Par chance, Evan savait parfaitement séparer travail et plaisir.

— Les os du spécimen sont dans un état de conservation stupéfiant et je pensais impressionner les gens d'ici avec un peu de magie cartographique ADN, expliqua-t-elle. Je voudrais reconstruire le profil physique de mon sujet. J'imagine que ça pourrait intéresser BMS.

Evan resta silencieux. Charlotte savait qu'il était très probablement déçu.

Après un long moment, il reprit la parole :

— Ça me semblerait bon pour nos relations publiques.

— Est-ce que le nouveau scanner à gènes est prêt ?

— Nous en sommes déjà à l'étape des tests bêta. C'est pour ça que je suis arrivé au boulot si tôt. J'étais en train de repasser en détail toutes les données.

— Et alors ?

— C'est très prometteur. Envoie-moi ton échantillon et je l'analyserai. Ce sera un bon test.

— J'ai tout un squelette ici. Quel os veux-tu ?

— Ne prenons pas de risques. Quelque chose de petit comme un tarse. Tu me l'envoies quand ?

— Je vais voir si je peux te l'expédier en express, auquel cas tu le recevras demain.

— Il sera traité immédiatement. Je m'en occuperai personnellement.

— Merci, Evan.

168

— Salue le pape pour moi. Et, Charlotte...

On y était, pensa-t-elle.

— Oui ?

— Je veux juste te dire que ce n'est pas seulement ma meilleure scientifique qui me manque ici.

Elle sourit.

— Tu me manques aussi.

Elle raccrocha et retourna à son poste de travail. Elle s'efforça de toutes ses forces de combattre la soudaine vague de regret qui sourdait au fond d'elle. Elle aurait dû lui dire pourquoi elle ne pouvait pas être avec lui de la manière qu'il voulait. Inspirant profondément pour faire passer la tristesse, elle se résigna au fait qu'elle lui dirait tout à son retour à Phoenix. Alors, il faudrait réfléchir à la suite à donner à tout ça. Dieu savait qu'elle ne voulait pas le faire fuir.

Remettons-nous au travail.

Une fois le métatarse emballé, elle glissa l'échantillon dans une boîte DHL. En rédigeant l'adresse de BMS sur l'étiquette d'expédition, elle tenta de refouler un nouvel accès de nostalgie. Elle réalisait à quel point elle se trouvait loin d'Evan. Alors qu'elle achevait sa besogne, Bersei la rejoignit, mains sur les hanches.

— Pour autant que je puisse l'affirmer, la patine est d'origine. Et de votre côté ?

— J'ai eu une conversation plaisante avec le signore Ciardini, sourit-elle. Un homme tout à fait charmant. On aura les résultats demain.

— C'est quoi ce paquet que vous préparez ?

— Un autre échantillon qui, je l'espère, nous fournira le profil génétique de notre homme.

Elle souleva le paquet.

— Je l'envoie pour analyse à Phoenix.

— L'ADN ?

— Oui.

Bersei consulta sa montre. Il était cinq heures passées.

— On a abattu beaucoup de travail aujourd'hui. Il faut que je rentre chez moi. Ma fille aînée dîne à la maison ce soir.

— Et que prépare Carmela ?

— Des *saltimboccas*[1] de poulet.

Il leva les yeux au ciel et commença à se débarrasser de son masque, de ses gants, puis de sa blouse.

Charlotte éclata de rire et ça lui fit du bien.

— Bonne chance alors.

— Demain, nous pourrons peut-être nous intéresser à l'intérieur de l'ossuaire. Je verrai si je peux déchiffrer ce symbole. Je vous montrerai aussi un outil qui sera un excellent complément de votre analyse ADN. À demain. J'espère juste que ma fille ne me mettra pas une seconde bouteille de vin sous le nez.

— Passez une bonne soirée, Giovanni. Et merci encore pour le déjeuner.

— Je vous en prie. De votre côté, essayez de dormir cette nuit, hein ?

Elle sourit et lui fit un signe de main.

— *Ciao.*

La porte se referma sur l'anthropologue. Pendant un moment, Charlotte Hennesey l'envia.

Quand elle eut achevé ses paquets, elle appela le père Donovan à l'Interphone. Il répondit presque immédiatement, comme s'il savait qu'elle était encore dans le laboratoire.

— Bonsoir, docteur Hennesey. Que puis-je pour vous ?

Elle l'informa qu'elle avait deux paquets d'échantillons à expédier. Il lui dit de les laisser au laboratoire. Un coursier passerait les prendre. Elle se fit confirmer que le pli express serait effectivement pris en charge par DHL le jour même et que le coût qu'il représentait ne posait aucun problème.

Dès que les questions professionnelles furent résolues, il lui demanda :

— Vous sortez dans Rome ce soir ?

— C'est une magnifique soirée. Je pensais effectivement faire un tour et aller dîner quelque part.

— Si vous ne craignez pas de faire une petite folie, je peux vous donner l'adresse d'un merveilleux restaurant.

— Avec plaisir. Ce serait super. Vous savez ce qu'on dit : quand vous êtes à Rome...

---

1. Petites escalopes généralement recouvertes de jambon.

28

Lorsque Charlotte sortit du musée du Vatican par la porte de service au rez-de-chaussée, le soleil du début de soirée était encore chaud. Elle avait décidé que son pantalon kaki et son chemisier étaient suffisamment corrects pour ne pas avoir à repasser par sa chambre pour se changer. En outre, elle devait de toute façon se conformer au strict code vestimentaire du Vatican, sinon on ne la laisserait pas rentrer dans la cité. Elle n'avait guère de choix.

Elle remonta tranquillement le passage entre le haut mur exposé au nord de la cité et l'édifice austère du musée du Vatican pour se diriger vers la porte Sainte-Anne. Les gardes suisses contrôlèrent son identité et l'autorisèrent à quitter l'enceinte.

Le père Donovan lui avait dit que le restaurant n'ouvrait pas avant dix-neuf heures trente. À la différence des Américains du Nord, les Italiens préféraient dîner tard, lui avait-il rappelé. N'ayant qu'une heure à tuer devant elle, Charlotte préféra rester dans le quartier, et elle se promena avec plaisir dans les rues latérales. Elle s'aventura jusqu'au Tibre pour prendre la mesure de la splendeur de Rome.

Peu après, toujours sur les conseils de Donovan, Charlotte fit des détours pour revenir devant les six étages de l'imposante façade de l'hôtel Atlante Star. Elle repéra l'enseigne du restaurant de l'établissement, *Les Étoiles*. Elle ne se trouvait plus assez bien habillée, maintenant. Une fois dans l'entrée, elle prit l'ascenseur jusqu'au dernier étage.

Dès que les portes s'ouvrirent, elle fut accueillie par le maître d'hôtel. C'était un jeune homme élégamment vêtu. Il devait avoir dans les trente-cinq ans, estima-t-elle. Ses traits sombres étaient soulignés par une dense chevelure noire.

— *Signora Hennesey... Buona sera ! Come sta ?*

Il passa à l'anglais.

— Le père Donovan a appelé. Je vous attendais.

— *Buona sera*, dit-elle en retour.

Elle glissait des regards inquiets vers le restaurant.

Le maître d'hôtel s'inclina légèrement.

— Je m'appelle Alfonso. Veuillez me suivre, signora. Vous avez une table réservée sur le toit.

Précédée par le maître d'hôtel, elle traversa la salle à manger et gravit un escalier qui menait à une terrasse décorée d'un océan de fleurs de toutes les couleurs. Alfonso s'arrêta devant une petite table près de la balustrade.

Le panorama de Rome la laissa momentanément sans voix. L'immense dôme de la basilique Saint-Pierre se dressait à courte distance derrière les murs orientaux du musée du Vatican. Du côté opposé, elle repéra l'édifice circulaire du château Saint-Ange. Sur l'autre rive du Tibre s'étendait la vieille ville surplombée du dôme du Panthéon.

Le maître d'hôtel aida Charlotte à s'asseoir. Il prit une serviette blanche sur son assiette et la déposa sur les genoux de la jeune femme.

— Si vous avez besoin de quoi que ce soit, signora Hennesey, n'hésitez pas.

— *Grazie.*

Un sommelier apparut sans un bruit et lui présenta l'intimidante liste des vins.

Tout occupée qu'elle avait été par ses activités, la quasi-enquête policière et ses découvertes du jour, Charlotte se rendit compte qu'elle n'avait pas eu le temps de se poser pour faire un petit bilan. Brusquement, elle se sentit presque seule. Mais l'était-elle ? Est-ce que tout n'était pas parfait ? Elle regarda de l'autre côté du fleuve. Aurait-elle pu rêver cadre plus idyllique ?

Non. Elle savait que tout n'était pas parfait.

Le sommelier était revenu. Elle lui commanda une demi-bouteille de brunello di montalcino. L'alcool ne lui était pas conseillé, mais ce soir elle n'entendait pas se refuser quoi que ce soit.

Le bruit des scooters montait de la rue.

Quand le sommelier fut de retour, il poursuivit sa présentation du vin. Il lui montra l'étiquette, puis ouvrit la bouteille et laissa la jeune femme en humer l'arôme. Alors seulement, il en versa dans un verre et invita la jeune femme à le goûter. Elle le fit tourner dans son verre. Surtout pour le spectacle, car Charlotte savait que son traitement médical donnerait au vin un léger arrière-goût métallique quelle que soit la qualité du nectar.

Quand l'homme s'éloigna, ses pensées s'envolèrent de nouveau et la ramenèrent à Evan Aldrich. Il serait irresponsable, se persuada-t-elle une nouvelle fois, de mettre sur pied le moindre type d'engagement affectif à long terme avec lui. Les médecins lui avaient bien dit que la recherche avançait tout le temps, que des réponses seraient bientôt trouvées. Mais « bientôt », c'était quand ?

Et que dire d'éventuels enfants ? À trente-deux ans, elle redoutait de ne jamais en avoir. Elle s'était renseignée sur les traitements plus agressifs qu'on risquait de lui prescrire par la suite. Parmi ceux-ci, il y avait notamment des injections de Bortezomib, connu pour provoquer des malformations du fœtus. Alors son angoisse n'avait fait que croître en comprenant que son rêve d'enfant risquait fort d'être irréalisable.

Charlotte posa sans s'en rendre compte les yeux sur les tables voisines. Elle vit des couples respirant le bonheur, une famille rieuse à sa droite. Après tout, peut-être qu'ils n'étaient pas heureux. Il fallait rarement se fier aux apparences. Elle le savait mieux que quiconque. Curieusement, cette réflexion la ramena à Salvatore Conte et au père Patrick Donovan. Quelle était leur histoire ? Comment un tas d'ossements avait pu réunir un duo aussi improbable ?

Ses pensées dérivèrent ensuite vers l'échantillon qu'elle avait envoyé à Ciardini. Elle se rappela qu'il allait être incinéré pendant le test au carbone pour déterminer son âge.

Un os en train de se détruire.

— La signora a-t-elle fait son choix ?

Alfonso était de retour.

— Je suis contente de vous voir. J'ai besoin de votre aide.

En dépit de son nom, le restaurant ne proposait que des plats italiens. Après quelques questions concernant ce qu'elle aimait et n'aimait pas, Alfonso lui conseilla des *scialatielli Sorrento* – « de somptueuses pâtes faites maison avec une sauce crémeuse

173

Alfredo de fruits de mer regorgeant de homards et de crabes. Absolument exquis ».

Dès sa première bouchée, elle sut qu'il ne l'avait pas trompée. Accro de la chaîne Food Network[1], Charlotte était une grande fan des « repas en 30 minutes », de Rachel Ray. Elle aurait voulu que le dynamique serveur à moitié italien puisse rester à côté d'elle pour déguster ce moment en sa compagnie. Le plat était tout simplement délicieux. Elle avait enfin trouvé quelque chose qui réveillait ses papilles endormies par les médicaments.

Manger des pâtes, boire du vin, entourée de fleurs parfumant l'espace de délicates fragrances tout en contemplant la cité qui avait pratiquement donné naissance à toute la culture occidentale réussirent à distraire Charlotte. Quand elle eut fini son dîner, elle resta assise là à jouir de l'endroit pendant encore une heure. Repue. Heureuse.

En quittant l'hôtel, elle se promena sur la Via Vitelleschi en direction de la masse farouche du château Saint-Ange. Quand elle contourna la forteresse, elle vit apparaître le Tibre devant elle. Après avoir traversé le Lungo Castello animé, elle s'engagea sur le Ponte Sant'Angelo qui enjambait le fleuve avec ses cinq arches élégantes.

Rome pouvait se vanter d'avoir une histoire et une culture d'une infinie richesse, pensa-t-elle. Même ce pont était une sublime œuvre d'art. Et à sa manière, le Vatican avait contribué à rendre tout cela possible. Admirant les anges de marbre du Bernin postés tout au long de l'ouvrage, son attention fut immédiatement attirée par l'un d'eux, qui tenait un énorme crucifix. La veille, elle ne s'y serait pas attardée une seconde, désormais elle ne pourrait plus jamais regarder une croix de la même façon. Un objet aussi extraordinairement banal, presque prosaïque… Maintenant, il lui semblait monstrueux. Et le fait d'en voir quasiment partout ne facilitait pas les choses.

Un seul détail lui échappa alors : à une distance qui lui évitait d'être repéré dans son dos, Salvatore Conte l'épiait, fondu dans les ombres du mur du château.

---

1. Une chaîne TV américaine spécialisée dans la gastronomie et la cuisine.

MERCREDI

29

Jérusalem

Sirotant son *qahwa*, Razak était assis sur la véranda de son appartement du quartier musulman surplombant le Mont du Temple et la place du mur occidental. Une foule de manifestants s'était rassemblée dès l'aurore. Et maintenant, il pouvait voir des équipes de reportage du monde entier faire la queue pour franchir les cordons de police.

Branchée sur la chaîne Al-Jazeera, sa télé dont il avait baissé le son ne laissait échapper qu'un léger bruit de fond. Dans Jérusalem, l'ambiance était tendue. C'était pire encore dans le territoire palestinien de Gaza où des groupes de jeunes gens s'opposaient à la police à coups de pierre. Des véhicules blindés s'étaient positionnés à tous les postes de contrôle israéliens comme à toutes les portes de la Vieille Jérusalem. Quant aux FDI, elles avaient doublé leurs patrouilles aux frontières.

Les gens réclamaient des réponses. Ils avaient besoin d'avoir quelqu'un à blâmer. Israël organisait sa défense et se préparait à une nouvelle confrontation. Le Hamas émettait communiqué sur communiqué qui tous conspuaient les autorités israéliennes.

Razak s'efforçait de se concentrer sur l'élaboration d'un plan susceptible d'apaiser la tension. Au moins temporairement. Il fallait limiter la casse. Parfois, les problèmes de cette région du globe paraissaient insurmontables et l'histoire sensible de ce sanctuaire de quatorze hectares au cœur de Jérusalem en était l'illustration parfaite.

La sonnerie de son téléphone portable interrompit le cours de ses pensées.

— Désolé de vous embêter. C'est Graham Barton.

Il lui fallut un moment pour se rappeler qu'il avait donné sa carte de visite à l'archéologue.

— Que puis-je pour vous ?

— J'ai la traduction du rouleau que nous avons trouvé.

— Que dit-il ?

— Quelque chose de stupéfiant, annonça Barton, dont il vaut mieux ne pas parler au téléphone. Pourriez-vous venir me retrouver pour qu'on en parle ?

— Naturellement.

L'archéologue avait du mal à contenir son enthousiasme.

— Quand ? demanda le Syrien.

— Que pensez-vous de midi au café *Abu Shukri* sur El-Wad Road ? Vous savez où c'est ?

Razak consulta sa montre.

— Oui, j'y suis allé souvent. Je vous retrouve donc à midi.

Peut-être, songea Razak, que c'est le coup de pouce que j'attendais.

30

Cité du Vatican

Charlotte Hennesey se tourna vers son réveil. L'écran digital de l'alarme clignotait. Les gros caractères rouges lumineux agaçants affichaient 7 : 00. Le soleil brillait à travers les minces rideaux fermés. Elle laissa sa tête retomber sur l'oreiller. Le petit lit était assez confortable, mais son occupant précédent avait probablement été un cardinal.

Un crucifix était suspendu au mur juste au-dessus de sa tête. Ses yeux ne pouvaient s'en détacher. Contre son gré, des images de marteaux enfonçant d'énormes clous et de chair transpercée s'immiscèrent dans ses pensées. Habitue-toi à ça, se dit-elle.

Charlotte parvint à s'arracher à ses draps et tituba jusqu'à son sac de voyage. Il lui fallut faire un effort pour déboucher la bouteille de Motrin[1]. Le vin l'avait réellement mise par terre. Dans le petit réfrigérateur, elle récupéra le flacon de Melphalan. Elle fit sauter son bouchon, prit l'une des mini-pilules blanches et l'avala avec un peu d'eau. Ensuite, ce fut au tour des vitamines et des compléments alimentaires destinés à atténuer les effets néfastes des médicaments sur son système immunitaire.

Après s'être brossé les dents, elle se doucha et s'habilla. Elle attacha la ceinture-portefeuille dans laquelle elle conservait son argent liquide et son passeport sous son chemisier (son guide de voyage lui avait fortement recommandé cette précaution dans la mesure où Rome était hélas aussi célèbre pour ses pickpockets).

---

1. Analgésique à base d'ibuprofène.

Enfin, elle glissa son téléphone portable dans sa poche et se dirigea vers la porte.

En pénétrant dans le laboratoire, Charlotte constata que Giovanni était déjà au travail. Penché sur une sorte de classeur métallique, il manipulait des câbles d'ordinateur.

Il lui sourit dès qu'il leva les yeux vers elle.

— Ah. Je vois que vous avez l'air reposée aujourd'hui.

— J'ai encore du sommeil à rattraper, mais ça va mieux.

Elle regarda l'installation de Bersei.

— Qu'est-ce que c'est ?

L'anthropologue lui fit signe de s'approcher.

— Vous allez aimer. C'est un scanner laser utilisé pour l'imagerie 3-D.

Compact, l'appareil rectangulaire faisait environ un mètre de haut avec une chambre intérieure vide et un panneau en verre. Les commandes se trouvaient sur le côté.

Charlotte le regarda avec circonspection.

— Ça ressemble à un minibar.

Il lui glissa un regard de côté et éclata de rire.

— Je n'avais jamais pensé à ça. Seulement vous n'y trouverez pas de cacahouètes. Allez poser vos affaires et prendre un café. Ensuite je vous montrerai comment ça marche.

Il connecta un câble USB de l'unité centrale à son ordinateur portable.

Moins de cinq minutes plus tard, Charlotte revint revêtue de sa blouse et prête à se mettre au travail.

— Avec ça, nous allons scanner tous les os l'un après l'autre et reconstituer le squelette à l'aide du logiciel d'imagerie de l'ordinateur, expliqua Bersei. Ensuite le programme CAO les analysera ainsi que tous les points d'attache des ligaments qui leur sont associés. Ainsi, il pourra calculer la masse musculaire que chaque os supportait et il essaiera de recréer l'image de ce à quoi ressemblait notre homme mystère quand il avait encore la chair sur les os. Je scanne le premier. Vous vous occuperez des autres.

Bersei tendit la main vers le crâne. Il tenait la mandibule aux dents saillantes dans le creux d'une main et le globe crânien dans l'autre. Puis il disposa l'ensemble dans la chambre de scannage.

— Voilà, je mets le tout dans le minibar…

Ce fut au tour de Charlotte de rire.

Le sourire aux lèvres, Bersei retourna à son ordinateur portable.

— Ensuite je clique sur la commande « COMINCIARE SCANSIONE »…

— Tout le programme est en italien ?

Bersei la regarda et s'amusa de son expression quelque peu affligée.

— Pas de panique. Je le bascule en anglais.

À l'aide de la souris, il ne lui fallut que quelques secondes pour modifier les paramètres du programme.

— Désolé. Donc j'étais en train de dire qu'il faut cliquer sur le bouton « COMMENCER LA SCANNÉRISATION »… Comme ça…

Le scanner se mit à ronronner tandis que les lasers à l'intérieur de la chambre tissaient une matrice extrêmement précise autour du crâne. Moins d'une minute plus tard, une réplique parfaitement numérisée du crâne s'afficha sur l'écran du portable en ombres grises et blanches.

— Et voilà. Une copie 3-D. Maintenant l'image peut être manipulée comme on veut.

Il fit courir ses doigts sur le clavier de l'ordinateur pour faire pivoter et basculer à volonté l'image du crâne.

— Quand vous voudrez enregistrer l'image, le programme vous demandera de sélectionner chaque os à l'aide de ce menu déroulant.

Bersei ouvrit la liste et fit glisser la souris jusqu'à « CRÂNE – AVEC MANDIBULE ». Il cliqua dessus.

— Ensuite vous cliquez sur « SCAN SUIVANT ». Vous voulez essayer ?

Il ouvrit la porte du scanner et retira le crâne.

— Mettez des gants et un masque et prenez un os.

Charlotte jeta son gobelet dans la poubelle, puis attrapa une paire de gants en latex et un masque en papier.

Elle récupéra un segment de colonne vertébrale qu'elle enferma dans le scanner et cliqua sur le bouton « SCANNÉRISATION ». Les lasers luminescents se mirent à jouer sur les vertèbres. Aussi fugitivement qu'inopinément, des visions de scans de chimiothérapie et de radiothérapie se faufilèrent dans son esprit, mais elle les refoula.

181

— Racontez-moi. Comment Carmela s'en est-elle sortie avec ses saltimboccas de poulet ?

— En fait, ils n'étaient pas si mauvais que ça, dit-il presque surpris. Mais ma fille est parvenue à me faire ouvrir une seconde bouteille de vin. *Mamma mia*, s'exclama-t-il, la tête dans ses mains.

Au bout d'une minute, l'image était apparue sur l'écran. Bersei se pencha sur l'épaule de Charlotte, tandis que celle-ci utilisait le clavier pour jouer avec l'image. Elle l'identifia et l'enregistra comme : « VERTÈBRES – LOMBAIRES ». Elle cliqua sur « SCAN SUIVANT ».

— *Perfetto*. Prévenez-moi quand vous aurez fini. Je vous montrerai alors comment procéder à l'assemblage de tous les os.

Bersei traversa le laboratoire et disparut dans la salle de repos.

Charlotte entreprit le scannage d'un autre segment vertébral. Une minute plus tard, Bersei était de retour, deux espressos en main.

— Encore un peu de kérosène italien.

— Vous me sauvez la vie.

— Avertissez-moi si vous rencontrez un problème, dit-il avant de retourner vers l'ossuaire.

Debout devant son poste de travail, il examina la couche de poussière compacte d'un bon centimètre et demi d'épaisseur qui recouvrait le fond du sarcophage. Il allait devoir extraire cette substance pour analyser sa composition au microscope. Ensuite, il la passerait au spectromètre du laboratoire pour identifier les signatures lumineuses des éléments spécifiques. À l'aide d'une cuillère de laboratoire, il commença à racler le fond de l'ossuaire et à déposer la poussière sur un plateau de verre rectangulaire recouvert d'un tamis afin de récupérer d'éventuels petits fragments d'os. Dans son esprit, il s'attendait à trouver de la peau desséchée et de la poussière de pierre détachée des parois. Il pourrait peut-être même découvrir des matières organiques, comme des fleurs ou des épices que l'on utilisait traditionnellement dans les anciens rituels funéraires juifs.

En revanche, ce qu'il n'imaginait pas trouver, c'était le petit objet circulaire mélangé à sa dernière « cuillerée » de matière. Il le prit entre ses doigts gantés et utilisa une brosse souple pour dépoussiérer sa surface oxydée et irrégulière.

Une pièce.

S'emparant d'une brosse plus dure sur le plateau d'outils, il appela Charlotte pour la lui montrer.

— Qu'est-ce que c'est ?

— Venez voir.

Bersei déposa la pièce de monnaie dans sa paume.

Elle plissa ses yeux verts pour l'observer.

— Bonne pioche, Giovanni.

— Oui. Ça va considérablement nous faciliter le travail. Les pièces peuvent se révéler extrêmement utiles pour dater les reliques qu'elles accompagnent.

Il lui confia la pièce et retourna devant son ordinateur. Dans la recherche des critères, il tapa : « pièces romaines LIZ ».

Charlotte l'examinait attentivement. Elle était à peine plus grosse qu'une *dime*[1]. Sur sa face, on voyait un symbole qui ressemblait à un point d'interrogation à l'envers encerclé par une ligne de texte. Le côté pile révélait trois lettres majuscules – LIZ – au centre d'une image florale grossière ressemblant à un rameau incurvé.

— Nous y sommes, murmura Bersei.

La première série de propositions s'était affichée instantanément. Issu d'une génération où les textes de thèse étaient encore tapés à la machine à écrire, l'efficacité de la technologie en général et de l'Internet en particulier, surtout en matière de recherche, ne manquait jamais de fasciner l'Italien. Il cliqua sur le lien qui lui paraissait le plus pertinent. L'anthropologue se retrouva sur un site numismatique *online* appelé « Forum des pièces antiques ».

— Qu'avez-vous trouvé ?

Déroulant une liste de pièces anciennes, il trouva une image de la pièce que Charlotte tenait entre ses doigts.

— Bien que la nôtre soit certainement en meilleur état, je dirais que celle-là correspond.

Il agrandit l'image et montra les clichés recto et verso de la pièce qui était une réplique presque exacte de la leur.

— Intéressant. Ils disent ici qu'elle date de l'époque de Ponce Pilate, fit remarquer Bersei.

Charlotte demeura interdite. Elle se pencha pour mieux voir l'écran.

---

1. Pièce de dix *cents* US.

— *Le* Ponce Pilate… comme le type de la Bible ?

— C'est ça, confirma Bersei. Vous savez, c'était un personnage historique réel.

L'anthropologue lut silencieusement le texte qui accompagnait l'image sur l'écran.

— Ils racontent que trois types de pièces furent frappées au cours des dix ans de fonctions de Ponce Pilate qui commencèrent en 26 de notre ère, résuma-t-il. Toutes étaient des *proutah* de bronze frappées à Césarée en 29, 30 et 31 de notre ère.

— Donc ces nombres romains – L-I-Z – nous donnent la date spécifique ?

Elle crut se souvenir que le L représentait cinquante et que le I était un. Mais pas moyen de se souvenir du Z.

— Pour être plus précis, ce sont techniquement des nombres *grecs*. À cette époque, la culture hellénique était encore très prégnante dans la vie quotidienne en Judée. Mais ces chiffres indiquent bien la date réelle de production, expliqua Bersei. Cependant, cette pièce a été frappée des centaines d'années avant que naisse notre calendrier grégorien moderne. Au cours du Iᵉʳ siècle, les Romains calculaient leurs années selon le règne des empereurs. Vous voyez ces anciens caractères grecs bordant la pièce ?

Elle les lut.

ΤΙΒΕΡΙΟΥ ΚΑΙΣΑΡΟΣ.

— Mmmm.

— Cela se traduit : « De l'empereur Tibère ».

Elle remarqua qu'il n'avait pas lu ce détail sur l'écran.

— Comment le savez-vous ?

— Je lis couramment le grec ancien. C'était une langue commune au début de l'Empire romain.

— Impressionnant.

Il sourit.

— Quoi qu'il en soit, le règne de Tibère commença en 14 de notre ère. Maintenant, le L est simplement l'abréviation du mot « année » en grec. Le I correspond à notre dix et le Z vaut pour sept. Additionnés, cela donne dix-sept. Par conséquent, cette pièce a été frappée au cours de la dix-septième année du règne de Tibère.

Une expression de légère confusion sur les traits, Charlotte compta les années sur ses doigts.

184

— Donc cela fait 31 de l'ère commune ?

— En fait, les Grecs omettaient le zéro. L'année 14 équivaut à l'année 1. Je vous épargne un nouveau calcul. La date correcte est *30*.

— Et qu'en est-il de cet autre symbole : le point d'interrogation inversé ?

— Il représente un *lituus*[1] qui symbolise le bâton tenu par un augure comme symbole d'autorité.

— Un augure ?

— Une sorte de prêtre. Que l'on peut comparer à un devin et qui était rémunéré par Rome. L'augure levait le lituus pour invoquer les dieux quand il faisait des prédictions sur la guerre ou l'action politique.

Question prédictions, Charlotte avait plutôt tendance aujourd'hui à imaginer des docteurs crispés dans des blouses blanches essayant d'interpréter des résultats d'expériences scientifiques. Elle examina de nouveau la pièce de monnaie.

— En dehors de ce qui est dit dans la Bible, que sait-on de Ponce Pilate ?

Bersei la regarda avec un sourire.

— En réalité pas mal de choses. On peut dire que c'était plutôt un sale type.

— Comment cela ?

Il lui raconta ce qu'il savait. Tibère César était opposé à l'idée qu'un roi juif contrôle la côte de Judée, dès lors que les troupes romaines avaient besoin de se déplacer sans obstacles vers l'Égypte. En outre, la Judée était une route commerciale majeure. Alors Tibère évinça l'un des fils du roi Hérode et le remplaça par Pilate, ce qui ne manqua pas d'outrager les juifs. Pilate écrasa systématiquement leurs rébellions. D'après un récit bien documenté, un jour qu'une foule désarmée s'était rassemblée devant sa résidence de Jérusalem pour protester contre le détournement des offrandes du Temple afin de construire un aqueduc, il envoya parmi eux des soldats en civil. Sur ordre de Pilate, ils tirèrent des armes dissimulées dans les plis de leurs vêtements et massacrèrent des centaines de juifs.

— Et ce n'est qu'un incident parmi d'autres, précisa Bersei.

---

1. Ce bâton augural d'une cinquantaine de centimètres servant à diviser les régions du ciel a inspiré la crosse des évêques chrétiens.

— Ignoble.

— Pour l'essentiel, Pilate vécut dans un luxueux palais dans la ville septentrionale de Césarée qui surplombe la Méditerranée. Ce que vous appelleriez en Amérique une maison de bord de mer. Je m'y suis rendu... C'était vraiment un très bel endroit. C'est là que les pièces ont été frappées sous son contrôle.

Revenant vers l'écran, Charlotte remarqua le prix de vente extraordinairement bas de la monnaie de Pilate.

— Vingt-deux dollars ? Comment une pièce de près de deux mille ans peut valoir aussi peu ?

— C'est la loi de l'offre et de la demande, j'imagine, commenta Bersei. On trouve beaucoup de ces objets ici et là. À l'époque, elle devait avoir la valeur d'un de vos *pennies* américains.

Elle fronça les sourcils. Un *penny* ?

— Pourquoi pensez-vous qu'elle se trouvait dans l'ossuaire ?

— Ça, c'est facile à expliquer. Placer des pièces de monnaie sur les yeux des morts faisait partie des pratiques funéraires juives. On gardait ainsi les paupières closes jusqu'à ce que la chair soit décomposée. Et quand les tissus avaient disparu, elles tombaient dans le crâne.

— Hmmm.

Replongeant la main dans l'ossuaire, il sonda le fond quelques secondes, puis exhiba quelque chose à la lumière. Une seconde pièce.

— Deux yeux, deux pièces.

Bersei examina les deux faces.

— Parfaitement identiques.

Pendant quelques instants, Charlotte considéra cette nouvelle information.

— Donc les os ont dû être inhumés au cours de cette même année 30, pas vrai ?

— Pas nécessairement. Mais il y a de grandes chances.

Songeuse, elle regarda le squelette puis les pièces.

— Ponce Pilate et un corps crucifié. Vous ne pensez quand même pas...

Immédiatement, Bersei leva une main. Il savait parfaitement quelle hypothèse elle était sur le point de suggérer.

— Nous n'en sommes pas là, s'empressa-t-il de répondre. Comme je l'ai dit, les Romains ont exécuté des milliers de condamnés par crucifixion. Et je suis un bon catholique, ajouta-t-il avec un sourire.

Ne relevant aucune véritable réserve dans ses yeux intenses, Charlotte supposa que Bersei voulait simplement conserver son objectivité.

— Vous avez fini de scanner le squelette ?

— Oui.

— Super.

Il imprima la page Web.

— Je vais vous montrer comment on assemble tout ça.

Du geste, il montra le squelette étalé sur le plan de travail.

— Nous allons bientôt savoir à quoi ressemblait notre homme.

31

Jérusalem, Mont du Temple

À douze heures précises, Razak s'approcha de Graham Barton, assis à une table de bois carrée devant le minuscule café en plein air. L'Anglais buvait un café noir tout en lisant le *Jerusalem Post*. Dès qu'il vit le délégué musulman, il replia son journal et se leva pour le saluer.

Le Syrien lui adressa un humble sourire.

— Bonjour, Graham.

Barton lui offrit sa main que Razak accepta.

— *Assalaamu 'alaykum*, dit l'archéologue dans un arabe passable.

Son interlocuteur fut positivement impressionné.

— *Wa 'alaykum assalaam*. Nous aurions besoin de travailler un peu ça, mais ce n'est pas mal pour un infidèle, souligna-t-il avec un grand sourire.

— Merci. J'apprécie. Mais je vous en prie, asseyez-vous.

L'archéologue lui indiquait la chaise de l'autre côté de la table.

— L'endroit est agréable.

— J'étais sûr que vous aimeriez.

Barton avait délibérément opté pour ce petit café populaire du quartier musulman, car des rumeurs récentes prétendaient que les commerçants juifs ne voyaient pas d'un bon œil les clients musulmans. Encore des retombées de l'incident de vendredi.

À peine assis, Razak vit s'approcher un jeune serveur palestinien, atrocement maigre avec une barbe naissante clairsemée.

— Vous mangez, Graham ?

— Oui, si nous avons le temps.

— Des préférences ?

— Les mêmes choses que vous.

Razak se tourna vers le garçon et commanda quelques plats : le célèbre *hoummous* du restaurant avec des haricots noirs et des pignons de pin rôtis, du pain pita – « chaud s'il vous plaît », spécifia-t-il –, des *falafels*, deux *shwarma kabobs*, et il commanda une bouilloire de thé *shaii* à la menthe « avec deux tasses », précision formulée volontairement en anglais pour ne pas mettre Barton mal à l'aise.

Dès que le garçon eut tout noté sur son bloc, il relut la liste pour s'assurer de ne pas avoir fait d'erreur et il retourna à la cuisine.

— Dites-moi ce que vous avez découvert.

Le visage de Barton s'illumina.

— Quelque chose d'assez extraordinaire.

Il tira anxieusement une feuille de papier pliée de sa poche de chemise.

— Regardez.

Il étala le papier devant Razak.

— Voilà. En haut, vous avez une photocopie du texte original, et en dessous, la traduction anglaise. Prenez le temps de le lire.

Razak commença par admirer brièvement la magnifique calligraphie du vieux parchemin. Puis ses yeux glissèrent vers la traduction.

> Après avoir accompli la volonté de Dieu, moi, Joseph d'Arimathie et ma chère famille attendons ici le jour glorieux où notre Messie défunt reviendra reprendre le Témoignage de Dieu sous l'autel d'Abraham, afin de restaurer le saint Tabernacle.

L'expression de Razak traduisait sa perplexité.

— Qui est ce Joseph ?

Le serveur revint avec un pot de thé fumant et Razak recouvrit le document de sa main tandis que le jeune homme remplissait deux tasses.

Barton attendit qu'il reparte.

— Joseph est l'homme dont le squelette se trouve dans le neuvième ossuaire. Vous voyez : le nom hébreu « Yosef » se traduit « Joseph » en anglais.

Il laissa le temps à Razak d'intégrer tout ça avant de continuer.

— Avez-vous déjà entendu parler de Joseph d'Arimathie ?

Razak secoua négativement la tête.

— Je ne suis pas surpris. Ce n'est qu'un obscur personnage biblique du Ier siècle qui n'apparaît que brièvement dans le Nouveau Testament.

Buvant une gorgée de thé, Razak se sentit brusquement mal à l'aise.

— Et que dit le livre de lui ?

L'Anglais étendit ses mains sur la table.

— Laissez-moi d'abord vous dire que l'essentiel de ce que nous savons de Joseph d'Arimathie relève du mythe. C'est au demeurant ce qu'il y a de plus intéressant avec cette découverte.

Barton s'exprimait avec un débit rapide, mais à voix basse pour éviter d'être entendu.

— Beaucoup disent qu'il était un commerçant prospère qui fournissait des métaux tant à l'aristocratie juive qu'à l'administration romaine. Les uns comme les autres avaient grand besoin de fournitures régulières de bronze, d'étain et de cuivre pour fabriquer des armes et frapper des pièces.

— C'était un homme important, en somme.

— Oui.

Après une hésitation, Barton poursuivit :

— En vérité, les Évangiles de Marc et Luc nous disent que Joseph était un membre éminent du Sanhédrin, le conseil des soixante et onze sages juifs qui faisait office de Cour suprême de l'ancienne Judée. Les Évangiles laissent également entendre que Joseph était un proche confident d'un juif charismatique et très célèbre nommé Joshua.

Le nom ne disait rien à Razak. Mais Barton le regardait comme s'il aurait dû.

— Suis-je censé connaître ce Joshua ?

— Oh, vous le connaissez, lui répondit l'autre avec confiance. Certaines traductions hébraïques font également référence à lui sous le nom de Yeshua. Les évangiles grecs originaux l'appellent *Iesous*.

L'Anglais voyait que ce petit jeu de devinettes commençait à impatienter Razak.

— Mais vous connaissez incontestablement son nom arabe... *Isa.*

Razak écarquilla les yeux.

— Jésus ?

— Et même si Joshua – ou Jésus – était le deuxième nom le plus répandu dans la Judée du Ier siècle, je ne pense pas qu'il soit nécessaire de donner plus de précisions sur le Jésus auquel je fais allusion.

Razak s'agita sur sa chaise.

— Après la mort de Jésus, poursuivit Barton, on prétend que Joseph serait parti pour la Gaule, la France aujourd'hui. Accompagné par les disciples Lazare, Marie Madeleine et Philippe, il aurait prêché les enseignements de Jésus. Autour de 63 de l'ère commune, il aurait même vécu à Glastonbury, en Angleterre, où il aurait acquis des terres et construit le premier monastère du pays.

Razak leva les sourcils et but une nouvelle gorgée de thé.

— Continuez.

— Faisons un bond jusqu'au Moyen Âge. À l'époque, Joseph devint un personnage culte. Des monarques s'inventèrent des liens de descendance avec lui pour partager sa gloire et son renom. À cette époque, une autre histoire fit surface. Elle racontait que Joseph possédait la vraie couronne d'épines de Jésus et le calice dans lequel il avait bu lors de la Cène, son dernier repas.

Barton marqua une pause pour laisser le temps à Razak de digérer tous les détails.

— Certains étaient même convaincus que Joseph avait recueilli le sang du corps crucifié de Jésus dans cette coupe.

Il remarqua que Razak avait pincé les lèvres à l'évocation d'un « corps crucifié ».

— Cette coupe, mieux connue sous le nom de Saint-Graal, avait, croyait-on, des pouvoirs de guérison et assurait l'immortalité à son propriétaire.

— Ce sont certainement des histoires fantastiques, estima Razak. Vous n'êtes sûrement pas en train de suggérer que les voleurs pensaient trouver le Saint-Graal dans l'ossuaire manquant ?

Ce fut au tour de Barton de se pincer les lèvres. Il esquissa un petit signe de dédain avec sa main.

— Il y a bien quelques illuminés dans le coin, admit-il. Mais non, je n'avance sûrement pas une telle idée.

Il hésita un instant.

— J'ai décidé de faire quelques recherches sur Joseph d'Arimathie. Et pour ça, je vais me servir du manuel disponible le plus pertinent et le plus pratique.

Il tendit un livre.

Les yeux de Razak foudroyèrent l'exemplaire du Nouveau Testament que l'Anglais poussait en avant.

— Encore des légendes, commenta le Syrien cyniquement.

Barton s'attendait à cette réaction. Toute discussion sur Jésus devait tenir compte du fait que les musulmans le vénéraient comme un prophète figurant sur une longue liste à l'instar d'Abraham, Moïse et l'ultime serviteur d'Allah, Mahomet. En aucune circonstance, l'islam ne pouvait admettre qu'un homme ou qu'un prophète soit l'égal de Dieu Lui-même. C'était ce pilier de la foi islamique qui, pour les musulmans, rendait le concept chrétien de Trinité totalement blasphématoire et qui créait la fracture la plus significative entre les deux religions. Et le Nouveau Testament était considéré par les musulmans comme une interprétation grossière de la vie de Jésus.

Ignorant la pique, Barton enchaîna :

— Parmi les vingt-sept livres qui composent le Nouveau Testament, quatre fournissent des récits historiques détaillés sur le prophète Jésus : les Évangiles de Matthieu, Marc, Luc et Jean. Chacun d'eux mentionne spécifiquement le nom de Joseph d'Arimathie.

Barton ouvrit la Bible à une page signalée par un Post-it. Il faisait de son mieux pour calmer le tremblement de ses doigts. Ce qu'il était sur le point de suggérer paraissait incroyable. Il se pencha par-dessus la table.

— Les quatre récits disent la même chose pour l'essentiel. Donc je vais simplement vous lire ce premier extrait tiré de Matthieu chapitre vingt-sept, versets cinquante-sept à soixante.

Il se mit à lire lentement le passage :

Le soir approchant, il vint un homme riche d'Arimathie, du nom de Joseph, qui était lui-même devenu disciple de Jésus. Il alla trouver

Pilate et lui demanda le corps de Jésus. Alors Pilate ordonna qu'on le lui remît. Joseph prit donc le corps. Il l'enroula dans un linceul propre et le plaça dans le nouveau tombeau qu'il s'était fait tailler dans le roc. Puis il roula une grande pierre devant l'entrée du tombeau et s'en alla.

Barton leva ses yeux du texte.

— Je vais vous relire ce passage spécifique. *« Joseph prit donc le corps. Il l'enroula dans un linceul propre et le plaça dans le nouveau tombeau qu'il s'était fait tailler dans le roc. »*

Razak demeura bouche bée.

— Vous ne pensez quand même pas...

Le garçon réapparut soudain et Razak s'interrompit au milieu de sa phrase. Il attendit que le serveur dépose les assiettes et reparte pour continuer.

Le Syrien inspira profondément.

— Je sais où vous voulez en venir, Graham. C'est une hypothèse très dangereuse, vraiment très dangereuse.

Il prit un peu de pain et se servit une cuillerée d'hoummous dans son assiette. Celui-ci sentait particulièrement bon.

— S'il vous plaît, écoutez-moi, poursuivit Barton à voix basse. Nous devons au moins retenir l'idée que les voleurs aient pu vraiment croire que l'ossuaire manquant contenait les restes de Jésus. Et ce parchemin que nous avons trouvé dans le neuvième ossuaire fait clairement référence au Messie. C'est beaucoup trop précis pour que nous puissions l'ignorer.

Alors qu'il expliquait son point de vue à Razak, Barton commençait à sentir tout le poids de la mise en garde avisée du père Demetrios. Le texte de ce parchemin pouvait potentiellement remettre en cause la célébration traditionnelle du mystérieux bienfaiteur du Christ, dans la mesure où l'on croyait ordinairement que les *loculi* qui se trouvaient sous l'église du Saint-Sépulcre avaient appartenu à ce Joseph d'Arimathie.

Razak regarda fixement l'archéologue.

— Vous devriez manger votre pain tant qu'il est chaud.

— Écoutez. Je ne suis pas en train de dire que je crois en tout ceci.

Barton rompit du pain et le tartina d'une bonne cuillerée d'hoummous.

— Je suis simplement en train de suggérer un mobile. Si nous avons affaire à un fanatique qui s'imagine que tout ceci est vrai, cela ferait de cet ossuaire manquant la relique suprême.

Razak avala la bouchée qu'il avait mâchée et dit :

— Je suis certain que vous comprenez qu'il m'est totalement impossible d'accepter l'idée que cet ossuaire volé ait pu contenir le corps de Jésus. Rappelez-vous, monsieur Barton, qu'à la différence des hommes égarés qui ont écrit ce livre...

Il pointait la Bible du doigt.

— ... le Coran nous livre les paroles littérales d'Allah par l'intermédiaire du grand prophète Mahomet – que la paix soit sur lui – qu'il a utilisé comme messager. En tant que musulman, on nous a dit la vérité. Jésus a échappé à la croix. Allah l'a protégé de ceux qui cherchaient à lui faire du mal. Il ne s'est pas éteint de mort naturelle, mais Allah l'a rappelé à lui et il est monté directement dans les cieux.

Il leva les yeux vers l'azur.

— Et rappelez-vous que les hommes à qui je dois rendre des comptes réagiront encore plus mal que moi. Ils refuseront de donner du crédit à ce genre de spéculation.

Il plongea son pain dans l'hoummous et le porta à sa bouche.

— À côté de ça, les chrétiens ne prétendent-ils pas que Jésus s'est relevé d'entre les morts et qu'il est monté au ciel ? Ce n'est pas de ça que parle la fête de Pâques ?

— Absolument, reconnut Barton.

Tout en mâchonnant, Razak le regarda d'un air interrogateur.

— La Bible dit beaucoup de choses, admit-il avec un large sourire. Mais les Évangiles ont été rédigés des décennies après le ministère de Jésus, au terme d'une longue période de tradition orale. Je n'ai pas besoin de vous dire à quel point cela peut affecter l'intégrité de ce que nous lisons aujourd'hui. Dès lors que les disciples de Jésus étaient eux-mêmes des juifs, ils ont incorporé un style narratif *midrashique*, qui, pour parler franchement, se concentre davantage sur le sens et l'interprétation – souvent aux dépens de la précision historique. Je pourrais aussi vous signaler que les anciennes interprétations de la résurrection avaient plus à voir avec une transformation spirituelle qu'avec un véritable retour à la vie.

Razak secoua la tête.

— Je ne comprends vraiment pas comment on peut croire à de telles sornettes.

— À dire vrai, rétorqua prudemment Barton, vous devez garder à l'esprit que les destinataires des Évangiles étaient des païens convertis. Ces gens croyaient que les dieux mouraient tragiquement et ressuscitaient glorieusement. Le cycle vie-mort-renaissance était un thème commun à de nombreux dieux païens, dont Osiris, Adonis et Mithra. Les premiers chefs chrétiens, particulièrement Paul de Tarse – un philosophe juif hellénistique –, savaient que Jésus devait se conformer à ces critères. Paul « vendait » cette nouvelle religion dans une région qui ne manquait pas de croyants en tout genre. Nous ne pouvons ignorer qu'il a incontestablement embelli l'histoire. Or on estime qu'il a écrit à lui seul quatorze des vingt-sept livres qui composent le Nouveau Testament. Ce n'est pas négligeable, je pense que vous serez d'accord. Donc il vaut mieux replacer ces récits dans leur contexte historique et *humain*.

Razak le regarda d'un air approbateur.

— Vous êtes un homme très complexe, Graham. Votre épouse doit beaucoup vous apprécier, dit-il à demi sarcastique.

Il montrait du doigt l'alliance en or à la main droite de l'archéologue.

— Si vous pensez que j'ai mon mot à dire, vous devriez l'entendre elle. Jenny est *barrister*[1].

— Avocate ?

Razak leva les sourcils.

— Une oratrice professionnelle ? Je n'aimerais pas assister à vos débats.

— Par bonheur, c'est une situation qui ne se produit pas souvent.

La vérité était qu'en dehors d'un prétoire elle était tout sauf une femme de dialogue. Ces derniers temps, ils étaient peu à peu devenus des étrangers l'un pour l'autre au milieu d'un océan de silence qui ne cessait de s'élargir.

— Vous avez des enfants ?

---

1. L'une des deux professions d'avocat dans le droit britannique : le *barrister* plaide devant les tribunaux, tandis que l'autre, le *solicitor*, ne plaide théoriquement pas, mais prépare les dossiers (et correspond approximativement à l'ancienne profession d'avoué).

— Un fils, John, qui a vingt ans. Un beau gars, avec plus de cervelle que ses deux parents réunis. Il est étudiant, à Cambridge, dans l'université où j'ai fait mes études. Nous avons aussi une fille ravissante, Joséphine, qui, elle, a vingt-cinq ans. Elle vit aux États-Unis, à Boston. Elle est avocate, comme sa maman. Et vous ? Une femme ? Des enfants ?

Razak sourit timidement et secoua négativement la tête.

— Malheureusement, Allah ne m'a pas encore accordé d'épouse.

Barton crut déceler quelque chose dans les yeux de son interlocuteur. Quelque chose comme de la douleur ?

— Peut-être que ce n'est pas à cause de la volonté d'Allah, mais de votre obstination, suggéra l'archéologue.

Razak fit mine d'être offensé, mais il éclata de rire.

— Ah oui. Vous avez peut-être raison.

Dès qu'ils eurent fini de manger, Razak reporta son attention sur la traduction.

— Et que pouvez-vous dire de la fin du texte... Qu'est-ce que ça signifie ?

Il relut la seconde partie de la transcription : « *Notre Messie défunt reviendra reprendre le Témoignage de Dieu sous l'autel d'Abraham, afin de restaurer le saint Tabernacle.* »

Barton avait espéré pouvoir éviter cette partie de la discussion.

— Ah.

Il marqua une pause.

— L'autel d'Abraham fait très probablement allusion au mont Moriah.

— Où l'on dit qu'il aurait été demandé au prophète Ibrahim de sacrifier Ismaël, fils de Hagar, déclara sèchement le musulman.

— OK.

Barton ne chercha pas à contester cette interprétation. Si la Torah – la Bible juive – disait clairement qu'Abraham devait sacrifier *Isaac*, le fils de son épouse Sarah, les musulmans faisaient remonter leur origine à Ismaël, le fils né de la servante de Sarah, Agar. C'était encore un exemple des efforts désespérés des deux religions pour s'approprier chacune de son côté le plus vénéré des patriarches de l'Ancien Testament, l'homme à qui l'on attribue la foi monothéiste et une totale soumission au seul vrai Dieu. Après tout, c'était exactement ce que signifiait littéralement *islam*, songea Barton : *la soumission à la volonté d'Allah.*

— Et cette référence au « *Témoignage de Dieu* », ajouta Razak. On a l'impression qu'il s'agit d'une chose située « *sous l'autel d'Abraham* ». Je ne comprends pas.

Un frisson parcourut le bras de Barton.

— Je m'efforce encore de comprendre ce que cela signifie, mentit-il. Il faut que je continue à chercher.

Razak parut sceptique, mais il acquiesça.

— Je vous fais confiance pour m'informer de tout ce que vous pourrez découvrir.

— Naturellement.

— Donc que faisons-nous maintenant ?

Barton réfléchit un instant à cette question. Curieusement, ses pensées ne cessaient de le ramener au père Demetrios et à la visite dans la crypte inférieure du Saint-Sépulcre qui aurait, supposait-on, appartenu à Joseph d'Arimathie. Par ricochet, il repensa à la chambre secrète sous le Mont du Temple et au fait qu'elle était dépourvue des caractéristiques habituelles des cryptes du Ier siècle.

— Je crois que nous allons devoir redescendre dans la crypte. Quelque chose nous a peut-être échappé. Quand pourrons-nous y retourner ?

— Pas avant demain, suggéra-t-il. J'ai reçu un appel téléphonique très intéressant en fin de matinée d'un bon ami de Gaza. Il a entendu dire que je participais à l'enquête et il m'a dit détenir quelques informations qui pourraient nous aider à faire la lumière.

— Quel genre d'informations ?

— En réalité, je ne le sais pas vraiment. Il ne voulait pas en parler au téléphone.

— Ce qui signifie que c'est probablement un bon tuyau.

— C'est ce que j'espère. En tout cas, je m'apprêtais à aller faire un tour en voiture... pour me rendre chez lui cet après-midi. Si vous n'êtes pas trop occupé, vous pourriez peut-être m'accompagner.

— J'aimerais bien. À quelle heure ?

— J'ai quelque chose à faire avant d'y aller. Cela ne me prendra pas longtemps.

Razak consulta sa montre.

— On peut se retrouver dans le parking devant la porte de Jaffa vers deux heures.

— J'y serai.

Razak sortit son portefeuille de sa poche de pantalon.

— S'il vous plaît, Razak, insista Barton en l'invitant à ranger son argent. C'est pour moi. Partez devant et on se retrouve à deux heures.

— Merci, Graham. C'est très généreux de votre part.

En face du café *Abu Shukri*, un jeune homme à l'allure banale était assis sur un banc. Il lisait un journal, sirotait un café et profitait de la douceur de l'après-midi. De temps en temps, il observait discrètement l'archéologue et le délégué musulman. Les petits écouteurs glissés dans ses oreilles n'étaient pas reliés à un iPod – contrairement aux apparences –, mais transmettaient l'incroyable conversation des deux enquêteurs au bureau des FDI à Jérusalem.

32

Cité du Vatican

Giovanni Bersei avait affiché l'intégralité des scans du squelette en plein écran. Il balayait maintenant le patchwork
d'images miniaturisées et s'arrêtait régulièrement sur l'une des
photos pour la grossir et observer l'os en détail.

— C'est super, Charlotte. Apparemment, vous avez même
parfaitement su récupérer les côtes, ce qui n'est pas chose facile.
Il ne nous reste plus qu'à demander à l'ordinateur d'assembler
le squelette.

Il cliqua sur le menu « options ».

Debout près de l'anthropologue, Charlotte vit une petite
fenêtre s'ouvrir sur l'écran :

PATIENTEZ PENDANT L'OPÉRATION.
25 % achevé...
43 % achevé...
71 % achevé...

Bersei se tourna vers elle.

— Pas d'erreur jusqu'à présent. Pas mal pour une première
fois.

98 % achevé...
100 % achevé.

Vingt secondes plus tard, l'écran restitua une image tridimensionnelle du squelette. Le programme avait décortiqué le plus

petit détail du plus infime des os pour recréer l'état originel des articulations et des attaches des cartilages et fournir une image précise de la charpente osseuse totalement reconstituée. Il avait même tenu compte des dommages effroyables provoqués par la crucifixion – les striures des côtes et les traumatismes infligés aux poignets, aux pieds et aux genoux.

— Extraordinaire !

Bersei contemplait l'image à l'écran, autrement dit la version assemblée de tout ce qui se trouvait étalé sur le poste de travail derrière eux. Pendant un moment, les stupéfiantes prouesses de la technologie informatique le laissèrent une nouvelle fois sans voix.

— C'est probablement à ça que ressemblait notre homme avant son inhumation dans l'ossuaire.

— Et la chair ?

Il tendit sa main comme s'il faisait signe à un véhicule de ralentir.

— Une étape à la fois.

— Désolée. J'ai dû boire trop de café.

— Nous aimons prendre le temps qu'il faut pour faire les choses par ici, plaisanta-t-il. Ça aide à vivre vieux.

Charlotte se crispa intérieurement, tandis que Bersei manipulait sa souris.

— Maintenant, nous allons pouvoir demander à l'ordinateur d'affecter une masse musculaire à la structure squelettique. Le logiciel va mesurer chaque os pour estimer sa densité et recréer les points d'attache des ligaments.

Elle connaissait la théorie de base.

— Les os les plus gros exercent une tension plus importante sur les os auxquels ils sont attachés, ce qui nécessite des ligaments et des points de connexion plus volumineux.

— C'est à peu près le principe. Appelez ça de la rétro-ingénierie [1]. J'admets que le programme ne peut prendre en compte toutes les anomalies des tissus mous. Mais il peut détecter les défauts structurels d'un squelette. Si cela se produit, le programme essaiera de recréer l'anomalie ou alors il nous

---

1. Procédé qui consiste à étudier un objet pour en déterminer le fonctionnement.

renverra un message d'erreur. Maintenant, ajoutons des muscles sur cette structure.

Il se concentra de nouveau sur l'écran.

La fenêtre de progression réapparut :

PATIENTEZ PENDANT L'OPÉRATION.
77 % achevé...
100 % achevé.

L'écran se réactualisa.

Cette fois, le programme avait revêtu le squelette d'une trame fibreuse de musculature. L'image était horrible, mais anatomiquement correcte : c'était la vision d'un homme mince écorché, avec des muscles colorés de différentes teintes de rouge et des ligaments d'une couleur blanc bleuâtre perturbante. L'homme était extrêmement bien formé et parfaitement proportionné.

Charlotte se pencha en avant.

— Il a l'air bien foutu, dit-elle de manière très prosaïque.

— Eh oui, il n'y avait pas de McDonald's à l'époque, répondit son collègue.

Il continuait de jouer avec sa souris.

— Ni d'osso-buco, en l'occurrence.

Ils éclatèrent de rire à l'unisson.

Puis une fois redevenu sérieux, Bersei se concentra sur l'écran.

— Bien. Ajoutons la peau maintenant.

Il cliqua dans une fenêtre de l'écran.

Presque instantanément, celui-ci se modifia à nouveau. L'image 3-D se transforma en une sorte de statue de marbre du Bernin avec sa « chair » lisse. La représentation omettait toute forme de pilosité, y compris les sourcils. Les yeux n'étaient que des globes lisses, sans couleur.

Le spectacle hypnotisait Charlotte. La recherche venait de basculer dans un nouveau royaume où un spécimen anonyme et sans visage semblait se doter de nouveaux détails mystérieux et réalistes. Ils étaient en train de rapporter ces anciens os du royaume des morts.

— Votre analyse de l'ADN va nous aider à combler les vides, expliqua Bersei. Ce programme accepte les informations génétiques qu'on peut lui communiquer. Il recrée tout, de l'œil et de la couleur de la peau jusqu'à la densité des cheveux, leur implantation, les ongles, les poils, et ainsi de suite. Nous pouvons même approcher la teneur en graisse du corps avec une marge d'erreur relativement infime. Au regard de ce dont nous disposons jusqu'à présent, je pense que sa caractéristique la plus impressionnante est celle-ci.

Il tendit le doigt vers le coin inférieur droit de l'écran où des données de base étaient reportées dans un cartouche. On lisait sur une ligne :

TAILLE (pou./cm) : 73.850 / 187.579.

— Il était extrêmement grand pour son époque, observa l'anthropologue. Étrange. Si cet homme est mort au début du Ier siècle, il a dû vraiment se distinguer de ses contemporains.

— Les gens étaient plus petits à l'époque, alors ?

— On croit couramment que c'était dû à leur nutrition. Je n'accorde guère de crédit à cette théorie et beaucoup considèrent qu'elle était d'excellente qualité. Mais même selon des critères modernes, les gens devaient se retourner sur son passage. Vos données génétiques pourront nous éclairer sur ce point.

— Occupons-nous du visage.

Il maintint enfoncé le bouton de la souris pour tracer une ligne blanche autour de l'image et il cliqua pour zoomer.

Une forme spectrale envahit l'écran. Ses traits étaient bien dessinés, mais doux, avec un long nez droit, des lèvres charnues et un menton volontaire. Il avait encore une mâchoire prononcée avec un front ferme et de grands yeux larges.

Bersei paraissait satisfait.

— Pour l'instant, c'est la meilleure recréation que nous puissions obtenir du programme. C'était un beau diable.

Charlotte était subjuguée par ses traits fascinants.

— Je me demande quel est le niveau réel de fiabilité de cette reconstitution.

— J'ai utilisé ce programme pour reconstruire des identités à partir de squelettes équivalents pour des enquêtes sur des homicides, répondit Bersei d'une voix confiante. Et ce programme s'est toujours révélé très précis quand on a pu le confronter au profil connu des victimes.

L'Interphone s'anima soudain. Le père Donovan s'excusait d'interrompre leurs travaux, mais il voulait leur transmettre un appel du signore Ciardini.

— Probablement nos résultats de carbodatation, souligna Bersei. Pourquoi ne prenez-vous pas la communication et, pendant ce temps, je continuerai mon travail sur l'ossuaire.

— Parfait, dit-elle.

Elle s'approcha du téléphone.

Bersei retourna à sa table.

Dès qu'il eut fini d'enlever la couche de poussière poudreuse du fond de l'ossuaire, quelque chose attira son regard.

Une ligne mince.

Il se pencha à l'intérieur et, à l'aide d'une petite brosse, il épousseta les rainures jusqu'à ce qu'une forme rectangulaire émerge progressivement.

Échangeant la brosse contre une petite lame, il l'inséra le long du rectangle. Soigneusement, il joua de la pointe de son outil pour faire levier et passer sous ce qui ressemblait à une plaque de métal. Une fois celle-ci soulevée, un compartiment creux apparut. À l'intérieur, il crut apercevoir les formes indistinctes de trois longs objets effilés.

Pensant que ses yeux lui jouaient des tours, il approcha la lampe juste au-dessus de l'ossuaire. Il plongea alors sa main dans l'urne et dans la cavité en double fond. Giovanni récupéra l'un des objets et sentit le métal à travers le latex de son gant. Étonnamment lourde et noire comme du charbon, la longue tige aux bords ciselés faisait facilement dix-huit centimètres de long, avec une extrémité carrée et émoussée.

Un clou.

Il le déposa sur un plateau et l'observa. Il était de plus en plus incrédule.

Bersei remonta du fond de l'ossuaire les deux clous restants et aligna les trois pointes sur le plateau. Trois nouveaux éléments qui ne venaient que confirmer l'identité du squelette. En plusieurs occasions, sa passion de la découverte l'avait conforté dans le choix de son métier, mais cette révélation-là dépassait largement ce cadre.

— Mon Dieu, suffoqua-t-il.

Il se laissa tomber sur sa chaise.

À l'autre bout de la salle, Charlotte avait raccroché le téléphone.

— Venez voir ce que je viens de trouver.

Les yeux de la jeune femme fixaient le plateau.

Elle s'approcha du poste de travail de Bersei. À la pâleur des traits de l'anthropologue, elle devina que l'ossuaire venait de livrer un nouveau secret.

Il tendit le doigt vers le plateau sans rien dire.

Charlotte vit les trois objets de métal posés sur la surface d'acier luisante du plateau.

— Des pointes de rail ?

La vision des pointes émoussées des clous ne faisait que rendre encore plus réel l'effroyable processus de la crucifixion.

Bersei rompit son silence.

— Je pense que l'on peut raisonnablement conclure que ces clous sont ceux qui ont été utilisés pour crucifier cet homme… Quelle que fût son identité.

— Où les avez-vous trouvés ?

— Voyez vous-même.

Il lui avait indiqué l'ossuaire d'un mouvement du menton.

Elle se positionna juste au-dessus de l'urne et découvrit la cavité ouverte : un écrin de pierre creusé dans le calcaire.

— La poussière la dissimulait.

C'est à cet instant que ses yeux décelèrent une autre ombre à peine perceptible à l'intérieur de l'ossuaire. On aurait dit le contour infime d'une seconde cavité aménagée encore plus profondément dans le compartiment secret.

— Attendez ! s'exclama-t-elle brusquement.

Elle positionna le bras rétractable de la lampe au-dessus de l'ossuaire. La lumière inonda l'intérieur.

— On dirait que vous avez raté quelque chose. Là. Ça ressemble à…

Dans la lumière vive, elle put mieux discerner ce dont il s'agissait.

— … un cylindre ?

33

Jérusalem

Razak trouva Farouq dans la petite pièce à l'étage du bâti-ment de l'école islamique que le Waqf lui avait attribuée comme bureau temporaire. Il venait de raccrocher son téléphone.

Avant qu'il n'ait pu ouvrir la bouche, le Gardien le coupa :

— Topol prétend qu'aucun chargement enregistré au cours des deux derniers jours ne correspond à l'ossuaire.

Ses doigts tambourinèrent sur le bureau.

— Ça ne prend pas une bonne tournure, ajouta-t-il.

Razak attrapa un siège. Farouq lui donna l'impression de ne pas avoir dormi depuis des jours quand il se retourna vers lui. L'embrasure de la fenêtre encadrait très exactement la silhouette du Gardien. En arrière-plan, on apercevait le dôme de la mosquée du Rocher.

— Le Hamas et l'Autorité palestinienne, poursuivit Farouq, ont tous les deux confirmé que l'hélicoptère utilisé pour trans-porter les voleurs depuis l'Haram esh-Sharif était incontestable-ment israélien. Quand j'ai mis Teleksen en face de cette réalité, il a prétendu qu'il avait été détourné de la base aérienne de Sde Dov près de Tel-Aviv. L'appareil était un Sikorsky UH-60 Black Hawk.

Si les souvenirs de Razak étaient bons, Israël avait acheté plusieurs de ces hélicoptères d'assaut aux Américains à la fin des années 1990.

— Apparemment, les forces aériennes israéliennes partagent le terrain d'aviation de Sde Dov avec des transporteurs commer-ciaux, ajouta Farouq.

— Il n'est pas étonnant que quelqu'un ait pu s'introduire dans la base.

— Ne sautons pas tout de suite sur les conclusions.

Le ton du Gardien était tranchant comme une lame de rasoir.

— L'hélicoptère n'a peut-être pas été volé. Ça reste une possibilité.

N'aimant pas voir l'objectivité de Farouq s'émousser, Razak préféra changer d'approche.

— Au moins, ils ont fini par admettre leur implication. C'est déjà assez embarrassant pour eux.

— En admettant qu'il s'agisse bien d'une erreur de leur part.

— Vous avez demandé à Teleksen pourquoi nous n'avions pas été informés plus tôt ?

— Bien sûr.

— Et quelle a été sa réponse ?

Farouq croisa les bras.

— Il avait peur que l'information soit diffusée par les médias.

Intérieurement, Razak devait convenir que si la situation avait été inverse, les Palestiniens auraient tout fait pour dissimuler un fait susceptible de provoquer une réaction hostile. Cela ressemblait à un jeu sans fin.

— Vous ne pensez pas réellement que les Israéliens sont derrière le vol, n'est-ce pas ?

— Il est trop tôt pour le dire. Mais j'ai bien évidemment des soupçons.

— Mais que faites-vous de tous ces soldats israéliens assassinés ?

Razak secoua la tête. Ça ne collait pas avec la théorie de Barton. Pourquoi les juifs s'intéresseraient-ils aux reliques supposées d'un faux messie ou à quelque ridicule légende relative au Saint-Graal ?

— Quelle serait leur motivation ?

— Quelle a jamais été l'unique motivation des Israéliens ? Ces gens n'ont jamais cherché que la guerre.

C'était exactement la réponse que Razak aurait attendue d'un responsable du Hamas.

— Qu'allez-vous faire maintenant ? s'enquit le Syrien.

— Je ne sais pas. Pour l'instant, nous allons attendre de nouvelles informations.

Farouq joignit ses doigts et les pressa contre ses lèvres.

— Dites-moi. Qu'est-ce qui se passe avec cet archéologue anglais… ce Barton ?

Ce n'était sûrement pas le moment d'alimenter les frustrations croissantes du vieil homme vis-à-vis de l'autre camp. En l'état actuel des choses, les folles théories de l'archéologue n'étaient que ça… des folies !

— Il a demandé à retourner dans la crypte. Il a l'impression d'être passé à côté de quelque chose.

Essayant de dissimuler sa préoccupation, le Gardien ne parut pas du tout impressionné.

— De quel genre ?

— Je vous le dirai dès que je le saurai.

Razak se leva pour partir.

— À propos, j'ai besoin d'emprunter votre voiture. Je dois voir quelqu'un qui aurait des éléments nouveaux à nous fournir concernant cette affaire.

— Bien.

Farouq ouvrit le tiroir de son bureau et tendit à Razak la clé de sa Mercedes S500.

— Je viens de la faire nettoyer. Où comptez-vous aller ?

— À Gaza, répondit froidement le Syrien.

— Je vois.

Le visage de Farouq se décomposa. Un instant, il envisagea de réclamer la restitution immédiate de sa clé.

— Vous savez comment ça se passe là-bas en ce moment.

— Je serai prudent, l'assura Razak. J'emmène Barton avec moi. Tout se passera bien.

Manifestement pas convaincu, Farouq hocha la tête.

— Rappelez-vous que nous cherchons à résoudre un crime, Razak. Un acte de terrorisme. Nous ne préparons pas un documentaire. Assurez-vous que Barton ne s'écarte pas de sa mission.

— Oui, oui.

Après le départ de Razak, Farouq demeura assis silencieusement pendant un bon moment. Il regardait par la fenêtre le dôme doré de la mosquée du Rocher.

Les deux camps ne parvenaient même pas à s'entendre sur un nom commun. Pour les juifs, c'était le Mont du Temple. Et pour les musulmans, l'Haram esh-Sharif.

Dans Jérusalem, tout portait au moins deux noms. Y compris la cité elle-même, *Al Quds* pour les musulmans.

Comment un si petit pays avait-il pu bouleverser à ce point le Moyen-Orient et déclencher une contre-croisade, le *jihad* ? Des siècles de conflits. Tant de disputes. Pour Farouq, c'était bien plus que la religion qu'il défendait maintenant.

Il repensa à l'époque où il combattait sur le front. Il avait été soldat pendant la guerre des Six Jours, en 1967, quand les nations arabes – l'Égypte, la Syrie et la Jordanie – avaient constitué une alliance pour rejeter les juifs à la mer, une fois pour toutes. Mais la puissance meurtrière de l'aviation israélienne – acquise auprès des États-Unis – avait été sous-estimée. Elle avait frappé préventivement les bases aériennes égyptiennes avant même le début de l'offensive. Le conflit s'était achevé avec de terribles conséquences pour les Palestiniens. Israël était parvenu à prendre le contrôle du plateau du Golan, de la rive occidentale du Jourdain et de la péninsule du Sinaï. Mais même après ce désastre, le Mont du Temple était demeuré sous contrôle islamique. Malgré toute leur puissance militaire, les Israéliens savaient que ce conflit atteindrait des niveaux jamais atteints s'ils tentaient de prendre ce site d'assaut.

En 1973, Farouq avait de nouveau combattu pour son peuple quand l'Égypte et la Syrie avaient joint leurs forces pour réclamer la restitution des territoires occupés. Ils avaient lancé une attaque éclair dans le Sinaï et le plateau du Golan au cours de la fête la plus sacrée des juifs, Yom Kippour, le jour de l'Expiation ou du Grand Pardon. Pendant deux semaines, les forces arabes s'étaient enfoncées de plus en plus profondément dans la région. Elles étaient presque parvenues à briser les Israéliens. Mais le vent avait bientôt tourné, lorsque les Nations unies avaient imposé un cessez-le-feu.

La main de Farouq se déplaça inconsciemment vers sa poitrine et il massa la cicatrice sous sa tunique : le souvenir d'une balle israélienne qui avait failli lui coûter la vie.

Si depuis trois décennies aucun conflit majeur n'avait éclaté, les *intifadas* avaient été aussi fréquentes que durables. Israël avait renforcé son emprise sur le pays et détenait presque toutes les armes, y compris la force de frappe nucléaire – c'était un secret de Polichinelle – alors que les Palestiniens qui manifestaient dans la rue n'avaient que des pierres à jeter.

Mais l'émergence de groupes militants radicaux – comme le Hamas et le Jihad islamique – avait transformé le conflit en une offensive psychologique destinée à priver Israël de paix et de sécurité. Les attentats suicide extrêmement spectaculaires étaient devenus la nouvelle expression du combat pour la liberté palestinienne. Qu'on appelle les kamikazes terroristes ou martyrs, le message était clair : les Israéliens étaient des intrus sur cette terre palestinienne.

Il n'y aurait jamais de paix en Israël et les anciens comme Farouq – qui avaient combattu sur le front pour l'indépendance – savaient pourquoi. Abandonner la Palestine serait se soumettre à l'idéologie occidentale. De même que Saladin avait chassé les croisés de la Terre sainte au XIIe siècle, les Palestiniens se redresseraient bientôt pour devenir les maîtres de ce territoire.

Et aucune controverse ne répandait autant le sang que celles qui résultaient des ingérences israéliennes sur le Mont du Temple. Les fouilles archéologiques entamées par les Israéliens et les Palestiniens en 1996 avaient provoqué des dizaines de morts. En 2000, Ariel Sharon avait essayé de réaffirmer la mainmise d'Israël sur le site en pénétrant sur l'esplanade avec des centaines de soldats des FDI. Une nouvelle fois, les Palestiniens avaient interprété cette action comme une agression religieuse et beaucoup de sang avait été versé.

Même s'il ne brandissait plus de fusil, Farouq demeurait un soldat sur ce nouveau front. L'Haram esh-Sharif – le bien le plus précieux de la région – était un trésor archéologique, une bulle intemporelle de la foi et de la politique mondiales. L'armement israélien pouvait bien devenir encore plus sophistiqué, lui vivant, les juifs ne parviendraient jamais à reprendre le site. Après avoir tant combattu, il préférerait mourir plutôt que de voir ce jour arriver.

Attrapant le téléphone, il appela le service informations de Palestinian TV, la chaîne officielle palestinienne de Gaza. Détenue et animée par l'Autorité palestinienne, cette télé palestinienne mettait en lumière l'extrême mécontentement suscité par l'occupation israélienne. Son message avait touché une corde si sensible dans les cercles de droite israéliens que son directeur avait été assassiné, tué par balles à bout portant dans la tête et la poitrine. On avait soupçonné le Mossad.

L'appel du Gardien fut dirigé vers son contact au sein de la chaîne, un jeune musulman ambitieux du nom d'Afar. Farouq lui fournit une information détaillée sur l'hélicoptère : des munitions pour ce qui allait se révéler la bombe médiatique la plus explosive jamais lancée par Palestinian TV.

Farouq raccrocha.

Il entendit l'appel du muezzin qui sortait des haut-parleurs de l'esplanade de l'Haram esh-Sharif. C'était l'heure de la prière de midi.

Le Gardien s'agenouilla tranquillement, face au sud, vers La Mecque. Et il commença sa prière.

34

Cité du Vatican

Bersei s'était levé pour voir ce que Charlotte avait trouvé. Dans une niche creusée au fond de l'ossuaire, il distingua une forme qui ressemblait à une éprouvette de métal.

Par-dessus le tissu blanc de leurs masques, les deux scientifiques échangèrent des regards.

— J'ai quasiment récupéré tout ce que je pouvais jusqu'à présent, indiqua Giovanni.

Il fit un petit signe du menton vers le cylindre.

— À vous l'honneur.

Charlotte plongea la main comme dans un trou noir. Ses doigts se refermèrent sur le métal lisse. Lentement et avec un soin infini, elle sortit le cylindre de l'ossuaire.

Retournant sa main vers le ciel, elle fit rouler le tube patiné sur sa paume recouverte de latex : étrange contraste entre l'ancien et le moderne. Les deux extrémités étaient fermées par des capsules métalliques rondes. Sur sa surface, on ne voyait ni marque distinctive ni inscription.

— On dirait une sorte de boîte.

Elle examina tour à tour les deux extrémités, avant de tourner les yeux vers Bersei en quête d'une explication. Mais celui-ci se révéla incapable de prononcer une parole.

— Giovanni. Je pense que vous devriez l'ouvrir.

Il déclina l'invitation du geste.

Charlotte fit tourner l'objet. Le métal avait l'air semblable aux pièces de monnaie. S'agissait-il de bronze ?

— OK. On y va.

Elle tint le cylindre au-dessus d'une partie dégagée de la table. Puis, serrant les dents, elle pressa la capsule qui scellait l'une des extrémités et tourna le tube de l'autre main dans la direction opposée. D'abord, il ne se passa rien. Mais un instant plus tard, un craquement étouffé indiqua que le sceau de cire venait de se briser.

La capsule se libéra.

Tels des conspirateurs, les deux scientifiques échangèrent des regards complices. Inclinant le cylindre plus près de la lumière, elle entrevit quelque chose de roulé à l'intérieur.

— Que voyez-vous ?

La tension cassait la voix de Bersei.

— On dirait un rouleau de parchemin.

Il ferma son poing et l'appliqua contre son menton.

— Manipulez-le avec la plus extrême précaution.

Il avait haussé la voix.

— C'est probablement très fragile.

D'abord les pièces et maintenant ça, pensa-t-il. Il commençait à être dépassé par les événements.

Tapotant doucement l'extrémité fermée du cylindre, Charlotte essaya d'en extraire le rouleau. Au début, il resta bloqué, puis soudain il jaillit et tomba sur la table avec un petit bruit sourd. Les deux scientifiques se figèrent.

— Mince ! Je ne pensais pas que cela glisserait aussi facilement.

Bersei tendit la main et, avec une infinie lenteur, il le roula dans les deux sens avec son index pour évaluer les dommages.

— Ça va. Il n'y a pas de mal.

Il expira, soulagé.

— On dirait même qu'il est en excellente condition, ajouta-t-il.

— Est-ce du parchemin ?

Bersei l'étudia.

— Très probablement du vélin.

— Avez-vous déjà manipulé des documents anciens ?

— Personnellement non, reconnut-il.

— Nous ne pouvons pas le dérouler comme ça, n'est-ce pas ?

— Il va falloir étudier la question. Il paraît remarquablement bien préservé, mais il est bien évident qu'il est fragile. Nous allons devoir respecter une procédure stricte. Nous n'avons pas le droit de prendre le moindre risque.

Il essayait d'imaginer ce que ce morceau de vélin allait leur révéler.

— Est-ce que vous ne pensez pas qu'il y a trop d'indices ? demanda-t-il.

Son expression s'était durcie.

— Peut-être, répondit-elle. Mais je viens d'avoir des nouvelles vraiment intéressantes pour vous.

Charlotte avait capté la pleine et entière attention de son collègue.

— Les résultats de la carbodatation ?

Elle hocha positivement la tête.

— Le spécimen d'os que j'ai soumis à Ciardini.

Il scruta intensément le visage de la jeune femme.

— Qu'a-t-il trouvé ?

— Accrochez-vous. L'échantillon était tellement bon qu'il est à 98,7 % certain que les os datent d'une période allant de 5 à 71 de notre ère.

L'incertitude revenait dans les yeux de Bersei. Une telle précision temporelle était difficile à croire. De sa main gauche, il massa une crampe qui s'installait à la base de sa nuque. Le stress.

— Ce sont des nouvelles incroyables.

— Quant à l'éclat de bois – qui, à propos, est un type de noyer indigène d'une région d'Israël –, il y a 89,6 % de certitude pour qu'il date d'une époque comprise entre 18 et 34 de notre ère.

Les yeux de Bersei se fixèrent sur le squelette comme s'il venait soudain de revenir à la vie.

— Quand pensez-vous disposer des résultats de l'analyse génétique ?

— Nous devrions les recevoir demain.

Il baissa les yeux sur le vélin roulé.

— Bien. Continuons et prenons des photos de tout ça pour constituer le dossier, suggéra-t-il.

Charlotte récupéra l'appareil photo numérique. Elle l'alluma et commença à prendre des clichés de l'intérieur de l'ossuaire.

Perdu dans ses pensées, Bersei sentait que quelque chose clochait. Il n'était pas étonnant que le père Donovan ait voulu faire appel à des experts scientifiques de premier plan. Le prêtre devait en savoir plus qu'il ne l'avait laissé entendre. Dès que Charlotte eut photographié le rouleau de parchemin, Bersei le remit précautionneusement dans son enveloppe de métal et il referma la capsule.

35

Erez Crossing, Israël

À une heure au sud de Jérusalem, les champs luxuriants aménagés dans le désert israélien commençaient à laisser place à un paysage aride. Razak filait sur la route nationale 4, le grand axe permettant de gagner Gaza.

— Vous êtes déjà allé de ce côté de la frontière ? s'enquit Barton.

Il regardait au-delà de hauts mâts distants et des clôtures électrifiées qui marquaient les cinquante et un kilomètres de frontière séparant le microscopique ruban de terre de la bande de Gaza de la côte sud d'Israël.

— Une seule fois, répondit Razak d'un ton morne.

Il ne développa point.

Un goût amer envahit le fond de la gorge de Barton. Devinant que les Européens étaient très rares dans ce territoire minuscule habité par plus d'un million trois cent mille Palestiniens, il aurait préféré une réponse plus rassurante de Razak – surtout que les Occidentaux étaient les premières cibles des enlèvements par des militants islamistes, comme les Brigades des martyrs d'al-Aqsa.

Devant eux, la route était embouteillée sur près de trois kilomètres par des véhicules au ralenti – taxis, automobiles, camionnettes – attendant l'autorisation de franchir le poste-frontière d'Erez Crossing. Immobilisés sur le côté de la route, une bonne partie d'entre eux étaient déjà surchauffés. Sans abri en vue, le soleil étouffant écrasait impitoyablement les conducteurs en rade.

Malgré les fenêtres remontées, le bruit des pleurs de bébés et la puanteur suffocante des gaz d'échappement s'immisçaient dans l'habitacle climatisé de la Mercedes.

— Qui est exactement ce contact que nous allons rencontrer ? demanda Barton.

— Un vieux copain d'école. Un homme qui partage nombre de mes préoccupations concernant l'avenir du Moyen-Orient, expliqua Razak. Si cela ne vous embête pas, j'aimerais que vous me laissiez mener tout l'entretien.

— D'accord.

Il leur fallut près de deux heures pour atteindre le grand abri de métal ressemblant à un hangar sans porte qui protégeait du soleil les gardes-frontière des FDI. Des barricades de ciment et des fils de fer barbelés bordaient la route. Des chars et des véhicules blindés étaient positionnés de chaque côté du passage.

Razak se tourna vers Barton.

— Vous avez toujours cette lettre que la police israélienne vous a donnée ?

— Bien sûr.

— Parfait. J'ai la sensation que nous allons en avoir besoin.

Razak fit de son mieux pour ignorer un chauffeur de taxi arabe qui était interrogé par un groupe de soldats des FDI du côté « sortie » de la route. Deux bergers allemands reniflaient la voiture en quête d'explosifs. Il se souvint que les Israéliens étaient particulièrement suspicieux à l'égard des conducteurs solitaires sortant de la bande de Gaza, car nombre d'entre eux étaient des kamikazes.

Finalement, revêtus de leurs équipements de combat, les soldats des FDI firent signe à Razak d'avancer, sans se soucier d'abaisser vers le sol les canons de leurs fusils. Les caméras de surveillance installées en haut des poteaux d'acier qui supportaient l'abri ne perdaient rien de ce qui se passait en bas. Un jeune soldat israélien au visage émacié s'avança.

— Ouvrez votre coffre et montrez-moi vos papiers, déclara-t-il dans un arabe approximatif.

Il s'accorda un instant pour admirer les belles lignes de la Mercedes.

Razak poussa le bouton d'ouverture du coffre et tendit leurs passeports au garde.

Deux autres soldats firent le tour de la voiture. Ils passèrent des miroirs sous le châssis, scrutèrent l'intérieur et se dirigèrent enfin vers l'arrière pour inspecter le coffre.

Le garde se pencha légèrement pour regarder Barton. Il secoua la tête.

— Pas d'ici, je vois.

Avec une grimace, il revint sur Razak et lui dit :

— Faut être fous pour aller là-dedans en ce moment. Avec cette voiture… Lui…

Un rictus suffisant sur les lèvres, il se tourna de nouveau vers Barton.

— Quelle est votre activité ?

Le coffre se referma dans un grand claquement, ce qui fit sursauter l'Anglais.

Présentant la lettre de Barton, Razak expliqua que la police israélienne les avait mandatés pour les aider dans l'enquête sur l'affaire du Mont du Temple. Le garde parut satisfait.

— Allez-y, mais soyez prudents là-bas, les prévint-il. Passé ce poste, c'est à vos risques et périls.

Razak hocha la tête très sérieusement, puis il redémarra. Laissant échapper un long soupir de soulagement, il manœuvra la Mercedes entre d'autres chicanes de ciment positionnées sous un mirador en béton.

Quinze minutes plus tard, alors qu'ils roulaient vers le sud sur la principale voie routière de la région, la silhouette sans attraits de la ville de Gaza se profila. La concentration de bâtiments se densifiait. Razak conduisit prudemment dans les rues congestionnées du centre-ville. Rappels des fréquents bombardements israéliens, des façades éventrées par les roquettes étaient toujours en ruine.

Pendant un long moment, les deux hommes demeurèrent silencieux. Chacun prenait la mesure de la tristesse qui les environnait.

— C'est terrifiant, finit par lâcher Barton.

— Plus d'un million d'individus sont parqués ici sur une parcelle de terre ridiculement étroite, dit Razak d'un ton sinistre. Des conditions sanitaires horribles, une instabilité politique, une économie dévastée…

— Un cocktail explosif, résuma l'Anglais.

Razak se rangea le long du trottoir. Il donna à un jeune garçon palestinien une pièce de quarante shekels israéliens pour surveiller la voiture. Les rues étaient pleines de monde. L'air chaud et immobile empestait les remugles d'égout.

Dès sa sortie du véhicule, Barton s'efforça d'éviter de croiser le regard des Palestiniens qui passaient à leur hauteur.

— C'est là-bas que nous avons rendez-vous.

Razak avait subtilement indiqué avec ses yeux un minuscule café en plein air situé à l'angle de la rue animée dans l'ombre d'une gigantesque mosquée dont le minaret se dressait fièrement dans le ciel bleu.

— Allons-y.

Le contact – un Palestinien barbu au visage lisse et à la carrure vigoureuse – était déjà assis à une table. Il buvait un thé à la menthe dans un verre. Dès qu'il le repéra, il héla Razak.

Un sourire aux lèvres, le Syrien salua l'homme avec une bénédiction et une poignée de main. Puis il le présenta à Barton par son prénom, Taheem.

L'archéologue lui sourit également et lui tendit la main. Il ne put s'empêcher de noter que l'homme âgé d'une quarantaine d'années portait un élégant costume de lin soigneusement repassé. Un contraste marqué avec la majorité des Palestiniens d'ici qui étaient revêtus du *shalwar-kamiz*, le costume traditionnel musulman. De nombreuses femmes portaient même la *burka* qui les couvrait de la tête aux orteils.

Tandis qu'il regardait tout autour de lui, Taheem cessa ostensiblement de sourire, puis, rassuré, il accepta de serrer la main de l'Occidental.

— Asseyez-vous, je vous en prie.

— Est-ce que ça va aller si nous parlons en anglais ? demanda Razak.

Laissant son regard sévère effleurer de nouveau Barton, Taheem hésita.

— Naturellement, consentit-il néanmoins.

— Bien, alors dis-moi, mon ami, comment ça se passe ici ?

Les yeux écarquillés, le Palestinien secoua tristement la tête.

— Tu aurais pu penser que le retrait israélien allait améliorer les choses. C'est loin d'être le cas. Le Parlement est contrôlé par les fondamentalistes qui ne cherchent qu'à provoquer une guerre ouverte contre Israël. Les financements en provenance de l'Occident et des Nations unies se sont taris. Et maintenant, avec cette histoire à Jérusalem...

Ses yeux partirent se perdre dans le lointain.

— Je sais que ce doit être difficile.

— La seule chose qui me réjouisse, c'est de ne pas avoir de famille ici, ajouta Taheem. Et toi ? Comment ça va ? Pas mal à en juger par cette voiture de luxe que tu conduis ?

Il fit un signe de la tête vers la rue où, à une trentaine de mètres, le jeune garçon écartait les curieux de la Mercedes.

Razak sourit.

— Tout va bien.

— Heureux de l'entendre.

Taheem appela le serveur pour qu'il apporte deux autres verres pour le thé.

— Comme tu peux l'imaginer, lui dit Razak en baissant le ton, je suis impatient de savoir ce que tu as entendu sur le vol.

Son ami regarda encore une fois Barton.

— Il n'y a aucun problème, le rassura le Syrien. Graham n'est pas israélien. Il cherche à nous aider.

Taheem marqua une pause tandis que le serveur déposait deux verres pour Razak et Barton. Il attendit qu'il se soit éloigné pour continuer.

— Tu es au courant à propos de l'hélicoptère, je suppose ?

— Oui. Les Israéliens le cherchent toujours.

Il parut surpris.

— Alors tu *ne sais pas*.

Perplexe, Razak grimaça.

— Ils l'ont retrouvé ! ajouta Taheem.

— Qu'est-ce que tu dis ?

Buvant son thé, Barton écoutait sous le coup d'une stupéfaction muette. Il essayait de ne pas voir la ligne nette d'impacts de balles en travers de la façade en parpaing du café.

— J'ai entendu qu'un pêcheur palestinien a attrapé différents débris dans ses filets il y a trois jours à quelques kilomètres au large. Des morceaux d'hélicoptère, des coussins de siège, des gilets de sauvetage... et la tête d'un pilote mort portant un casque de vol israélien.

Abasourdi, Razak demeura sans voix.

— Comment se fait-il que personne ne soit au courant ?

Au minimum, il était certain qu'Al-Jazeera aurait consacré un reportage à l'histoire, qu'elle soit vraie ou pas.

Taheem balaya les alentours du regard avant de répondre.

— Selon la rumeur, le Shin Beth aurait liquidé le pêcheur avant qu'il ait pu parler aux médias. Mais il a eu le temps de tout raconter à son frère…, un de mes bons amis qui préfère demeurer anonyme, pour d'évidentes raisons.

— Mais pourquoi ne restait-il que des fragments de l'hélicoptère ?

— La nuit du vol, beaucoup ici l'ont entendu passer à basse altitude au-dessus des toits et l'ont vu s'éloigner sur la mer. Quelques minutes plus tard, certains ont vu la boule de feu d'une explosion sur l'horizon.

Soudain, Razak se sentit impuissant. Depuis le départ, il avait peur que l'ossuaire et l'hélicoptère n'aient filé depuis longtemps, et l'histoire de Taheem ne faisait que confirmer cette crainte lancinante. Il échangea un regard fuyant avec Barton.

— Il n'y a pas que ça, ajouta Taheem. Comme tu le sais, quand les Israéliens ont quitté Gaza, ils ont confié à l'Autorité palestinienne le contrôle de la douane à la frontière avec l'Égypte. Depuis lors, de nombreuses armes et de nombreux explosifs ont été introduits dans Gaza. Beaucoup ont carrément été projetés par-dessus les clôtures.

Razak était profondément perplexe.

— Je pensais qu'elles étaient équipées de détecteurs et de charges électriques qui pouvaient déclencher des explosifs ?

Ces moyens de dissuasion efficaces empêchaient la plupart des kamikazes de pénétrer en Israël.

— Laissez-moi vous expliquer.

Barton pouvait voir que Taheem transpirait de plus en plus.

— Peu avant le casse de Jérusalem, un hélicoptère a volé le long de la clôture de la frontière.

Tendant l'index vers l'ouest, le Palestinien traça subtilement dans l'air une ligne au-dessus de la ville.

— Un vol ordinaire, admit Taheem. Cependant, certains ont raconté qu'il était resté en vol stationnaire quelques minutes, juste au-dessus de la clôture… à l'intérieur de Gaza. Une initiative audacieuse pour un hélicoptère israélien, puisqu'il aurait pu très facilement être abattu par un projectile tiré avec un lance-roquettes.

Sa voix se brisa et il avala une nouvelle gorgée de thé. Taheem s'éclaircit la gorge avant de poursuivre.

— En tout cas, j'ai entendu dire qu'un chargement avait été hissé du sol et chargé à bord de l'hélicoptère.

Un regard inquiet élargit les yeux de Razak. Naturellement ! La meilleure manière d'éviter les postes de contrôle était de passer par-dessus.

Taheem se pencha en avant.

— On m'a aussi dit que quelqu'un dans Jérusalem avait coordonné toute l'opération.

— Mais...

Avant que la suite n'ait pu sortir de la bouche de Razak, le visage de Taheem explosa littéralement. Du sang et des morceaux de chair giclèrent sur le mur, une fraction de seconde avant le ricochet de quelque chose contre la façade. Instinctivement, Razak se catapulta de sa chaise et entraîna Barton. Ils plongèrent à terre tandis que le buste sans vie du Palestinien basculait en avant et s'écroulait lourdement sur la table.

Quelques piétons proches se mirent à hurler et s'enfuirent.

— Jésus ! s'écria Barton tremblant de peur. Qu'est-ce qui s'est passé ?

Le tir silencieux avait été si précis que Razak avait su instantanément ce que c'était.

— Un sniper. Un tireur embusqué.

Une deuxième rafale s'écrasa juste au-dessus de la tête de Razak sur l'épaisse table de bois qu'elle entama à peine. Les deux hommes esquissèrent un mouvement de recul. Une troisième salve frappa le bitume devant eux, éraflant presque le bras de Barton.

— Il faut se tirer de là immédiatement.

Razak tourna la tête vers sa voiture.

— Nous allons devoir courir pour l'atteindre.

Barton respirait pesamment. De la sueur coulait jusque sur son menton, mais il hocha la tête.

— D'accord.

Sortant précipitamment la clé du véhicule de sa poche, Razak souffla à son compagnon :

— On va se séparer pour se retrouver à la voiture. Courez vite et aussi courbé que vous pourrez à travers la foule.

Il montra du doigt le trottoir où la plupart des piétons ne s'étaient pas encore rendu compte que des coups de feu avaient été tirés.

— Je me dirige du côté opposé. C'est notre seule chance. On y va !

Les deux hommes jaillirent de sous la table et se précipitèrent dans des directions différentes. En traversant la rue à toute vitesse, Razak évita de justesse un pick-up Ford au hayon délabré.

De son côté, Barton faisait de son mieux pour éviter de percuter les piétons. Il se sentait coupable de les utiliser comme des boucliers en les maintenant dans la trajectoire du sniper invisible. Certain d'être abattu par le tireur avant d'avoir atteint la Mercedes, il fut surpris d'arriver près du véhicule sans avoir essuyé d'autre tir. Du coin de l'œil, il vit Razak traverser rapidement la rue en fendant la foule.

Les phares de la Mercedes clignotèrent quand Razak libéra les portières à distance.

Barton parvint à ouvrir sa porte. Il plongea à l'intérieur de la berline et referma derrière lui. Levant les yeux, il vit le jeune Palestinien tenir la portière du conducteur tel un valet. Une fraction de seconde plus tard, Razak se faufila habilement au milieu du trafic et se jeta dans la voiture. Il introduisit la clé dans le contact tandis que le garçon claquait la porte derrière lui. Le Syrien fit signe à l'enfant qui ne se doutait de rien de s'éloigner. Mais à cet instant précis, une balle pénétra dans la tempe du petit Arabe qui s'effondra sur le trottoir.

Maintenant les piétons comprenaient ce qui se passait. En un instant, ce fut la confusion la plus totale. Des gens couraient dans tous les sens.

Razak embraya et appuya à fond sur l'accélérateur.

Les tirs avaient cessé.

Le souffle coupé et l'adrénaline se déversant à flots de leurs reins, les deux hommes échangèrent des regards.

— Qu'est-ce qui s'est passé ? demanda Barton les mains tremblantes.

Razak n'avait pas de réponse à lui fournir. Pendant les quelques minutes qui suivirent, il se concentra sur sa conduite dans les rues étroites. Il retraversait la ville en sens inverse pour regagner la route principale.

Sans avertissement, l'arrière de la Mercedes fit une embardée vers la droite dans un fracas assourdissant de métal et de verre brisé. Simultanément, Razak et Barton furent précipités de côté et presque arrachés à leurs sièges.

Après qu'elle eut à moitié chevauché le trottoir et qu'elle fut retombée sur la chaussée, Razak parvint miraculeusement à reprendre le contrôle de la Mercedes. Tournant la tête, il entrevit une berline Fiat dernier modèle à l'avant défoncé. Le véhicule des poursuivants venait de virer trop large au croisement, mais il manœuvrait pour reprendre sa chasse. Razak distinguait deux hommes encagoulés : le conducteur et son passager. Quand il vit ce dernier se pencher par la fenêtre et pointer un fusil-mitrailleur AK-47 dans leur direction, il cria à Barton :

— Baissez-vous !

L'archéologue plongea et se blottit sous le tableau de bord au moment où une rafale de balles faisait voler en éclats les pare-brise avant et arrière. Des fragments de verre se mirent à pleuvoir autour de l'Anglais. Deux balles frappèrent la chaîne stéréo avec une gerbe d'étincelles électriques.

Tête baissée, Razak traversa en trombe deux autres intersections avant de prendre un virage large pour s'engager sur la nationale, direction plein nord. D'autres rafales trouèrent la carrosserie du véhicule côté conducteur. Le Syrien sentit une balle s'enfoncer dans le flanc de son siège, presque sous son aisselle.

La route s'ouvrait devant lui, vide de toute circulation. L'adrénaline courait toujours en lui. Il appuya sur l'accélérateur, pied au plancher. Le moteur de la Mercedes s'emballa et le repoussa au fond de son siège. Miraculeusement, l'arrière de la voiture avait supporté la collision, mais le volant tirait fortement vers la gauche et vibrait terriblement. Razak jeta un rapide coup d'œil à Barton qui, de manière compréhensible, paraissait totalement secoué.

— Ça va ?

— Ils sont toujours derrière nous ?

Razak regarda dans le rétroviseur.

— Oui. Mais à mon avis, ils ne pourront pas s'accrocher.

D'autres balles frappèrent l'arrière du véhicule.

Dépassant en trombe les chicanes de ciment des postes de contrôle abandonnés, Razak gardait un œil sur ses poursuivants. Comme il l'avait prévu, des fumées grises sortaient maintenant de la calandre tordue de la Fiat qui perdait rapidement du terrain.

Soulagé, Razak soupira et essaya de ralentir sa respiration. Ses pensées glissèrent un instant vers Farouq : le Gardien n'allait sûrement pas apprécier qu'il lui rende sa Mercedes chérie dans cet état.

À un demi-kilomètre de la frontière, le Syrien vit dans son rétroviseur les poursuivants s'immobiliser brutalement. Il n'y avait aucune voiture devant eux au poste-frontière. Les assassins avaient probablement espéré le contraire, pensa Razak.

— Vous pouvez vous relever maintenant, dit-il à Barton.

— Je comprends pourquoi vous ne venez pas souvent par ici, lui dit l'Anglais qui se redressait sur son siège.

Précautionneusement, il fit tomber les éclats de verre de ses cheveux.

Ralentissant, Razak fit slalomer la voiture entre les barricades sous le mirador. Il s'arrêta devant l'abri des gardes et attendit que les soldats lui fassent signe d'avancer. Alertés par l'état de la Mercedes, ils entourèrent prudemment le véhicule, fusils pointés, et ordonnèrent aux occupants de ne pas bouger.

Razak et Barton virent s'avancer le jeune garde qui les avait autorisés à entrer dans Gaza. Grimaçant, il remit son fusil en bandoulière et posa ses mains sur ses hanches avant d'inspecter du regard l'intérieur dévasté de la Mercedes. Finalement, il se pencha vers Razak du côté de la vitre explosée et lui dit de son air suffisant :

— Ç'a été rapide. J'espère que vous avez apprécié votre séjour.

36

Cité du Vatican

Juste après cinq heures, le père Donovan pénétra dans le laboratoire.

— Je vois que vous travaillez tard, dit-il.

Il arborait un grand sourire amical.

— Nous voulons être sûrs que le Vatican en ait pour son argent, répondit Bersei.

— Est-ce que l'un de vous deux aurait besoin de quelque chose ? Y a-t-il quoi que ce soit que je puisse faire ?

Les deux scientifiques échangèrent des regards.

— Non, intervint cette fois Charlotte. Le laboratoire est très bien équipé.

— Parfait.

Les yeux curieux de Donovan errèrent du squelette à l'ossuaire ouvert.

Bersei tendit les mains.

— Voulez-vous un rapide aperçu de ce que nous avons déjà découvert ?

Le prêtre parut soudain ragaillardi.

— Oh oui, vraiment.

Au cours des quinze minutes suivantes, les scientifiques présentèrent au père Donovan un résumé de l'analyse patholo-gique et des résultats de la carbodatation. Ils lui montrèrent également les reliques qu'ils avaient trouvées dans le comparti-ment secret de l'ossuaire. Bersei se montrait aussi professionnel qu'objectif et Charlotte suivit son exemple.

À en juger par la réaction du prêtre aux découvertes préliminaires – allant de la surprise authentique et de la perplexité à un
intérêt modéré pour la nature des signes de crucifixion expli-
cites du squelette –, la jeune femme se dit qu'il n'avait peut-
être aucune connaissance préalable du contenu de l'ossuaire.
Toutefois, elle remarqua que le cylindre de bronze paraissait
davantage retenir son attention. Un intérêt certain s'était allumé
dans son regard intrigué. Charlotte essaya de deviner ce que
pensait Bersei à ce propos et elle sentit qu'il avait interprété la
réaction du père Donovan de la même façon qu'elle.

— Je vous le dis, mon père, ajouta l'anthropologue. C'est
l'une des découvertes archéologiques les plus remarquables qu'il
m'ait été donné de contempler. J'ignore quelle somme le Vatican
a payée pour l'acquérir, mais je peux vous dire que cette relique
n'a pas de prix.

Charlotte observa le prêtre plus attentivement. Elle nota que
l'expression du père Donovan trahissait sa satisfaction, mais plus
encore son soulagement.

— Je suis certain que mes supérieurs seront enchantés
d'entendre tout cela, souligna l'Irlandais.

Il regarda à nouveau le squelette.

— Je ne veux pas précipiter les choses, mais pensez-vous
toujours être en mesure de présenter vos conclusions vendredi ?

Bersei regarda Charlotte pour s'assurer que la jeune femme
était en phase avec lui. La généticienne hochait la tête aimablement. Alors l'Italien se retourna vers l'ecclésiastique.

— Cela va nous demander un peu d'organisation, mais nous
pouvons le faire.

— Très bien, dit le prêtre.

— S'il n'y a rien d'autre, mon père, ajouta Bersei, je vais
devoir y aller. Je ne tiens pas à faire attendre mon épouse.

— Je vous en prie, je ne voudrais pas vous retarder, l'assura
le bibliothécaire. J'ai beaucoup apprécié que, l'un et l'autre, vous
ayez pris le temps de me mettre au courant.

L'anthropologue disparut dans la salle de repos pour aller
suspendre sa blouse blanche.

— Il est assez famille, murmura Charlotte au père Donovan.
Sa femme a beaucoup de chance.

— Oh oui, admit le prêtre. Le Dr Bersei est très gentil...
C'est une noble âme. Il nous a pas mal aidés ces dernières
années.

Le prêtre marqua une pause avant de demander :

— Dites-moi, docteur Hennesey, avez-vous déjà visité Rome
auparavant ?

— Non. Et honnêtement, je n'ai pas encore eu le temps de
m'aventurer de l'autre côté du fleuve.

— Me permettez-vous de vous suggérer une visite guidée ?

— J'adorerais.

Elle appréciait vraiment l'hospitalité du prêtre. Vivant l'existence recluse d'un religieux, il savait ce qui pouvait intéresser
une voyageuse solitaire.

— Si vous n'avez pas de projet pour ce soir et si marcher ne
vous fait pas peur, je vous recommande éminemment le *Night
Walking Tour*, la visite nocturne de Rome à pied, lui proposa-
t-il avec enthousiasme. Ça commence Piazza Navona, juste de
l'autre côté du Ponte Sant'Angelo, à six heures trente. La
promenade dure environ trois heures. Les guides sont fantastiques et vous aurez un aperçu général de tous les sites majeurs
de la vieille ville.

Il consulta sa montre.

— Si vous partez directement d'ici, vous arriverez à temps.

— Ça me semble parfait.

— Normalement, il faut réserver deux jours à l'avance,
expliqua-t-il. Particulièrement à cette période de l'année. Mais si
cela vous tente, permettez-moi d'appeler pour qu'on mette un
billet de côté pour vous.

— Ce serait très gentil de votre part.

Bersei sortait à peine de la salle de repos.

— Docteur Hennesey, père Donovan, je vous souhaite à tous
les deux une bonne soirée.

Il s'inclina légèrement.

Puis il se tourna vers Charlotte et lui chuchota :

— On se voit demain matin. Ne vous couchez pas trop tard.

37

Rome

En traversant le Ponte Sant'Angelo, Charlotte flâna Via Zanardelli jusqu'à son terme, puis elle tourna rapidement deux fois avant de pénétrer sur la grande Piazza Navona, dessinée en forme de long champ de courses ovale. À grandes enjambées, elle se dirigea vers l'immense fontaine baroque italienne la *Fontana dei Quattro Fiumi*, qui en occupait le centre. Là, elle repéra le groupe de dix-huit heures trente, déjà agglutiné autour d'un Italien dégingandé arborant un badge plastifié. Probablement le guide. Charlotte les rejoignit et attendit patiemment sur le côté. Elle en profita pour admirer l'énorme obélisque de la fontaine et les quatre sculptures de marbre du Bernin représentant les grands fleuves – le Gange, le Danube, le Nil et le Río de la Plata – sous l'allégorie de géants musclés.

Quelques instants plus tard, l'accompagnateur vint vers elle. Il consulta la liste des inscrits. Relevant les yeux de son bloc, il lui adressa un large sourire qui s'étira deux fois plus quand il découvrit les yeux fascinants de la jeune Américaine.

— Vous devez être le docteur Charlotte Hennesey, dit-il gaiement dans un anglais presque parfait.

Il cocha une case en bas de sa feuille.

— C'est exact, répondit-elle.

Avec son sourire parfait et ses yeux doux, l'Italien affichait un visage jeune et plaisant, couronné par une épaisse tignasse de longs cheveux noirs bien entretenus.

— Mon nom est Marco, lui dit-il. Le père Donovan nous a prévenus. C'est un plaisir de vous compter parmi nous ce soir.

— Merci de m'accepter comme ça au dernier moment.

Une voix forte à l'accent italien prononcé interpella soudain Marco par-dessus l'épaule gauche de la jeune femme.

— Vous avez peut-être encore une place pour moi ?

Le guide et Charlotte se retournèrent en même temps. Le sourire de l'Américaine se figea dès qu'elle reconnut Salvatore Conte planté derrière elle, un rictus satisfait au coin des lèvres. Marco parut choqué par l'intrusion.

— Votre nom ?

— Peu importe, rétorqua Conte. Je vous dois combien pour le billet ?

Jaugeant l'importun, le guide vérifia sa liste et répondit abruptement :

— Désolé, nous sommes déjà complet. Si vous voulez bien me laisser votre nom, je vais voir si nous pouvons vous trouver de la place pour la visite de samedi.

Exaspéré, Conte écarta les mains et regarda théâtralement tout autour de la place. Puis il dévisagea le guide et releva son nom sur le badge.

— Allons... Marco. Je ne pense pas que ce soit un problème pour vous de trouver une petite place pour une personne supplémentaire. Il y a plein de place ici, pas vrai Charlotte ?

Levant un sourcil, il la regarda fixement avec l'air d'attendre quelque chose.

Stupéfaite par sa grossièreté, Charlotte détourna le regard et garda le silence.

Conte chercha son portefeuille dans sa poche.

— Alors combien ?

Secouant négativement la tête, Marco croisa les mains dans son dos, sans lâcher son bloc-notes. Il voyait bien que l'homme mettait l'invitée du Vatican mal à l'aise. Elle ne voulait même pas croiser le regard de ce sale type.

— Ce n'est pas moi qui ai fait le règlement, signore, dit-il calmement à Conte en italien. Soyez assez gentil, s'il vous plaît, pour contacter notre bureau et leur exposer vos griefs. Je ne peux rien faire pour vous.

Plaquant sa langue contre l'intérieur de sa joue et esquissant une grimace, Conte planta un doigt dans la poitrine du guide et lui lança en italien :

— Tu devrais avoir un peu plus de respect pour un de tes compatriotes, petit guide. Ce n'est pas étonnant que tu gagnes ta vie en parcourant les rues et en racontant des histoires aux touristes. Eh bien, moi, j'ai une histoire pour toi.

Il rapprocha son visage très près de celui du jeune homme.

— Fais bien attention, parce que, la nuit, les rues de Rome peuvent parfois être dangereuses. Tu ne sais jamais ce que tu peux rencontrer dans une allée sombre.

Il savoura le malaise de sa proie.

— C'est un billet, pas de l'or en barre.

Charlotte ne comprenait pas ce que Conte disait, mais le visage du guide trahissait une inquiétude croissante.

Les yeux du goujat se posèrent sur elle.

— Je pensais simplement que vous aimeriez un peu de compagnie, prononça-t-il en affectant de jouer au martyr. Bonne nuit, docteur Hennesey.

Sur ce, le mercenaire recula de deux pas, fit volte-face et retraversa la place.

— Désolée pour cet épisode, dit-elle au guide.

Marco déglutit nerveusement.

— Un de vos amis ?

— Loin s'en faut, se hâta-t-elle de préciser. Et merci d'être resté inflexible. Ma soirée aurait été totalement gâchée.

— Alors tout va bien.

Le jeune guide se passa la main dans les cheveux pour finir de se ressaisir.

— Je pense que nous allons pouvoir y aller.

Tandis que le jeune homme se présentait au groupe et décrivait brièvement l'itinéraire de leur excursion, Charlotte scrutait la place dans la crainte d'apercevoir Conte. Constatant qu'il avait a priori bel et bien disparu, elle soupira de soulagement. Qui était exactement ce personnage ? Quel lien un type aussi sinistre pouvait-il avoir avec le Vatican ?

Il fallut à Charlotte près d'une heure pour oublier l'ignoble rencontre de la Piazza Navona. Puis, lentement, elle s'abandonna à l'extraordinaire histoire de Rome racontée avec talent par Marco. Il entraînait le groupe dans un fantastique voyage, passant par le célèbre temple circulaire de la cité, le Panthéon, achevé en 125 de notre ère par l'empereur Hadrien. Là, Charlotte s'émerveilla devant son immense coupole. Elle semblait défier les lois de la physique, tandis que le soleil s'évanouissait à travers son large *oculus*, l'œil planté en son centre.

Puis ils se rendirent à la jonction de trois routes – *tre vie* – pour admirer la monumentale fontaine baroque de Trevi de Nicolas Salvi avec ses tritons chevauchant des hippocampes tirant le char-coquille de Neptune. À proximité, ils dépassèrent la Piazza di Spagna au pied des cent trente-huit marches qui montent en pente raide jusqu'aux clochers jumeaux flanquant l'église de la Trinità dei Monti.

Quelques pâtés de maisons plus loin, ils parvinrent devant *il Vittoriano*, un monument de marbre blanc de Brescia tape-à-l'œil (une majorité de Romains aurait utilisé un qualificatif moins civil) inauguré en 1911 pour honorer Victor-Emmanuel II, le premier roi de l'Italie unifiée. Beaucoup le comparaient à un gâteau de mariage colossal planté en plein centre de la vieille Rome.

Alors que les visiteurs faisaient le tour de la colline du Capitole – le seul vestige notable des sept fameuses collines de l'ancienne Rome – et traversaient les anciens arcs et colonnes en ruine des forums impériaux, le soleil commençait à s'évanouir au-dessus de l'horizon. Dans le ciel clair de la nuit, une nouvelle lune apparut. Charlotte Hennesey s'était finalement complètement oubliée dans les ombres de l'ancien empire.

Lorsque le groupe atteignit le Colisée après avoir traversé toute la Rome antique, la ville avait revêtu de nouveaux habits et baignait dans des lumières scintillantes. Alors qu'elle contournait l'amphithéâtre circulaire de quarante-huit mètres de haut avec ses trois niveaux de portiques en travertin, Charlotte aurait juré entendre le choc des armes des gladiateurs et les rugissements des lions.

Mais son imagination fut brutalement ramenée à la morne réalité, quand elle entrevit fugitivement la silhouette d'un gladiateur moderne qui se fondait dans les ombres. Elle aurait voulu se tromper, mais elle n'avait en réalité aucun doute sur l'identité de l'homme : Salvatore Conte !

JEUDI

38

Jérusalem, Mont du Temple

Un peu après neuf heures du matin, Barton franchit la brèche ouverte par l'explosion sous les yeux d'Akbar. Razak se trouvait déjà dans la crypte. Il se tenait debout, bras croisés, portant un pantalon chino soigneusement repassé et une chemise blanche. Si Barton n'avait pas été conscient de la situation, il aurait pu croire que le musulman essayait de conjurer les esprits du lieu.

— Les choses empirent dehors.

— Oui.

Barton épousseta son pantalon.

— Dites-moi comment Farouq a réagi en voyant sa voiture ?

Razak se sentit gêné.

— Pas bien.

C'était un euphémisme. La nuit précédente, Farouq lui avait passé un sacré savon quand il avait appris que sa chère Mercedes était irréparable. *« Je n'aurais jamais dû te laisser y aller ! Complètement irresponsable ! Tu aurais dû le savoir, Razak. Et pour quoi au final ? Quelles informations avez-vous rapportées de là-bas ? »* Il avait eu l'impression d'être redevenu un adolescent pris en faute par son père.

— Heureusement, il a une assurance, ce qui, croyez-moi, n'est pas chose facile à obtenir si vous êtes palestinien.

— Vous lui avez raconté ce que nous avons découvert ?

Razak secoua négativement la tête et plaqua son index contre ses lèvres avant de montrer Akbar du doigt. Il entraîna Barton par le bras vers le fond de la crypte.

— Je ne pense pas qu'il soit encore prêt à entendre ça, murmura-t-il.

La nuit passée, Razak avait à peine dormi. Il essayait de comprendre qui avait pu envoyer le sniper. Tout ce qu'il pouvait imaginer, c'était que le Shin Beth cherchait à effacer certaines traces. Mais, maintenant, Barton et lui risquaient fort de partager le sort de Taheem s'ils ne trouvaient pas rapidement des réponses.

— Souvenez-vous de notre discussion : vous ne devez répéter à personne – à *personne*, insista-t-il – ce que nous avons entendu ou ce qui est arrivé hier. Nous ignorons quelles pourraient en être les conséquences.

Barton acquiesça et Razak lui lâcha le bras.

— Bien, alors qu'est-ce qui nous amène ici ce matin ? demanda le Syrien.

L'archéologue rassembla ses pensées.

— Comme je l'ai mentionné hier, j'ai consacré pas mal de recherches à la structure des cryptes. Or certains détails de celle-ci n'ont aucun sens.

Barton avança dans la salle. Ses yeux vagabondaient sur les murs.

— J'ai repensé à Joseph d'Arimathie, à son statut, à sa puissance et à son argent. Et une chose me perturbe : comment ce caveau peut-il manquer à ce point de ce qui devrait se trouver dans le tombeau d'une famille riche ?

— Comme quoi ?

— Un certain raffinement déjà. Il n'y a rien ici qui suggère la position ou la richesse. Ce n'est qu'une crypte de pierre ordinaire. Il n'y a ni gravure élaborée, ni pilastre, ni fresque, ni mosaïque. Rien.

Razak inclina poliment la tête. Il faisait des efforts pour rester patient. Pour un musulman, cette sobriété n'avait rien d'étonnant.

— Peut-être que ce Joseph était un homme humble ?

— Peut-être. Mais rappelez-vous aussi ce que je vous ai expliqué : on laissait le corps se décomposer pendant douze mois avant de le placer dans l'ossuaire.

Razak acquiesça.

— C'est difficile à oublier. Mais j'espère que tout ce que vous me racontez sert à quelque chose.

— Faites-moi confiance. Dans une crypte juive de cette époque, vous devriez voir au moins une petite niche appelée *loculus*, un petit tunnel d'environ deux mètres de profondeur...

Il visualisa mentalement la tombe que le père Demetrios lui avait montrée dans la roche sous l'église du Saint-Sépulcre.

— ... où le corps aurait donc été déposé.

Razak regarda autour de lui.

— Je n'en vois pas.

— Précisément, confirma Barton, l'index tournoyant dans l'air. Ce qui me fait m'interroger sur la conception de cette crypte. Avec dix ossuaires à l'intérieur, on peut imaginer qu'il aurait dû y avoir pas mal d'allées et venues. Au minimum, une pour chaque corps déposé ici après le décès des membres de la famille, une pour exécuter les rituels sacrés du *tahara*, puis la visite finale pour placer les os purifiés dans l'ossuaire. Donc un minimum de trois visites par corps.

— OK.

— Or quand j'ai étudié ces restes l'autre jour...

Barton fit un geste vers les urnes.

— ... j'ai eu le sentiment que tous les membres de cette famille étaient morts simultanément.

Razak fronça les sourcils.

— Comment pouvez-vous affirmer une chose pareille ?

— D'accord, je ne suis pas un spécialiste en matière d'anthropologie médico-pathologique. Mais les neuf squelettes que nous avons ici paraissent sortir d'un album de photos familial.

Il se tourna vers les neuf ossuaires.

— La répartition des âges présente une courbe très normale sans aucun chevauchement apparent : un vieux père, une mère légèrement plus jeune et les enfants dont aucun n'a visiblement dépassé la trentaine. En général, on pourrait s'attendre à ce que les membres d'une famille périssent de manière plus aléatoire et que quelques enfants au moins décèdent à un âge plus avancé.

— C'est effectivement curieux.

— En outre...

Les yeux de Barton scrutèrent l'espace.

— ... voyez-vous la moindre ouverture ?

Razak scruta à son tour les parois. La roche l'entourait de tous les côtés sauf un.

— On dirait bien que le seul passage pour aller et venir était cette ouverture obstruée par le mur de brique.

Il tendait le doigt vers le trou causé par l'explosion.

Barton hocha la tête pour acquiescer.

— Exactement. Et regardez ça.

Il fit signe à Razak de le suivre et se dirigea vers la brèche.

— Vous voyez ?

Barton écarta les mains pour montrer la profondeur du mur.

— Cette paroi fait environ cinquante centimètres d'épaisseur. Mais regardez ici. Voyez comme ces briques…

Il tapota le mur à l'intérieur de la chambre.

— … sont du même style que celles-là.

Cette fois, il désignait l'autre face du mur, dirigée vers la mosquée. Puis il tendit le doigt vers le grand espace voûté et caverneux. Les yeux de Razak suivirent la direction de son index.

— Et ce sont ces mêmes briques qui ont été utilisées pour construire toute cette salle. Coïncidence ? Peut-être pas.

Razak commençait à comprendre.

— Attendez une seconde.

Il se rapprocha de la brèche et se pencha. Il examina attentivement toute la circonférence du trou de l'explosion. Il était assez clair que cette paroi avait été conçue à dessein.

— Vous voulez dire que les deux côtés du mur ont été construits en même temps ?

— Absolument. Pour murer *cette* salle, ajouta-t-il l'index pointé vers la crypte, pendant la construction initiale de celle-là.

Il avait pointé son doigt dans la direction opposée, vers la mosquée Marwani.

— Observez bien l'ouverture qui menait dans cette chambre avant l'érection du mur.

Barton s'était déplacé, bras écartés pour prendre la mesure de la distance entre les deux parois rocheuses reliées par la maçonnerie.

Razak rejoignit l'Anglais pour essayer de comprendre ce qu'il voulait dire. Il étudia des yeux l'espace initialement clos par le mur de brique. Sa largeur n'excédait pas deux fois celle d'une porte ordinaire.

— Qu'est-ce que cela signifie selon vous ?

— Que nos voleurs n'ont pas été les premiers intrus ici. Il me semble clair que cette salle n'a pas été conçue pour être une crypte funéraire.

Le Syrien le regarda, déconcerté.

— Pour moi, cette salle est un caveau, ou plus exactement une *chambre forte* construite spécifiquement pour cacher quelque chose de manière définitive, expliqua Barton. Elle a été édifiée en même temps que les écuries de Salomon et je sais par qui.

Mentalement, il visualisa les graffiti qu'il avait vus sur la roche au-dessus de la masse corpulente du père Demetrios, ce symbole qui l'amenait à formuler cette nouvelle théorie.

Razak réfléchissait. Il retournait dans sa tête tout ce qu'il savait sur ce lieu. Une chose au moins ressortait clairement de ses souvenirs : cet endroit devenu la mosquée Marwani était censé avoir abrité des écuries des siècles plus tôt. Et, selon la rumeur, elles avaient été construites par...

Soudain, son visage se détendit.

— Les chevaliers templiers ?

Barton sourit et hocha la tête d'un air entendu.

— Exact ! L'histoire des templiers vous est familière ?

Même s'il n'était pas ravi de voir l'archéologue se référer une nouvelle fois à l'histoire, Razak lui déclina tout ce que ses lectures lui avaient appris sur le sujet. Il fut surpris de se rendre compte à quel point ses connaissances étaient finalement assez étendues en la matière. Après tout, se dit-il, pour comprendre la guerre moderne entre l'Orient et l'Occident, il fallait ouvrir un livre d'histoire.

L'ordre des Pauvres Chevaliers du Christ et du Temple de Salomon avait été fondé en 1118 de l'ère chrétienne, après la première croisade. Les chevaliers templiers formaient un ordre militaro-religieux de moines-mercenaires mandaté par le pape pour protéger le royaume de Jérusalem contre les tribus musulmanes voisines et sécuriser le passage des pèlerins européens en Terre sainte. Ils étaient célèbres, craints pour leurs tactiques de combat meurtrières et pour leur serment fanatique de ne jamais battre en retraite sur le champ de bataille même au prix de leur vie. Les templiers avaient conservé le contrôle du Mont du Temple jusqu'à leur massacre par une armée musulmane conduite par Saladin à la bataille de Hattin au XIIᵉ siècle. Ils avaient même utilisé le Dôme du Rocher comme quartier général et l'avaient rebaptisé du nom latin de *Templum Domini*, le « Temple du Seigneur ».

Barton avoua à Razak que ses connaissances l'impressionnaient. Peu de juifs – et même de chrétiens sur ce sujet – possédaient un tel savoir des détails de l'histoire.

— Ces ossuaires ont été transférés ici d'un autre site où les rituels idoines avaient pu être exécutés. Si nous allons dans le sens de cette théorie, à savoir qu'il s'agit ici d'une chambre forte, nous pouvons penser que les chevaliers templiers l'ont construite spécifiquement pour protéger les ossuaires.

— Ou un trésor, trancha brutalement Razak, les mains tendues. N'écartons pas cette possibilité.

L'obstination de l'archéologue à penser que c'était bien pour récupérer les restes d'un prophète révéré que les voleurs avaient monté cette opération spectaculaire et meurtrière ne lui plaisait décidément pas.

— Après tout, continua-t-il, les templiers n'étaient-ils pas très riches ? Ils ont pillé les mosquées et les demeures des musulmans, soudoyé des représentants...

— C'est vrai, ils ont amassé une fortune, essentiellement en pillant et en rançonnant les ennemis vaincus. La papauté leur a même permis de lever des taxes et de collecter la dîme. Finalement, ils sont devenus banquiers. Les templiers étaient l'équivalent médiéval... disons... d'une grande banque. Voyez-vous, avant de commencer leur voyage vers la Terre sainte, les pèlerins européens allaient déposer leur argent dans un établissement templier local où on leur remettait en échange un reçu de dépôt crypté. À leur arrivée à Jérusalem – ou en cours de voyage –, ils pouvaient échanger le billet contre la devise locale.

— Alors comment pouvez-vous être certain que cette chambre n'a pas renfermé leur butin ?

— Nous ne le saurons jamais avec certitude, admit Barton. Mais il semble extrêmement improbable qu'ils aient emmuré leurs biens de manière aussi définitive alors qu'ils pouvaient en avoir besoin pour leurs fréquentes transactions.

— Effectivement, ce n'est pas bon de bloquer ainsi des liquidités, reconnut le Syrien. Mais ça garantissait la sécurité de biens qui n'étaient pas nécessaires à court terme.

— Bien raisonné, admit Barton. Cependant, cette gravure sur le mur du fond ne fait aucune allusion à quoi que ce soit de ce genre. On n'y trouve que les noms de ceux dont les restes ont été déposés dans ces boîtes.

Il s'approcha des ossuaires et les examina encore une fois en espérant qu'une explication s'offrirait à lui.

— S'ils ont été transférés ici pour y être emmurés, où se trouvaient-ils à l'origine ? murmura-t-il comme s'il réfléchissait à haute voix.

— Je reste perplexe, insista Razak les mains écartées. Comment un caveau secret a-t-il pu être creusé sous un lieu aussi fréquenté ?

— J'ai beaucoup réfléchi à ce sujet et c'est là que ça devient passionnant.

Barton le regarda attentivement.

— Au Iᵉʳ siècle, la maison du sanhédrin – où les autorités juives se réunissaient et où se tenaient les procès – était située juste au-dessus des écuries de Salomon. À cette époque, l'esplanade avait la réputation d'être un dédale de couloirs secrets.

Beaucoup conduisant au sanctuaire intérieur du temple, pensa-t-il.

— En tant que membre du conseil, Joseph devait avoir accès à ces escaliers discrets et à ces couloirs conduisant directement aux cryptes, ce qui lui a permis de construire ce caveau à l'insu de tous.

— Ce Joseph d'Arimathie... Je suppose qu'il venait d'un endroit appelé Arimathie ?

Barton acquiesça.

— C'est ce que les Écritures laissent entendre.

— Alors peut-être que la crypte originelle se trouvait sur la terre de Joseph, là où vivait sa famille ?

— Peut-être.

Barton avait répondu sans enthousiasme. Mais la remarque de Razak le fit réfléchir : la vraie tombe pouvait-elle réellement s'être trouvée sous l'église du Saint-Sépulcre ? Cela ne semblait pas possible dès lors que la basilique avait été construite bien avant l'arrivée des croisés.

— Le problème, c'est que personne ne sait vraiment à quel endroit Arimathie se trouvait. Certains pensent que la ville était située dans les collines de Judée. Mais ce n'est qu'une conjecture.

— En supposant que vous soyez sur la bonne piste, comment les voleurs connaissaient-ils l'emplacement de cette crypte ?

Visualisant le visage horriblement mutilé de son ami Taheem, Razak ressentit un besoin pressant de relier ce drame à quelque chose d'utile pour les autorités, quelque chose qui permettrait de boucler rapidement l'enquête.

Barton laissa échapper un long soupir et se passa la main dans les cheveux. Il y avait tant de paramètres à prendre en considération.

— Ce que je pense, c'est que les voleurs disposaient d'un document quelconque. Cette salle funéraire devait être très précisément décrite dans un texte ancien. Ils ont fait exploser le mur au bon endroit avec la charge adéquate.

— Mais qui pouvait bien posséder une information pareille ?

— Je n'en sais rien. Parfois, ces vieux livres ou manuscrits sont restés en évidence dans des salles de musée pendant des décennies... sans que personne ne les traduise. Il s'agit peut-être d'un employé de musée chrétien fanatique, suggéra-t-il sans grande conviction.

Cependant, il se demanda si cette hypothèse tirée par les cheveux n'était pas la bonne.

De son côté, Razak paraissait sceptique.

— Vos recherches sur les marchés d'antiquités ne donnent toujours rien ?

Barton secoua négativement la tête.

— J'ai encore vérifié ce matin mais je n'ai rien trouvé.

Soudain, le sol de la chambre trembla sous leurs pieds et un grondement lointain se répercuta. Inquiets, Barton et Razak tentèrent instinctivement de se retenir à quelque chose pour ne pas perdre l'équilibre.

Puis le phénomène s'interrompit aussi rapidement qu'il s'était déclenché. Si l'on pouvait aisément le confondre avec un tremblement de terre de faible amplitude, les deux hommes comprirent immédiatement qu'il s'agissait de tout autre chose.

39

Cité du Vatican

Peu après neuf heures du matin, le père Donovan sonna à l'Interphone. Il annonça un appel pour Charlotte en provenance des États-Unis.

— Parfait. Allez répondre, la pressa Bersei.

Elle se dirigea vers le téléphone avec un petit sourire aux lèvres. Au lieu de décrocher, elle pressa le bouton haut-parleur.

— Charlotte Hennesey.

— C'est moi, Evan.

La voix fit palpiter le cœur de la jeune femme.

— Salut, Evan. Quelle heure est-il là-bas ?

— Très tôt... ou très tard, selon ta façon de voir. En tout cas, j'ai fini de scanner ton échantillon.

Il y avait quelque chose de bizarre dans le ton de sa voix. Charlotte entendit Aldrich remuer des papiers.

— Attends, dit-elle. Je suis sur haut-parleur. Laisse-moi décrocher.

Elle enleva ses gants en latex et attrapa le récepteur.

— J'y suis, indiqua-t-elle.

Aldrich alla droit au but.

— J'ai commencé avec un simple caryotype spectral pour me faire une idée préliminaire de la qualité de l'ADN. Tu sais, on a cherché... un tableau basique des paires de chromosomes et j'ai tout de suite noté un détail très curieux.

— Qu'est-ce que c'était ? Quelque chose cloche ?

— Oui, Charlotte. J'ai obtenu pour résultat quarante-huit XY.

243

Dans un caryotype spectral, les chromosomes sont repérés par des teintures fluorescentes et assortis par paires de couleur pour détecter les aberrations génétiques. Dès lors que chaque humain hérite de vingt-deux chromosomes de chaque parent, plus un chromosome sexuel X de la mère et un autre du père, le résultat normal devrait être quarante-six XX pour une fille et quarante-six XY pour un garçon.

Mais quarante-*huit* XY ?... Hennesey tortilla une de ses boucles d'oreilles entre le pouce et l'index tout en essayant de bien saisir les implications de ce qu'elle venait d'apprendre. La bonne nouvelle, c'était que le sujet était résolument mâle. Cette information corroborait l'analyse médico-pathologique. Mais Aldrich laissait entendre qu'une paire supplémentaire de chromosomes non sexuels ou « autosomes » était apparue dans la structure moléculaire du spécimen. De telles aberrations étaient typiquement liées à des maladies graves comme le syndrome de Down, plus communément appelé mongolisme, qui se traduisait par la présence d'un chromosome 21 supplémentaire.

— Donc il s'agit d'une aneuploïdie [1] ? murmura Charlotte.

— Exactement. Nous avons affaire à une mutation.

— De quelle sorte ?

Elle parlait à voix basse pour éviter de se faire entendre de Bersei. Tournant la tête dans sa direction, elle constata qu'il analysait les scans du squelette et ne faisait pas attention à elle.

— Je n'en suis pas encore certain. Je vais devoir régler le scanner génétique pour étudier les brins supplémentaires. Je ne m'attendais pas à quelque chose de ce type dès le premier essai, mais cela ne devrait pas me prendre trop de temps. J'ai déjà réussi à extraire le codage de base du profil génétique. Je l'ai expédié sur ta boîte e-mail.

— Super. Il va me fournir un bon point de départ.

— Combien de temps penses-tu rester encore à Rome ?

— Je ne sais pas. Je crois que la majeure partie du travail est terminée. On va naturellement me demander de faire une présentation. Peut-être quelques jours encore. J'aimerais bien m'octroyer deux jours pour me promener dans Rome. La ville est magnifique.

---

1. Une anomalie du nombre de chromosomes.

— Est-ce que le Vatican t'a tout dit sur la nature de ton travail ?

— Oui, mais on nous a bien spécifié que tout ce que nous faisions ici devait rester strictement confidentiel. J'ai même dû signer un accord de confidentialité. Donc je ne peux réellement pas en parler.

— C'est bon, Charlie, je n'ai pas besoin que tu m'en dises quoi que ce soit. J'imagine que s'il y a bien une institution en laquelle nous pouvons avoir confiance, c'est bien le Vatican. Ce que je veux, cependant, c'est éviter que BMS soit impliqué dans un truc louche.

Qu'est-ce qu'il avait bien pu trouver qui le rende si nerveux ? se demanda-t-elle.

— Encore une chose. Est-ce que tu as confronté le profil génétique à notre base de données pour déterminer son origine ethnique ?

Il y eut un bref silence.

— Je l'ai fait, confirma-t-il.

— Ah.

Elle était surprise qu'il n'ait pas encore mentionné ce point.

— Et qu'as-tu trouvé ?

— C'est l'autre aspect étrange de cette affaire : je n'ai rien trouvé.

— Que veux-tu dire ?

Sa réponse semblait presque absurde. Si à 95 % les humains partageaient le même codage génétique, moins de 5 % du génome – le profil chromosomique – présentait des différences liées au sexe ou à l'origine ethnique. Ce n'était pas difficile de repérer les variantes.

— Pas d'équivalent.

— Mais c'est impossible. Tu as bien inclus les profils moyen-orientaux ?

— Évidemment.

L'ossuaire faisait partie des coutumes funéraires juives. Elle avait peut-être besoin d'être plus précise.

— Et les profils sémites ?

— Je les ai déjà vérifiés. Rien de ce côté-là.

Comment était-ce possible ? Ce résultat n'était pas cohérent au regard de leurs autres découvertes.

— Est-ce que cette absence d'équivalence peut avoir un rapport avec l'anomalie que tu as trouvée ?

— Je dirais que oui. Je te communiquerai mes résultats au fur et à mesure. Tu as une autre question ?

Elle hésita et s'appuya contre le mur.

— Tu me manques, murmura-t-elle finalement. Et je suis vraiment désolée qu'on se soit quittés de cette façon. Je veux juste… J'aimerais te parler quand je rentrerai. Il y a… des choses que tu dois absolument savoir.

Il ne répondit pas tout de suite.

— J'aimerais, oui.

— On se revoit bientôt. Ne m'oublie pas.

— Impossible.

— Bisous.

Bersei s'approcha d'elle quand elle remit le téléphone dans son support.

— Tout va bien ?

— Il semble que oui, répondit-elle souriante. J'ai obtenu le profil ADN du laboratoire.

— Et ?

— Nous avons les informations qui nous manquaient.

Charlotte se planta devant son ordinateur et ouvrit le navigateur Web. Bersei regarda par-dessus l'épaule de sa collègue tandis qu'elle accédait à sa boîte e-mail. En quelques secondes, elle récupéra le fichier d'Aldrich et l'ouvrit pour que l'anthropologue puisse découvrir de ses yeux le tableau de données.

— OK. Le voici.

Elle échangea sa place avec l'Italien.

Bersei déroula le tableau dense à trois colonnes. La première identifiait un code universel pour chaque séquence génétique, la deuxième fournissait une interprétation profane du codage, du type « couleur des cheveux » et la troisième affectait une valeur numérique précisant la nature de ces attributs. Par exemple, dans le cas de la couleur des cheveux justement, la valeur numérique de la troisième colonne correspondait à une teinte spécifique dans un nuancier universel.

— Comment ça se présente ? l'interrogea-t-elle.

— C'est incroyablement précis. J'ai l'impression que je vais pouvoir balancer directement les données dans le programme.

Elle sourit intérieurement. *Merci, Evan.*

Bersei ouvrit le logiciel de traitement d'images et localisa le dossier contenant les scans du squelette et la reconstruction des tissus. La statue de marbre spectrale attendait sa touche finale : la « peinture » génétique.

— Je vais commencer par m'occuper des éléments de base. L'ordinateur va pouvoir gérer la couleur des cheveux, mais pas le style de chevelure, naturellement, expliqua-t-il pendant qu'il entrait des données dans le fichier pour préparer le transfert.

Dès lors qu'Aldrich avait découvert une mutation, Charlotte s'était mise à réfléchir à la longue liste de maladies possibles. Comme la plupart de celles-ci s'attaquaient aux tissus mous du corps et n'affectaient pas les os eux-mêmes – à la différence du mal qui s'acharnait sur ses propres os et qui allait y laisser son empreinte –, elle ne disposait pas du commencement d'un indice pour se faire une idée de ce qu'il avait bien pu détecter. Une soudaine appréhension venait de se substituer à son désir inextinguible de voir l'image complétée de leur sujet.

Bersei avait fini d'importer les données génétiques et cliqua sur l'actualisation du profil.

Pendant quelques secondes éprouvantes, rien ne sembla se produire.

Puis la reconstruction améliorée s'afficha sur l'écran.

Aucun des deux scientifiques ne s'était attendu à... ça.

40

Jérusalem

Quand le téléphone cellulaire d'Ari Teleksen sonna, il connaissait déjà l'objet de l'appel. Au huitième étage du quartier général des FDI en plein centre de Jérusalem, il se tenait devant la grande baie vitrée de son bureau avec sa vue panoramique de la ville. Juste à quelques pâtés de maisons de là, ses yeux gris ne se détachaient pas de l'épaisse colonne de fumée noire qui montait de la rue comme l'haleine d'un démon.

— Je suis là dans cinq minutes, grimaça-t-il.

La veille au soir, il avait découvert dans les médias la première vague d'informations sur le vol de l'hélicoptère israélien par les criminels du Mont du Temple. S'attendant au pire, Teleksen savait que la réaction palestinienne venait de commencer.

Sans avoir besoin de se rendre sur place, l'officier possédait un don hors du commun pour mesurer les conséquences d'un attentat à la bombe, et l'onde de choc qu'il avait ressentie dans sa poitrine quelques minutes plus tôt lui indiquait que les victimes de celui-là seraient nombreuses.

Il se hâta de gagner le parking et s'installa au volant de sa BMW dorée. Après avoir mis le contact, il ramassa sur le plancher le gyrophare magnétique bleu de la police et le plaqua sur le toit. À peine sorti du garage, il écrasa la pédale de l'accélérateur et fonça dans Hillel Street.

Alors que sa BMW approchait de la Grande Synagogue, il retrouva les scènes de chaos trop familières sur King George Street : une foule paniquée était contenue par les soldats des FDI, et la police et des palissades de bois délimitaient déjà le périmètre. Une flotte d'ambulances était déjà sur les lieux et les équipes d'urgence couraient pour porter secours aux survivants.

Un jeune soldat des FDI fit signe à Teleksen d'avancer. Il se faufila à travers la foule et gara la BMW à distance raisonnable. Quand il ouvrit la portière de la voiture, l'air empestait la chair brûlée.

Même à cinquante mètres, il pouvait voir des morceaux déchiquetés de tissus humains et d'os plaqués aux murs des bâtiments adjacents à la scène. Ils ressemblaient à des confettis humides. L'explosion avait dénudé les branches des arbres et projeté des éclats dans tout le voisinage. Presque toutes les fenêtres avaient été soufflées.

À première vue, les dommages causés aux bâtiments semblaient minimes. Comparée à bien d'autres scènes d'attentat dont il avait été témoin, il constatait que celle-là était manifestement de dimension modeste. Mais au fond de lui-même, il savait que beaucoup d'autres allaient suivre si on ne remédiait pas rapidement au mécontentement grandissant suscité par le casse du Mont du Temple.

L'un des enquêteurs – un homme d'une cinquantaine d'années avec une tignasse de cheveux argentés – le reconnut et se présenta.

— Inspecteur Aaron Schomberg.

Il ne put s'empêcher de regarder la main gauche de Teleksen avec ses trois doigts.

— Qu'avez-vous découvert, inspecteur ?

Le major général alluma une Time Lite.

— Des témoins disent qu'une jeune Arabe, habillée en civil, a couru dans la foule qui sortait de la synagogue et elle s'est fait sauter.

Schomberg à ses côtés, Teleksen se dirigea vers l'épicentre de l'explosion. Il observa les infirmiers ramassant dans des sacs des membres et des morceaux humains trop petits pour être déposés sur des civières. Très probablement, les restes de la kamikaze.

— Combien de morts ?

La fumée de la cigarette sortait des narines de Teleksen.

— Onze pour l'instant et cinquante blessés plus ou moins graves.

Le chef des FDI tira une grosse bouffée.

— Personne ne l'a vue venir ?

— Les bombes étaient fixées sous ses vêtements. Ça s'est passé trop vite.

Regrettant l'époque où les terroristes étaient plus faciles à repérer, Teleksen se tourna vers Schomberg.

— Qu'a-t-elle dit ?

L'inspecteur était perplexe.

— Je ne comprends pas, commandant.

— On ne se sacrifie jamais sans préambule.

Pinçant sa cigarette entre les trois doigts de sa main gauche, Teleksen en pointa l'extrémité incandescente vers l'inspecteur pour mobiliser sa mémoire.

— Les martyrs ne sacrifient pas leur vie sans proférer quelque malédiction. Est-ce que quelqu'un a entendu ce qu'elle a crié avant de se faire sauter ?

Schomberg feuilleta son bloc-notes.

— Quelque chose du style : « Allah punira tous ceux qui le menacent. »

— En arabe ou en anglais ?

— En anglais.

Ils avaient atteint l'endroit où, selon les témoins, la kamikaze s'était positionnée à quelques mètres seulement de l'entrée de la synagogue. D'abord, le choix de cet emplacement pour un attentat parut curieux dans la mesure où les bombes sont plus efficaces dans un espace confiné, comme les bus ou les cafés. Mais en observant les alentours immédiats de la façade de ciment ravagée – qui ressemblait davantage à une banque qu'à un lieu de culte –, Teleksen se rendit compte que ce n'était pas un si mauvais choix. Il constata que les victimes dispersées sur les marches s'étaient retrouvées bloquées et le grand mur de ciment derrière elles avait amplifié la vibration de l'explosion. Donc, si les éclats meurtriers ne les avaient pas tuées, cette onde de choc aurait accompli le travail en leur pulvérisant les organes internes et les os.

Le téléphone portable de Teleksen sonna. L'écran lui indiqua que Topol cherchait à le joindre. Il jeta le mégot de sa cigarette sur le trottoir.

— Oui ?

— Quel bilan ?

La voix du policier était pressante.

— J'ai vu pire. Mais raison de plus pour résoudre notre affaire au plus vite. Quand peux-tu venir ici ?

— Je ne suis qu'à quelques rues.

— Dépêche-toi.

Teleksen raccrocha. Combien y aurait-il d'attentats de ce type, se demanda-t-il, avant qu'ils n'obtiennent de vraies réponses concernant le casse de vendredi ?

La grappe des véhicules de presse détourna momentanément son attention. La présence de la télé palestinienne était particulièrement gênante. La haine et le mécontentement n'avaient vraiment pas besoin d'être alimentés. La pression était déjà à son comble.

Treize soldats israéliens et deux pilotes d'hélicoptère avaient été tués. Maintenant, c'étaient d'innocents civils juifs qui venaient d'être frappés.

Et tout ça pour quoi ? s'interrogea-t-il. Selon l'archéologue anglais, théoriquement le meilleur dans son domaine, c'était une relique qui avait été volée. Teleksen savait que les antiquités pouvaient atteindre des prix considérables, particulièrement celles qui venaient de Terre sainte. On ne savait jamais jusqu'où certains pouvaient aller pour s'en procurer. Mais quand même... Détourner un hélicoptère ? Tuer des soldats ? Comment un ossuaire pouvait-il justifier tout ça ? Il en avait vu des dizaines dans les musées d'Israël et ils n'étaient jamais aussi bien protégés ou cachés que celui qui avait été volé sous le Mont du Temple. Qu'est-ce qui pouvait bien rendre celui-là si spécial ? Cela n'avait aucun sens.

Ses meilleurs agents de renseignement restaient convaincus qu'une telle action n'avait pu être élaborée que de l'intérieur. Teleksen savait parfaitement ce qu'ils voulaient dire. Introduire secrètement des armes dans Jérusalem, c'était presque aussi difficile que de marcher sur l'eau. Il fallait être en mesure d'éviter les postes de contrôle, les détecteurs de métaux et des myriades d'autres obstacles logistiques. Très peu de personnes en étaient capables.

Et puis il y avait l'hélicoptère qui s'était révélé être une arme tactique formidable. Est-ce que son détournement n'avait pas tout simplement pour but de montrer les faiblesses du système de sécurité d'Israël ? Heureusement, ses agents étaient parvenus à empêcher les Palestiniens et les médias de découvrir le véritable sort du Black Hawk. Mais sachant qu'au-delà des frontières beaucoup ne voulaient absolument pas coopérer avec le renseignement israélien, le fait que les voleurs aient pu si rapidement gagner les eaux internationales troublait profondément Teleksen. Parce que si la relique avait été emportée vers le large...

Une substance caoutchouteuse sous son pied gauche détourna sa pensée. Il souleva sa chaussure, regarda par terre et constata qu'il avait marché sur une oreille humaine. Avec un rictus de dégoût, il fit un pas de côté.

Existait-il un moyen de se sortir de ce guêpier ? Barton était censé lui fournir des réponses, mais, pour l'instant, il semblait enclin à ne colporter que des théories aberrantes. Réflexion faite, l'archéologue se révélait être lui-même un problème.

Soudain une idée germa dans l'esprit de Teleksen. Il était certain que Topol l'approuverait. Loin d'être un handicap, Barton pouvait en réalité devenir la solution.

41

Cité du Vatican

Les deux scientifiques regardaient l'écran en proie à la plus extrême stupéfaction.

La charpente squelettique scannée avait été calibrée de manière à reconstituer la masse musculaire sur laquelle avait été appliquée une couche de peau blême. Maintenant, les nouvelles données qui avaient été entrées dans le programme venaient de transformer l'image aux allures de statue en une apparition humaine complète tridimensionnelle.

Abasourdi par le résultat, Bersei se couvrit la bouche de la main.

— À votre avis, quelle est son origine ethnique ?

Charlotte haussa les épaules. Les faits semblaient finalement donner raison à Evan Aldrich.

— Je ne suis pas certaine qu'il en ait une !

Ce qu'elle disait lui paraissait totalement invraisemblable.

Mariant le sombre et le clair, la couleur de peau sélectionnée donnait un aspect incroyablement réaliste à l'ensemble, et celle-ci épousait les muscles et soulignait les traits de l'homme à la perfection.

Giovanni zooma sur le visage.

Si le sujet était incontestablement masculin, l'image laissait transparaître une subtile androgynie. Avec leurs iris aigue-marine hypnotiques, les grands yeux s'étiraient légèrement en pointe sous de fins sourcils. Le long nez s'élargissait quelque peu au-dessus de lèvres pleines couleur moka. Une toison drue de mèches brun sombre venait former de petites pattes pointues aux tempes. Quant à la pilosité faciale, elle était pareillement dense, colorée et particulièrement épaisse le long de la mâchoire anguleuse.

— C'est un assez beau sujet, dit Bersei d'un ton très clinique.

— Je dirais qu'il est parfait, rétorqua Charlotte. Je ne veux pas dire à la manière d'un mannequin ou d'une star de ciné…, mais je n'ai jamais vu un tel type physique.

Alors qu'elle recherchait une quelconque anomalie apparente, rien sur l'image ne suggérait le moindre défaut génétique, à moins que la perfection elle-même ait été considérée comme une tare. Qu'est-ce que l'analyse d'Aldrich avait bien pu déceler ? se demandait la jeune femme. Le scanner prototype avait-il dysfonctionné ? Ou le logiciel de traitement d'images avait-il mal interprété les données ?

Penchant la tête de côté, Bersei proposa une interprétation :

— À mon avis, si vous preniez toutes les caractéristiques ethniques types de l'humanité et que vous les mettiez dans un shaker, vous obtiendriez probablement ce résultat.

Encore bouleversé par ce qu'il voyait, il avança la main vers l'ordinateur.

— C'est absolument fascinant qu'un être humain puisse présenter une telle complexité.

— Bon, et maintenant, que fait-on ?

Bersei paraissait perdu, comme si l'image le torturait presque.

— Je ne sais vraiment pas.

Détournant son regard de l'écran, il leva des yeux fatigués vers la jeune femme.

— Nous avons réalisé un examen médico-pathologique exhaustif…

Il commença à compter sur ses doigts.

— … une carbodatation, un profil génétique complet. Le seul élément majeur que nous ayons pour l'instant laissé de côté, c'est le symbole sur l'ossuaire.

— Si vous voulez vous y mettre, suggéra Charlotte, je peux de mon côté commencer à préparer notre présentation préliminaire pour le père Donovan. Je vais rassembler toutes les données et les photos et je vais attaquer la rédaction du rapport. Et demain, nous pourrons peut-être lui exposer tout ce que nous avons trouvé jusqu'à présent. Et attendre ses instructions.

— Ça me semble un bon programme. Qui sait, ce symbole a peut-être quelque chose à nous révéler sur ce type ?

Bersei retourna à son poste de travail et alluma l'appareil photo numérique. Fredonnant doucement, il prit quelques gros plans de l'unique motif de l'ossuaire. Puis il transféra les images dans l'unité centrale de l'ordinateur.

La qualité du travail du sculpteur l'émerveillait. Il passa soigneusement ses doigts sur le symbole gravé sur le côté de l'urne.

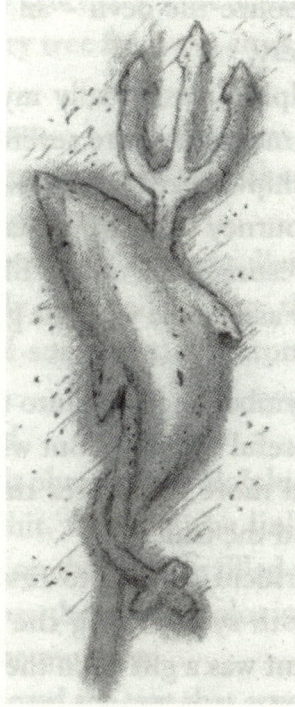

Depuis le commencement, ce dessin le laissait perplexe. Les juifs de l'ancienne Judée étaient quasiment les seuls à avoir utilisé des ossuaires. Pourtant il se rappelait que le trident et le dauphin, deux symboles fondamentalement païens, avaient été adoptés par de nombreux cultes romains originels. Il y avait donc une évidente contradiction entre ce motif et l'origine supposée de la relique.

Installé devant son ordinateur, il se connecta à son navigateur Internet. Il commença par un critère de recherche simple :

trident. Presque instantanément, un flot de réponses s'afficha. Il se mit à cliquer celles qui lui semblaient les plus pertinentes.

Le trident lui-même avait plusieurs significations. Les hindous l'appelaient *trishul* ou « trois sacré ». Il représentait pour eux la création, la préservation et la destruction. Au Moyen-Orient, on l'associait à l'éclair. Son alter ego, la fourche, se retrouva ultérieurement dans l'art chrétien où elle symbolisa le diable – une tentative évidente de discrédit de l'imagerie païenne.

Singulièrement, le symbole du dauphin était également mystérieux. Dans les temps anciens, ces mammifères intelligents étaient vénérés pour leur contribution au sauvetage des vies des marins naufragés. Les Romains associaient aussi des dauphins au voyage que les âmes allaient entreprendre au-delà des océans et vers leur ultime lieu de repos dans les îles bienheureuses. Le dauphin était aussi étroitement lié aux dieux Éros, Aphrodite et Apollon.

Mais incontestablement, la gravure de l'ossuaire mêlait les deux thématiques pour obtenir une signification plus marquée. Quelle pouvait-elle être ?

Bersei essaya de trouver d'autres références susceptibles d'expliquer ce symbole spécifique du dauphin enroulé autour du trident.

Apparemment, le dauphin et le trident avaient été associés pour la première fois dans la mythologie grecque, où les deux symboles incarnaient le pouvoir de Poséidon, le dieu de la Mer. Son trident lui avait été offert par les Cyclopes, ces géants à l'œil unique. Quand le dieu était en colère, il frappait le fond de la mer avec son trident pour agiter les océans, ce qui provoquait les tempêtes. Capable de se métamorphoser en différentes créatures, Poséidon choisissait fréquemment d'apparaître aux humains sous la forme d'un dauphin. Les Romains renommèrent ultérieurement ce dieu marin Neptune.

Bersei était certain que des détails devaient lui échapper.

Une autre page Web s'afficha. Elle établissait un lien entre ces symboles et d'anciennes pièces de monnaie frappées sous Pompée, qui vécut au milieu du Iᵉʳ siècle avant notre ère. Sur l'avers d'une pièce d'argent, on voyait l'effigie de la tête du général couronnée de lauriers flanquée d'un dauphin d'un côté et d'un trident de l'autre. Certes, ils n'étaient pas entrelacés, mais on les trouvait côte à côte. Et Bersei se rappela que Pompée, au début de sa carrière, avait envahi Jérusalem.

Il se pencha en avant.

Et justement, découvrait-il à l'écran, après le siège de Jérusalem en 64 avant notre ère, il avait ordonné la crucifixion de milliers de zélotes juifs. Tous furent exécutés en une seule journée. On racontait qu'il avait fallu tant de croix que le général avait ordonné de tailler tous les arbres des montagnes environnant la ville.

Crucifixion. Jérusalem.

Était-ce le lien qu'ils recherchaient ? L'ossuaire pouvait-il être lié au fameux général romain ?

L'anthropologue réfléchit un long moment à cette hypothèse. Mais elle ne le convainquait pas. Dans un coin de son esprit, il se rappelait vaguement avoir vu quelque part ce motif très précis. Et pour une raison qui lui était inconnue, il était fermement convaincu que le symbole était directement associé à Rome.

Il continua sa chasse.

Cette fois, il utilisa différentes combinaisons pour sa recherche, comme « dauphin autour trident ». Et finalement, il obtint une occurrence claire. Après avoir cliqué sur le lien, il fut sidéré de voir s'afficher sur l'écran l'exacte image de l'ossuaire.

Un sourire envahit son visage.

— Nous y voilà, murmura-t-il.

Déroulant la page, il lut le texte qui accompagnait la reproduction.

Bersei reçut les mots en pleine face, comme s'il avait été frappé par une pierre. Il relut le passage, abasourdi. Autour de lui, le monde avait cessé d'exister.

— Charlotte, l'appela-t-il. Il faut que vous voyiez ça.

Incrédule, la main sur la bouche, il se laissa tomber sur sa chaise.

Deux secondes plus tard, l'Américaine le rejoignit. Le visage blême, l'Italien désigna l'écran.

— Qu'est-ce que c'est ?

— La signification du dessin de l'ossuaire, expliqua-t-il d'une voix calme.

Voyant l'expression éberluée de son collègue, Charlotte esquissa une moue d'étonnement.

— On dirait qu'il a quelque chose à nous révéler finalement.

— Je pense que oui, murmura-t-il en se frottant les yeux.

La généticienne se rapprocha pour lire à haute voix :

— « Adopté par les premiers chrétiens, le dauphin entrelacé autour du trident est une représentation de »...

Elle marqua une pause.

Le sourd vrombissement de la climatisation parut soudain assourdissant.

— ... « la crucifixion du Christ. »

La voix de Charlotte avait tremblé en prononçant ces mots qui semblaient planer dans l'air.

En réalité, il fallut un moment à la jeune femme pour prendre toute la mesure de ce qu'elle venait de lire.

— Mon Dieu !

Elle eut l'impression qu'un étau lui comprimait le ventre et elle dut détourner le regard.

— J'aurais dû le savoir.

Bersei, tendu, reprit d'une voix faible :

— Le dauphin transporte les âmes vers l'autre monde. Et le trident, le trois sacré, représente la Trinité.

— Impossible. Ce n'est pas vrai.

Charlotte baissa les yeux vers lui.

— Je *sais* que la patine de l'ossuaire est authentique, protesta Bersei. Indiscutablement authentique. Elle est régulière partout, même sur ce relief. En outre, j'ai établi que son contenu minéral ne pouvait provenir que d'un endroit : Israël. Quant aux traces que nous voyons sur les os, elles ne font que corroborer cette information. Des traces de flagellation... de crucifixion. Nous avons même les clous et les éclats de bois, insista-t-il.

Il avait levé les mains en l'air en signe de reddition.

— Que pourrions-nous demander de plus ?

L'esprit de Charlotte se vida momentanément, comme si le fil alimentant ses pensées rationnelles avait été débranché.

— Si c'est réellement le corps de... de Jésus-Christ.

Ça lui faisait presque mal de prononcer ce nom.

— Vous vous rendez compte de l'importance...

Charlotte visualisa le crucifix suspendu au-dessus de son lit.

— Mais *ça ne se peut pas*. Tout le monde connaît l'histoire de la crucifixion. La Bible la décrit en détail et cela ne concorde pas avec ce que nous avons là. Il y a trop de contradictions.

Elle se précipita vers son poste de travail.

— Que faites-vous ? s'exclama Bersei qui s'était levé de son fauteuil.

— Ici. Venez voir vous-même.

Elle tendait un doigt tremblant vers le crâne du squelette.

— Voyez-vous la moindre trace des épines de la couronne ?

Il la regarda puis se tourna vers la boîte crânienne du défunt. Giovanni savait ce qu'elle suggérait. Examinant attentivement le globe osseux, il ne repéra pas la moindre écorchure.

— Quoi qu'il en soit, il est quand même peu probable que des épines aient pu infliger des dommages à l'os lui-même.

Contournant la table, Charlotte s'était maintenant approchée des jambes.

— Et que pensez-vous de ça ? Des genoux brisés ?

Elle les montrait du doigt.

— Je ne me souviens pas que la Bible mentionne ce détail. Ne parle-t-elle pas d'un coup de lance dans le flanc de Jésus qui l'aurait achevé ?

Ici, à Rome, elle essayait de ressusciter sa foi perdue en un moment où elle avait un grand besoin de croire en quelque chose de plus grand qu'elle. Mais Bersei – plus que quiconque – l'avait instantanément étouffée. Et, pire que tout, il utilisait la science pour cela.

L'anthropologue écarta les mains.

— Écoutez, je comprends où vous voulez en venir. Je suis aussi troublé que vous.

Elle le fixa de toute l'intensité de son regard.

— Giovanni, vous ne pensez quand même pas *réellement* que ce sont les restes de Jésus-Christ, n'est-ce pas ?

Il passa ses doigts dans ses cheveux et soupira.

— Il existe toujours la possibilité que ce symbole n'ait été là que pour honorer le Christ, proposa-t-il. Cet homme...

Il désignait le corps.

— ... n'aurait peut-être été que l'un des premiers chrétiens. Un martyr, sans doute. Peut-être que tout cela ne serait qu'un hommage au Christ.

Il haussa les épaules.

— On n'a pas vraiment de nom sur cette urne. Mais vous avez vu le profil génétique. Vous avez vous-même dit que vous n'aviez jamais vu un tel type physique. Je dois avouer que l'identité de ce personnage ne me semble faire aucun doute.

— Mais ce n'est qu'un symbole, protesta-t-elle. Comment pouvez-vous être aussi sûr de vous ?

Le déni passionné de l'Américaine décontenançait Bersei. Il aurait voulu avoir la même conviction.

— Venez avec moi.

Il lui fit signe de le suivre.

— Où allons-nous ? lui cria-t-elle.

Charlotte devait presque courir derrière lui dans le couloir. Sans s'arrêter, il se retourna vers elle.

— Je vais vous expliquer quelque chose dans une minute. Vous verrez.

42

Phoenix

Evan Aldrich contourna le poste de travail encombré d'équipements scientifiques et se dirigea vers la cabine vitrée au fond du laboratoire principal de BMS.

Une fois à l'intérieur, il referma la porte, fouilla dans sa blouse et récupéra une éprouvette de verre scellée qu'il déposa à côté d'un microscope à fort grossissement. Posé sur un bureau adjacent, le scanner prototype ressemblait à un photocopieur profilé. Le patron de BMS enfila une paire de gants en latex.

Il entendit un petit coup frappé contre la paroi de verre et la porte s'ouvrit.

— Bonjour, Evan. Que se passe-t-il ?

Tournant la tête, il vit Lydia Campbell, sa technicienne en chef pour la recherche génétique, dans l'encadrement de la porte. Instinctivement, Aldrich déplaça sa main pour cacher l'éprouvette.

— J'ai pris des échantillons que je voudrais examiner.

— Ceux sur lesquels tu travaillais hier ?

Elle avait les yeux fixés sur le tube qu'il cherchait à dissimuler.

— Je pensais que tu en avais fini avec eux.

— Oui, je dois juste vérifier un détail.

— Bon, eh bien, tu sais où me trouver si tu as besoin de quoi que ce soit. Tu veux un café ?

Il lui sourit, mais secoua négativement la tête et la porte se referma sur sa collaboratrice.

Une heure plus tard, Evan remit dans sa poche l'éprouvette, maintenant remplie d'un sérum clair. En proie à une envie irrésistible de communiquer à Charlotte ce qu'il avait découvert, il attrapa le téléphone… puis le reposa. Non, c'était quelque chose de beaucoup trop sensible – beaucoup trop *stupéfiant* – pour être révélé au téléphone ou dans un e-mail non crypté. Il se rappela qu'elle avait parlé de prolonger son séjour de quelques jours. Mais cela ne pouvait attendre jusque-là.

En sortant du laboratoire, Aldrich alla directement à son bureau et se planta devant son ordinateur. Après avoir lancé son navigateur Internet, il se connecta à la page du club fidélité de Continental Airlines et réserva un billet de première classe sur le prochain vol pour Rome.

43

Jérusalem

Encore incrédule, Farouq venait de reposer son téléphone. Ses mains tremblaient. Cet appel n'était pas arrivé par hasard quelques heures à peine après l'attentat du matin devant la Grande Synagogue.

La voix avait resurgi du passé. D'un lointain passé, sombre, qui le hantait encore pendant ses nombreuses nuits d'insomnie. La dernière fois qu'il avait entendu ce timbre de baryton reconnaissable entre mille, c'était le 11 novembre 1995, juste après six heures du soir. Ce jour-là, le Shin Beth – la branche du renseignement israélien la plus secrète et la plus meurtrière – l'avait enlevé dans une petite rue de Gaza et l'avait précipité à l'arrière d'une camionnette. Ils avaient lié ses membres et passé une cagoule sur sa tête.

Le véhicule avait à peine démarré que l'interrogatoire avait commencé. L'homme qui l'avait questionné occupait aujourd'hui le poste de numéro deux dans la hiérarchie des FDI. À cette époque, l'ambitieux Israélien s'était vu confier la tâche impossible de traquer l'« Ingénieur », un rebelle palestinien de son vrai nom Yahya Ayyash. Au milieu des années 1990, avec l'aide de groupes de militants, celui-ci recrutait des candidats pour des attentats suicide contre des civils israéliens. Grâce aux informations arrachées par la force à leurs informateurs clés, les Israéliens resserraient leur nasse autour de lui. Farouq avait été l'un de leurs premiers suspects, à cause de ses prétendus liens avec le principal soutien de l'Ingénieur, le Hamas.

263

Avant de jeter Farouq de la camionnette dans un lieu désolé, non loin de la frontière israélienne, ils lui avaient brisé trois côtes, fracturé quatre doigts, brûlé la poitrine avec des cigarettes et arraché sept dents.

Mais il avait souri. Alors que le sang coulait de sa bouche tuméfiée, il s'était senti heureux, car il n'avait pas lâché un mot qui les aurait mis sur la piste de l'Ingénieur. Aucun Israélien ne le briserait jamais.

À cela s'était ajouté l'immense plaisir de penser que le sang qui maculait son visage n'était pas seulement le sien. Même cagoulé et entravé, il était parvenu à mordre la main de Teleksen. Ses dents s'étaient enfoncées de plus en plus profondément dans la chair de l'ignoble Israélien. Et à force de secouer la tête, il avait sectionné les nerfs et brisé les os de sa main. L'Israélien avait gémi comme un chien.

Peu après, l'Ingénieur avait été assassiné dans son refuge de Gaza avec un téléphone portable piégé. Ari Teleksen avait été promu *aluf*, « major général ». Depuis lors, Farouq l'avait aperçu quelques fois, essentiellement aux informations télévisées, toujours identifiable à la main qu'il avait mutilée cette nuit-là.

Et voilà que Teleksen avait eu l'audace de lui téléphoner pour lui réclamer une faveur. C'était tout au moins ce qu'avait d'abord compris Farouq. Mais alors que l'Israélien exposait sa requête, le Gardien avait réalisé que celle-ci pourrait avoir des conséquences utiles à sa propre cause.

— Akbar ! cria-t-il.

Farouq essayait de recouvrer son calme. Un instant plus tard, répondant à l'appel, le massif garde du corps se matérialisa dans l'encadrement de la porte.

Les yeux du vieil homme le jaugèrent brièvement.

— Tu es un garçon robuste. J'ai besoin que tu fasses quelque chose pour moi.

44

Cité du Vatican

Les deux scientifiques empruntèrent le monte-charge pour rejoindre l'étage supérieur. Les portes s'ouvrirent dans la galerie principale qui se trouvait juste au-dessus du laboratoire : la galerie Pio-Chrétienne du musée du Vatican.

Alors qu'ils sortaient de l'ascenseur, Bersei commença tranquillement son explication.

— Vous savez, Charlotte, pendant trois siècles après la mort de Jésus, les premiers chrétiens n'ont pas représenté son image. Cependant, ces chrétiens primitifs utilisaient des signes familiers pour symboliser le Christ.

— Comment le savez-vous ?

— Nous disposons de preuves archéologiques. Et une bonne partie se trouve ici.

Ses yeux embrassèrent les collections d'art qui s'étalaient autour d'eux.

— Laissez-moi vous montrer quelque chose.

Charlotte le suivit. Tout en marchant, elle admirait les bas-reliefs de marbre montés sur les murs comme de massifs tableaux de pierre. Tous développaient une thématique chrétienne.

Bersei les désigna de la main.

— Vous connaissez cette collection ?

Elle répondit non de la tête.

— Ce sont des vestiges qui remontent au début du IVᵉ siècle, expliqua l'anthropologue. À cette époque, l'empereur Dioclétien entama une campagne de persécutions. Il fit brûler des églises et

265

tuer les chrétiens qui refusaient de renier leur foi. C'est aussi à cette époque que les premiers chrétiens se réunissaient secrètement dans les catacombes à l'extérieur de Rome pour prier au milieu des martyrs morts et des saints qui reposaient là, certains dans des cercueils de pierre ornés.

Il lui en montra justement un, exhibé sur une solide plate-forme.

— Un sarcophage, observa Charlotte.

Elle admirait la qualité du travail.

— Oui. Une sorte de cousin de l'ossuaire juif que nous étudions. De très nombreux chrétiens des premiers temps étaient en réalité des juifs convertis qui, indubitablement, pratiquaient ce qui devait devenir le rituel funéraire chrétien.

Ils étaient parvenus devant une statue de marbre d'un mètre de haut.

— Nous y sommes.

Bersei se tourna vers sa collègue.

— Savez-vous ce que représente cette statue ?

Charlotte l'observa attentivement. Elle voyait un jeune homme avec de longs cheveux bouclés, revêtu d'une tunique. Il avait en travers de ses épaules un agneau qu'il tenait par les pattes. Sur son flanc, on notait la présence d'une besace contenant une lyre.

— On dirait un berger.

— Pas mal. Plus précisément, on appelle ce personnage le « bon pasteur ». On a trouvé cette statue dans les catacombes. C'est ainsi que les premiers chrétiens représentaient Jésus.

Charlotte accorda à la statue un nouveau coup d'œil scrutateur.

— Vous vous moquez de moi ?

Le berger n'était qu'un gamin avec des traits lisses. Et le style était gréco-romain, sûrement pas biblique.

— Non. C'est curieux, vous ne trouvez pas ? Mais dans cette représentation de l'histoire de Jésus, on retrouve des éléments de la mythologie. Il ne s'agissait pas d'obtenir une ressemblance fidèle, mais simplement d'essayer de personnifier à travers l'œuvre l'idéal qu'il incarnait : le protecteur, le berger… Orphée, le dieu grec païen de l'art et du chant, a aussi été fondu dans cette représentation du Christ. Et de la même manière que la musique céleste d'Orphée pouvait apaiser et tranquilliser même les bêtes les plus sauvages…

Il montrait du doigt la lyre à la ceinture du berger.

— ... les paroles de Jésus pouvaient apprivoiser les âmes des pécheurs.

— Exactement comme le dauphin et le trident représentent le salut et la divinité.

Maintenant, elle comprenait pourquoi il l'avait fait monter ici.

— Exactement.

— Mais pourquoi ? Pourquoi n'adoraient-ils pas des icônes ou le crucifix ?

Il y en avait partout, pensa-t-elle. Surtout ici, au Vatican. Il était difficile d'imaginer le catholicisme sans son horrible croix.

— D'abord, l'utilisation de la croix les aurait trahis en révélant clairement aux Romains qu'ils étaient en réalité des chrétiens. Dans une époque de persécution systématique, cela n'aurait pas été raisonnable. Ensuite, les premiers chrétiens n'avaient pas intégré la notion d'iconographie. En fait, Pierre et Paul interdisaient même une telle chose. C'est pourquoi les représentations de la croix n'existaient pas alors. Il a fallu attendre pour cela l'empereur Constantin.

— Encore celui-là.

— Bien sûr. Il est le père fondateur de la foi moderne. Constantin a changé toutes les règles. Les crucifixions et même les catacombes ont été abandonnées quand il est arrivé au pouvoir au IVe siècle. C'est aussi à ce moment-là que le Christ s'est transformé en un véritable héros de culte, un être divin. Les crucifix ont fleuri. On a construit de grandes cathédrales et la Bible est devenue le livre que nous connaissons. Littéralement, la foi est sortie de la clandestinité et s'est officiellement imposée.

— C'est incroyable. On n'a jamais vraiment étudié Constantin dans mes cours d'histoire et pourtant je suis allée dans une école catholique ! Je ne sais réellement rien de lui.

Bersei inspira profondément et relâcha ses épaules.

— En 312 de notre ère, l'Empire romain est l'enjeu de deux factions rivales : d'un côté Constantin, qui gouvernait l'Occident, et son allié Licinius, qui régnait sur l'Orient, contre Maximin Daia et Maxence. Un jour, Constantin déclara que le dieu soleil, Sol Invictus – Soleil invaincu –, lui avait ordonné d'être le seul souverain de tout l'Empire. Donc, avec une armée d'individus qui se faisaient appeler du nom obscur de chrétiens, il se fraya un chemin, armes à la main, à travers le nord de l'Italie et parvint à quelques kilomètres de Rome, devant le seul pont qui enjambait le Tibre... Le pont Milvius. Quand des rumeurs se répandirent, annonçant que l'armée de Maxence surclassait numériquement – à un contre dix – celle de Constantin, les chrétiens furent rapidement démoralisés. À l'aube précédant son ultime marche sur Rome, Constantin était en train de rendre hommage à Sol Invictus, quand, dans le ciel, il vit un signe miraculeux qui avait la forme d'une croix. En fait il s'agissait d'un X et d'un P superposés, autrement dit les lettres grecques *chi* et *rhô* : les deux premières lettres de « Christ ». Immédiatement, il mit ses troupes en ordre de bataille et proclama que leur sauveur, Jésus-Christ, lui avait déclaré : « Par ce signe, tu vaincras. » Constantin demanda aux forgerons de blasonner le symbole sur tous les boucliers, et les hommes retrouvèrent leur courage. Plus tard, ce même jour, une bataille sanglante opposa les deux armées et, miraculeusement, Constantin en ressortit victorieux.

— Et son armée attribua la victoire à l'intervention du Christ ?

Bersei acquiesça.

— Oui. Et estimant qu'il avait une dette envers ses soldats, peut-être inspirés par la puissance et la force de persuasion grisantes de leur foi passionnée, Constantin embrassa ultérieurement leur foi et en fit la religion officielle de l'Empire. Naturellement, il faut noter que le concept de « dieu unique » vénéré par les chrétiens se confondait parfaitement avec l'image que Constantin se faisait de l'empereur romain unique. Cependant, pour continuer d'honorer Sol et apaiser les très nombreux peuples non chrétiens de l'Empire qui devaient encore être absorbés dans la nouvelle religion, Constantin intégra habilement de nombreux concepts païens dans le christianisme primitif.

— Par exemple ?

— Commençons par des choses simples.

Bersei croisa les doigts et laissa ses yeux balayer la galerie.

— Le halo solaire. Comme Ponce Pilate, Constantin avait fait frapper des pièces de monnaie en 315, dix ans avant qu'il ne prenne seul le contrôle de l'intégralité de l'Empire, alors que son alliance avec Licinius commençait déjà de s'effondrer. Les pièces de Constantin représentaient Sol – un Sol avec un *halo solaire* dans une longue robe flottante qui ressemblait remarquablement à l'iconographie ultérieure de Jésus.

— Intéressant.

— Constantin a aussi subtilement fait coïncider la célébration de la naissance du Christ avec la célébration païenne du solstice d'hiver, le 25 décembre, c'est-à-dire de la naissance de Sol Invictus. Naturellement, je pense que vous ne serez pas surprise d'apprendre que le jour du culte chrétien, jadis célébré le samedi, le jour du shabbat juif, fut aussi déplacé vers un jour plus particulier de la semaine.

— Le dimanche[1] ?

Il fit oui de la tête

— À l'époque de Constantin, ce jour était appelé le *dies solis*.

L'expression de Giovanni s'assombrit.

— Mais quelque chose de plus important encore émergea durant le règne de Constantin. On a mis l'accent sur la résurrection physique de Jésus, plutôt que sur sa résurrection spirituelle.

— Que voulez-vous dire ?

— Les Évangiles grecs primitifs utilisaient une formulation qui laissait entendre que le corps du Christ n'avait pas nécessairement été réanimé, mais transformé.

— Mais dans la Bible, Jésus s'est relevé de la tombe. Il en est sorti et il s'est présenté devant ses disciples ?

Toutes ses années de catéchisme et d'école catholique lui avaient enfoncé ça dans le crâne.

— C'est vrai. Jésus a disparu de sa tombe, admit-il volontiers.

Puis un petit sourire erra sur le visage de Giovanni Bersei.

— Mais aucun Évangile ne dit *comment*. Dans le récit évangélique suivant la découverte du tombeau vide, on nous dit aussi que Jésus a le pouvoir de traverser les murs et de se matérialiser n'importe où. Et si vous vous rappelez le récit de la Bible, beaucoup de ceux auxquels il est apparu alors ne l'ont même pas reconnu. Ce ne sont pas là les caractéristiques d'un corps, même ressuscité.

— Alors pourquoi l'Église met-elle l'accent sur sa mort et sa résurrection physique ?

L'Italien recommença à sourire.

---

1. En anglais, *sun*day, littéralement le jour du soleil.

269

— Je vois les choses de la manière suivante : l'Égypte, particulièrement Alexandrie, était un centre culturel influent dans l'Empire romain. Des groupes cultuels y adoraient Osiris, le dieu du monde souterrain qui fut atrocement assassiné par un dieu jaloux, Seth. Pour être précis, il fut mis en pièces. L'épouse d'Osiris, la déesse de la vie, Isis, rassembla les différentes parties de son corps dispersé et les rapporta dans le temple. Elle exécuta des rituels pour que, trois jours plus tard, le dieu puisse ressusciter.

— Ça ressemble beaucoup à Pâques, admit-elle. Êtes-vous en train de suggérer que les Évangiles sont des plagiats ?

Intrigué par les deux personnes en blouse blanche, un vieux couple passa à proximité. Bersei se rapprocha de Charlotte.

— Certains passages clés ont pu subir une influence extérieure. Je suppose qu'il peut aussi s'agir en partie de coïncidences, estima-t-il avec un haussement d'épaules. Quoi qu'il en soit, ce qu'il faut noter ici, c'est qu'au IVᵉ siècle le christianisme était pratiqué de façons différentes voire contradictoires dans les diverses parties de l'Empire. Des centaines de versions des Écritures sacrées circulaient alors, certaines légitimes, et bien d'autres plus que fantaisistes.

— Ce qui signifie qu'on a laissé de côté tous les textes qui ne cadraient pas ? en déduisit-elle.

— Exact. Vous ne pouvez blâmer Constantin pour ça, répondit-il presque sur la défensive. Il s'efforçait d'unifier l'Empire. Les querelles intestines de l'Église ne faisaient que saper cette grande vision.

— C'est cohérent, admit Charlotte.

Giovanni semblait avoir une réelle admiration pour Constantin, pensa-t-elle.

— En tout cas, c'est ainsi que tout a commencé. L'Église et l'Empire ont mêlé leurs destins, l'un servant l'autre et inversement. On n'a plus crucifié personne le long des routes, mais un énorme crucifix a été érigé au-dessus de l'autel et Rome a fait évoluer sa façon d'inspirer la crainte : au lieu de gouverner par l'épée, ils ont gouverné par la peur de la damnation qui menaçait les pécheurs. Et tout cela grâce en très grande partie à un brillant empereur romain qui remodela le visage de la civilisation occidentale.

Charlotte soupira et secoua la tête.

— Vous disiez que vous étiez un bon catholique ?

— C'est exact, l'assura-t-il.

— Même en sachant tout ça ?

— *Parce que* je sais tout ça. Il y a une chose que vous devez comprendre : si ce que nous étudions en bas est le corps physique du Christ, cela ne contredit en rien les Évangiles originels. En revanche, cela pose assurément un gros problème à une Église qui a pris pas mal de libertés avec ses interprétations scripturaires.

— Et comment donc ! reconnut-elle volontiers. À votre avis, que penseraient les chrétiens si nos découvertes étaient rendues publiques ?

— Ils penseraient ce qu'ils veulent. Exactement comme vous et moi. La preuve est remarquable, mais pas déterminante. Donc les fidèles demeureraient fidèles, comme ils le sont restés après d'autres controverses. Mais ne vous méprenez pas : le christianisme serait assurément confronté à un dilemme considérable. Et dès que les médias s'empareraient de l'affaire, ce serait un cauchemar en matière de relations publiques.

— Est-ce qu'il reste une possibilité pour que ce soit un faux ?

Bersei soupira.

— Il faudrait que ce soit un faux sacrément bien fait, mais on ne sait jamais.

45

Jérusalem

Graham Barton louait un appartement au deuxième étage d'une tour luxueuse très bien située, rue Jabotinsky, dans la partie moderne de Jérusalem. Lorsqu'il le regagna, il était déjà vingt heures trente. Après tout ce qui était arrivé dans la journée, il n'aspirait plus qu'à un bon verre de cabernet sauvignon, un coup de téléphone à sa femme pour la rassurer et une longue nuit de sommeil.

L'attentat devant la Grande Synagogue avait fait avorter tous ses projets de la journée. Après avoir eu la confirmation de ce qui s'était produit, Razak était immédiatement parti pour la réunion du Waqf pendant laquelle il serait discuté de l'attitude à adopter face à ce nouveau drame. Dans Jérusalem, pratiquement tout le monde avait passé la journée scotché devant sa télévision à attendre les dernières nouvelles de l'attentat. Libre de son temps, Barton avait décidé de consacrer son après-midi au Wohl à rattraper une partie du travail négligé ces derniers jours. Quand Rachel lui proposa de venir prendre un verre avec un ami à dix-huit heures, il lui fallut faire appel à tout son arsenal déontologique pour décliner l'invitation. En vérité, il aurait adoré un peu de distraction.

Toute la journée, telles des furies sarcastiques, des images de croix templières avaient dansé dans sa tête. Elles tentaient de lui transmettre un message et de reconstituer une histoire miraculeuse qui ne demandait qu'à être écrite. Après avoir touché les os du bienfaiteur du Christ, il se torturait les méninges pour

272

identifier toutes les hypothèses : qu'aurait pu contenir l'ossuaire manquant ? Qui aurait pu savoir comment le trouver ?

Maintenant, témoin de la violence qui ravageait la ville, il se sentait obligé de découvrir rapidement de vraies réponses qui aideraient à résoudre la présente situation. Mais après son effroyable expérience de Gaza avec Razak, il se demandait lui-même si les Israéliens n'en savaient pas davantage qu'ils ne le disaient. Il craignait que les tueurs ne soient encore sur leur piste, à lui et Razak. *Pour qui travaillaient-ils ?* La question revenait lancinante.

Le problème, c'était qu'il n'avait encore rien trouvé de pertinent pour l'enquête – tout au moins rien qui pouvait intéresser les autorités. Comme promis, il avait fait des recherches auprès de ses contacts internationaux sur les marchés des antiquités. Mais aucun mouvement suspect n'avait pour l'instant pu être observé.

Sans aucun doute possible, Topol et Teleksen allaient bientôt revenir pour lui mettre la pression.

En insérant la clé dans la serrure de son appartement, il remarqua vaguement trois silhouettes qui montaient l'escalier derrière lui. Il se pencha par-dessus la rambarde pour mieux voir. Et c'est à cet instant que Topol, précisément, accompagné de deux policiers en tenue – de véritables armoires à glace – apparurent en haut des marches et s'approchèrent d'un pas raide.

Topol le salua d'un vague hochement de tête.

— Bonsoir, monsieur Barton.

Un mauvais pressentiment envahit l'Anglais. Une visite nocturne de policiers, plus tôt que prévu... et à son domicile qui plus est. Rien de bon ne pouvait sortir de ça, songea-t-il. Il regarda leurs pistolets dans leurs étuis. La vision de tant d'armes exhibées rendait nerveux ce sujet britannique.

— Bonsoir à vous, commandant.

— Je suis content de vous voir ici.

Topol posa sur lui des yeux durs et fixes.

— Cela va rendre notre visite plus constructive.

Le cœur battant, Barton lui répondit :

— Dans quel sens ?

— S'il vous plaît, entrons à l'intérieur.

Le major général désigna la porte.

Avec une hésitation, Barton pénétra à l'intérieur et alluma les lumières. Les policiers lui emboîtèrent le pas.

L'appartement était un avantage en nature que lui avait octroyé l'AAI. Il comprenait un espace de réception spacieux où il invita ses visiteurs à s'asseoir. Seul Topol accepta tandis que ses deux acolytes se positionnaient de chaque côté de la porte comme des serre-livres.

Le major général alla droit au but.

— On m'a demandé de perquisitionner votre domicile et j'aimerais que vous coopériez.

Stupéfait, Barton ne savait pas trop quoi répondre.

— Quoi ? Mais pourquoi ?

— J'aimerais mieux ne pas aborder cette question pour l'instant. J'ai obtenu l'autorisation idoine.

Il présenta un document qui semblait officiel et le tendit à l'archéologue.

— Vous pouvez le lire pendant que nous nous y mettons.

Naturellement, le mandat était en hébreu. Topol fit un signe de tête aux deux serre-livres et ils disparurent dans la pièce adjacente.

— Voulez-vous vider vos poches ?

— Quoi ? Suis-je en état d'arrestation ?

Barton ne s'était pas attendu à ce que le coup de téléphone à sa femme puisse avoir pour conséquence de l'obliger à se poser des questions concernant les droits civils d'un étranger de passage dans ce pays. Devait-il protester ?

— Pour le moment, nous ne faisons que parler, expliqua Topol. Si vous pensez vous sentir plus à l'aise au commissariat, nous pouvons nous y rendre tout de suite.

Barton hocha la tête obligeamment.

— J'ai reçu un appel téléphonique très perturbant du Waqf.

— Oh ?

— Vos poches, s'il vous plaît, insista Topol.

Du doigt, il l'invitait à tout déposer sur la petite table.

D'une manière ou d'une autre, le major général obtiendrait ce qu'il voulait, comprit Barton. Essayant de ne pas montrer son inquiétude, il commença à vider le contenu de ses poches : un portefeuille, son passeport britannique, les clés du Wohl, des tickets de bus...

— Il semble que certaines choses aient disparu, poursuivit Topol.

Les bruits qui provenaient du fond de l'appartement n'avaient rien de discret : des tiroirs ouverts, des meubles déplacés... Autant d'indices permettant d'affirmer que l'inspection de Topol serait rigoureuse.

Avec une immense réticence, Barton plongea la main dans sa poche de poitrine et en sortit le cylindre de bronze, certain qu'il allait susciter la curiosité du policier, puis le vélin dans son sachet plastique, accompagné de sa traduction pliée en quatre. Il déposa le tout sur la table et tenta de jauger l'expression de Topol.

Le major leva les sourcils. Il pencha légèrement la tête sur le côté, comme un chien curieux, pour regarder l'étrange texte du rouleau. Mais pour lors, il le négligea.

— Depuis le début de cette enquête, j'ai eu des soupçons. Pour organiser ce casse, les voleurs ont dû bénéficier de l'aide d'une personne à l'intérieur. Or le chef du Waqf a exprimé des préoccupations du même ordre. Et après avoir entendu ce qu'il avait à me dire aujourd'hui, je dois admettre que je suis enclin à me ranger à son point de vue.

Topol se rappelait sa discussion avec Teleksen en fin de soirée la veille. Trouver une solution rapide était essentiel pour éviter d'autres effusions de sang.

Les épaules de Barton s'affaissèrent.

— Je ne suis pas certain de comprendre ce que vous voulez dire.

— L'opération a nécessité des déplacements d'armes et d'explosifs extrêmement compliqués à organiser, ricana le policier. Sans parler de la main-d'œuvre qualifiée. Seul quelqu'un disposant d'importants passe-droits a pu mener à bien cette opération. Quelqu'un ayant accès au port. Quelqu'un d'extrêmement bien versé dans l'histoire du Mont du Temple, et qui savait précisément quels trésors étaient enfouis dans cette chambre secrète. Selon le Waqf, cette personne, ce serait... vous.

Barton se sentit suffoquer.

— Vous devez plaisanter. Je sais qu'après l'attentat d'aujourd'hui il y a urgence à trouver des coupables. Mais c'est...

La main de Topol fendit l'air.

— Un hélicoptère et deux pilotes israéliens sont toujours portés manquants...

Barton vit les yeux du policier s'abaisser pendant qu'il disait cela. Pouvait-il être au courant de l'entrevue de Gaza ? Connaissait-il l'existence du pêcheur et savait-il que des débris du Black Hawk avaient été récupérés ?

— Il se pourrait bien que les pilotes soient impliqués dans cette affaire... qu'ils aient aidé au bon déroulement de l'opération, développa Topol. Peut-être que quelqu'un de l'intérieur les a approchés ? Peut-être que cette personne a su... motiver ces soldats.

Barton demeurait immobile.

— Vous savez que je ne peux en aucune façon être impliqué là-dedans.

Le visage du major restait de marbre.

— On m'a dit que vous vous êtes fait un nom en fournissant des antiquités rares à des clients européens.

— Des musées, clarifia l'archéologue.

— C'est un service assez lucratif, non ?

Barton n'entendait pas aller plus avant dans cette discussion, pas sans la présence d'un avocat.

— Vu la nature de votre travail avec l'AAI, on vous a aussi délivré un laissez-passer privilégié pour accéder à la Vieille Ville. Vous entrez et sortez du matériel à volonté... et sans être fouillé.

— Comment aurais-je pu introduire des explosifs dans la ville ?

Barton haussait maintenant le ton.

— Il y a des détecteurs partout, continua-t-il.

— Ça n'était pas bien difficile. Nos chimistes ont analysé les résidus de plastic utilisé. Normalement, un marqueur chimique, du diméthyl-dinitrobutane, est intégré à l'explosif pour permettre de le détecter. Or, dans notre affaire, il n'y en avait pas. Vous voyez, monsieur Barton... ces explosifs étaient du matériel militaire. Qui vous a peut-être été fourni par nos pilotes manquants.

L'un des policiers entra en trombe dans la pièce. Son irruption fit momentanément retomber la tension. Il tenait quelque chose dans un grand sac plastique.

Perplexe, Barton regarda avec méfiance le paquet. Qu'est-ce que ce sac pouvait bien contenir ? L'objet avait l'air volumineux.

Sans se lever, Topol sortit un gros outil du plastique et lut à haute voix le nom du modèle sur le boîtier noir du moteur : Flex BHI 822 VR.

— Je vois qu'il s'agit d'un matériel de fabrication européenne.

Topol passa son doigt sur la longue mèche creuse encore fixée au mandrin. Son extrémité circulaire était tranchante comme une lame de rasoir.

— Une foreuse. Elle vous appartient ?

Peu après le vol, l'équipe d'analyse des scènes de crime de Topol avait trouvé la perceuse utilisée abandonnée sur le sol. Sans aucune empreinte. Ce matin, Topol s'était occupé de supprimer de tous les rapports les informations concernant la découverte de cet outil sur place.

Le teint de l'archéologue vira au gris.

— C'est la première fois que je vois cette chose, bredouilla-t-il faiblement.

Il entendait à peine les voix qui l'entouraient comme si tout se mettait à fonctionner au ralenti. Était-il vraiment en train de vivre cette scène ?

— Et qu'avons-nous ici ?

Topol se pencha et récupéra le vélin sur la table. Il regarda le parchemin avec curiosité.

— Ceci ressemble fort à un parchemin.

Il déplia la feuille de papier contenant la photocopie et la transcription l'accompagnant.

— Je ne suis pas un spécialiste de la Bible, monsieur Barton, mais ce texte me semble impliquer l'existence d'une chambre funéraire sous le mont Moriah. Et si je ne me trompe pas, ce Joseph d'Arimathie n'a-t-il pas un certain rapport avec Jésus-Christ ? N'est-il pas lié aux légendes tournant autour du Saint-Graal, une relique inestimable pour ceux qui y croient ?

Il y avait une nuance sarcastique dans la voix de Topol qui persuadait Barton que le policier était déjà, d'une manière ou d'une autre, au courant pour le parchemin. Des gouttes de sueur perlaient sur le front de l'Anglais. Les murs paraissaient se rapprocher.

— On vous a donné accès à la scène du crime et, en retour, vous avez trafiqué des preuves capitales. Vous avez gratté des inscriptions sur le mur. Vous avez emporté les ossuaires restants.

— Quoi ?

Tétanisé, Barton n'en croyait pas ses oreilles.

— Vous êtes complètement dingue ?

— Vous m'avez très bien entendu. Le Waqf nous a signalé que les neuf ossuaires avaient mystérieusement disparu. Le voleur est apparemment toujours parmi nous.

Que les ossuaires aient soudainement disparu était vraiment perturbant, mais la première accusation du major frappa plus encore le Britannique.

— Gratter les inscriptions du mur ? Qu'est-ce que ça veut dire ?

Topol s'attendait à cette question. D'une poche de sa veste, il tira une photo et la tendit à Barton.

— Voyez vous-même. Ce cliché a été pris par l'équipe qui a analysé la scène du crime la veille de votre arrivée.

Stupéfait, Barton constata que l'image parfaitement cadrée était celle de la tablette de pierre fixée au mur de la crypte. Une liste de neuf noms... et un motif parfaitement visible représentait un dauphin lové autour d'un trident. Il avait déjà vu ce symbole et connaissait bien son origine. Ce qu'il impliquait l'ébranla au plus profond de son être. Mais il ne pouvait pas s'occuper de cette question pour le moment. Il avait d'abord besoin de sauver sa peau.

— Quand j'ai accepté de participer à cette enquête, je ne m'attendais pas franchement à me retrouver dans la peau de l'accusé.

Topol ignora cette remarque. Le second policier revint et le chef désigna Barton à ses subordonnés.

46

Paris, France

18 mars 1314

Les mains liées dans le dos, escorté par des gardes, Jacques de Molay gravissait les marches de l'estrade de bois dressée devant la cathédrale Notre-Dame. Levant les yeux sur ce qu'il considérait jadis comme un chef-d'œuvre d'architecture transcendante, Molay ne voyait plus que le squelette de pierre d'un gigantesque démon : les grands arcs-boutants figuraient ses côtes géantes, les tours jumelles ses cornes, la rosace flamboyante un énorme œil malfaisant. Il entendait le bruit de la Seine qui s'enroulait autour de l'île de la Cité. Le fleuve séparait la petite île du reste de la ville comme s'il s'agissait d'isoler un cancer.

Baissant les yeux vers le porche de la cathédrale, il balaya du regard la délégation pontificale assise au sommet des marches, cherchant le visage répugnant de Clément. Sa démarche auprès du roi Philippe en vue de rétablir l'ordre ayant lamentablement échoué, le maudit traître n'avait pas eu le courage ou la décence de se montrer. Trois cardinaux occupaient les places centrales pour officier en tant qu'inquisiteurs.

Avide de contempler un héros déchu sur le point de connaître une fin tragique, une grande foule s'était rassemblée pour assister à ce procès au pied levé. Molay se sentait dans la peau d'un acteur, seul sur une scène inquiétante. Mais quelques instants plus tard, trois autres dignitaires templiers surgirent de l'escalier de bois et furent poussés près de lui.

Avec fierté, Jacques de Molay les regarda l'un après l'autre : Geoffroy de Charnay, Hugues de Pairaud et Geoffroy de Gonneville, tous hommes honorables qui avaient noblement servi l'Ordre. Malheureusement, ils s'étaient eux aussi trouvés en France, sept ans plus tôt, lorsque le roi Philippe avait ordonné à ses troupes de prendre par surprise les templiers.

Peu après, la farce commença. Des prêtres caustiques défilèrent pour exciter la foule en lui servant de fougueux témoignages, fatras d'accusations et de fausses allégations contre les chevaliers templiers. Ils insistèrent sur les récits glauques relatifs à l'homosexualité et au culte du démon, dès lors que ces mensonges exacerbaient les réactions de la foule. Puis, alors que Molay écoutait consterné, un prêtre lut un document à la foule. Dans celui-ci, le grand maître confessait sous sa signature l'intégralité des accusations portées contre lui. Jacques de Molay n'avait jamais vu ce document auparavant.

Les mensonges brûlaient les oreilles du vieux templier comme des charbons ardents, mais il conservait son air de défi et levait de temps en temps les yeux vers les gargouilles de pierre de la façade de Notre-Dame qui fixaient le sol.

Le silence tomba abruptement sur la scène quand un cardinal se leva et tendit un doigt accusateur vers le chef suprême du Temple. Le prélat se mit à hurler :

— Et toi, Jacques de Molay, le démon même qui dirige cet ordre impie, que réponds-tu aux accusations présentées ici ? Admets-tu une fois pour toutes ta culpabilité en reconnaissant que ces confessions sont ton testament afin que tu puisses retrouver ta dignité en présence de Dieu ?

Ébahi, Molay dévisageait le cardinal. Comment avait-il pu jadis servir loyalement des hommes comme celui-là ? s'étonnait-il. Tant de templiers étaient morts au nom du Christ en Terre sainte. Il eut envie de dénoncer haut et fort les mensonges que ces bâtards de peu de foi avaient propagés au cours des siècles pour discréditer ces hommes qui s'étaient sacrifiés. Mais personne ne croirait jamais les choses invraisemblables qu'il avait apprises, pas plus qu'on ne croirait à l'existence des reliques tout aussi stupéfiantes qui demeuraient cachées sous le site du temple de Salomon à Jérusalem et qui corroboraient pourtant ces vérités. Sans preuve à présenter, il ne ferait que ternir un peu plus sa réputation et jouerait le jeu de ses accusateurs. Molay se consolait en sachant qu'un jour la vérité serait connue… *et malheur à tous ceux qui essayaient de la nier*, pensa-t-il. Il était conscient que ces hommes étaient déterminés à le détruire. Qu'il meure aujourd'hui ou après des années de lente déchéance dans une cellule immonde, il était de toute façon condamné. Telle était la finalité du vicieux dessein du roi.

Le grand maître scruta ses trois amis au plus profond des yeux et il y lut une même détermination sous un fin voile de peur. La fraternité durerait jusqu'à l'ultime fin.

S'éclaircissant la gorge, Molay regarda le cardinal.

— Il est juste qu'à l'heure où la vie doit m'être enlevée par ceux-là mêmes que j'ai si loyalement servis, je puisse révéler les tromperies ici présentées et laisser la seule vérité sortir de mes lèvres. Devant Dieu et tous ceux qui sont témoins de cette injustice…

Ses yeux survolèrent la foule.

— … j'admets que je suis coupable d'une grave iniquité. Mais pas de celles que mes accusateurs ont fabriquées.

Il ramena ses yeux vers le cardinal.

— Je ne suis coupable, continua-t-il, que de la honte et du déshonneur d'avoir reconnu, sous la torture et face à la menace de la mort, de fausses accusations ignobles portées contre l'ordre templier. Je déclare devant vous que les nobles hommes qui ont servi cette Église pour protéger le christianisme ont été injustement diabolisés. Par conséquent, je refuse de déshonorer davantage mes frères en ajoutant un autre mensonge à votre liste.

Abasourdi par la réfutation éhontée du prisonnier, le cardinal debout demeura un long moment tétanisé, muet de stupeur, avant de pouvoir reprendre la parole :

— En abjurant ta confession sous serment, tu ne me laisses pas d'autre choix que d'invoquer le décret du roi Philippe qui te condamne à périr par le feu.

Molay esquissa un sourire triste. Finalement, la fin allait venir.

Puis le cardinal s'adressa aux trois autres templiers et les condamna à un emprisonnement à vie. Molay fut choqué d'entendre Hugues de Pairaud et Geoffroy de Gonneville confesser les accusations.

Dans la foulée, le cardinal réclama la même confession de Geoffroy de Charnay.

Mais pris d'une soudaine frénésie, Charnay montra les dents et hurla :

— Moi aussi je dénonce toutes les accusations portées contre moi ! Car Dieu m'est témoin, ces mensonges ne servent qu'un pape méprisant et un tout aussi inique souverain. Le seul homme juste ici aujourd'hui est Jacques de Molay. Je l'ai suivi au combat et je le suivrai pour aller me présenter devant Dieu.

Le cardinal fulminait.

— Ton vœu va être exaucé !

Jacques de Molay et Geoffroy de Charnay furent alors poussés vers un bateau pour un petit trajet jusqu'à l'îlot voisin des Javiaux[1], un site où des dizaines de templiers avaient déjà été brûlés vifs.

Le soleil s'évanouissait sur l'horizon et l'obscurité tombait sur Paris.

Alors que les deux prisonniers étaient escortés vers des poteaux, déjà noircis par la chair carbonisée, Molay se tourna vers son frère templier. Les années de torture et d'emprisonnement avaient métamorphosé Charnay en l'ombre du robuste guerrier qu'il avait connu en Terre sainte. Mais l'expression de l'homme demeurait étonnamment résolue.

— Rappelle-toi ce que nous avons laissé derrière nous à Jérusalem, lui glissa le grand maître. Le Seigneur récompensera justement ton service et ton sacrifice. Et le jour de Son jugement viendra bientôt, Geoffroy. Tu as fait la plus noble action qu'un homme puisse accomplir. Tu as servi Dieu. Laisse ce corps brisé derrière toi et ne regarde pas en arrière. Ce soir, ton âme sera libre.

— Béni sois-tu, Jacques, lui répondit Charnay. Ce fut un honneur pour moi de servir à tes côtés.

Alors que les soldats plaquaient Molay contre le poteau, le grand maître se tourna vers eux.

— Je ne suis plus une menace pour vous désormais, insista-t-il. Déliez mes mains pour que je puisse prier dans mes derniers instants.

---

1. Ou île aux Juifs, correspondant aujourd'hui à l'emplacement du square du Vert-Galant, en aval du pont Neuf, à l'autre extrémité de l'île de la Cité par rapport à Notre-Dame.

À contrecœur, les gardes tranchèrent les cordes des poignets du vieil homme, mais ils entravèrent son corps au pieu à l'aide de lourdes chaînes. Le bois entassé autour du dignitaire du Temple était encore vert. Sur ordre formel du roi Philippe, sa mort devait être lente. Une mort… à petit feu.

Regardant par-dessus son épaule, Molay adressa son dernier merci à Charnay, enchaîné au poteau derrière lui. Quand le bûcher fut allumé, les cloches de Notre-Dame se mirent à sonner.

La chaleur montait le long des pieds et des jambes du vieux guerrier. Les langues de feu commencèrent à lentement griller le bas de son corps. Quand le brasier s'intensifia, sa chair rôtit et des cloques rouges se formèrent sur la peau. Les pieds noircissaient. Et l'enfer s'accrut encore. Molay hurla dans les affres du martyre. Les flammes léchaient ses jambes et remontaient toujours un peu plus haut. Il ne pouvait quasiment plus entendre les cris de Charnay. Joignant ses mains, il les leva vers le ciel et s'écria :

— Maudits soient ceux qui nous ont injustement condamnés ! Que Dieu nous venge et précipite ces hommes en enfer !

Et alors que son corps se consumait, Jacques de Molay sentit son esprit s'élever.

Les flammes infernales du bûcher engloutirent le grand maître du Temple. Ses restes mortels n'étaient plus qu'une torche brillante sur l'écran de la nuit.

VENDREDI

47

Rome

Pieds nus et en robe de chambre, Giovanni Bersei ouvrit la porte d'entrée de sa pittoresque maison de ville surplombant le parc magnifique de la villa Borghese. Sur le seuil, il récupéra l'édition du matin du *Messaggero*. Au-dessus des toits voisins, le soleil éclairait à peine le bleu profond de la nuit et les lampadaires bordant la rue vide dispensaient encore leur lumière chaude.

C'était son moment favori de la journée.

Bersei s'apprêta à rentrer dans sa maison, mais il fit une pause pour regarder la grille de fer qui attendait encore d'être accrochée à son support sur la façade. Carmela le tannait depuis trois semaines pour qu'il la fixe. Il se promit de le faire dans la journée. Après avoir refermé la porte, il fila directement vers la cuisine.

Scrupuleusement programmée à l'aide d'un minuteur, la cafetière était déjà pleine. L'anthropologue se versa une tasse et s'assit pour goûter le silence pendant un long moment. Ses mains en coupe autour du lourd bol de porcelaine, il buvait lentement le café noir pour savourer l'arôme profond et riche. Qu'y avait-il de mieux qu'un grand bol de café ? Il jurait qu'il n'existait pas meilleur élixir.

La nuit passée, il n'avait pas bien dormi du tout. L'esprit en ébullition, il n'avait cessé de penser et de repenser à l'ossuaire, au squelette et au symbole bouleversant qui accompagnait les reliques. À la seule idée d'avoir pu toucher la dépouille de Jésus-Christ, il se sentait honteux, démuni, désireux de trouver une explication. Bersei était un catholique pratiquant, un homme qui croyait en la véracité de la plus puissante histoire jamais racontée. Il se rendait à l'église tous les dimanches et priait souvent. Et plus tard, dans la matinée, le Vatican allait lui demander un compte rendu de ses découvertes. Comment pouvait-il rendre compte de ce dont il avait été témoin au cours des derniers jours ?

Grattant la barbe grise naissante de son menton, il chaussa ses lunettes de lecture et commença à parcourir la une du journal. Un titre s'étalait en bas de la page : MUSULMANS ET JUIFS FURIEUX RÉCLAMENT LA VÉRITÉ SUR LE VOL DU MONT DU TEMPLE. Il l'ignora et passa directement aux bandes dessinées. Mais, réflexion faite, il revint à la une.

Si les articles évoquant les délicats problèmes politiques de la Terre sainte alimentaient régulièrement les médias, Bersei avait cru remarquer qu'ils occupaient encore davantage le devant de la scène ces derniers jours. Pourquoi avait-il décidé soudain de s'intéresser à celui-là ? Peut-être était-ce à cause de toutes ses discussions au laboratoire sur l'ancienne Judée, Ponce Pilate et la crucifixion. Une photo accompagnait le papier : elle montrait des soldats et des policiers israéliens essayant de contenir des manifestants juste devant le célèbre mur des Lamentations, le mur occidental du Mont du Temple.

Il lut le reportage.

> Après les violences de vendredi sur le Mont du Temple de Jérusalem, les officiels islamiques insistent auprès du gouvernement israélien pour que celui-ci fournisse toutes les informations dont il dispose concernant la mystérieuse explosion qui a infligé de sérieux dommages au site. Les juifs résidents réclament quant à eux des réponses à propos de la mort de treize soldats des forces de défense israéliennes tués au cours de l'affrontement qui a éclaté peu après la déflagration. Jusqu'à présent, les autorités ont simplement confirmé qu'un hélicoptère militaire israélien avait été utilisé pour évacuer du site les malfaiteurs supposés...

— Pas bon, murmura-t-il.

> ... Beaucoup critiquent les officiels israéliens qui font mine d'ignorer les rumeurs prétendant que l'incident avait pour motif le vol d'objets religieux sur le site.

288

— Des objets religieux ?

— Qu'y a-t-il, mon chéri ?

En robe de chambre bleu clair sur son pyjama de soie, Carmela venait d'apparaître à la porte. Elle se pencha pour lui embrasser le crâne avant d'aller se chercher une tasse dans le placard. Ses chaussons roses duveteux glissaient sur le carrelage.

— Probablement rien. J'étais juste en train de lire un article sur tout ce remue-ménage en Israël.

— Ils n'arriveront jamais à s'entendre, dit-elle.

Carmela se versa du café dans son mug favori en forme de tête d'éléphant avec une trompe incurvée en guise de poignée.

— Tout ce qu'ils savent faire, ajouta-t-elle, c'est s'entre-tuer.

— On dirait, admit-il.

La voir sans maquillage et les cheveux défaits le fit sourire intérieurement. Ils vivaient depuis si longtemps ensemble.

L'anthropologue se concentra de nouveau sur sa lecture. L'article parlait des récents efforts entrepris en vue d'un accord de paix formel et durable entre Israéliens et Palestiniens.

— Est-ce que tu comptes revenir tôt ce soir à la maison ?

— Possible, répondit-il préoccupé.

Carmela baissa le journal pour capter son attention.

— Je me disais que tu pourrais peut-être m'emmener dans ce nouveau petit resto dont Claudio et Anna-Maria ont parlé l'autre soir.

— Bien sûr, mon cœur. Ce serait merveilleux. Tu veux réserver pour huit heures ?

— Et avant d'y aller, ce serait bien que tu trouves un moment pour fixer cette grille, non ?

Bersei lui sourit.

— Je vais voir ce que je peux faire.

— Je remonte prendre ma douche.

Elle quitta la pièce avec sa tasse.

Bersei reprit la lecture de son article là où il l'avait arrêtée. C'est à cet instant qu'il crut recevoir un violent coup de poing dans le ventre. Là, sous ses yeux, s'étalait le portrait-robot d'un homme qui lui semblait par trop familier.

Une légende complétait le dessin, légende que ses lèvres ne purent s'empêcher de formuler à haute voix.

— « Le suspect serait un homme blanc de type caucasien, d'approximativement un mètre quatre-vingts pour

289

quatre-vingt-huit kilos. Les autorités pensent qu'il voyage sous l'identité d'emprunt de Daniel Marrone. Elles cherchent toute information concernant ses déplacements. »

Soudain, tout lui parut évoluer autour de lui au ralenti. Il s'effondra sur sa chaise.

Il n'y avait qu'une explication possible : d'une manière ou d'une autre, le Vatican était impliqué dans les événements en Israël. Mais c'était *impossible*. Enfin l'était-ce vraiment ? raisonna-t-il.

Bersei essaya de remettre de l'ordre dans les événements des jours passés. Selon les médias, ce vol à Jérusalem avait eu lieu le vendredi précédent. Une semaine plus tôt. Tant lui que Charlotte avaient été appelés au Vatican peu après. Elle avait atterri à Rome le dimanche après-midi. Lui était arrivé le lundi matin, peu avant le retour du père Donovan et de Salvatore Conte avec leur mystérieuse caisse.

Bien sûr. Il se rappela les marques que les sangles en tissu avaient laissées dans la patine de l'ossuaire. Il ne soupçonnait plus une extraction négligente. Il devinait une extraction *précipitée*. Un casse ?

Il se souvint de l'expression du père Donovan quand il avait ouvert la caisse. Dans ses yeux, il avait décelé de l'anxiété... et quelque chose d'autre. L'étiquette d'expédition ferroviaire de la caisse était encore imprimée dans son cerveau. Bari, le lieu de repos ultime de saint Nicolas. La station touristique animée sur la côte est de l'Italie face à l'Adriatique avec ses liaisons maritimes directes vers toute la Méditerranée... et Israël. Bari se trouvait à cinq cents kilomètres de Rome. Probablement à moins de cinq heures par le rail, supposa-t-il. Mais au moins deux mille kilomètres devaient la séparer d'Israël.

Certes, il fallait un bateau extrêmement rapide, songea-t-il. Mais à raison d'une vitesse de vingt nœuds – soit un peu plus de trente-sept kilomètres à l'heure –, c'était jouable en deux jours. Peut-être deux jours et demi et une autre demi-journée pour traverser l'Italie. Suffisant pour que le colis soit acheminé jusqu'au Vatican et qu'il y soit réceptionné peu après leur arrivée.

Bersei revint à son article. Treize soldats israéliens avaient été tués. Les malfaiteurs très professionnels n'avaient laissé aucun indice significatif derrière eux.

Le Vatican était-il *réellement* capable de monter une telle opération ? Mais alors pourquoi utiliser un hélicoptère israélien ? Tout cela n'avait aucun sens. Le père Donovan – *un prêtre, nom de Dieu !* – n'était certainement pas capable d'un tel forfait.

Mais Salvatore Conte... Il contempla de nouveau le portrait-robot et ne ressentit rien d'autre que de la peur.

Bersei envisagea une seconde théorie. Peut-être que le Vatican avait acheté l'ossuaire à ceux qui l'avaient volé et qu'il s'était involontairement retrouvé embarqué dans ce drame. Mais même dans cette hypothèse, l'affaire pouvait se révéler très problématique pour la cité pontificale qui risquait de toute façon d'être accusée de complicité. Une chose était certaine : la relique se trouvant dans les sous-sols du Vatican avait une provenance très douteuse.

Que pouvait-il faire ? Devait-il en parler à Charlotte ? Devait-il aller trouver les autorités ?

Tu ne peux pas porter de folles accusations sans preuves tangibles, se dit-il en lui-même.

Reposant le journal, Giovanni se dirigea vers le téléphone et pria l'opérateur de le mettre en communication avec le poste local des *carabinieri*, les gendarmes italiens, qui arpentaient les rues de Rome armés de mitraillettes comme si la ville était constamment sous le coup de la loi martiale. Il entendit une jeune voix masculine et Giovanni demanda à parler à l'inspecteur de permanence. Après quelques brèves questions, le jeune *carabiniere* expliqua à Giovanni qu'il devait parler à l'inspecteur Armando Perardi qu'on n'attendait pas au bureau avant neuf heures et demie.

— Puis-je avoir sa boîte vocale ? s'enquit Bersei.

La ligne cliqueta et se tut quelques secondes avant que la voix de l'inspecteur Perardi ne susurre un bonjour morne. Giovanni attendit le bip, puis laissa un court message. Il lui demandait un rendez-vous dans la matinée pour discuter d'un lien romain possible avec le vol de Jérusalem. Il laissa son numéro de portable. Pour le moment, il n'avait encore fait aucune mention du Vatican. Cela ne pouvait que rendre les choses difficiles dès lors que le Vatican était un pays autonome. Après qu'il eut raccroché, Bersei courut à l'étage s'habiller. Il allait devoir agir vite.

Après avoir garé sa Vespa dans le parking du personnel à l'extérieur du musée du Vatican, Giovanni franchit rapidement l'entrée de service à l'arrière du musée Pio-Chrétien.

Lorsque les portes de l'ascenseur s'ouvrirent sur le couloir du sous-sol, une vague de panique l'envahit. Il espérait que personne d'autre n'avait eu l'idée de venir ici de si bonne heure. Un regard à sa montre lui confirma l'heure : sept heures trente-deux.

Pour ce qu'il avait à faire, il devait être seul. Il n'avait pas le droit d'entraîner Charlotte Hennesey là-dedans. Et s'il se trompait, après tout ?

Plus Bersei s'avançait dans le couloir, plus il avait la sensation de s'engouffrer dans la gueule d'un monstre animé d'une vie propre, tel Jonas avalé par la baleine. Il gagna la porte du laboratoire sur la pointe des pieds et introduisit sa clé magnétique pour l'ouvrir. Un dernier coup d'œil par-dessus son épaule lui confirma que le couloir était toujours vide. Une fois dans la salle, il se dirigea droit vers son poste de travail.

Les clous et les pièces de monnaie se trouvaient toujours sur le plateau. À côté d'eux était posé le dernier des mystères de l'ossuaire : le cylindre du parchemin. Le rouleau l'attirait irrésistiblement. Or, si ses pressentiments étaient justes, il n'aurait pas d'autre opportunité de le lire dans l'avenir. Et quelque chose lui soufflait avec insistance qu'il contenait des éléments décisifs sur l'origine de la relique.

L'examen méticuleux de l'ossuaire et de ses reliques laissait peu de doute quant à la provenance du tout : Israël. La pierre et sa patine étaient toutes deux spécifiques de cette région. Il regarda le squelette reconstitué sur le plan de travail : les os aussi confirmaient la genèse de la relique. Les crucifixions étaient courantes en Judée au cours du Ier siècle. Observant une dernière fois l'ossuaire, il laissa ses doigts effleurer le symbole chrétien primitif du Christ, le détail qui avait fait s'effondrer le dernier mur de son doute.

Tous ces éléments accablaient le Vatican. Comment n'avait-il pas fait plus tôt le rapprochement ? se reprocha Bersei. Mais tout semblait déjà si invraisemblable.

Sur le plateau, il récupéra le cylindre et enleva la capsule descellée. Puis il en sortit le rouleau. Le cœur battant, il déroula le vélin avec une extrême précaution. Nerveusement, il balaya la pièce du regard. Il aurait juré que des yeux invisibles l'observaient.

Et des questions lancinantes le tourmentaient. Comment une relique aussi fondamentale avait-elle pu rester cachée aussi longtemps ? Si les os étaient réellement ceux de Jésus – ou même simplement d'un de ses contemporains –, pourquoi n'avait-on jamais eu vent de leur existence ? Et indépendamment de l'identité réelle de cet homme, comment se faisait-il que le Vatican n'ait découvert ce secret que maintenant, deux mille ans plus tard ?

Mais il lui fallait revenir dans le vif du sujet.

Aplanissant délicatement le rouleau de vélin, Bersei sentit monter en lui une vague d'émotions contradictoires. Il était convaincu que cet ancien document pouvait fournir la preuve ultime, peut-être même confirmer ou infirmer la véritable identité du mort.

L'anthropologue put immédiatement constater que le rouleau de parchemin était aussi magnifiquement préservé que les os et les autres reliques. Quant à son contenu, il pouvait s'agir de quantité de choses. Les dernières volontés et le testament du défunt ? Une ultime prière scellée par ceux qui avaient inhumé le corps ? Peut-être même un arrêt expliquant pourquoi cet homme avait été crucifié.

Lorsque Bersei prit le document entre ses doigts, ceux-ci se mirent à trembler de manière irrépressible.

Une sorte d'encre avait été utilisée pour calligraphier le texte soigné. Un examen plus précis lui révéla qu'il s'agissait de grec koinè, le dialecte que l'on appelait parfois le « grec du Nouveau Testament » et la *lingua franca* officieuse de l'Empire romain jusqu'au IVᵉ siècle.

Cette constatation permettait déjà de supposer que son auteur était bien éduqué. Peut-être s'agissait-il d'un Romain.

Sous le texte, il y avait un dessin très détaillé qui paraissait remarquablement familier.

Quand il déchiffra le message ancestral – aussi clair que bref –, il se détendit. Pendant un moment, il demeura assis là en silence.

Puis il reporta son attention sur le dessin accompagnant le texte. De nouveau, l'anthropologue fut convaincu d'avoir déjà vu cette image. Sourcils froncés, il la regarda intensément. Réfléchissons. *Réfléchissons*.

C'est alors que ça lui revint. Le visage de Bersei pâlit. *Bien sûr !*

Oui, assurément, cette image ne lui était pas inconnue. Et l'endroit où il était censé l'avoir vue ne se trouvait qu'à quelques kilomètres de là, dans les faubourgs de Rome, profondément enfoui sous la cité. Instantanément, il sut qu'il allait devoir s'y rendre dès que son travail ici serait achevé.

Filant vers le photocopieur installé dans un angle de la salle, il aplatit le parchemin sur la vitre, ferma le couvercle et fit une copie. Une fois cette tâche accomplie, il replaça le rouleau dans le cylindre et le reposa à côté des autres reliques. Puis il plia la photocopie et la glissa dans sa poche.

Au moment de rassembler des preuves pour étayer ses accusations contre le Vatican, une nouvelle sensation paranoïde d'insécurité l'envahit. Mais il avait besoin d'informations utilisables par les carabiniers pour enquêter sur l'affaire.

Les nerfs à vif, Bersei relia son ordinateur portable à l'unité centrale principale et commença à copier les dossiers sur son propre disque dur : le profil complet du squelette, les photos de l'ossuaire et des reliques, les résultats de la carbodatation... Tout !

Il consulta de nouveau sa montre. Sept heures quarante-six. Il ne restait plus beaucoup de temps.

Quand il eut fini de copier le dernier dossier, il ferma le portable et le remit dans son sac. Emporter quoi que ce soit d'autre aurait pu paraître suspect.

— Hé, Giovanni, l'interpella une voix familière.

Il se retourna. Charlotte ! Il ne l'avait pas entendue arriver.

En passant près de lui, elle remarqua qu'il n'était pas dans son état normal.

— Tout va bien ?

Il ne sut que répondre.

— Vous arrivez tôt.

— Je n'ai pas bien dormi. Vous allez quelque part ?

Il paraît effroyablement nerveux, pensa-t-elle.

— J'ai un rendez-vous. Il faut que je m'en aille.

— Oh.

Elle regarda sa montre.

— Vous serez de retour pour la réunion ?

Bersei se leva et passa la bandoulière de son sac sur son épaule.

— À dire vrai, je n'en suis pas certain. J'ai un problème important à régler.

— Plus important que notre présentation ?

Il évitait les yeux de la jeune femme.

— Quelque chose ne va pas, Giovanni. Dites-moi ce que c'est.

L'anthropologue scruta minutieusement les murs, comme s'il entendait des voix.

— Pas ici, répondit-il. Accompagnez-moi dehors et je vous expliquerai.

Bersei ouvrit la porte principale et pencha la tête dans le couloir. La voie était libre. Il lui fit signe de le suivre.

Il sortit calmement et Charlotte lui emboîta le pas après avoir refermé la porte derrière elle.

Dans son petit poste de surveillance temporaire, Salvatore Conte demeura assis parfaitement immobile jusqu'à ce que les pas se soient évanouis dans le corridor. Puis il retira le téléphone de sa base.

Santelli répondit à la seconde sonnerie. À la voix hésitante du vieil homme, Conte devina qu'il venait de le réveiller.

— Nous avons un réel problème.

Le cardinal comprit ce qui se passait. Il s'éclaircit la gorge.

— Ont-ils tout découvert ?

— Seulement Bersei. Et à cet instant précis, il est en train de filer chez les carabiniers avec une copie de tous les dossiers.

— Très regrettable.

À l'autre bout du fil, un soupir succéda à une brève pause, puis le prélat ajouta :

— Vous savez ce qu'il vous reste à faire.

Bersei ne prononça pas une parole avant d'être en sécurité à l'extérieur du musée. Il se dirigea vers sa Vespa garée sur le parking. Pour rester à son niveau, Charlotte était contrainte de marcher à grandes enjambées.

— Je pense que le Vatican est impliqué dans quelque chose de terrible, commença-t-il à voix basse. Quelque chose qui concerne l'ossuaire.

— De quoi parlez-vous ?

— Ce serait trop long à expliquer maintenant et je n'ai peut-être pas raison.

Après avoir rangé le sac qui contenait son ordinateur portable dans le compartiment arrière du scooter, il enfila son casque.

— Raison à propos de *quoi* ?

Son collègue commençait à l'inquiéter.

— Il vaut mieux ne pas vous le dire. Je vous demande seulement de me faire confiance. Vous serez en sécurité ici. Ne vous inquiétez pas.

— Giovanni, s'il vous plaît.

Enfourchant sa Vespa, l'Italien introduisit sa clé et mit le contact, mais Charlotte lui prit le bras et le serra.

— Vous n'allez nulle part, lui cria-t-elle pour couvrir le bruit du moteur pétaradant. Pas avant que vous m'ayez raconté ce qui vous préoccupe.

Bersei la regarda avec un grand soupir. Ses yeux trahissaient son inquiétude.

— Je pense que l'ossuaire a été volé. Il y a peut-être un rapport avec un vol qui a eu lieu à Jérusalem et qui a causé un certain nombre de morts. J'ai besoin d'aller parler à quelqu'un de ce que nous avons trouvé.

Pendant un moment, Charlotte resta silencieuse.

— Vous êtes sûr de ça ? Cela me paraît un peu extrême, vous ne pensez pas ?

— Je n'ai aucune certitude. C'est pour cette raison que j'essaie de vous laisser en dehors de cette histoire. Je sais que vous avez signé un accord de confidentialité. Si je me trompe, cela peut mal tourner pour moi. Je ne veux pas vous entraîner là-dedans.

— Est-ce que je peux faire quelque chose pour vous aider ?

Bersei tressaillit. Il avait cru entrevoir un visage en train de les épier derrière la vitre ombreuse de la porte du musée.

— Faites comme si nous n'avions jamais eu cette conversation. En espérant que je me trompe sur tout.

Il baissa les yeux vers la main de l'Américaine.

— S'il vous plaît, laissez-moi y aller.

Elle relâcha son étreinte.

— Soyez prudent, lui dit-elle.

— J'y compte bien.

Charlotte regarda Bersei s'éloigner et disparaître à l'angle du bâtiment.

Lorsque les portes du monte-charge s'ouvrirent, Charlotte hésita avant de s'avancer dans le couloir du sous-sol. Croisant les bras sur sa poitrine, elle se résolut à faire un pas en avant, mais réprima un frisson soudain.

Le Vatican ne pouvait certainement pas être impliqué dans un acte criminel, essaya-t-elle de se convaincre. Pourtant, se demanda-t-elle, pourquoi avaient-ils besoin de s'acoquiner avec un gorille comme Salvatore Conte ? Il était tout à fait évident que *lui* était capable de violence et d'à peu près n'importe quel type d'acte répréhensible. Et si Giovanni avait raison ? Que se passerait-il ?

À mi-couloir, elle remarqua que l'une des grosses portes de métal était légèrement entrebâillée. Elle ne l'était pas tout à l'heure. Elle en était certaine. Jusqu'à présent, toutes les portes de ce couloir étaient restées fermées. Probablement à clé. Est-ce qu'il y avait quelqu'un d'autre à cet étage avec eux ?

Curieuse, elle s'avança jusqu'à la porte et frappa.

— Bonjour ? Il y a quelqu'un ?

Pas de réponse.

Elle essaya de nouveau. Toujours pas de réaction.

De sa main gauche, elle poussa la porte. Celle-ci s'ouvrit doucement sur des gonds bien huilés.

Ce qu'elle vit à l'intérieur la déconcerta.

Dans la minuscule pièce remplie de rayonnages vides, elle découvrit un poste de travail très particulier : une série d'écrans, un ordinateur, des jeux d'écouteurs... Ses yeux suivirent le paquet de fils qui sortaient de l'ordinateur, remontaient le long du mur et disparaissaient dans une ouverture sombre du plafond où un panneau avait été enlevé.

Le système était en mode veille. L'économiseur d'écran laissait défiler un diaporama de photos de femmes nues dans différentes poses pornographiques. Charmant !

Charlotte se laissa tomber sur la chaise en face de l'ordinateur et essaya d'imaginer à quoi servait toute cette installation. Manifestement, elle avait été montée à la hâte, parce que cette pièce ressemblait davantage à un placard qu'à un bureau.

Au bout du compte, la jeune femme ne put se retenir de tendre la main pour presser une touche du clavier.

Les écrans clignotèrent et ronflèrent tandis que l'économiseur d'écran disparaissait et que l'ordinateur se réveillait.

Quelques secondes plus tard à peine, le dernier programme actif s'afficha à l'écran. Charlotte mit un moment à reconstituer mentalement le patchwork d'images vidéo qui s'étalait devant elle. Dans l'une des petites fenêtres de visionnement, elle voyait une femme de chambre en train de faire le ménage. L'estomac de Charlotte se noua quand elle reconnut ses propres bagages près du lit, une petite valise rouge rectangulaire et un sac à vêtements assorti. En se déplaçant vers la salle de bains, la femme bascula en temps réel dans une autre fenêtre. Un ensemble de produits de toilette familier s'alignait le long de son vanity-case. Il ne manquait même pas sa grosse bouteille de vitamines.

— Conte, bouillonna-t-elle horrifiée par ce qu'elle découvrait. Foutu pervers.

En dehors de sa chambre, elle identifia sans difficulté d'autres vues du laboratoire et de la salle de repos enregistrées par des caméras cachées. Des images en temps réel, à en juger par l'heure et la date indiquées en bas de chaque fenêtre. Il avait espionné et écouté tout le temps.

Dès cet instant, Charlotte sut que Giovanni avait raison.

Dans les locaux des Archives secrètes, le père Donovan rangeait le volume de l'*Ephemeris Conlusio* à côté du document sous plastique portant la référence *Archivum Arcis, Arm. D 217* – le « parchemin de Chinon [1] ». Il referma la porte. Puis il y eut un léger sifflement quand une pompe vida le compartiment de tout son air.

Les secrets. Donovan n'en ignorait pas grand-chose. Peut-être était-ce la raison pour laquelle il se sentait si lié aux livres et à la solitude. Peut-être que ces archives reflétaient, d'une certaine manière, son âme, songea-t-il.

Beaucoup de ceux qui étaient attirés vers la prêtrise auraient attribué leur décision à quelque sorte d'appel, de vocation, peut-être même à une intimité particulière avec Dieu. Donovan, lui, s'était tourné vers l'Église pour une raison beaucoup plus prosaïque : la survie.

Il avait grandi à Belfast au cours des tumultueuses années 1960 et 1970. À cette époque, la violence atteignait des sommets en Irlande du Nord entre les nationalistes catholiques réclamant l'indépendance vis-à-vis du pouvoir britannique et les protestants unionistes qui restaient fidèles à la couronne. En 1969, il avait vu sa maison – et des dizaines d'autres autour – incendiée par des vandales loyalistes et disparaître en fumée. Il se rappelait

---

1. Absolution du pape Clément V aux chefs de l'ordre des Templiers, Chinon, diocèse de Tours, 17-20 août 1308. Ce document contient l'absolution accordée par le pape Clément V à Jacques de Molay et aux autres chefs templiers après qu'ils eurent fait acte de repentance. Ce document date du début des procès contre les Templiers, à un moment où Clément pensait encore pouvoir sauver l'Ordre. Mais face aux pressions de la monarchie française, ce document demeura lettre morte.

très précisément chaque expédition punitive de l'IRA. Mille trois cents attentats pour la seule année 1972. Et eux aussi avaient emporté des centaines de vies de civils.

À quinze ans, lui et ses amis avaient été entraînés dans un gang de rue et servaient de coursiers pour l'IRA : ils faisaient office « d'yeux et d'oreilles » du mouvement nationaliste. Un jour mémorable, on lui avait demandé de déposer un paquet devant un magasin protestant. Ce qu'il ignorait alors, c'était que le sac contenait une bombe. Heureusement, personne n'avait été tué dans l'explosion qui avait soufflé le bâtiment. Il était même parvenu à ne pas se faire arrêter.

Ce fut par une soirée fatidique, le jour de son dix-septième anniversaire, que la vie de Donovan bascula pour toujours. Il était en train de boire dans un pub local avec ses deux meilleurs amis, Sean et Michael. Le trio s'était lancé dans un échange d'invectives avec un groupe de protestants ivres. Donovan et ses copains avaient quitté le pub une heure plus tard. Mais les protestants – au nombre de cinq – les avaient suivis dehors où ils avaient continué à les haranguer. Les poings ne tardèrent pas à voler.

S'il avait l'habitude des combats de rue, la puissante carrure de Donovan et ses mains lestes n'avaient néanmoins pas fait le poids face aux deux types qui s'étaient ligués contre lui. Tandis que l'un des protestants le clouait au sol, le second le rouait de coups, avec l'évidente intention de le battre à mort.

Mais depuis le jour où il avait contemplé les braises incandescentes de sa maison, une rage contenue l'envahissait. Alors Donovan réagit instinctivement. À la seule force de ses poings et de ses jambes, il parvint à se remettre debout. Puis il ouvrit un canif et le plongea profondément dans le ventre du vaurien qui l'avait maintenu à terre. L'homme s'effondra sur le pavé. Le prêtre voyait encore le visage horrifié de son agresseur essayant de contenir le flot de sang qui s'écoulait de son abdomen. Son complice entrevit la folie furieuse qui brûlait dans les yeux de Donovan et fila sans demander son reste.

Hébété, le jeune catholique s'était retourné pour constater que son ami Sean, maculé de sang et montrant les dents, avait lui aussi terrassé un homme avec son couteau. N'en croyant pas leurs yeux, les derniers protestants tétanisés avaient regardé leurs adversaires prendre leurs jambes à leur cou.

Donovan se souvenait de l'angoisse effroyable qu'il avait ressentie le lendemain quand les journaux et la télé rapportèrent qu'un protestant avait été poignardé à mort. S'il ne savait pas vraiment lequel des deux hommes qu'ils avaient frappés avait succombé, le jeune homme était au moins certain d'une chose : il lui fallait quitter Belfast au plus vite s'il ne voulait pas être la prochaine victime.

Le séminaire lui avait fourni un havre sûr pour le sauver de la rue. Et surtout, il lui avait offert l'espoir que Dieu lui pardonne tout ce qu'il avait fait de mal dans sa vie... Même s'il ne se passait pas un jour sans qu'il ne voie avec effroi le sang qui avait coulé sur ses mains.

Malgré ce passé, il s'était toujours montré bon étudiant et la solitude de la prêtrise avait ravivé sa passion pour la lecture. Il avait trouvé la paix dans l'histoire et l'écriture. Il avait aussi trouvé des conseils pour guider sa vie. Le diocèse de Dublin avait rapidement remarqué sa formidable soif d'apprendre : il lui avait financé une formation universitaire poussée. C'était peut-être son obsession des livres qui l'avait sauvé, pensait Donovan.

Et maintenant, c'était pourtant un livre qui semblait menacer tout ce qu'il tenait pour sacré. L'institution même qui l'avait protégé était en péril.

Pendant un long moment, il regarda l'*Ephemeris Conlusio* derrière le panneau de verre. Ce document perdu et retrouvé avait déclenché les événements décisifs qui avaient conduit au vol de Jérusalem. Il avait du mal à admettre que deux semaines à peine s'étaient écoulées depuis qu'il avait présenté cette incroyable découverte au secrétaire d'État du Vatican. Il revoyait sa rencontre avec Santelli et revoyait la scène comme s'il y était.

— Ce n'est pas souvent que je reçois des demandes de rendez-vous aussi pressantes de la part de la Bibliothèque vaticane.

Les mains du cardinal Santelli étaient posées à plat sur le bureau.

Assis face à lui, le père Donovan étreignait sa serviette de cuir.

— Veuillez me pardonner cette insistance, Éminence. Mais j'espère que vous comprendrez que la raison qui m'amène ici réclame votre attention immédiate... et explique pourquoi j'ai choisi de ne pas prévenir le cardinal Giancome.

Vincenzo Giancome, le *Cardinale Archivista e Bibliotecario*, était le supérieur de Donovan et faisait office de superviseur suprême des Archives secrètes du Vatican. Mais il était aussi l'homme qui avait rejeté la requête fervente de Donovan quand celui-ci lui avait demandé de faire l'acquisition de l'Évangile de Judas. Donc, après mûre délibération, l'Irlandais avait pris la décision non orthodoxe de ne pas associer Giancome à cette affaire, une initiative audacieuse qui pouvait potentiellement lui revenir au visage et lui coûter sa carrière. Mais il était certain que ce qu'il s'apprêtait à divulguer impliquait d'abord des questions de sécurité nationale et pas de simples documents d'archives. En outre, le mystérieux correspondant avait spécifiquement choisi Donovan pour cette tâche et il n'y avait pas de temps à perdre en stériles querelles bureaucratiques.

— De quoi s'agit-il ?

Alors que Santelli donnait l'air de s'ennuyer, Donovan ne savait trop où commencer.

— Vous rappelez-vous quand, il y a quelques années, le parchemin de Chinon a été découvert dans les Archives secrètes ?

— La réfutation secrète par Clément des accusations portées contre les templiers ?

— Exactement. Je vous ai également présenté d'autres documents rapportant les rencontres clandestines entre Clément V et Jacques de Molay, le grand maître du Temple.

Donovan eut de la peine à déglutir.

— Le récit du pape, poursuivit le bibliothécaire, mentionnait spécifiquement un manuscrit appelé l'*Ephemeris Conlusio*, qui aurait renfermé des informations sur les reliques cachées des templiers.

— Ce n'était qu'une tentative de restauration de l'ordre du Temple, l'interrompit Santelli. Et une tentative assez grossière au demeurant.

— Mais je pense – et vous serez certainement d'accord avec moi – que les arguments de Molay ont dû être assez imparables pour que Clément ait accepté d'exonérer les templiers après avoir ordonné leur dissolution.

— C'est une invention. Jacques de Molay n'a jamais produit le moindre livre.

— C'est vrai...

Donovan plongea dans sa sacoche et y récupéra un ouvrage.

— ... parce qu'il ne l'avait pas en sa possession.

Santelli s'agita sur son fauteuil.

— Qu'avez-vous là ?

— Voici... l'*Ephemeris Conlusio*.

Le cardinal était abasourdi. Il avait sous les yeux quelque chose qui aurait dû demeurer à jamais un pur fantasme. Aucun des plus noirs secrets du Vatican ne lui était comparable. Il s'accrocha à l'espoir que le bibliothécaire puisse se tromper, mais le regard confiant du prêtre irlandais confirmait ses pires craintes.

— Vous n'êtes pas en train de suggérer...

— Si, répondit Donovan sûr de lui. Laissez-moi vous expliquer.

Et il raconta l'histoire de l'emprisonnement de Jacques de Molay, ses entretiens secrets avec Clément, son procès à Paris devant la cathédrale Notre-Dame et son exécution sur l'île des Javiaux.

— Apparemment, la malédiction qu'il a proférée en mourant a fait son effet, expliqua Donovan. Le pape Clément V est mort un mois plus tard de dysenterie, d'après les chroniques de l'époque. Une mort horrible, en tout cas. Sept mois passèrent et ce fut au tour du roi Philippe IV de mourir mystérieusement au cours d'une chasse. Des témoins ont attribué l'accident à une maladie lancinante qui l'aurait fait saigner rapidement à mort. Beaucoup ont pensé que les chevaliers templiers avaient exécuté leur propre verdict.

Santelli parut terrorisé.

— Empoisonné ?

— Peut-être.

Donovan avait haussé les épaules.

— Pendant ce temps, continua-t-il, les musulmans avaient totalement reconquis la Terre sainte. Les pays européens et l'Église n'avaient plus l'argent nécessaire pour monter de nouvelles croisades afin de la leur reprendre. Les documents du pape Clément et le parchemin de Chinon sont allés se perdre dans la poussière des Archives secrètes, tandis que le conclave pontifical se concentrait sur un combat qui devait durer deux ans pour restaurer la papauté en plein désarroi[1]. L'*Ephemeris Conlusio* – ce livre – est tombé dans les oubliettes, expliqua Donovan. Jusqu'à un coup de téléphone que j'ai reçu cette semaine.

L'Irlandais résuma sa conversation téléphonique avec le mystérieux correspondant. Puis il décrivit la transaction avec le messager de l'expéditeur anonyme dans le Caffè Greco. Une main sur sa bouche, Santelli lui prêtait toute son attention. Quand Donovan eut fini, il attendit la réaction du cardinal.

— Vous l'avez lu ?

Donovan acquiesça d'un mouvement de tête. En sa qualité de conservateur principal des Archives, il était polyglotte, connaissait l'araméen ancien et parlait couramment le grec et le latin.

— Que dit-il ?

— Beaucoup de choses perturbantes. Apparemment, ce livre n'est pas en soi un document templier. C'est un journal écrit par Joseph d'Arimathie.

— Je ne comprends pas, Patrick.

— Ces pages recensent de nombreux événements spécifiques du ministère du Christ. Des témoins oculaires racontent les miracles, comme la guérison du boiteux et du lépreux. On nous parle de ses enseignements, de ses voyages avec les disciples... Tout est référencé ici. En fait, après avoir examiné minutieusement la langue utilisée, je suis convaincu que ce livre est le « Q »[2].

Les historiens bibliques pensaient depuis longtemps qu'une source commune avait influencé les Évangiles synoptiques, ceux de Matthieu, Marc et Luc, dès lors que tous parlent du Jésus historique avec un même style et un ordonnancement des séquences identique. On estime que ces Évangiles synoptiques – c'est-à-dire, littéralement, « qui embrassent d'un seul coup d'œil » – ont été écrits entre 60 et 100 de l'ère commune. Ils portent tous le nom d'un disciple réel qui aurait inspiré l'œuvre, même si les véritables auteurs sont en réalité inconnus.

---

1. Le fauteuil du pape restera vacant – faute de se mettre d'accord sur un candidat – pendant vingt-sept mois, du 20 avril 1314 au 7 août 1316 (élection de Jean XXII).

2. Q pour l'allemand *Quelle*, la « source ».

Cet aspect de la question soulagea temporairement Santelli, qui se rendait néanmoins compte que le père Donovan demeurait préoccupé.

— Cependant, il n'y a pas que ça, avertit l'Irlandais. Le livre décrit les événements qui ont conduit à l'arrestation et à la crucifixion de Jésus. Sur ce point, l'essentiel du récit de Joseph reste en accord avec les Évangiles synoptiques... avec quelques différences mineures. D'après Joseph d'Arimathie, il a lui-même négocié secrètement avec Ponce Pilate l'autorisation de descendre le Christ de la croix en échange d'une somme importante.

— Un pot-de-vin ?

— Oui. Probablement pour compléter la maigre pension octroyée par Rome.

Donovan inspira profondément avant de reprendre :

— Dans le Nouveau Testament, il est dit que le corps de Jésus fut emmené pour être inhumé dans la crypte familiale de Joseph.

— Avant de vous laisser continuer, je dois vous poser une question. Cette relique templière... le livre... est-elle authentique ?

— J'ai fait dater le parchemin, le cuir et l'encre. Son origine est indiscutablement du Ier siècle. Mais cet ouvrage n'est pas la relique évoquée par Jacques de Molay. Ce n'est qu'un moyen de trouver le vrai trésor auquel il faisait allusion.

Santelli regardait fixement le conservateur.

— Joseph d'Arimathie, continua ce dernier, décrit le rituel d'inhumation de Jésus avec des détails très précis. Il nous explique comment le corps fut nettoyé, enveloppé dans des épices et du lin, puis lié. Et pour finir, des pièces de monnaie furent placées sur ses yeux.

La voix de Donovan baissa d'une octave.

— Le texte nous apprend que le corps fut déposé dans la tombe de Joseph... pendant douze mois.

— Une année ?

Santelli parut atterré.

— Patrick, n'est-ce pas encore plus long que ce qu'avancent les textes gnostiques ?

Par le passé, Donovan avait eu l'occasion de lui présenter les nombreux écrits prébibliques qui proposaient un Jésus assez différent. Beaucoup correspondaient à des tentatives des premiers chefs de l'Église pour inciter les païens à adopter la foi chrétienne. Souvent pleines d'exagérations, bon nombre de ces histoires renfermaient essentiellement des interprétations philosophiques des enseignements de Jésus.

— D'après Joseph – l'homme qui aurait inhumé Jésus –, la résurrection physique n'a jamais eu lieu. Vous comprenez...

Il ne savait pas comment exposer subtilement ce qu'il avait à révéler.

— ... le Christ est mort physiquement comme n'importe quel mortel, lâcha-t-il.

Ce n'était pas la première fois que Santelli entendait cet argument.

— Mais ces théories ne sont pas nouvelles. Ce n'est pas la première fois qu'on essaie de nous dire que les premiers chrétiens voyaient la résurrection de manière spirituelle et non physique.

Il esquissa un geste négligent vers le livre.

— Cet *Ephemeris Conlusio* contredit catégoriquement les Écritures. Je suis heureux que vous l'ayez trouvé. Assurons-nous qu'il ne tombe pas en de mauvaises mains. Nous n'avons pas intérêt à ce que des ennemis de l'Église s'en emparent pour l'exhiber dans les médias.

— J'ai peur qu'il n'y ait encore autre chose.

Santelli regarda silencieusement Donovan fouiller sa serviette et en sortir un rouleau de parchemin jauni. Il l'étala sur le bureau.

Le cardinal se pencha.

— Qu'est-ce que c'est ?

— Une illustration technique. Une sorte de carte, en fait.

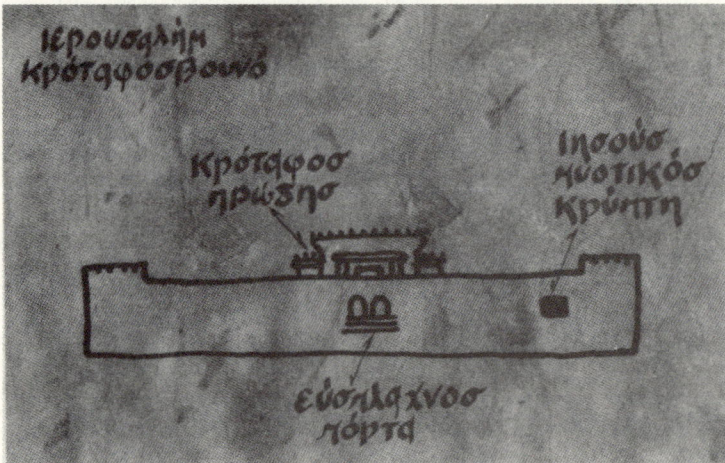

Le prélat fit une grimace.

— Ça ne m'a franchement pas l'air technique. Un enfant aurait pu le dessiner.

Le style très à plat de l'esquisse était incontestablement simpliste, pouvait admettre Donovan. Mais les illustrations tridimensionnelles n'étaient apparues qu'à la Renaissance et il n'avait pas l'intention de débattre de ce point avec Santelli.

— En dépit du manque de détails, on peut reconnaître ici quelques éléments caractéristiques, expliqua le bibliothécaire.

Il pointa la base rectangulaire allongée.

— Voici le Mont du Temple de Jérusalem.

Puis il tendit l'index vers la forme dessinée au-dessus.

— Là, c'est le temple juif qui fut construit par Hérode le Grand et ultérieurement détruit par les Romains en 70 après Jésus-Christ. Comme vous le savez, on trouve aujourd'hui à cet emplacement la mosquée du Dôme du Rocher.

Santelli leva brusquement les yeux.

— Le Mont du Temple ?

— Oui, confirma Donovan. C'est la représentation que Joseph d'Arimathie en a faite, donc c'est de cette façon qu'il apparaissait en 30 de notre ère, à l'époque du Christ.

Il ajouta que le texte de Joseph décrivait le Temple avec une grande précision : ses cours rectangulaires et son Tabernacle sacré ; ses réserves d'huile et de bois ; les bassins d'eau utilisés pour consacrer les offrandes sacrificielles et les bûchers pour brûler les animaux sacrés au cours de la Pâque. Joseph, précisat-il, avait même indiqué la place du seuil sacré du Temple au-delà duquel les gentils – les non-juifs – n'avaient pas le droit d'entrer : un périmètre extérieur entouré de barrières appelé le *Hel* – ou *Chell*. Ensuite, il avait abordé la question de la citadelle romaine jouxtant le Mont du Temple, autrement dit l'endroit où Jésus avait été amené devant Ponce Pilate.

— Mais c'est cet emplacement-ci...

Donovan montrait du doigt le carré noir que Joseph avait dessiné dans les entrailles de l'esplanade.

— ... qui est le plus important. Il est censé localiser... la crypte funéraire de Jésus. Dans son texte, Joseph fournit des mesures spécifiques : par exemple, il nous dit à quelle distance se trouve ce caveau à partir des murs extérieurs du Mont du Temple.

Une nouvelle fois, Santelli avait instinctivement porté sa main à sa bouche. Pendant quelques secondes, il demeura parfaitement immobile.

Au-dehors, l'orage éclata.

— Après avoir récupéré l'*Ephemeris Conlusio*, enchaîna Donovan, j'ai fait des recherches approfondies sur ce site. Je suis absolument certain que la crypte secrète est encore là. Je crois que les croisés – les templiers en fait – ont dû la découvrir et la condamner.

— Comment pouvez-vous en être aussi sûr ?

Donovan se pencha en avant, tendit la main et récupéra le livre sur le bureau. Soigneusement, il feuilleta les vénérables pages et s'arrêta sur une série de croquis.

— Voilà pourquoi.

Le cardinal eut du mal à comprendre ce qu'il lui montrait. Les dessins tout aussi rudimentaires que le premier ressemblaient à une sorte d'inventaire.

— Ces esquisses, expliqua Donovan, représentent les reliques que Joseph d'Arimathie a inhumées dans la crypte. Vous avez les os, les pièces de monnaie et les clous. Plus l'ossuaire naturellement. Ce sont les objets auxquels Molay faisait allusion.

Tétanisé, Santelli crut que la foudre venait de lui tomber dessus. Lentement, ses yeux se posèrent sur l'image d'un dauphin s'enroulant autour d'un trident.

— Et ce symbole, là. Que signifie-t-il ?

— C'est précisément la raison pour laquelle je pense que ces objets sont encore en sûreté.

Il expliqua sa signification.

Le cardinal se signa et réfléchit.

— Si ces reliques avaient été découvertes, estima Donovan, il ne fait aucun doute qu'on en aurait parlé quelque part. En réalité, nous n'aurions probablement même pas cette conversation ici si ç'avait été le cas.

Le prêtre irlandais sortit un autre document de sa serviette.

— Et puis il y a cet article récent du *Jerusalem Post* que notre mystérieux bienfaiteur a joint au livre.

Santelli l'attrapa violemment et lut le titre du *Post* à haute voix :

— « Des archéologues juifs et musulmans autorisés à fouiller sous le Mont du Temple ».

Donovan laissa à Santelli le temps de prendre connaissance du reste de l'article, avant de poursuivre :

— Dès lors que les accords de paix ne permettent pas de fouiller le site, les chevaliers templiers sont les dernières personnes connues à l'avoir fait[1]. Mais en 1996, l'autorité musulmane qui supervise l'endroit a reçu l'autorisation de dégager les gravats d'une vaste salle sous l'esplanade, un espace que les templiers avaient jadis utilisé comme écuries et qui était complètement obstrué depuis leur occupation au XIIᵉ siècle. Le messager qui m'a remis ce livre était arabe. Par conséquent, je suis quasi certain que les musulmans ont découvert l'*Ephemeris Conlusio* au cours de leurs fouilles.

— Mais pourquoi ont-ils attendu jusqu'à maintenant pour le sortir ?

— Je me suis aussi posé la question, confessa Donovan. Et je crois avoir trouvé la réponse.

De sa sacoche, il sortit un dessin récent : son propre croquis, l'élément final de la démonstration.

— Quand l'espace des anciennes écuries a été dégagé, les musulmans l'ont transformé en mosquée, celle que l'on appelle aujourd'hui la mosquée Marwani. Voici une vue aérienne du Mont du Temple tel qu'il se présente aujourd'hui. En utilisant les mesures fournies par Joseph, j'ai calculé l'emplacement précis de la crypte.

Sur le schéma, Donovan avait converti les anciennes unités de mesure romaine, les *gradii* – un gradus étant égal à environ soixante-quinze centimètres – en leur équivalent métrique.

— J'ai marqué en rouge la zone qui correspond à la mosquée Marwani, située à environ onze mètres sous la surface de l'esplanade.

La forme de la mosquée souterraine ressemblait à un histogramme.

Santelli saisit immédiatement ce que le dessin de Donovan impliquait.

— Mon Dieu, c'est juste à côté de la chambre secrète.

---

1. Mais dans les années 1860, les lieutenants Wilson et Warren de l'armée britannique (Royal Engineers) procédèrent à des fouilles d'envergure sous le Mont du Temple, à la suite des Templiers dont ils retrouvèrent les traces d'excavations.

— Elle est directement adossée au mur arrière de la mosquée. Les archéologues musulmans et juifs soupçonnent déjà l'existence de chambres sous le Mont du Temple et ils vont utiliser des scanners de surface pour les détecter.

Le visage du cardinal se vida de son sang.

— Mais alors ils vont trouver cette crypte.

— Elle est impossible à manquer, confirma Donovan de manière lugubre. Si les reliques décrites dans l'*Ephemeris Conlusio* existent bel et bien, il y a de fortes chances pour que les restes physiques du Christ soient exhumés dans les prochaines semaines. C'est pourquoi je suis venu vous trouver aujourd'hui. Pour vous demander… ce que nous pouvons faire.

— Je pense que c'est parfaitement clair, Patrick, rétorqua vivement le cardinal. Nous devons récupérer ces reliques là où elles sont, sous le Mont du Temple. Plus de un milliard de chrétiens font confiance aux Évangiles de Jésus-Christ. Bouleverser leur foi, c'est bouleverser l'ordre social. Nous avons ici une vraie responsabilité. Ce n'est pas seulement une question de théologie.

— Mais il n'y a aucun moyen diplomatique de les récupérer, rappela Donovan au prélat. La situation politique en Israël est beaucoup trop compliquée.

— Qui a parlé de diplomatie ?

Santelli tendit la main vers l'Interphone sur son bureau.

— Père Martin ? Dans mon répertoire téléphonique, vous allez me trouver le numéro d'un « Salvatore Conte ». Veuillez, s'il vous plaît, le convoquer immédiatement à mon bureau.

50

Giovanni Bersei quitta brusquement la Via Nomentana congestionnée pour franchir l'entrée du parc de la villa Torlonia. Il se retrouva sur une étroite piste cyclable et ralentit. Le moteur de la Vespa ronronnait doucement.

Ici, dans ces jardins anglais tentaculaires, une flopée de joggeurs et de cyclistes s'adonnaient à leurs exercices. Mais sous ces mêmes jardins, un labyrinthe de cryptes juives formait un réseau de catacombes de plus de neuf kilomètres, qu'on avait découvertes récemment et qui se révélaient être les plus anciennes de Rome. La Rome antique exigeait que ces domaines funéraires se trouvent à l'extérieur des murs de la cité. Et quelque part dans ce royaume souterrain, Bersei en était certain, reposait une partie d'un ancien secret lié à Jésus-Christ.

Levant les yeux sur l'édifice néoclassique patiné qui faisait la célébrité de ce parc – la villa grandiose où Benito Mussolini résidait jadis –, il le contourna et gagna un ensemble de petits bâtiments qui jouxtaient la cour arrière de la demeure. Il s'agissait des écuries dans lesquelles des fouilles entreprises en 1981 avaient accidentellement permis de mettre au jour les premières chambres funéraires.

Devant la porte des catacombes de la villa Torlonia, Bersei coupa le contact de sa Vespa. Il descendit du scooter et le cala sur sa béquille. Dans le petit coffre arrière, il récupéra le sac contenant son ordinateur portable et une grosse lampe torche, puis y rangea son casque.

Bien qu'il se soit retrouvé coincé dans le trafic des heures de pointe au cours des dernières quarante minutes, il n'était que neuf heures moins dix. Il était plus que probable que le site ne fût pas encore ouvert.

Bersei poussa la porte. Elle s'ouvrit.

Dans l'entrée sommaire, un vieux guide était assis derrière un bureau. Il lisait un roman de Clive Cussler. Sur la couverture, on voyait un grand navire emporté dans le tourbillon d'un ouragan gigantesque. Les yeux vagues et enfoncés du vieil homme se levèrent par-dessus ses épaisses lunettes à double foyer. Son visage se para immédiatement d'un grand sourire. Il avait l'air aussi âgé et mystérieux que la villa de Mussolini.

— *Signore Bersei.*

L'homme posa son livre et écarta les mains.

— *Come sta ?*

— *Bene grazie, Mario. E lei ?*

— De mieux en mieux chaque jour, se vanta le vieil homme dans un italien pâteux. Cela fait pas mal de temps que je ne vous ai pas vu.

— Oui. Et je suis bien content que vous soyez un lève-tôt. J'avais peur de devoir attendre dehors un moment.

— Ils me font venir ici à huit heures, juste au cas où quelqu'un se sentirait motivé pour venir travailler. Ils essaient d'accélérer la restauration.

La *Soprintendenza Archeologica di Roma* continuait de refuser l'accès des touristes aux catacombes juives en raison des travaux intensifs de conservation toujours en cours, un programme qui s'éternisait depuis plus d'une décennie désormais. Les gaz nocifs qui stagnaient dans les profondeurs du dédale souterrain n'avaient fait qu'accroître encore le retard.

Bersei montra le livre du doigt.

— Je vois que vous vous occupez.

Le guide haussa les épaules.

— Je rattrape mes lectures. Je n'ai toujours pas entendu dire que nous allions ouvrir bientôt. J'ai besoin de trouver de l'action ailleurs.

Bersei éclata de rire.

— Qu'est-ce qui vous ramène ici ?

Mario, le vieil homme, s'était levé, ses mains frêles plongées dans ses poches. Les ans avaient spectaculairement voûté sa carcasse tout en os.

Du temps s'était effectivement écoulé depuis la dernière visite de Bersei. Deux ans pour être précis. Ces catacombes faisaient partie des soixante sites funéraires romains qu'il avait eu à inspecter pour le compte de la Commission pontificale.

— Les dernières datations au carbone m'ont contraint à reconsidérer certaines de mes hypothèses originelles. Je voudrais juste revoir certains des hypogées.

Le prétexte était plausible. À peine quelques mois plus tôt, une équipe d'archéologues avait effectué des carbodatations de fragments de bois et de charbon emprisonnés dans le stuc de certaines cryptes. Les résultats remarquables faisaient remonter l'origine du site à 50 avant notre ère, soit un siècle au moins avant les plus anciennes catacombes chrétiennes de la ville. Les implications d'une telle découverte étaient considérables et venaient étayer certaines théories existantes relatives à une influence juive des rituels funéraires chrétiens. Mais l'aspect le plus fascinant était l'association dans ces souterrains de motifs judaïques et de symboles intimement liés aux débuts du mouvement chrétien. C'était à cause de ces vagues réminiscences que Bersei avait décidé de revenir ici.

— Je vois que vous avez apporté votre lampe torche.

L'anthropologue la leva fièrement.

— Toujours prêt. Vous avez besoin de ma carte ?

Bersei avait commencé de sortir son portefeuille et l'ouvrait pour présenter un badge nominatif plastifié lui accordant un total accès à la plupart des sites historiques de la ville. Très peu de spécialistes ou de chercheurs bénéficiaient de ce privilège.

D'un geste, Mario fit comprendre qu'il était inutile de vérifier l'authenticité de ce laissez-passer.

— Je vais simplement noter votre nom.

Il montrait un bloc-notes près de lui.

— Il n'y a personne en bas ?

— Vous l'aurez pour vous tout seul.

D'une certaine manière, ce n'était pas ce qui lui convenait le mieux. Il sourit avec une légère appréhension.

Le guide lui tendit une feuille.

— Voici une carte actualisée.

Bersei consulta le plan corrigé des tunnels et des galeries. Il apparaissait maintenant de manière encore plus évidente que les passages avaient été creusés de manière totalement anarchique au cours des siècles d'expansion. Le schéma compliqué faisait aujourd'hui fortement penser à des craquelures sur un vieux tesson de poterie.

— Je ne serai pas long. Ça vous embête si je vous laisse ça ici en attendant ?

Il montrait le sac contenant son portable.

— Pas de problème. Je vais le garder derrière le bureau.

Bersei lui confia le sac, puis traversa l'entrée. Il alluma sa torche et la dirigea vers le bas pour éclairer les marches de pierre qui s'enfonçaient dans des ténèbres insondables.

En bas de l'escalier, Bersei réprima un tremblement et marqua une pause pour ajuster sa respiration à l'air glacial humide. Les rudes conditions climatiques régnant à cette profondeur contribuaient aux difficultés de la restauration. Il était toutefois remarquable que tant de fresques et de gravures aient pu être préservées dans cet environnement si peu propice à la conservation des squelettes qui occupaient jadis ces milliers de niches. Au cours des fouilles de ces tombes, on n'avait pratiquement découvert aucun ossement. La plupart avaient été volés des siècles plus tôt par des charlatans peu scrupuleux qui les revendaient comme des reliques de martyrs et de saints. Quelle ironie, pensa-t-il, quand on savait que la configuration labyrinthique de cet endroit avait été justement prévue pour éviter le pillage... Et protéger les corps en vue de la résurrection finale. Le jour du Jugement dernier, un nombre considérable d'âmes désappointées ne retrouveraient pas leurs enveloppes charnelles.

Bersei dirigea sa torche dans l'étroit passage d'à peine un mètre de large et de moins de trois mètres de haut. La lumière était avalée par des ténèbres absolues à quelques pas seulement devant lui. Près de deux mille ans plus tôt, les *Fossores*, une guilde de fossoyeurs, avaient creusé à la main ce dédale de tombes dans la roche volcanique tendre ou tuf – du latin, *tufa* – qui constituait les fondations de Rome. Les loculi occupaient les murs des deux côtés sur plusieurs niveaux. Dans les temps anciens, les corps enveloppés dans des linceuls étaient déposés dans ces niches afin qu'ils se décomposent pour leur *excarnation*, la putréfaction rituelle de la chair qui permettait au défunt d'expier ses péchés. Tous ces emplacements étaient maintenant vides.

Plusieurs niveaux de galeries souterraines avaient été creusés à l'identique dans la terre. Il y en avait encore trois autres en dessous de celle-là. Heureusement, la chambre qui l'intéressait essentiellement se trouvait dans la galerie supérieure des catacombes.

La nécropole, pensa-t-il. La « ville des morts ». Il se protégea le nez contre les relents de moisissure et espéra qu'aucun résident de cette « cité » n'était de retour. Déglutissant péniblement, Giovanni Bersei s'avança.

— *Desidera qualcosa ?*

Mario reposa son livre pour la seconde fois de la matinée et étudia l'homme à l'allure farouche, planté devant son bureau. L'inconnu avait l'air préoccupé. Mario essaya l'anglais.

— Puis-je vous aider ?

Agacé par les questions du guide, Conte ne répondit pas. Alors qu'il filait Bersei, il s'était demandé pourquoi le scientifique avait tourné dans le parc. Mais les panneaux suspendus derrière le bureau lui permettaient maintenant de se faire une idée plus claire. Des catacombes juives ? Il tourna les yeux vers la seule autre porte de ce local qui s'ouvrait sur un escalier sombre. On pouvait penser, sans trop de risque de se tromper, que cette entrée servait aussi d'unique sortie. Il aimait cette idée.

— Pas de lumière ? demanda Conte en italien.

— On a besoin d'une lampe torche en bas, répondit le vieil homme.

Cette nouvelle information plut également au mercenaire.

— Mais la galerie n'est pas ouverte au public, poursuivit le guide avec un petit sourire ironique. Et à moins que vous ne soyez détenteur d'une autorisation officielle, je vais devoir vous demander de sortir.

Le vain pouvoir des impuissants. Conte ne tint aucun compte de l'injonction et lorgna vers le bloc-notes sur le bureau, le registre que les visiteurs devaient signer. Un seul nom y était noté… Le seul qui comptait. Il était clair que sa proie était seule en bas. Ce serait encore plus facile qu'il ne l'avait imaginé. Glissant sa main gauche dans la poche de son manteau, il en sortit calmement une petite seringue.

Lorsque le personnage inquiétant contourna le bureau en trois vives enjambées, Mario Benedetti commença à mesurer l'ampleur du danger. Acculé, le vieil homme se figea.

— Lamentable ! murmura Conte.

De sa main droite, il agrippa la nuque du guide, tandis que sa main gauche décrivait un arc rapide dans l'air. L'aiguille s'enfonça profondément dans le muscle du cou. L'assassin pressa le piston pour injecter le concentré de Tubarine, une drogue utilisée pendant les opérations cardiologiques pour paralyser les tissus cardiaques. Au cas où, Conte en conservait toujours une dose mortelle sur lui.

Le mercenaire s'écarta prestement pour laisser le vieillard s'effondrer sur le sol.

Instantanément, les toxines envahirent le flux sanguin de Mario Benedetti. Ses doigts crispés se refermèrent sur sa poitrine comprimée. Le visage déformé par la terreur, il sentit son cœur se gripper comme un moteur essoufflé. Après une dernière convulsion, un ultime frisson, son corps s'immobilisa. Définitivement.

L'efficacité de ce procédé ne cessait d'émerveiller Salvatore Conte. Quiconque découvrirait le vieillard penserait qu'il avait succombé à une crise cardiaque. Et toute autopsie ordinaire aboutirait à la même conclusion.

Une méthode propre. *Très propre.*

Après avoir refermé le verrou intérieur de la porte d'entrée et remis dans sa poche la seringue vide, Conte fouilla les tiroirs du bureau. Il trouva ce qu'il cherchait : la torche du guide. Soudain, il remarqua le sac contenant l'ordinateur portable de Bersei posé sur le côté. Mentalement, il nota de penser à l'emporter en ressortant. Enfin, il récupéra un trousseau de clés sur le cadavre.

De sous son manteau, il sortit son Glock 9 mm. Il ferait tout son possible pour éviter de tuer Bersei par balle. Cette façon de procéder laissait des traces et il voulait éviter les complications.

Torche allumée, Conte s'engagea dans les ténèbres et referma la porte derrière lui, sans oublier de tirer le gros verrou.

51

Pendant quinze minutes, Giovanni Bersei s'enfonça de plus en plus profondément dans les catacombes de la villa Torlonia. Régulièrement, il s'arrêtait pour se référer à la carte. Le silence absolu lui comprimait les oreilles et il ne parvenait pas à chasser le froid qui lui glaçait la moelle des os. À chaque tournant, il se laissait un peu plus envelopper par l'ambiance morbide séculaire. Pas vraiment des conditions de travail idéales, songea-t-il.

Sans le plan, il lui aurait été impossible de parcourir ce labyrinthe de tunnels. Il y avait tant de passages qui se ressemblaient et la plupart se terminaient en culs-de-sac. En outre, sous terre, il n'y avait quasiment aucun moyen de s'orienter. Nullement claustrophobe, Bersei s'était retrouvé dans bien des antres souterrains plus intimidants que celui-là. Mais il n'avait jamais été seul… dans une tombe gigantesque.

En se fondant sur l'échelle de la carte, il calcula qu'il avait parcouru un tout petit peu moins d'un demi-kilomètre depuis l'entrée. Sa destination était très proche maintenant.

Devant lui, le mur gauche s'effaça pour laisser place à un large passage voûté, l'entrée d'une chambre sépulcrale appelée *cubiculum*. Dans l'ouverture, Bersei s'arrêta et consulta encore une fois son plan pour s'assurer qu'il avait bien trouvé la bonne salle. Remettant la feuille dans sa poche, il laissa échapper un long soupir et s'avança.

Balayant les murs de sa torche, il examina la spacieuse chambre carrée, taillée dans le tuf poreux. Il n'y avait aucun *loculus* ici, juste des espaces de travail où les corps devaient être jadis étendus afin d'être préparés pour l'inhumation. Dans un angle, deux antiques amphores avaient probablement contenu autrefois des huiles odorantes et des épices.

Au-dessus d'un sol de mosaïques, les murs de plâtre étaient couverts de motifs judaïques, principalement des ménorahs[1] et même d'admirables représentations du temple de Jérusalem et de l'Arche d'alliance.

Parvenu au centre de la pièce, Bersei pencha le cou en arrière et projeta sa torche vers le plafond. Si ses souvenirs ne le trompaient pas, ce qu'il cherchait se trouvait ici. Dès que ses yeux se furent habitués à l'obscurité et qu'il put contempler la fresque stupéfiante de la voûte, il se figea, le souffle coupé.

Sa lampe torche momentanément éteinte, Salvatore Conte tendit attentivement l'oreille. Il cherchait à identifier les sons distants qui se répercutaient dans le dédale de pierre. Étrangement à l'aise dans les ténèbres, le fait de se trouver pour la seconde fois en une semaine dans un tombeau n'entamait en rien sa détermination.

Ignorant qu'il avait un homme à ses trousses, l'anthropologue ne cherchait pas à dissimuler le bruit de ses pas, accrochant le sol inégal du tunnel. Et ses arrêts occasionnels pour consulter sa carte ne faisaient qu'aggraver sa fâcheuse situation.

Conte était proche maintenant. Très proche.

Il pencha sa tête à l'angle du mur. À environ quarante mètres, dans l'étroit boyau, une faible lueur sortait d'un passage voûté.

Passant sa main dans son dos, il glissa le Glock dans sa ceinture. Sans rallumer sa torche, il enleva silencieusement son manteau et ses chaussures et les déposa soigneusement contre le mur avec la lampe. Le Minotaure était de retour dans le labyrinthe.

Comme hypnotisé, Giovanni Bersei ne pouvait détacher ses yeux des dessins au-dessus de lui.

Telle une broche en forme de soleil, une ménorah au milieu de cercles concentriques était posée sur une croix entourée de volutes de vigne.

Aux extrémités de la croix, des renflements contenaient d'autres symboles – des *shofars*, la corne cérémonielle qui servait à marquer le début de la nouvelle année juive ; et des *etrogs*, le fruit en forme de citron utilisé par les juifs au cours de *soukhot*,

---

1. Chandeliers à sept branches.

la fête du Saint-Tabernacle. Toute cette imagerie rendait hommage au Temple perdu.

Quatre demi-cercles apparaissaient entre les bras égaux de la croix. Bersei aurait juré qu'ils avaient été sciemment positionnés de manière à correspondre aux points cardinaux. À l'intérieur de chacun d'eux, on reconnaissait le symbole gravé sur le flanc de l'ossuaire : un dauphin s'enroulant autour d'un trident. Le symbole chrétien primitif de Jésus-Christ, le Sauveur, associait le dauphin, véhicule des âmes vers l'au-delà, à l'incarnation physique de la Trinité.

Tremblant, Bersei coinça la torche au creux de son bras et plongea la main dans sa poche de poitrine pour en sortir la photocopie du manuscrit.

— Mon Dieu, murmura-t-il.

Sous le texte grec écrit près de deux mille ans plus tôt par Joseph d'Arimathie, il contemplait une reproduction quasi conforme de la fresque du plafond. C'était cette image qui l'avait attiré ici. Jusqu'à présent, Bersei avait considéré cette peinture comme unique en son genre.

Impossible.

Cet enchevêtrement de motifs chrétiens et juifs était déjà assez irrésistible en soi, mais que Joseph appartienne à ces lieux était sidérant. Bersei laissa sa lumière glisser le long du mur jusqu'à une autre fresque représentant cette fois l'Arche d'alliance. Tous ces dessins étaient assurément liés. Joseph avait laissé un message clair ici. Mais qu'est-ce que lui et Jésus avaient en commun avec le Tabernacle et l'Arche d'alliance ? Les possibilités étaient terriblement exaltantes.

L'anthropologue s'intéressa alors à une ouverture dans le mur du fond du *cubiculum*. Il s'y dirigea pour passer dans une autre chambre. Si l'endroit se conformait à la configuration ordinaire d'une crypte, la salle de préparation funéraire devait jouxter une *cella*, autrement dit une chambre d'inhumation. On pouvait donc raisonnablement penser que les corps de la famille qui possédait le *cubiculum* s'étaient retrouvés dans la *cella*.

Bersei pouvait à peine maîtriser son excitation. Avait-il découvert la crypte de Joseph d'Arimathie ?

Il pénétra dans la salle arrière. Comme prévu, des *loculi* soigneusement creusés ornaient les murs.

Stupéfiant.

Le scientifique déplaça le faisceau de sa torche au fur et à mesure qu'il comptait.

Dix.

Neuf des cavités étaient assez simples, sans la moindre sculpture ornementale. Mais sur le mur du fond, un *loculus* se distinguait des autres. La plupart des anthropologues auraient rapidement conclu qu'il s'agissait de l'alcôve funéraire du patriarche de la famille. Mais ayant vu de près l'ossuaire de Jésus, Bersei remarqua instantanément les motifs de rosettes et de hachures entremêlées qui encadraient cette niche spécifique. Indubitablement, ces reliefs et ceux de l'ossuaire étaient l'œuvre du même graveur de pierre.

Intimidé, Giovanni s'avança bouche bée. L'imagination enfiévrée, il dirigea sa lampe vers la niche ouvragée. Juste assez large pour contenir un corps prostré, elle était naturellement vide. Soudain, le faisceau de lumière accrocha un symbole dans la partie supérieure de l'encadrement. Un dauphin enroulé autour d'un trident !

Extraordinaire.

Joseph d'Arimathie pouvait-il réellement avoir transporté le corps du Christ jusqu'à Rome après la crucifixion ? Et si tel était le cas, pourquoi l'avait-il fait ? Bersei essaya de se concentrer sur cette hypothèse phénoménale. Peut-être pour veiller sur ce dernier ? Mais n'y avait-il pas une tombe libre près du Golgotha à Jérusalem ? Après tout, ce transport expliquait peut-être pourquoi les Évangiles racontaient que ce tombeau avait été retrouvé vide.

Une certaine logique se mettait apparemment en place. Si la famille de Joseph vivait dans le ghetto juif de Rome, il était certainement beaucoup plus sûr de cacher le corps du Christ ici, loin de l'œil vigilant du Conseil juif et de Ponce Pilate. Particulièrement si l'on devait procéder aux rituels funéraires habituels, qui nécessitaient de laisser le corps se décomposer lentement pendant une année.

— Docteur Bersei !

Une voix cinglante venait de rompre brutalement le silence de mort.

Surpris, Bersei sursauta et fit volte-face pour éclairer l'entrée de la *cella*. S'il s'attendait presque à l'apparition d'un monstre blafard venu le punir pour cette invasion du tombeau, une terreur plus grande encore l'envahit quand le faisceau de lumière éclaira les traits durs de Salvatore Conte. Surgi sans le moindre bruit et intégralement revêtu de noir, c'était comme si l'homme était sorti du mur de la crypte.

— Eh là ?

Clignant les yeux, le mercenaire fit signe à Bersei de détourner la lumière de sa lampe.

Le cœur battant à tout rompre, l'anthropologue abaissa le faisceau vers le sol. Il remarqua que Conte ne portait pas de chaussures. À première vue, il ne semblait pas non plus armé.

— Comment avez-vous fait pour descendre ici ?

Il craignait de connaître déjà la réponse. Mais Conte ignora de toute façon la question.

— Que faites-vous ici, docteur ?

Bersei ne répondit pas.

Conte se précipita sur le scientifique et lui arracha la photocopie des mains.

— Des recherches. Rien de plus.

Se maudissant d'être un aussi pitoyable menteur, Bersei recula d'un pas. Son dos s'écrasa contre le mur de la crypte.

— Vous devez me prendre pour un crétin. Je sais que vous avez emporté des dossiers du laboratoire. Avez-vous aussi l'intention de les donner à l'inspecteur Perardi ?

Bersei resta muet de stupeur. Comment Conte pouvait-il être au courant pour Perardi ? Il avait donné ce coup de téléphone de son domicile. Il se sentit écrasé par un sentiment terrifiant. Le Vatican avait-il pu aller jusqu'à mettre son téléphone sur écoute ?

— Voler est une chose. Mais voler quelque chose au Vatican… Ce n'est pas très chrétien. Vous m'étonnez, docteur Bersei. Mais vous êtes un homme intelligent… Je vais au moins vous accorder ça.

Conte tourna le dos à Bersei pour revenir au centre de la chambre et exhiber à dessein le Glock glissé dans sa ceinture.

— Venez ici et éclairez-moi.

Il se planta en plein milieu du *cubiculum*.

À contrecœur, Giovanni Bersei se traîna dans l'antichambre et leva la lampe vers la voûte. Le faisceau oscillait dans sa main tremblante.

Conte s'absorba quelques secondes dans la contemplation de l'imagerie complexe de la fresque. Puis il la compara à la reproduction sur le papier.

— Ainsi, c'est ça que vous avez trouvé, siffla-t-il ostensiblement impressionné. Beau travail. Qui aurait pensé que cette urne était venue d'ici ? Finalement, il faut croire que ce Joseph d'Arimathie était un homme sensé.

Bersei fronça les sourcils.

— J'en déduis, poursuivit l'aventurier, que vous pensez qu'il a amené d'abord le corps de Jésus ici avant de mettre ses os dans l'ossuaire et de ramener le tout en Terre sainte. À mon avis, le bibliothécaire et les petits copains du pape n'auraient jamais imaginé ça.

Bersei était stupéfait tant par la franchise de Conte que par son mépris apparent pour tout ce que cela signifiait réellement. Mais pire encore : horrifié, il venait d'entendre le mercenaire lui confirmer, comme il le soupçonnait, que le Vatican avait parfaitement connaissance du vol. Maintenant, il était certain qu'ils étaient directement impliqués et que, d'une manière ou d'une autre, c'était Salvatore Conte qui avait organisé le coup. Conte, le maître voleur. Conte, le traqueur silencieux. Le nombre de morts israéliens défila dans sa tête. Treize victimes. Que valait une vie de plus pour un homme comme lui ? Surtout maintenant qu'il venait en somme de reconnaître une action criminelle. Immédiatement, la gorge sèche, ses pensées se tournèrent vers sa femme et ses trois filles.

Calmement, Conte plia le papier et le glissa dans la poche de son pantalon. Puis, froidement, il récupéra son Glock dans son dos.

Anticipant sans l'ombre d'un doute la suite des événements, Bersei répondit à un instinct de survie. Il projeta la lampe torche contre le mur de pierre derrière lui. Ses éléments se disloquèrent dans un grand fracas de métal et de verre brisé et le *cubiculum* plongea dans des ténèbres absolues.

Conte tira un coup de feu. L'éclair dissipa juste assez longtemps l'obscurité pour lui permettre de voir que le scientifique filait à quatre pattes. L'homme de main s'immobilisa brièvement pour percevoir les mouvements de Bersei avant de tirer de nouveau. Nouvel éclair immédiatement suivi par un ricochet si dangereusement proche qu'il entailla presque l'oreille du mercenaire. Si son intention était d'effrayer le scientifique sans le blesser, il allait quand même devoir mieux viser.

— *Merda !* hurla Conte. Je déteste ce foutu jeu.

Le jeu en question, c'était, naturellement, ces vains efforts qu'une proie mettait en œuvre pour tenter d'échapper à un chasseur expérimenté comme lui. Tendant de nouveau l'oreille, il espérait que Bersei allait se replier vers l'entrée des catacombes. Mais, à son grand étonnement, un bruit de chute malencontreuse et de pas précipités lui confirma que l'anthropologue était parti dans la direction opposée et s'enfonçait dans le labyrinthe.

Avant d'entamer la poursuite, Conte rebroussa chemin de quelques mètres pour récupérer sa lampe torche et ses chaussures. Une fois prêt, il s'élança à toutes jambes dans l'étroit tunnel. La lueur ambrée oscillait à chaque mouvement de ses bras.

Giovanni Bersei avait pris un bon avantage dès le départ. Mais la méconnaissance du dédale des catacombes, avec ses nombreux tunnels longs de plusieurs centaines de mètres débouchant sur des impasses, le fit paniquer. Il avait besoin de conserver toute sa présence d'esprit, et par-dessus tout de se souvenir du plan... sinon... Il repoussa cette pensée.

Le fugitif courait dans des galeries au sol inégal. Chaque pas résonnait bruyamment et il savait qu'il laissait derrière lui un écho sonore que Conte n'avait qu'à suivre.

Il y avait quelque chose de surnaturel dans cette capacité à se mouvoir si rapidement dans un noir absolu. Quelque chose de déroutant. N'ayant rien sur quoi concentrer son regard, Bersei courait un bras tendu devant lui comme s'il cherchait à marquer un *touchdown*[1] dans une partie de football américain. Il ne cessait de prier pour ne pas s'écraser la tête contre un mur. Et pour aggraver les choses, plus il s'enfonçait, plus l'air devenait irrespirable. Dans l'atmosphère putride flottaient des relents âcres de terre humide et de produits chimiques qu'il ne pouvait identifier. Très probablement les gaz nocifs qui étaient le plus grand risque naturel des catacombes.

Brusquement, son épaule droite cogna contre un mur et il tournoya légèrement, à deux doigts de trébucher. Momentanément, il se vit contraint de ralentir pour retrouver son équilibre, mais au moment de repartir de plus belle, sa tête heurta une paroi. Haletant sauvagement, Bersei tendit ses bras vers la droite, à tâtons, en quête d'une ouverture. Il implorait le ciel pour qu'il ne s'agisse pas d'un cul-de-sac. Mais il ne sentait rien sous ses paumes sinon des niches de *loculi*. Pendant une fraction de seconde, il pensa se cacher dans l'une d'elles. Seulement il savait que sa respiration incontrôlable le trahirait. Alors il pivota à cent quatre-vingts degrés et se dirigea vers le mur opposé. Encore de la roche.

Jésus, ne me fais pas ça.

À la recherche d'un passage, l'anthropologue tâtonna vers la droite le long du mur. Enfin, ses mains rencontrèrent le vide. Le boyau continuait, mais obliquant brutalement à gauche.

À l'instant même de disparaître dans ce nouveau couloir, Bersei crut entrapercevoir une lumière qui ressemblait à une étoile dans le ciel nocturne. Derrière lui, il entendait le

---

1. Franchissement de l'en-but qui est la principale manière de marquer des points au football américain (les Canadiens francophones le francisent en *touché*, mais ils sont les seuls des pays francophones à traduire ce terme).

martèlement régulier de la course de Conte. Les pas de son poursuivant s'amplifiaient à chaque seconde.

Bersei prit ses jambes à son cou dans le noir. Il courait avec la foi chevillée au corps ; la foi de ne pas s'écraser de nouveau contre le mur. Malheureusement, quelques secondes plus tard, il buta contre quelque chose. Ses jambes se dérobèrent sous lui et il s'étala durement sur le sol de pierre au milieu de ce qui lui parut être des pots de peinture. Sa tête heurta bruyamment une sorte de caisse de métal.

Une lumière fulgurante l'aveugla tandis qu'une douleur intense lui vrillait le crâne. Il se mit à jurer furieusement, convaincu que l'éclair était un contrecoup du choc à la tête. Mais dès qu'il ouvrit les yeux, il se retrouva nez à nez avec un projecteur de chantier allumé. Clignant les yeux, il constata qu'il avait couru droit dans une partie du tunnel où des travaux de restauration étaient en cours. Il y avait des outils, des pinceaux et des boîtes éparpillés dans tout le passage. Une grosse corde s'était enroulée autour de ses chevilles et avait fait tomber le spot sur son commutateur. Bersei se dégagea de ce fouillis et se remit sur ses pieds, sans quasiment accorder le moindre regard aux magnifiques fresques qu'on était en train de rafraîchir.

Dans son dos, les pas se rapprochaient rapidement.

La boîte à outils que sa tête avait heurtée gisait ouverte. Avisant un marteau de carrossier rangé dans son plateau supérieur, Giovanni s'en empara et reprit sa course.

Conte tourna pour s'engager dans la partie de tunnel envahie par une mystérieuse lumière. Il commençait à ressentir de légers étourdissements, non pas du fait de sa course, mais de l'air fétide qui emplissait maintenant ses poumons. Un désordre d'outils bloquait le passage et l'obligea à ralentir. D'un grand coup de pied, il éteignit le projecteur allumé.

Devant lui, à la lumière de sa lampe torche, il voyait la galerie partir dans trois directions différentes. Courant jusqu'à l'intersection, il fit une pause, tenta de toutes ses forces de recouvrer le contrôle de sa respiration et tendit l'oreille.

Conte dirigea sa torche vers le tunnel devant lui. Celui-ci s'achevait rapidement en impasse. Pivotant vers la droite, il éclaira le boyau qui bifurquait doucement pour disparaître hors de vue. La galerie de gauche présentait une semblable incurvation.

Il écouta de nouveau. Rien. Finalement, il se retrouvait confronté à la nécessité de faire un choix.

52

Jérusalem

À l'intérieur de l'étroite cellule de détention du commissariat de police de Sion[1], Graham Barton fixait désespérément la
solide porte de métal. Sans comprendre pourquoi, il se retrouvait accusé d'être le cerveau du vol du Mont du Temple. En son
for intérieur, il savait que les autorités s'en étaient prises à lui
pour une raison quelconque : peut-être une raison politique de
circonstance.

Plus tôt dans la matinée, la police israélienne lui avait enfin
permis d'appeler sa femme. À cause des sept heures de décalage horaire, elle n'avait pas apprécié d'être tirée d'un profond
sommeil. Mais dès qu'il lui eut expliqué sa situation fâcheuse,
elle s'était rapidement adoucie.

Dans la voix de Jenny, Barton avait perçu un sentiment qu'il
croyait mort depuis longtemps : de l'inquiétude. Elle le crut sans
la moindre hésitation quand il clama son innocence.

— Allons, Graham, je sais que tu n'aurais jamais fait une
chose pareille.

Jenny l'assura qu'elle allait immédiatement chercher une
solution.

— Je t'aime, mon chéri. Je suis avec toi, lui dit-elle à la fin de
la communication.

Les mots lui avaient presque arraché les larmes des yeux.
Dans un moment où tout lui paraissait sombre et incertain, il

---

1. Le district de Jérusalem est divisé entre trois commissariats de police : Sion
au nord, Moriah au sud et David dans la vieille ville.

venait de retrouver quelque chose de plus précieux que sa liberté.

Quand la porte s'ouvrit, Barton leva les yeux sur une silhouette familière.

Razak.

Manifestement bouleversé, le Syrien se dirigea vers l'unique chaise libre tandis que la porte se refermait derrière lui et qu'on la bouclait de l'extérieur.

— Vous êtes dans de sales draps, Graham.

Son ton trahissait sa déception. Razak avait toujours bien su juger les individus. Mais la police lui avait présenté des preuves tellement solides contre l'archéologue qu'il ne pouvait s'empêcher de penser que l'Anglais l'avait pris pour un idiot.

— C'est un coup monté, insista Barton. Je n'ai rien à voir avec ce crime. Vous êtes bien placé pour le savoir.

— Je vous apprécie. Vous semblez être un brave homme, mais, vraiment, je ne sais que croire. Ils affirment que des preuves sérieuses ont été découvertes dans votre appartement, qu'on y a trouvé des choses qui ne peuvent appartenir qu'aux voleurs.

— Quelqu'un a introduit cette perceuse chez moi, protesta l'Anglais. Et vous savez aussi bien que moi que le parchemin se trouvait dans le neuvième ossuaire.

Il nota une expression incrédule sur le visage du musulman.

— Bon Dieu, Razak. Vous devez leur dire que le parchemin se trouvait dans cet ossuaire.

Le Syrien écarta les mains.

— J'avais le dos tourné, lui rappela-t-il.

Barton avait pu à dessein se prêter à toute cette mascarade de l'ouverture des ossuaires rien que pour légitimer qu'il puisse être en possession du parchemin. C'était une hypothèse qu'il ne pouvait écarter. Mais dans quel but ? Pour la notoriété ? Pour déposséder les musulmans du Mont du Temple en faisant dévier l'enquête vers une querelle territoriale ? Peut-être pour rejeter la faute sur un chrétien fanatique ?

— D'accord. Je comprends.

La déception voilait le visage de l'archéologue.

— Vous faites aussi partie de tout ça, ajouta-t-il.

— Et qu'en est-il des autres ossuaires ?

Barton ne cachait plus son exaspération.

— Comment un homme de ma taille pourrait-il déplacer neuf ossuaires pesant chacun trente-cinq kilos sous les yeux du Waqf et de la police ? Ce n'est pas le genre de choses qu'on glisse facilement dans sa poche, répondit-il sarcastiquement. Vous n'avez pas vu cette ville ces derniers jours ? Il y a des caméras de surveillance partout. Ils n'ont qu'à se repasser les enregistrements vidéo et ils verront que je ne me suis jamais trouvé seul sur les lieux du crime.

Razak demeura silencieux, les yeux baissés.

— Et même si j'avais été capable de les emporter, où les aurais-je cachés ? continua l'Anglais. Dans mon appartement ? Ils l'ont déjà fouillé. Ensuite vous allez me dire que j'ai effacé la tablette sur le mur de la crypte parce que je l'ai vue avant vous.

Le Syrien releva les yeux.

— Qu'entendez-vous par là ?

— Le dixième nom sur la tablette. Vous vous souvenez ? Il était effacé.

Maintenant, Razak se rappelait ce à quoi l'Anglais faisait allusion.

— Oui.

— Eh bien ce soir, le major Topol m'a montré une photographie opportunément prise *avant* que je mette les pieds dans cette crypte. On y voyait un symbole.

Razak n'aimait pas ça du tout.

— Quel symbole ?

Barton n'était pas d'humeur à se lancer dans une nouvelle dissertation historique.

— Un symbole païen. Un dauphin enroulé autour d'un trident.

Le Syrien ne comprenait pas.

— C'est un symbole chrétien primitif pour désigner Jésus. Il représente la crucifixion et la résurrection.

Razak ne savait pas quoi dire. Si c'était vrai, ce détail étayait assurément les hypothèses de Barton concernant l'occupant de la crypte et le contenu théorique de l'ossuaire volé. Il secoua la tête.

— Que croire ?

— Vous devez m'aider, Razak. Vous êtes le seul à connaître la vérité.

Le Syrien détourna le regard.

— La vérité est une denrée rare dans cette partie du monde. Et même si elle existait, j'ignore si je la reconnaîtrais.

Subrepticement, il commençait à se sentir une grande responsabilité envers l'Anglais. Depuis le commencement de l'enquête, les intuitions de Barton s'étaient révélées quasiment infaillibles et il avait perçu des choses que personne d'autre n'avait saisies. Seulement ici, il devait faire face à des accusations. Razak avait vu les autorités israéliennes utiliser ces tactiques de nombreuses fois par le passé. Barton n'était-il qu'un idiot manipulé par les Israéliens ? Cette possibilité modifiait totalement le regard que l'on pouvait porter sur l'affaire.

— Y a-t-il le moindre espoir pour moi ?

Razak écarta les mains.

— Il y a toujours un espoir.

Mais au plus profond de lui-même, il savait qu'il ne serait pas facile de le sortir de là.

— Vous allez poursuivre l'enquête ?

— Vous devez comprendre notre position.

En réalité, Razak commençait à se demander s'il la comprenait lui-même.

— Quelle position ?

— La paix. La stabilité de la région. Vous savez ce qui s'est passé aujourd'hui.

Il faisait allusion à l'attentat.

— Si rien ne change, ce ne sera que le début. Déjà l'annonce de votre arrestation a commencé d'apaiser les tensions. Des discussions reprennent. Les gens ont quelqu'un à condamner… Et qui plus est quelqu'un qui n'est ni juif ni musulman.

— Très pratique.

L'archéologue comprenait qu'il n'y avait rien à faire.

— Le vrai problème auquel nous sommes confrontés est politique.

Razak se pencha en avant.

— Je sais que c'est terrible. Mais si on ne trouve aucun responsable, il ne peut y avoir de solution. Si vous condamnez un homme, une tête tombe. Mais si vous condamnez un pays, on ne peut désigner aucun coupable en particulier et le problème est insoluble.

— C'est comme ça que les choses vont finir ?

— Cela ne finira jamais.

Razak se releva et frappa sur la porte de la cellule. Avant de sortir, il se retourna vers Barton.

— J'ai besoin de réfléchir à la situation, Graham. Je vais faire tout mon possible pour vous aider. Mais je ne peux pas attester de choses dont je ne suis pas sûr. Je sais que vous pouvez comprendre ça.

Puis, l'estomac noué, il quitta la cellule.

Quand Razak était entré dans le poste de police de Sion à peine quelques minutes plus tôt, les trottoirs étaient dégagés. Mais maintenant qu'il ressortait dans la lumière vive du soleil, une scène totalement différente s'offrait à lui.

Plus d'une dizaine de journalistes attendaient là. Et à en juger par leurs réactions frénétiques quand ils l'aperçurent, Razak comprit que c'était pour *lui* qu'ils étaient venus. Immédiatement, ils se jetèrent sur lui comme un essaim, caméras à l'épaule et micros brandis dans sa direction comme des épées.

— Monsieur al-Tahini !

L'un des reporters était parvenu à s'imposer pour attirer son attention.

Razak grimaça. Il savait que la confrontation était inévitable, mais, en quelque sorte, nécessaire. Après tout, il était le porte-parole officiel du Waqf.

— Oui.

— Est-il exact que la police a arrêté le responsable du vol du Mont du Temple ?

Comme s'ils se conformaient à quelque accord tacite, tous les journalistes présents se turent pour entendre la réponse.

Razak s'éclaircit la gorge.

— Ce n'est pas encore clair. Pour autant que je le sache, la police continue d'examiner les faits en sa possession.

Un autre journaliste cria.

— Mais vous-même, n'avez-vous pas travaillé avec cet homme ? L'archéologue anglais Graham Barton ?

— C'est vrai que l'on m'a affecté à cette enquête à l'instar de M. Barton. Les références impressionnantes de celui-ci avaient été jugées extrêmement utiles pour nous aider à comprendre les motifs des voleurs.

Le premier journaliste revint à la charge.

— Mais que ressentez-vous maintenant qu'il a été identifié comme le cerveau de cette affaire ?

Attention, se dit Razak en lui-même. *N'aggrave pas la situation de Graham. Et fais en sorte que les choses n'empirent pas pour tes frères musulmans et palestiniens.*

— Si je suis impatient de résoudre cette affaire, je considère que beaucoup d'autres questions ont encore besoin de trouver une réponse avant que l'on puisse lancer une quelconque accusation contre cet homme.

Il fixa le reporter avant de se frayer un chemin à travers la meute.

— Maintenant, si vous voulez bien m'excuser.

53

Rome

Blotti dans un des *loculi* supérieurs de la galerie, Giovanni Bersei osait à peine respirer et désespérait de se ressaisir. Il priait pour que Conte choisisse le mauvais tunnel et se perde dans les catacombes. Avec un peu de chance, l'assassin allait succomber aux vapeurs et trépasser. Seulement, il ne fallait pas que cela lui arrive en premier. Il étreignit plus fermement le manche du marteau. *Comme si cet outil pouvait rivaliser avec un pistolet.*

Des minutes passèrent. Le silence revint.

Encore un petit moment et il envisagerait de redescendre de sa cachette. Mais cet espoir fut de courte durée, car, soudain, une faible lueur se mit à trembloter sur la paroi rocheuse face à la niche. Conte approchait.

Après avoir fouillé deux boyaux sans succès, Conte avait rebroussé chemin jusqu'à l'endroit où Bersei avait trébuché sur les outils. Sa proie n'était sûrement pas repassée par là, car elle n'aurait pu se frayer un passage, au milieu de tout ce bazar et dans l'obscurité, sans se trahir.

Il lui restait un troisième passage à inspecter. Dès qu'il s'y engagea, Conte sentit une légère brise. L'air était moins fétide de ce côté. Peut-être qu'il y avait un puits d'aération à proximité.

Il commençait à envisager l'hypothèse – très improbable néanmoins – que l'anthropologue ait pu se montrer plus malin que lui. Cependant il ne pouvait lui échapper que c'était temporairement dans la mesure où la seule porte de sortie des catacombes était fermée à clé.

Progressant lentement dans la galerie, il entrevit une faible lueur loin devant. La lumière du jour ?

Cette fois, la panique l'envahit. S'il s'agissait peut-être effectivement d'un puits d'aération, le passage paraissait assez large pour offrir une issue de secours. Conte se précipita dans cette direction.

Dix pas plus loin, une masse sombre jaillit du haut du mur. Tout se passa si vite que le mercenaire n'eut pas le temps de réagir. Un coup d'une extrême violence fut porté à sa tempe droite et il s'effondra sur le dos. Sa tête heurta violemment le sol avec un son creux.

La lampe torche roula, mais il parvint à garder solidement son Glock en main. Il réagissait par pur instinct.

Étourdi, Conte parvint à peine à discerner une silhouette qui descendait du mur comme un cadavre réanimé. Dès qu'il toucha le sol, Bersei se précipita sur la lampe.

Soudain, à travers sa vision brouillée, le mercenaire vit une forme fendre l'air et s'abattre sur lui. La chose lui frappa cruellement la poitrine. Un marteau ? Levant le Glock, il tira à l'aveuglette, histoire de dissuader Bersei de tenter un nouveau coup.

La lumière de la torche s'éloigna rapidement dans le passage, tandis que Conte essayait de se ressaisir.

Soulagé que les tirs de Conte l'aient raté, Bersei courait vers la source lumineuse à l'autre extrémité du passage. Ce boyau serait peut-être un cul-de-sac, mais il se concentrait sur le cône solaire lumineux qui lui offrait un espoir d'évasion. La petite brise soufflait plus fort maintenant. Peut-être – mais seulement peut-être – qu'il allait se sortir vivant de ce cauchemar.

Mais à deux mètres seulement du puits d'aération, Bersei s'immobilisa, juste avant une ouverture béante dans le sol. La lumière du jour tombant du plafond éclairait un large puits au bord inégal. L'anthropologue regarda dans le trou : il aperçut un socle rocheux à une profondeur équivalente à quatre ou cinq étages.

Les galeries inférieures. Il y avait trois autres niveaux en dessous, se rappela-t-il. Les ouvriers devaient avoir ouvert ce puits d'aération pour aider à dissiper les gaz souterrains stagnants.

Christ, aide-moi.

Bersei leva de nouveau les yeux vers la source de la lumière. Le puits était trop large pour être escaladé. Pire, une lourde grille de fer en barrait l'ouverture loin au-dessus. Le désespoir se referma sur lui comme un étau.

Soudain, il perçut un léger bruit dans son dos.

Pivotant sur lui-même, Bersei eut à peine le temps d'entrevoir la masse de Conte, lancée à l'horizontale comme un projectile. Les pieds déchaussés de l'assassin frappèrent Bersei en pleine poitrine et le projetèrent violemment par-dessus la gueule du puits. Son corps s'écrasa brutalement contre le mur opposé.

La lampe torche bascula dans le vide et alla se fracasser loin en dessous sur les rochers.

Pendant une fraction de seconde, Bersei resta plaqué contre la paroi, les pieds posés sur la minuscule corniche qui faisait le tour du gouffre. Mais le contrecoup de l'impact l'aspirait irrésistiblement vers l'avant. Par réflexe, des poussées d'adrénaline aidant, il tenta de s'écarter du mur d'un grand coup de pied et se lança par-dessus le trou béant. Ses doigts agrippèrent la terre et se crispèrent. Mais il n'y avait rien à quoi se retenir.

Bersei glissa. Dans sa chute, il se blessa sur les roches pointues avant d'aller s'écraser tête la première sur le tuf à la base du puits.

Conte regarda dans l'abîme. Étendu sur le fond rocheux, Giovanni Bersei gisait, le corps anormalement tordu. Du sang suintait de son crâne fracassé et des os brisés saillaient sous la peau.

Le chasseur sourit. *Du bon boulot. Sa mort passerait pour un malheureux accident.* Des jours s'écouleraient, peut-être même des semaines, avant que l'on ne trouve le corps. Même l'infecte odeur de chair en décomposition avait toutes les chances de ne pas se faire sentir ici. Après tout, cet endroit était prévu pour ça.

Sur le trajet du retour, Conte récupéra son pistolet et son manteau. Il parvint même à retrouver les douilles des balles qu'il avait tirées. C'était une règle : ne jamais laisser derrière soi d'éléments balistiques exploitables. C'est dans cet esprit qu'il avait choisi d'utiliser des XM-8 pour la mission à Jérusalem. Jusqu'à présent, les balles tirées par ces fusils-mitrailleurs laissaient perplexes des enquêteurs qui essayaient de comprendre comment une arme prototype – qui aurait dû dormir quelque part dans un bunker militaire nord-américain – avait pu atterrir entre les mains de mercenaires anonymes.

Rouvrant la porte, il se glissa dans l'entrée des catacombes. Après avoir rendu ses clés au guide inerte, Conte ramassa le sac contenant le portable de Bersei, tira le verrou de la porte extérieure et sortit. Il referma derrière lui. Ses yeux eurent besoin d'un instant pour se réhabituer à la lumière vive de l'extérieur. L'assassin poussa la Vespa de Bersei jusqu'à la camionnette Fiat blanche qu'il avait louée. Ouvrant les portes arrière, il souleva le vélomoteur pour le hisser dans le véhicule, referma les battants et se mit au volant. Avant de démarrer, il se regarda dans le rétroviseur. Une bosse pourpre de la taille d'une noix était apparue sur sa tempe droite. Heureusement, le coup de Bersei n'avait pas été parfaitement coordonné, sinon il aurait bel et bien pu le laisser inconscient.

Tout bien considéré, il avait fait du bon travail.

54

Cité du Vatican

À dix heures moins dix, le père Patrick Donovan pénétra dans le laboratoire. Il donnait l'impression de ne pas avoir dormi depuis des jours. Une sacoche de cuir battait contre son flanc.

— Bonjour, docteur Hennesey.

Assise à côté de l'ossuaire, Charlotte releva les yeux de la relique.

Le prêtre chercha l'anthropologue du regard.

— Le Dr Bersei est ici ?

— J'allais vous appeler. Il n'est pas encore arrivé.

Travestir la vérité n'était pas son fort. Mais cette fois, pour le bien de Giovanni, elle voulait plus que jamais se montrer convaincante.

— C'est étrange.

Immédiatement, il soupçonna Conte de mijoter un mauvais coup. Lorsqu'il était passé dans le couloir, il avait remarqué qu'il n'était pas dans la petite salle de surveillance dont la porte était ouverte. Apparemment, Conte était parti précipitamment.

— J'espère que tout va bien.

— Je comprends ce que vous voulez dire. Cela ne lui ressemble pas d'être en retard.

— Surtout pour une occasion si importante, ajouta Donovan. J'espérais vraiment sa présence pour la présentation. Vous pensez pouvoir la faire sans lui ?

— Bien sûr, répondit-elle.

En réalité, elle en avait mal au ventre. Comment allait-elle pouvoir y arriver toute seule ? Et si Bersei avait raison ? Et si

337

elle n'était *pas* en sûreté à l'intérieur de la cité du Vatican ? Pourtant, ce qui la réconfortait, elle avait l'intuition que ce prêtre allait veiller sur elle. Elle se trompait rarement sur le caractère des gens.

Donovan regarda sa montre.

— Nous devrions y aller. Je ne veux pas être en retard.

Charlotte se força à sourire. Elle prit le sac qui contenait son portable en bandoulière, puis attrapa la volumineuse serviette du dossier de présentation et suivit Donovan dans le couloir.

— Où allons-nous exactement ?

Il se tourna vers elle.

— Chez le secrétaire d'État, le cardinal Antonio Carlo Santelli.

55

Côte à côte, Donovan et Charlotte traversèrent le grand corridor du palais apostolique. Discrètement, le prêtre regarda la jeune femme. Il lut dans ses yeux la même révérence que celle qu'il avait lui-même ressentie la première fois qu'il avait vu cet endroit.

— Spectaculaire, n'est-ce pas ?

— Oui.

Elle faisait tout son possible pour se détendre, alors que la vue des gardes suisses lourdement armés positionnés le long du couloir ne faisait que mettre un peu plus ses nerfs à vif.

— Fantastiquement grandiose, souligna-t-elle.

Donovan tendit l'index vers le haut plafond.

— Le pape vit à l'étage au-dessus.

À l'entrée de la Secrétairerie d'État, les gardes identifièrent rapidement les deux visiteurs et les autorisèrent à poursuivre leur chemin. Un Suisse les escorta dans l'antichambre où le père Martin se leva de son bureau pour les saluer.

L'assistant n'était pas exalté par la décision du cardinal d'organiser la rencontre ici. Quel était l'objectif de Santelli ? Lorsqu'il allait s'agir d'illustrer ce qui était en jeu, la fille n'allait-elle pas soupçonner quelque chose ?

— Content de vous revoir, James.

Donovan serra la main du jeune prêtre en essayant de ne pas regarder les cernes sombres sous ses yeux. Après lui avoir présenté Charlotte, il demanda à Martin d'appeler le laboratoire par l'Interphone pour voir si le Dr Bersei était arrivé.

L'assistant s'exécuta et refit le tour du bureau. La sonnerie retentit quinze secondes sans réponse. Il secoua la tête.

— Désolé. Personne ne répond.

Donovan se tourna vers Charlotte.

— Je crois que vous allez devoir vous débrouiller seule, lui dit-il comme pour s'excuser.

L'Interphone sur le bureau de Martin s'anima soudain.

— James !

Une voix rude retentit dans le mini-haut-parleur.

— Je vous ai demandé ce rapport il y a dix minutes. Qu'attendez-vous donc ?

Un petit sourire contrit aux lèvres, le prêtre roula les yeux.

— Excusez-moi, juste un instant, lança-t-il aux visiteurs.

Puis il se pencha en avant et pressa le bouton de l'Interphone.

— Je l'ai ici, Votre Éminence. Pardonnez-moi pour le retard. Le père Donovan et le Dr Hennesey sont arrivés.

— Eh bien, qu'attendez-vous ? Faites-les entrer !

Attrapant furieusement un dossier sur son bureau, le père Martin les introduisit dans l'antre de Santelli.

Le cardinal était assis derrière son bureau et terminait une conversation téléphonique. Il accueillit ses visiteurs d'un hochement de tête et tendit la main vers le dossier que tenait Martin. Dès que le prêtre lui eut remis le document, Santelli lui fit signe de s'en aller comme s'il n'était qu'un vulgaire moustique.

— Il est tout à vous, murmura Martin à Donovan en se retirant dans l'antichambre.

En voyant la silhouette intimidante du prélat derrière sa table de travail, Charlotte se rendit compte qu'elle ignorait totalement le protocole à respecter. Tellement préoccupée par les allégations de Bersei et l'inquiétante installation d'espionnage de Conte, elle avait oublié d'évoquer cette question d'étiquette avec Donovan. Le cardinal raccrocha et se leva. Grand, raide, il arborait un visage plaisant mais inflexible. Tandis qu'il contournait son volumineux bureau, Charlotte se dit que le religieux présentait tous les signes extérieurs d'un homme qui avait récemment cessé de boire, même si sa présence en imposait.

— Bonjour, père Donovan.

Le cardinal lui tendit sa main droite comme s'il voulait saisir une canne invisible.

— Votre Éminence.

L'Irlandais s'avança et s'inclina légèrement pour baiser l'anneau sacré de Santelli. Ce geste condescendant lui inspirait le plus profond mépris, mais il faisait de son mieux pour le dissimuler.

— Votre Éminence, puis-je vous présenter le Dr Charlotte Hennesey, une généticienne renommée de Phoenix ?

— Ah oui.

Santelli gratifia la jeune femme d'un large sourire.

— J'ai beaucoup entendu parler de vous, docteur Hennesey.

Une vague de panique envahit Charlotte quand le prélat se rapprocha pour la saluer. Peut-être le perçut-il. Toujours est-il que le cardinal lui offrit une simple poignée de main ordinaire. Soulagée, elle secoua l'énorme poigne de Santelli dont elle sentit le fort parfum d'eau de Cologne.

— C'est un honneur de vous rencontrer, Votre Éminence.

— Merci, ma chère. Vous êtes très aimable.

Momentanément distrait par la beauté de la jeune femme, il garda sa main dans la sienne un long moment avant de la lâcher.

— Venez. Asseyons-nous.

Posant doucement sa paume droite sur l'épaule de son invitée, il lui indiqua une table de conférence circulaire en acajou de l'autre côté de la pièce.

Sans lâcher l'épaule de la jeune femme, Santelli y accompagna Charlotte et Donovan les suivit.

Ce dernier était fasciné de voir à quel point le secrétaire d'État pouvait se montrer charmant quand il le jugeait bon... Un loup dans un habit de pasteur.

— Je suis impatient de discuter avec vous de ce projet formidable sur lequel vous avez travaillé, s'exclama Santelli avec enthousiasme. Le père Donovan m'a déjà rapporté beaucoup de choses passionnantes sur vos découvertes.

Dès qu'ils furent tous installés dans leurs fauteuils de cuir, le bibliothécaire fit un bref rappel du contexte à Santelli pour en arriver rapidement aux reliques qui avaient été présentées aux scientifiques. Au préalable, il pria d'excuser le Dr Bersei qui n'était pas en mesure d'assister à l'entretien en raison d'un problème personnel.

Le cardinal parut inquiet.

— Rien de sérieux, j'espère ?

En son for intérieur, le bibliothécaire l'espérait aussi.

— Je suis certain que tout va bien.

— Cela signifie que vous avez la parole, docteur Hennesey.

Charlotte tendit à Santelli un dossier soigneusement relié et en donna une copie à Donovan. Puis elle ouvrit l'écran de son ordinateur portable et attendit qu'il s'allume.

— Notre premier travail a été l'analyse pathologique du squelette, commença-t-elle.

La professionnelle reprenait le dessus.

Pas à pas, elle présenta aux deux hommes un montage Power-Point de photos grossies et précises des anomalies du squelette : les entailles, les genoux fracturés, les poignets et les pieds endommagés...

— En nous fondant sur ce que nous voyons ici, tant le Dr Bersei que moi-même avons conclu que ce sujet mâle inhumé dans l'ossuaire était en parfaite santé au moment de sa mort et que celle-ci avait été la conséquence de son... exécution. Il avait à peine plus de trente ans.

Santelli fit mine de paraître surpris.

— Une exécution ?

Charlotte regarda Donovan. Le prêtre semblait tout aussi perplexe, mais il l'invita à poursuivre d'un signe de tête. Portant de nouveau les yeux sur le cardinal, elle alla directement à l'essentiel.

— Il a été crucifié.

Les mots demeurèrent comme suspendus dans l'air un long moment.

Santelli se pencha en avant pour poser ses deux coudes sur la table. Le prélat plongea son regard dans celui de la généticienne.

— Je vois.

— Et les éléments médico-pathologiques corroborent sans équivoque ce point, continua-t-elle. En outre, nous avons aussi trouvé ces objets dans un compartiment dissimulé au fond de l'ossuaire.

Afin de se détendre, Charlotte sortit les trois sachets plastique de son sac. Délicatement, elle posa le premier sur le bureau en veillant à ce que les gros clous ne heurtent pas trop violemment le plateau poli. Puis elle exhiba le sachet scellé avec les deux pièces de monnaie. Le troisième contenait le cylindre de métal.

Santelli et Donovan examinèrent minutieusement chaque objet.

Ils s'intéressèrent particulièrement aux clous qui ne requéraient pas vraiment d'explication. Les deux hommes durent se faire les mêmes réflexions que Charlotte lorsque celle-ci les avait vus pour la première fois : quel effet ça pouvait faire d'être empalé par de telles pointes ?

La jeune Américaine s'attarda davantage sur la description des pièces de monnaie. Étonnamment, ni Santelli ni Donovan n'eurent de questions à poser. Connaissaient-ils déjà l'existence de ces objets ? L'épouvantable Conte les avait-il informés de leurs découvertes au fur et à mesure de son espionnage ? Elle essaya de mettre de côté ces soupçons afin de passer au cylindre. Charlotte leur expliqua qu'il renfermait un rouleau qui avait encore besoin d'être étudié. Cette fois, cette relique spécifique retint un moment l'attention du père Donovan.

— Nous avons soumis un échantillon d'os et des éclats de bois à une datation au carbone.

Elle tendit deux copies des certificats de carbodatation que leur avait envoyés Ciardini.

— Comme vous pouvez le constater, les deux échantillons datent du début du Ier siècle de notre ère. Il est ressorti de l'analyse que le bois provenait d'une espèce rare de noyer, indigène de l'ancienne Judée. Des résidus organiques de fleurs utilisées pendant le rituel funéraire et de lin ont aussi été trouvés dans l'ossuaire. Encore une fois, tant le lin que les fleurs sont spécifiques de la Judée.

Elle ouvrit d'autres images et données de son ordinateur.

— Pourquoi du lin, docteur Hennesey ? s'enquit Donovan.

— Il s'agit très probablement des restes des bandes de lin et du linceul qui ont servi pour envelopper le corps pendant le rituel funéraire.

Elle marqua une pause.

— Le Dr Bersei a effectué une analyse microscopique de la patine de l'ossuaire.

Charlotte fit apparaître les clichés montrant la surface de la pierre à différents degrés de grossissement.

— Il est apparu que la composition biologique était uniforme sur l'ensemble de l'échantillon. En outre, le constituant minéral de la patine est conforme à celui des reliques semblables trouvées dans des grottes de toute cette région. Plus important encore : il n'a été détecté aucune trace de manipulation manuelle.

— Excusez-moi, mais que signifie ce dernier point ? demanda le cardinal.

— Simplement que ce n'est pas un faux. La patine n'a pas été artificiellement créée par des méthodes chimiques modernes. Ce qui veut dire que l'ossuaire et ses inscriptions sont authentiques.

Mais vous le savez probablement déjà, pensa-t-elle.

Elle afficha à l'écran l'image tridimensionnelle du squelette et fit pivoter son ordinateur vers les deux religieux.

— Après avoir scanné l'intégralité des ossements, nous avons pu calibrer la masse musculaire du sujet.

Jouant avec la souris, elle matérialisa à l'écran la musculature rouge sang digitalisée du sujet. Elle laissa le temps à ses interlocuteurs d'assimiler ce qu'ils découvraient, puis elle pressa une nouvelle touche. La « peau » monochrome vint recouvrir les muscles.

— En incorporant le profil génétique de base identifié grâce à l'ADN du sujet, nous avons reconstitué l'apparence de cet homme au moment de sa mort. Et la voici.

Elle appuya sur le bouton de la souris et l'écran révéla cette fois une peau pigmentée, des yeux vifs et colorés et une abondante chevelure sombre.

Les deux hommes demeurèrent abasourdis.

— C'est absolument... extraordinaire, murmura Santelli.

Jusque-là, ni le cardinal ni le prêtre n'avaient laissé transparaître qu'ils connaissaient l'identité de l'homme dont il ne restait plus que ce squelette ou l'origine de l'ossuaire. Tandis qu'ils contemplaient l'image numérique, Charlotte les scrutait tour à tour. Ces deux hommes d'Église pouvaient-ils réellement être impliqués dans un vol qui avait causé la mort de plusieurs personnes ?

— Pour conclure, le Dr Bersei a pu déchiffrer la signification du symbole gravé sur le flanc du sarcophage.

Elle était convaincue que cette information allait enfin susciter une véritable réaction. La photo en gros plan du dauphin enroulé autour de son trident apparut sur l'écran. Charlotte donna d'abord la signification de chaque symbole pris séparément.

— Mais les premiers chrétiens avaient choisi de fusionner ces deux symboles païens pour représenter... Jésus-Christ.

Santelli et Donovan échangèrent des regards inquiets.

Mission accomplie, pensa Charlotte.

Un grand silence tomba sur la pièce.

56

Le cardinal Santelli fut le premier à rompre le silence.

— Êtes-vous en train de nous dire, docteur Hennesey, que ces restes mortels seraient ceux de Notre-Seigneur Jésus-Christ ?

Si en général elle aimait que les gens aillent droit au but, elle ne se sentait pas de taille à affronter seule ce genre de discussion. Déglutissant avec peine, Charlotte sentit une force irrépressible l'envahir. Mais l'incitait-elle à faire face ou à fuir ? En réalité, elle devait déployer des trésors de volonté pour résister à l'envie pressante de regarder vers la porte ouverte.

Maintenant, elle se félicitait d'avoir, ce matin-là, avant de quitter la Domus, passé une heure à lire un ouvrage qu'elle avait trouvé dans le tiroir de sa table de nuit. Si l'étude qu'elle avait menée conjointement avec le Dr Bersei devait suggérer – même hypothétiquement – que ces os fussent ceux de Jésus-Christ, il était plus prudent de confronter leurs découvertes avec les passages du Nouveau Testament où cet épisode de la mort du Christ était consigné.

— À première vue, commença-t-elle, les preuves sont irréfutables. Mais si l'on s'en tient au texte de la Bible, le rapport pathologique soulève des anomalies, voire des contradictions. Par exemple, nous ne trouvons aucune trace du coup de lance qui aurait transpercé son thorax, comme l'indique le Nouveau Testament. Et on constate que les genoux de cet homme ont été brisés.

Elle se mit à expliquer comment les Romains accéléraient la mort à coups de barre de fer.

L'esprit du père Donovan se mit à vagabonder momentanément sur cette contradiction apparente qui n'en était pas une pour lui et qu'il avait au demeurant prévue. Il savait que

Charlotte se référait à l'Évangile de saint Jean, chapitre dix-neuf. Ce passage rapportait qu'un centurion romain aurait transpercé le flanc de Jésus avec une lance pour mettre un terme à son agonie :

> *Les soldats vinrent donc et brisèrent les jambes du premier homme puis de l'autre qui avaient été crucifiés avec lui. Arrivés à Jésus, voyant qu'il était déjà mort, ils ne lui brisèrent pas les jambes.*

Donovan n'oubliait jamais que deux autres lignes de ce chapitre – les versets trente-six et trente-sept – expliquaient en réalité avec concision cette partie du récit qui n'était incohérente qu'en apparence :

> *… Car cela est arrivé afin que l'Écriture fût accomplie :* Aucun de ses os ne sera brisé. *Ailleurs l'Écriture dit encore :* Ils regarderont celui qu'ils ont transpercé.

Il était intéressant de noter qu'aucun des Évangiles synoptiques – ceux de Matthieu, Marc ou Luc – ne faisait mention de cet événement. Pour Donovan, cela signifiait tout simplement que l'Évangile de Jean avait enjolivé le récit en incluant ce détail pour convaincre les juifs que Jésus était le vrai Messie annoncé par les prophètes de l'Ancien Testament – « *afin que l'Écriture fût accompli* ». En ce qui le concernait, il était absolument certain que le squelette étendu dans le sous-sol du musée du Vatican témoignait de la vérité : Ponce Pilate et les Romains avaient traité Jésus comme n'importe quel criminel anonyme qui menaçait l'ordre social de l'Empire. Ils l'avaient impitoyablement exécuté et quand ils avaient vu qu'il ne mourait pas assez rapidement, ils lui avaient fracassé les genoux pour accélérer le processus.

Charlotte poursuivait son exposé.

— Je suis certaine que vous connaissez mieux que moi ce que la Bible dit des activités de Jésus avant son ministère.

Donovan s'empressa de compléter.

— Il avait été charpentier depuis son enfance.

En réalité, la Bible ne faisait aucune allusion explicite aux activités du Christ. On *supposait* que Jésus avait été charpentier simplement parce que l'Évangile de saint Matthieu parlait de lui comme du « fils du charpentier ». On imaginait donc qu'il avait participé à la petite affaire familiale... bien que le mot grec utilisé dans le texte de Matthieu *tektonov* – traduit grossièrement par « charpentier » – ait pu en réalité s'appliquer à toute personne travaillant de ses mains, de l'artisan à l'ouvrier journalier en passant par le fermier.

Charlotte hocha la tête.

— Toutes ces années de dur travail manuel auraient dû avoir pour conséquence des altérations visibles des articulations des doigts et des poignets, précisément aux endroits où les os et les tissus environnants devaient se densifier pour répondre aux sollicitations répétées. Théoriquement, les jointures d'au moins une des mains auraient dû présenter des signes d'usure prématurée.

Elle bascula l'écran sur un gros plan des mains.

— Seulement cet homme ne montre aucune altération manifeste.

— C'est fascinant.

Donovan était parvenu à paraître presque sincère.

— Mais le plus important, ajouta-t-elle en pointant son index vers l'écran, c'est que son profil génétique ne correspond pas à ce qu'on attendrait d'un individu né dans l'ancienne Judée. J'ai soigneusement examiné le séquençage génétique de l'ADN et il ne correspond à aucun des profils référencés pour les juifs ou les Arabes du Moyen-Orient. La Bible établit que Jésus-Christ est né d'une longue lignée de juifs. Comme vous le savez tous deux, l'Évangile de Matthieu commence avec la généalogie de Jésus – sur quarante-deux générations jusqu'à Abraham – et tous ses ancêtres sont juifs. On a donc affaire à une lignée exclusivement juive. Pourtant l'ADN de notre homme n'a pas de généalogie identifiable.

Cette fois, tant Santelli que Donovan parurent perplexes.

Le cardinal pencha la tête de côté.

— Si je comprends bien, docteur Hennesey, vous êtes en train de nous dire que vous ne croyez *pas* que ces restes soient réellement ceux de Jésus.

Elle soutint son regard, sans dire un mot.

Un instant, Charlotte repensa à ce que lui avait dit Bersei à propos des gens qui seraient capables de tuer pour ces reliques. Contrairement à l'attitude de Donovan, le regard fuyant du cardinal commençait à la convaincre que les soupçons de Giovanni étaient peut-être fondés.

— Au regard de ce que nous avons ici, prétendre que ces restes pourraient être réellement ceux de Jésus-Christ serait très hasardeux. Les méthodes scientifiques d'aujourd'hui soulèvent encore trop de questions. Il demeure une possibilité très réelle pour que nous ayons là une sorte de faux du Ier siècle.

— C'est un soulagement, indiqua Donovan.

Décontenancée, Charlotte lui lança un regard pénétrant.

— Pourquoi ça ?

Ouvrant sa sacoche, il sortit son exemplaire de l'*Ephemeris Conlusio*.

— Laissez-moi vous expliquer.

57

Déposant soigneusement l'antique manuscrit patiné sur le plateau en acajou luisant du bureau, le père Donovan se tourna vers Charlotte.

— Vous savez, naturellement, que le Vatican s'est particulièrement intéressé à la provenance de l'ossuaire.

Les mains croisées sur sa poitrine, le cardinal Santelli s'adossa à son fauteuil.

Charlotte regardait le livre avec curiosité.

— Et il y a une très bonne raison à cela, expliqua-t-il. Personne en dehors d'un petit cercle dans les plus hautes sphères de l'Église n'a entendu parler de ce que je vais vous confier.

À en juger par l'expression et la façon de se tenir du cardinal, ce point la laissait éminemment dubitative.

— OK.

— D'abord, il me faut vous fournir quelques éléments contextuels, commença Donovan. De nombreux juifs, particulièrement ceux qui vivaient dans l'ancienne Judée, considéraient que Jésus – le fils de Dieu autoproclamé – n'avait pas rempli les critères messianiques énoncés par l'Ancien Testament. Et ils avaient raison.

Quel étrange aveu, pensa-t-elle.

— Le Messie annoncé par les prophètes était censé être un guerrier descendant directement du roi David. Il aurait reçu pouvoir de Dieu pour réunifier militairement les tribus d'Israël et libérer ainsi la Terre promise de la tyrannie et de l'oppression.

Tandis que Donovan parlait rapidement en agitant les mains, tout son visage s'animait semblablement.

— Le Messie était censé reconstruire le saint Temple et conquérir Rome. Les juifs avaient été vaincus depuis des siècles et assujettis par tous les plus grands empires : perse, grec et romain. Pendant les mille premières années de son existence, Jérusalem n'avait connu que des effusions de sang.

La vision des soldats israéliens morts lui rappelait à quel point tout cela avait peu changé.

— Mais si vous lisez les Écritures, vous voyez Jésus prôner la paix. Nous avons là un homme qui dit aux juifs de payer leurs impôts et d'accepter leur sort. En retour, il leur promet l'éternité. Il affirme qu'utiliser le mal pour combattre le mal ne fait que perpétuer le même cycle.

Charlotte comprit soudain que Donovan avait besoin de raconter cette histoire et qu'elle-même avait de son côté besoin d'y apporter sa contribution.

— « Celui qui vit par le glaive périra par le glaive[1] » ?

— Exactement. Jésus savait que Rome ne pouvait être vaincue. Il essayait d'empêcher une rébellion juive massive qui n'aurait eu pour résultat qu'un massacre par les Romains. Mais beaucoup choisirent de ne pas l'écouter.

La voix de Donovan était devenue grave.

— Moins de trente ans après la mort du Christ, les juifs finirent par se révolter. Et la réaction romaine fut aussi rapide que brutale. Ils assiégèrent Jérusalem et, après s'être emparés de la ville, ils massacrèrent hommes, femmes et enfants. Des milliers d'individus furent crucifiés, brûlés ou simplement taillés en pièces. Jérusalem et son Temple furent rasés jusqu'au sol. Exactement comme Jésus l'avait prédit.

Le prêtre irlandais marqua une pause.

— Docteur Hennesey, êtes-vous consciente que la plupart des théologiens estiment que le ministère de Jésus n'a duré qu'un an ?

Charlotte savait que le Christ était à peine trentenaire quand il était mort.

— Non, je ne le savais pas.

Donovan se pencha pour se rapprocher d'elle.

— J'espère que vous êtes d'accord pour admettre, quelle que soit votre foi ou même votre degré de foi, que Jésus fut un être

---

1. Matthieu, XXVI-52.

humain remarquable, un philosophe et un maître, un homme qui émergea d'une relative obscurité pour apporter un message durable d'espoir, de bonté et de foi qui résonne encore deux mille ans plus tard. Aucun autre personnage dans toute l'Histoire n'a eu un tel impact.

Sans détacher ses yeux de la jeune femme, les mains de Donovan se déplacèrent vers l'*Ephemeris Conlusio* et restèrent posées sur sa couverture, comme s'il voulait protéger l'ouvrage.

— Ce livre a quelque chose à voir avec tout ça ? demanda Charlotte.

Elle avait remarqué que Donovan n'avait pas une seule fois regardé Santelli, ce qui laissait clairement entendre que cette partie de la discussion avait été chorégraphiée par les deux hommes.

L'Irlandais lui répondit par une question.

— Vous connaissez l'histoire de la résurrection du Christ, de son tombeau vide ?

— Naturellement.

Ayant suivi tout au long de sa scolarité élémentaire les cours de catéchisme avant de fréquenter un collège catholique pour filles, elle en connaissait assez long sur les Saintes Écritures. Plus qu'elle ne le voulait même. Elle fournit à Donovan la réponse qu'il attendait, celle qui éliminait toutes les incohérences des Évangiles :

— Jésus fut crucifié et mis au tombeau. Trois jours plus tard, il se releva d'entre les morts et réapparut à ses disciples – *Il revient à chacun d'imaginer sous quelle forme*, pensa-t-elle – avant de monter au ciel.

C'était un assez bon résumé, se dit-elle.

— Absolument.

Donovan se montrait très satisfait.

— Ce qui nous amène à cette histoire très remarquable.

Il tapota doucement la couverture du livre.

— Il s'agit ici d'un journal écrit par Joseph d'Arimathie, un personnage biblique intimement lié à la mort et à la résurrection de Jésus.

Charlotte était fascinée par la quantité de trésors secrets que recelait le Vatican. Cet ouvrage avait-il été lui aussi volé ?

— *Le* Joseph d'Arimathie ?

— Oui. L'homme qui a inhumé le Christ.

Le père Donovan ouvrit le volume dont le texte était écrit en grec ancien. Il releva les yeux vers l'Américaine.

— Pendant des siècles, le Vatican a craint la réfutation de la dimension messianique du Christ, et ce livre explique pourquoi.

Glissant un rapide coup d'œil vers Santelli, Donovan se concentra pour ne pas hésiter ou bredouiller. Jusqu'à présent, le cardinal semblait content de sa prestation.

— S'il est représenté comme l'avocat du Christ dans le Nouveau Testament, Joseph d'Arimathie œuvrait en réalité secrètement à saper le ministère de Jésus. Vous savez, Jésus présentait un risque considérable pour l'élite juive. S'il évitait habilement d'affronter les occupants romains, il avait sévèrement critiqué l'autorité juive, particulièrement celle des prêtres qui avaient transformé la maison de Dieu en « maison de trafic ». En échange de commissions, les prêtres juifs autorisaient les païens à faire des sacrifices sur les autels du Temple. Ils avaient laissé l'enceinte sacrée devenir une place de marché. Le Temple incarnait la foi juive. Donc, pour des juifs pieux et fidèles comme Jésus, son déclin régulier marquait la lente agonie de la tradition religieuse.

Charlotte se souvenait du récit de saint Matthieu racontant l'entrée de Jésus dans le Temple et son emportement contre les marchands et les changeurs de monnaie dont il avait renversé les tables. On pouvait comprendre que Jésus ne se soit pas réjoui de voir le lieu saint transformé en champ de foire.

— Assurément, Jésus n'appréciait pas les méthodes de la classe dirigeante juive, poursuivit Donovan, et il n'avait pas peur de le leur faire savoir. Il n'y a rien d'étonnant à ce que ce soit les prêtres juifs qui aient envoyé leurs propres gardes l'arrêter. Après l'exécution de Jésus, Joseph d'Arimathie fut choisi par le sanhédrin pour aller trouver Ponce Pilate afin de négocier la remise du corps. Convaincu par Joseph que cela empêcherait que des fidèles fanatiques de Jésus ne descendent le corps de la croix, Pilate accéda à sa requête.

Charlotte savait décrypter le langage non verbal. Si Donovan racontait l'histoire avec assurance, ses yeux ne cessaient de bouger. Elle se rappela une remarque de Giovanni : descendre un criminel d'une croix aurait été un fait sans précédent. On n'avait jamais récupéré de corps crucifié. Mais étant donné la menace que représentait Jésus pour les autorités juives – qui manifestement avaient tout à perdre si leur système était remis en question –, l'explication du prêtre paraissait plausible.

— Mais pourquoi les fidèles de Jésus auraient-ils voulu voler son corps ?

— Afin de pouvoir déclarer qu'il était ressuscité et affirmer sa divinité.

— Donc Joseph d'Arimathie s'est fait remettre le corps pour le protéger ?

— C'est cela.

Donovan se força à la regarder.

Maintenant elle se retrouvait à la croisée des chemins. Et à ce stade, il y avait une question évidente qui devait être posée. Charlotte regarda à nouveau l'écran du portable d'où l'image reconstituée de l'homme crucifié semblait exercer une surveillance vigilante des débats.

— Et la résurrection ?

Elle peina à déglutir.

— Est-ce qu'elle a vraiment eu lieu ?

Donovan sourit.

— Naturellement, répondit-il. Le corps fut secrètement placé dans le tombeau de Joseph, un emplacement inconnu des partisans de Jésus. Mais trois jours plus tard, il avait disparu.

— A-t-il été volé ?

Donovan sentit le regard sévère de Santelli se planter sur lui.

— C'est là que la Bible a raison, docteur Hennesey. Quatre récits néo-testamentaires distincts nous disent que trois jours plus tard Jésus se releva du tombeau. Puis il réapparut à ses fidèles et monta au ciel.

Charlotte ne savait que penser. Elle n'était certainement pas du genre à croire tout ce qui était écrit dans la Bible et sa relecture matinale lui avait rappelé pourquoi. Un passage en particulier qui décrivait la mort physique de Jésus sur la croix lui avait fourni un argument de poids. Il commençait au chapitre vingt-sept, versets cinquante à cinquante-trois de l'Évangile selon saint Matthieu :

Jésus poussa un grand cri et rendit l'esprit. Et voilà que le voile du Temple se déchira en deux de haut en bas ; la terre trembla et les rochers se fendirent. Les tombeaux s'ouvrirent et de nombreux corps de saints trépassés ressuscitèrent. Ils ressortirent des tombeaux après Sa résurrection, entrèrent dans la ville sainte et se firent voir à bien des gens.

À bien y réfléchir, cet extrait lui paraissait contredire fâcheusement l'histoire de Pâques. Ce passage était le premier à mentionner spécifiquement « Sa résurrection »... mais sans qu'il y ait eu d'intervalle de trois jours au préalable ni même d'inhumation. Cette réflexion l'avait amenée à se poser la question suivante : si l'esprit de Jésus avait déjà ressuscité au moment de la mort sur la croix, alors quelle partie de lui avait pu émerger du tombeau trois jours plus tard ? Une coquille sans vie et sans esprit ? Est-ce que quelqu'un se serait vraiment étonné de voir les os rester sur place ? Et que dire de tous ces autres corps de saints réanimés ? Pourquoi n'existe-t-il pas d'autres récits historiques qui fassent référence à tant de *corps* ressuscités ? Elle pensait en connaître la réponse. *Parce que ce n'était pas une résurrection physique.* Les mots que l'on trouvait dans les Évangiles étaient mal interprétés. Charlotte regarda le numéro deux du Vatican et ne vit qu'un bureaucrate chevronné qui refuserait d'entendre son interprétation. Il lui fallait poursuivre prudemment, mais avant cela elle devait aborder les questions les plus évidentes :

— Alors qu'en est-il de cet ossuaire, du cadavre crucifié... et de ce symbole du Christ ? Est-ce que ce livre nous explique ce qu'ils signifient ?

Maintenant rassuré, Donovan feuilleta l'*Ephemeris Conlusio* presque jusqu'à la fin et le repoussa soigneusement vers elle.

Au hasard des pages, Charlotte reconnut des croquis détaillés de l'ossuaire et de son contenu.

— Après le marché secret passé entre Joseph et Pilate, expliqua Donovan d'une voix égale, les disciples provoquèrent des troubles dans Jérusalem quand ils découvrirent que le corps de Jésus avait disparu. Cette disparition leur permettait de clamer que le Christ avait effectivement ressuscité. Naturellement, Pilate s'emporta contre Joseph d'Arimathie et exigea qu'il résolve le problème.

Donovan montra le dessin de l'ossuaire.

— Et c'est alors que Joseph trouva cette idée.

Charlotte essayait de comprendre ce que tout cela voulait vraiment dire.

— Si ces os ne sont pas ceux de Jésus...

Avec un grand sourire, Donovan fit un geste de la main pour l'encourager à poursuivre.

— ... cela signifie que Joseph d'Arimathie a *remplacé* le corps ?

— Absolument.

La jeune femme crut entendre Santelli lâcher un soupir de soulagement.

— D'après le récit de Joseph, reprit Donovan, il se procura un *autre* cadavre crucifié, l'un des deux corps qui restaient encore sur une croix au sommet du Golgotha... un criminel qui avait été tué le même jour que Jésus. Le corps fut soumis aux rituels funéraires juifs ordinaires et on le laissa se décomposer pendant un an.

— Il était donc impossible de faire la différence.

Si Donovan était en train d'inventer ça de toutes pièces, il se débrouillait sacrément bien.

— Oui. Cette admirable mystification avait pour but de prouver que le Christ n'avait jamais quitté le tombeau. Il s'agissait en somme d'une tentative désespérée pour discréditer le christianisme primitif afin de préserver les autorités juives.

Elle laissa cette idée faire son chemin en elle. Les arguments du père Donovan étaient assez cohérents et, en outre, pour étayer son histoire, il possédait un document qu'il prétendait être de première main. Par ailleurs, cette version expliquait les anomalies qu'elle avait mentionnées, et particulièrement l'étrange profil génétique et les genoux fracassés. Le squelette avait pu appartenir à un criminel condamné originaire d'une quelconque province romaine reculée. Mais il n'en demeurait pas moins qu'au propre comme au figuré le contenu de ce vieux livre, c'était du grec pour elle. Pour se faire une idée, elle devait s'en remettre totalement à la seule interprétation du prêtre. Peut-être avait-il tout manigancé ? Mais dans quel but ? Elle le regarda avec acuité.

— Il est évident que le plan de Joseph a échoué. Alors pourquoi n'a-t-on pas découvert tout ça plus tôt ?

À la seconde même où elle posait cette question, elle sentit sa gorge se nouer. N'allait-elle pas trop loin ?

Donovan haussa les épaules.

— Je pense que Joseph d'Arimathie est mort ou a été tué au cours des douze mois suivants, autrement dit avant que le corps ne soit prêt à être inhumé. Peut-être que le sanhédrin ou les Romains l'ont fait assassiner. Nous ne le saurons jamais vraiment. Réjouissons-nous simplement que son plan n'ait effectivement jamais pu aboutir. Parce qu'à la différence d'aujourd'hui, où des scientifiques talentueux comme vous l'êtes peuvent détecter les supercheries, dans les temps anciens, la présence d'un corps aurait pu être problématique.

— Et l'ossuaire n'a été trouvé que récemment ?

Charlotte se prépara à la réponse.

— Le Vatican s'est procuré l'*Ephemeris Conlusio* au début du XIVᵉ siècle. Mais on ne l'a pas pris au sérieux avant la découverte d'un tombeau par un archéologue, il y a quelques semaines à peine, juste au nord de Jérusalem. Par bonheur, il a été assez malin pour deviner que, s'il nous approchait discrètement, nous saurions le rétribuer très généreusement.

Perplexe, Charlotte réfléchit quelques instants à cette explication. Si Donovan disait la vérité, cela signifiait que cet *archéologue* anonyme avait pu tuer des personnes pour s'approprier l'ossuaire sans que le Vatican ait rien su des circonstances de son acquisition. Peut-être Bersei s'était-il trompé ? Pourtant c'était un homme intelligent. Un homme *très* intelligent. Elle avait personnellement pu se rendre compte qu'il n'était pas du genre à se faire une opinion hâtive sur quoi que ce soit. Qu'avait-il pu découvrir pour être si sûr de son fait ?

— Une relique du Iᵉʳ siècle d'un homme crucifié portant le symbole du Christ, murmura-t-elle. Un artefact à la valeur inestimable… mais pas celui du Christ.

— Exactement. Cette découverte avait tout l'air d'être authentique et, sans une analyse correcte, elle aurait pu causer bien des dommages inutiles à la chrétienté. Nous avions besoin de nous assurer que tout était conforme aux récits du journal de Joseph avant de finaliser une quelconque transaction. Grâce à votre travail efficace, je suis certain que nous pouvons refermer ce dossier.

Les yeux de Charlotte se reportèrent sur le manuscrit toujours ouvert à la page des dessins de Joseph qui inventoriaient l'ossuaire et son contenu. Soudain elle nota un détail… ou plutôt son absence. Le cylindre du manuscrit n'apparaissait pas. La généticienne plissa le front.

— Quelque chose ne va pas ? s'enquit Donovan.

Prenant le sachet contenant le cylindre dans sa main, elle demanda :

— Pourquoi cet objet ne figure-t-il pas dans ces illustrations ?

Elle montrait le dessin du doigt.

Donovan parut brusquement nerveux.

— Je ne sais pas, avoua-t-il.

Il s'était mis à jeter des coups d'œil inquiets vers le cardinal. Ignorant ce que le texte du parchemin pouvait révéler, il avait espéré éviter cette question.

— Pourquoi ne l'ouvrez-vous pas ? suggéra hardiment Santelli.

Prise de court, Charlotte objecta :

— Mais je n'ai jamais vraiment manipulé de documents de cette époque auparavant. Nous attendions pour...

— Il n'y a rien à craindre de ce côté-là, docteur Hennesey, la coupa le prélat. Le père Donovan est un spécialiste du traitement des documents anciens. Par ailleurs, il est fort peu probable que nous ayons envie d'exposer un jour ces objets dans le musée du Vatican.

— OK.

Elle tendit le sachet au bibliothécaire qui avait blêmi.

— Allez, Patrick, le pressa Santelli. Ouvrez-le.

Abasourdi par le culot du cardinal, Donovan ouvrit le sachet. Il y récupéra le cylindre et ôta le capuchon. En tapotant le tube, il fit tomber le rouleau sur la table. Le prêtre échangea des regards anxieux avec Santelli et Hennesey.

— On y va.

Avec le plus grand soin, il déroula le parchemin sur le sachet plastique et le tint à plat avec ses deux mains. En découvrant son contenu, il ressentit instantanément un immense soulagement et le repoussa sur la table à la vue de tous.

Les trois paires d'yeux contemplèrent le dessin qui avait été tracé à l'encre sur l'antique vélin. Il s'agissait d'un motif inhabituel qui mêlait toutes sortes d'images. Au centre, on reconnaissait une ménorah juive au-dessus d'une croix entourée de volutes de vignes feuillues. Le dessinateur avait tracé quatre fois entre les bras de la croix le symbole que l'on retrouvait sculpté sur le flanc de l'ossuaire.

— Qu'est-ce que tout cela signifie ? demanda Santelli à Donovan.

— Je n'en sais rien, confessa-t-il.

Il essayait surtout de dissimuler un détail qu'il venait de remarquer : le bord du rouleau de son côté semblait avoir été fraîchement découpé. Il reposa ses pouces à plat sur la bordure pour cacher ces traces d'escamotage.

— Quelle que soit la signification de ce dessin, il est magnifique, s'exclama Charlotte.

— Oui, confirma Donovan avec un grand sourire.

— Eh bien, docteur Hennesey, exulta le cardinal, vous avez accompli un excellent travail. Nous ne saurions trop vous remercier et le Saint-Père vous adresse lui aussi tous ses remerciements. Nous vous prions simplement de respecter scrupuleusement votre engagement de confidentialité, y compris devant les membres de votre propre famille et, naturellement, de ne rien dire aux médias.

— Vous avez ma parole, promit-elle.

— Parfait. Si vous me permettez, je vais demander au père Martin de vous raccompagner. J'ai encore à discuter de certaines choses avec le père Donovan. Et même si votre travail ici est terminé, sentez-vous libre, s'il vous plaît, de rester avec nous aussi longtemps que vous le désirerez.

58

En quittant le palais apostolique, Charlotte gagna directement le laboratoire pour voir si Bersei était revenu.

Alors qu'elle remontait le couloir du sous-sol, son regard fut attiré par la porte de la petite pièce de surveillance. Elle était toujours entrebâillée. Tout en sachant qu'elle commettait une erreur, elle posa sa main dessus.

— Monsieur Conte, puis-je vous dire un mot ?

Pas de réponse.

Elle poussa le battant et passa la tête à l'intérieur. Le local était vide. Totalement vide. Il n'y avait plus rien que des étagères vides le long des murs. Même les panneaux du plafond avaient été remis en place.

— Bon sang...

Refermant la porte, Charlotte traversa prudemment le corridor plongé dans un silence terrifiant. Elle glissa sa carte magnétique dans le lecteur de la porte du laboratoire, quasi certaine qu'elle n'allait plus fonctionner. Mais le verrou se libéra avec son claquement électromagnétique habituel et elle pénétra à l'intérieur.

Pour la première fois depuis qu'elle venait ici, les lumières et la climatisation étaient éteintes. Tâtonnant le long du mur en quête du panneau de commande, elle effleura des interrupteurs.

Quand la lumière revint, elle ne put en croire ses yeux. Tout avait disparu : l'ossuaire, les os, les reliques... Même les unités centrales des ordinateurs n'étaient plus dans leurs emplacements.

Craignant le pire, elle n'osa faire un pas dans la pièce. Charlotte se contenta d'éteindre les lumières et de battre en retraite vers la porte. C'est alors qu'elle entendit des pas approcher dans le corridor.

Qu'allait-il se passer ? La porte n'étant pas vitrée, il ne lui était pas possible de voir qui arrivait. Le père Donovan ? Bersei ? Charlotte écouta plus attentivement. Elle avait eu l'occasion de parcourir le couloir avec chacun d'eux, mais elle ne pouvait se rappeler qui marchait de ce pas égal.

Et si c'était Conte ?

Maintenant qu'elle avait vu le local de surveillance et le laboratoire vides, l'ordinateur portable qu'elle serrait contre elle – la seule preuve subsistant du projet secret du Vatican – lui faisait l'effet d'être de la viande crue et qu'elle se trouvait dans la tanière d'un lion. Tout son corps se raidit. Elle implora le ciel de faire en sorte qu'une autre porte s'ouvre ou que les pas repartent en arrière dans le couloir.

Mais ils s'arrêtèrent devant la porte derrière laquelle elle se trouvait et elle put distinguer une ombre qui se déplaçait dans la lumière filtrant sous la porte.

Terrorisée, elle recula à l'intérieur de la pièce enténébrée et tâtonna contre le premier poste de travail pour s'orienter. Quand la serrure de la porte se libéra, elle se recroquevilla sur le sol.

Charlotte sentit un picotement à la racine des cheveux sur sa nuque lorsque la porte s'ouvrit en grinçant. La lumière du couloir s'infiltra dans les ténèbres. Elle était certaine que l'inconnu – quel qu'il soit – ne pouvait l'apercevoir sous la table. L'intrus marqua une pause. Était-il aux aguets ?

Charlotte retint sa respiration et se figea comme une statue. Elle étreignait le sac contenant son portable à deux mains. Un très long moment s'écoula. Puis elle entendit le claquement des interrupteurs. Et la lumière fut, dissipant instantanément l'obscurité.

Aucun mouvement.

Elle commençait à avoir des crampes dans les jambes.

Après avoir refermé la porte, l'inconnu se déplaçait lentement dans la pièce. Il zigzaguait entre les postes de travail et se dirigeait vers la salle de repos.

Si elle ne pouvait voir ce qui se passait, à la seconde même où elle sentit que l'intrus venait d'entrer dans l'arrière-salle, elle bondit et se précipita vers la porte. Au moment précis où elle tournait la poignée, elle entrevit Salvatore Conte qui revenait dans le laboratoire. Le visage du mercenaire se tordit en un rictus hargneux.

59

Charlotte se précipita à toutes jambes dans le couloir. Les semelles de caoutchouc de ses chaussures couinaient sur les carreaux de vinyle cirés. Sans avoir besoin de regarder en arrière, elle pouvait entendre que Conte s'était lancé à sa poursuite.

Devant elle, l'ascenseur était fermé. Sachant qu'elle ne pouvait s'autoriser à souffler ne serait-ce qu'une seconde, elle fila vers la sortie de secours, dont elle poussa violemment la porte. Charlotte s'engagea dans l'escalier, l'ordinateur serré contre elle. Gravissant les marches trois par trois, elle avait quasiment l'impression de voler. À mi-étage, elle entendit Conte frapper contre la porte du sous-sol. Une paire de marches plus haut, elle se pencha sans s'arrêter et entraperçut la silhouette de l'homme qui s'élançait à son tour dans le colimaçon.

Parvenue au palier, Charlotte savait qu'elle n'avait que deux options : la porte de service débouchant sur l'extérieur et l'entrée du personnel donnant accès au musée Pio-Chrétien. Elle s'empressa d'ouvrir en grand la première. Mais au lieu de sortir, elle fit volte-face pour gagner l'entrée du personnel et s'introduire dans le musée aussi silencieusement que possible. Elle retint la porte pour qu'elle se referme doucement derrière elle.

Quasiment arrivé au sommet de la spirale de marches, Conte entendit le verrou de la porte de service se refermer en claquant. Accélérant le pas, il ouvrit brutalement la porte et sortit.

La généticienne n'était nulle part. Il ne la voyait ni filer dans les allées du jardin, ni contourner l'angle du bâtiment. Alors il fit demi-tour et retourna à l'intérieur du musée.

Traversant aussi vite que possible le musée Pio-Chrétien, Charlotte était déterminée à quitter sans tarder la cité du Vatican. C'est pourquoi elle devait se diriger vers la porte Sant'Anna. Du moment que la ceinture-portefeuille contenant son argent, ses cartes de crédit et son passeport était bien en place autour de sa taille, elle pouvait sacrifier tout ce qui se trouvait dans sa chambre.

Charlotte ressentait un léger étourdissement. Non pas à cause de sa course, mais en raison des effets du Melphalan qui circulait dans son corps. Elle inspira plusieurs fois profondément pour reprendre ses esprits. Une vague nauséeuse monta dans sa gorge et repartit aussi vite.

La jeune femme savait que Conte ne serait que très momentanément abusé par sa petite ruse. Aussi se demanda-t-elle quelle stratégie adopter. Devait-elle se perdre dans les immenses galeries du musée ? Il y avait indubitablement beaucoup d'espace ici, mais également des caméras de surveillance installées partout dans les zones d'exposition. Charlotte ne pouvait prendre le risque que son poursuivant s'adresse à la sécurité du musée. En outre, dans les longues galeries du bâtiment gigantesque, elle serait facile à repérer : il suffisait de chercher une touriste se déplaçant seule avec des cheveux châtains bouclés, portant une chemise rose vif et un ordinateur en bandoulière et qui ne s'arrêtait pas pour regarder les œuvres.

Par chance, le musée Pio-Chrétien se trouvait à proximité immédiate de l'entrée principale de l'édifice. Après avoir balayé du regard la zone s'étendant au-delà des portes en verre, elle se glissa à l'extérieur.

Après s'être faufilée au milieu de la foule qui flânait dans la cour, elle tourna à l'angle de l'édifice. Ensuite, elle se mit à courir sur le trottoir qui longeait le mur est du musée. Conte n'était toujours pas en vue. Mais cela ne la rassurait pas pour autant, car elle savait par expérience qu'il n'était pas du genre à renoncer.

Charlotte emprunta le court tunnel qui passait sous les vieux remparts de la cité, puis elle émergea dans le petit village qui se nichait derrière le palais apostolique. Un instant, elle se demanda si le père Donovan était encore à l'intérieur en train de discuter avec Santelli, son maître qui tirait toutes les ficelles.

Comment un homme aussi bon que le prêtre irlandais pouvait être impliqué dans tout ça ?

Tournant enfin dans le Borgo Pio, ses yeux aperçurent la porte ouverte et les gardes suisses qui la surveillaient avec zèle. Charlotte se demanda si Conte avait déjà appelé pour les alerter. Allaient-ils essayer de l'arrêter ? Elle continua d'avancer, consciente qu'elle était obligée de prendre ce risque.

Puis, à seulement vingt mètres de la porte, elle le vit. Bien qu'elle ne l'ait pas remarqué auparavant, elle aurait juré qu'il était blessé à la tempe.

Les mains sur les hanches et la respiration lourde, Conte s'était positionné entre elle et la porte. Il la défiait de faire un pas de plus.

C'est pourtant ce qu'elle fit. Certaine d'être perdue si elle rebroussait chemin, son seul espoir était de poursuivre droit devant elle. Ils se trouvaient dans un lieu public. Les gardes étaient proches. Ils ne toléreraient sûrement pas une altercation ici, même s'ils étaient de son côté à lui.

Alors, les yeux fixés sur la porte, elle se lança dans un sprint éperdu.

Conte réagit instantanément. Il se précipita sur la chaussée et faillit se faire renverser par une camionnette de livraison qui pénétrait dans la petite cité. Le mercenaire ignora le coup de klaxon furieux du conducteur. Il gardait sa proie en ligne de mire.

Charlotte parvint à franchir encore dix mètres avant que l'autre ne l'ait quasiment rejointe. Elle n'avait aucun moyen de le contourner.

Salvatore Conte se jeta devant Charlotte et l'obligea à s'immobiliser net.

— Vous n'allez nulle part avec ça, grommela-t-il, les yeux braqués sur le sac contenant l'ordinateur.

Pour quelque obscure raison, la généticienne n'avait pas l'air effrayée. Il remarqua qu'elle ne cessait de regarder l'énorme bosse pourpre sur sa tempe, puis elle tourna son attention vers la porte derrière lui.

Alors, elle fit quelque chose qu'il n'avait pas prévu. Elle hurla.

Conte demeura tétanisé quelques secondes.

— À l'aide !

Charlotte cria de nouveau. Plus fort cette fois.

Les gardes de la porte l'entendirent. Deux d'entre eux, revêtus de leurs uniformes bleus et du béret noir, coururent vers elle. Ils avaient déjà sorti leurs Beretta et fendaient la foule des touristes surpris.

Conte envisagea de s'emparer du sac. Mais où irait-il ? Il se maudit de n'avoir pas d'arme sur lui.

— Souvenez-vous de votre accord de confidentialité, docteur Hennesey, lui dit-il calmement. Ou alors je me verrai obligé d'aller vous trouver là où vous serez.

Depuis l'instant où elle avait fait la connaissance de cet immonde personnage, il y avait une chose que Charlotte avait eu folle envie de faire. À l'instant où elle vit le mercenaire détourner son regard vers les gardes qui approchaient, elle saisit l'opportunité. Elle plia légèrement les genoux et envoya de toutes ses forces son pied gauche dans l'entrejambe de l'homme. Un tir parfait !

Conte se tordit en deux. Proférant des jurons contre Charlotte, il dut se retenir avec les mains pour ne pas tomber face contre terre.

— Maudite salope !

Les veines de son visage rubicond saillaient tandis qu'il regardait fixement l'Américaine avec malveillance.

Les deux gardes arrivèrent et se plantèrent de chaque côté de l'homme, pistolets pointés vers sa tête.

— Restez calme ! ordonna l'un des deux, d'abord en anglais, puis en italien.

Haletant, Conte le reconnut immédiatement. C'était le *cacasenno* – le petit malin – qui tenait la porte le jour où il était arrivé au Vatican avec Donovan. Le garde avait lui aussi fait le rapprochement et arborait un sourire satisfait.

— Que se passe-t-il ici ? demanda le second en anglais à Charlotte.

— Cet homme me menaçait et essayait de me voler mon sac.

Sa voix était oppressée.

Le premier garde demanda à Conte ses papiers d'identité.

— Je ne les ai…

Il vomit un mélange d'aliments et de bile.

— ... pas sur moi.

Le mercenaire était certain que Santelli n'aimerait pas que son nom apparaisse dans une telle situation. Plus tard, il demanderait à téléphoner au secrétaire d'État. Il décida également de ne pas dire aux gardes que l'ordinateur contenait des informations critiques : cela ne pourrait qu'entraîner des problèmes plus graves encore s'ils voulaient obtenir des détails. Pour le moment, il ne lui restait plus qu'à jouer le jeu et à afficher un profil bas.

Le second garde avait aussi demandé ses papiers à Charlotte, et elle s'empressa d'obtempérer. Les armoiries pontificales sur son badge d'invitée indiquaient qu'elle était l'hôte de la Secrétairerie d'État.

— Vous pouvez y aller, docteur Hennesey.

Il se tourna vers Conte.

— Quant à vous, vous allez devoir nous accompagner, *signore*.

Conte n'avait pas d'autre choix que de s'exécuter.

Les gardes l'aidèrent à se remettre debout et l'encadrèrent, Beretta en main.

Lâchant un soupir de soulagement, Charlotte se dirigea vers la porte. Une fois en sûreté à l'extérieur de la cité du Vatican, elle tourna dans la Via della Conciliazione, héla un taxi et demanda au conducteur de la conduire directement à l'aéroport Fiumicino. *Rapidamente !* La voiture fit un soubresaut quand le chauffeur appuya sur l'accélérateur, mais cette fois la jeune femme ne se plaindrait pas de la façon de conduire des Romains. Tout ce qu'elle voulait, c'était quitter cet endroit au plus vite.

Soudain, elle réalisa que tout son corps tremblait.

Regardant par la vitre arrière, elle aperçut le dôme de la basilique Saint-Pierre qui s'éloignait. Ses doigts étreignaient toujours le sac de l'ordinateur.

Le chauffeur du taxi atteignit l'autoroute et Charlotte vit l'aiguille du compteur monter à 160 km/h. Elle s'enfonça dans son siège et boucla sa ceinture de sécurité. Maintenant que Rome se trouvait derrière elle et qu'elle était en sûreté, Charlotte sortit son téléphone portable et appela Evan Aldrich. Comment allait-il prendre la chose si elle le réveillait en plein milieu de la nuit à Phoenix ? Il décrocha presque instantanément.

— Evan ?

— Hey, Charlie. J'étais juste en train de penser à toi.

Entendre sa voix l'apaisa instantanément.

— Bonjour.

Celle de Charlotte tremblait.

— Tout va bien ?

— Non. Ça ne va pas du tout.

Baissant la voix pour ne pas se faire entendre du chauffeur, elle lui fournit un bref résumé de ce qui s'était passé.

— Je me dirige vers l'aéroport actuellement.

— Et moi, je m'apprêtais à te faire une surprise, mais… je suis en route pour te voir. En fait, mon vol est arrivé à Fiumicino il y a quelques minutes.

— Quoi ? Tu plaisantes ?

Un poids tomba des épaules de Charlotte.

— Je suis au carrousel des bagages en ce moment. Je vais te dire où nous retrouver.

60

Les Abruzzes, Italie

À une heure au nord-est de Rome, l'Alfa Romeo noire de location de Salvatore Conte remontait l'autoroute SS5. Elle longeait la chaîne des Apennins en direction du Monte Scuncole. Le ciel gris voilait le soleil de l'après-midi qui n'était qu'une triste tache blanche derrière les nuages. Une légère bruine battait le pare-brise.

Essayant d'apaiser ses pensées, Patrick Donovan regardait par la fenêtre passager embuée le patchwork de vignes dans la vallée en dessous d'eux.

Après le départ imprévu et précipité de Charlotte Hennesey le matin même et la libération embarrassante de Conte du centre de détention des gardes suisses, le cardinal Santelli très inquiet lui avait donné des instructions spécifiques pour la suite des événements :

— *Vous allez veiller à ce que ce chapitre de l'histoire de l'Église disparaisse sans laisser de trace. Par tous moyens que vous jugerez nécessaires, Patrick. Je veux que Conte vous aide à détruire l'ossuaire et tout ce qu'il contient... le manuscrit aussi. Sans la preuve physique, il ne restera qu'une légende. Compris ?*

Les reliques et le livre auraient facilement pu être détruits dans le laboratoire du Vatican, donc il devinait que ce périple n'avait pas pour seul but de se débarrasser du sarcophage. À force de regarder la tête du mercenaire, il se disait que la mystérieuse disparition du Dr Bersei ne coïncidait que trop bien avec la blessure inexpliquée de Conte à la tempe.

Celui-ci ralentit la berline et s'engagea dans une petite route étroite non bitumée. L'herbe épaisse et les arbustes éraflaient le châssis de la voiture. Ils roulèrent en silence jusqu'à un élargissement de la piste près d'un petit bosquet de hêtres. Conte freina et coupa le moteur. Sans retirer la clé du contact, il pressa le bouton d'ouverture du coffre.

Les deux hommes sortirent du véhicule et en firent le tour pour gagner l'arrière. Des pelles et des pioches avaient été arrimées derrière l'ossuaire. Le mercenaire les attrapa et flanqua une bêche dans les mains de Donovan.

— On va devoir creuser profond.

Conte s'essuya le front en sueur avec le dos de sa main boueuse.

— Maintenant que toute cette affaire est terminée, j'ai quelques questions à vous poser.

Il planta sa pelle dans le sol et s'appuya dessus. L'odeur de la terre fraîchement remuée emplissait l'air humide. La pluie fine avait repris.

Donovan le regarda à travers ses lunettes embuées.

— N'en avez-vous pas vu assez pour y répondre vous-même ?

Le mercenaire secoua négativement la tête.

— Sérieusement, vous croyez que les os appartenaient à qui ?

Salvatore Conte n'était pas en train de douter de sa propre foi. C'était une affaire entendue depuis longtemps. Mais le vol du sarcophage et son analyse scientifique, ainsi que les découvertes de Bersei dans les catacombes de Torlonia, avaient vraiment piqué sa curiosité au vif.

Donovan écarta les bras.

— Vous avez vu les mêmes choses que moi. Qu'en pensez-vous, vous ?

Conte esquissa un sourire.

— Ce n'est pas mon travail de penser.

— Honnêtement… je n'en sais rien.

— Alors pourquoi prendre des risques ?

Donovan réfléchit un instant avant de répondre.

— Les preuves sont concluantes. Elles nous permettent de conclure qu'il s'agit bien des os de Jésus-Christ. Or notre devoir est de protéger l'Église. Vous pouvez assurément comprendre qu'on ne pouvait rester sans rien faire.

— Eh bien, si c'est Jésus qui se trouve là-dedans...

Le mercenaire tendait le doigt vers le coffre de la voiture.

— ... je dirais moi que vous protégez un formidable mensonge.

Donovan ne s'attendait pas à ce qu'un homme comme Salvatore Conte perçoive les implications considérables de cette affaire. Deux millénaires d'histoire humaine seraient fondamentalement affectés par l'ossuaire et son contenu. L'humanité avait besoin de vérités pour rassembler les individus, pas de controverses. Il avait appris ça de première main dans les rues de Belfast. Patrick Donovan connaissait parfaitement l'histoire catholique, mais ce qu'il était en train de défendre avait peu à voir avec les vieux livres. Il était impératif de préserver ce qui restait de croyance spirituelle dans ce monde matérialiste et chaotique.

— Je suis surpris. Vous me donnez plutôt l'impression de quelqu'un qui se fout de tout ça.

Étonné par le langage du prêtre, Conte lui décocha un regard perçant. Brusquement, la tâche qui l'attendait lui parut plus facile.

— En réalité, je m'en fous, oui. À côté de ça, s'il y avait un dieu, ajouta-t-il sarcastiquement, des hommes comme vous et moi n'existeraient pas.

Il continua de creuser.

L'idée d'avoir quoi que ce soit en commun avec Conte écœurait Donovan, mais il sentait que le mercenaire avait raison. *Je fais partie de ça.* Après tout, Conte n'opérait pas tout seul. Il n'était qu'un exécutant. Et ce n'était pas Conte qui avait demandé à Santelli de récupérer l'ossuaire : c'était lui seul qui en était le responsable. D'accord, il n'avait jamais imaginé que Santelli prendrait des mesures si radicales, mais il n'avait rien fait pour l'arrêter.

— Qu'est-il réellement arrivé au Dr Bersei ?

Donovan avait posé la question d'un ton ferme. D'une certaine manière, il savait que son propre sort était lié à la réponse du mercenaire.

— Ne vous inquiétez pas pour lui.

Un rictus mauvais barrait les traits durs de Conte.

— Il a eu ce qu'il méritait, continua-t-il, et je vous ai épargné le sale boulot. C'est tout ce que vous avez besoin de savoir.

— Pourquoi se trouvait-il dans les catacombes ?

Donovan sentait la colère l'envahir.

L'autre envisagea d'éluder la question, mais il savait qu'à ce stade Donovan n'était plus une menace.

— Il y avait un dessin sur le parchemin qu'il avait trouvé dans l'ossuaire. Et il s'était imaginé que celui-ci correspondait à une fresque des catacombes de Torlonia. Apparemment, ce Joseph d'Arimathie avait une crypte à Rome. Bersei a, semble-t-il, pensé que c'était là qu'on avait originellement laissé le corps de Jésus se décomposer. Qui aurait cru ça ?

Donovan écarquilla les yeux. Était-ce possible ? Avait-il trouvé la vraie tombe ?

— Laissez-moi vous donner un conseil, ajouta Conte. Ne vous attachez pas trop non plus à la fille.

Ça lui plaisait de voir la détermination du prêtre fondre un peu plus à chacune de ses révélations.

— Elle n'est qu'en sursis.

— Qu'est-ce que c'est censé signifier ?

— Santelli m'a raconté toute cette foutaise que vous lui avez servie à propos du manuscrit. Une jolie histoire. Mais vous n'avez pas saisi que même en faisant ça vous lui donniez trop d'informations. Le cardinal vous a-t-il dit qu'elle avait filé avec son ordinateur... où elle a enregistré toutes les données ?

— Non, il ne m'a rien dit de tel.

Avec tout ça, il n'y avait plus rien d'étonnant à ce que Santelli soit sur les nerfs. Toute l'affaire menaçait d'être révélée au grand jour. Conte avait été nul. Les autorités israéliennes diffusaient maintenant dans les médias un portrait-robot numérisé qui présentait une inquiétante ressemblance avec lui. Giovanni Bersei était mort. Et Charlotte Hennesey était parvenue à s'échapper avec toutes les preuves dont elle avait besoin pour impliquer le Vatican.

— Ce n'est pas bon. Je vais devoir régler ça aussi et vous aurez son sang sur la conscience.

La haine se lisait dans les yeux du prêtre.

— Ne me regardez pas comme ça, Donovan. C'est vous qui avez insisté pour introduire des étrangers.

— Nous n'avions pas le choix.

— Exactement.

— Qu'allez-vous lui faire ?

Un sourire sournois au coin des lèvres, Conte attendit avant de répondre :

— Vous avez vraiment envie de le savoir ? Bon Dieu, vous me donnez l'impression d'un amoureux transi. Santelli a estimé que deux morts liées de trop près au Vatican susciteraient trop de soupçons. Mais si un accident devait frapper la belle généticienne de retour aux States, les autorités n'y verraient que du feu. Naturellement, je m'assurerai de lui donner du bon temps avant de la faire disparaître.

Alors nous verrons qui rira le dernier, pensa-t-il. Conte soupira, comme s'il était las.

— Allez ! Continuons de creuser.

Les mâchoires serrées, Donovan se remit à enfoncer sa bêche dans la terre. La colère qui sourdait au plus profond de son âme cherchait à se frayer un chemin vers la surface.

Il leur fallut trois heures pour aménager la fosse rectangulaire d'un mètre cinquante de profondeur.

Ce trou pouvait aisément accueillir l'ossuaire... *et* un corps, pensa le prêtre.

Enfin, Conte jeta sa pelle sur le sol.

— Ça m'a l'air bien.

Les deux hommes étaient maculés de boue et de sueur.

— Allons chercher l'ossuaire.

Ils retournèrent à la voiture. Donovan se tourna vers l'assassin.

— Pourquoi devons-nous enterrer ça ? On ne peut pas simplement le pulvériser et le répandre sur le sol ?

Sans répondre, Conte se pencha dans le coffre et souleva le couvercle de l'ossuaire. Au sommet de la pile d'os étaient posés l'exemplaire de l'*Ephemeris Conlusio* et deux épais pains gris qui ressemblaient à de l'argile moulée.

Donovan tendit le doigt vers le C-4.

— Est-ce de... ?

— Oh, j'imagine qu'un type qui a votre passé sait ce que c'est. À moins que l'IRA n'en ait jamais utilisé pour faire sauter les magasins protestants de Belfast ? Boum !

Conte écarta les doigts et écarquilla les yeux comme pour mimer la surprise.

Comment diable pouvait-il savoir ça ? Cela faisait des années... Une autre vie.

— Il vaut mieux faire sauter tout ça sous terre, vous n'êtes pas d'accord ?

Donovan se demanda si Conte envisageait de le frapper à la tête avec une pelle avant de le pousser dans le trou et de faire sauter les explosifs. Ou dissimulait-il un pistolet ? Peut-être même que le mercenaire allait choisir de le tuer à mains nues.

L'Italien se planta face à lui.

— Vous prenez cette extrémité.

Il se mit de biais et attrapa la base de l'ossuaire, tandis que Donovan s'avançait pour prendre l'autre côté.

Ensemble, ils soulevèrent l'urne pour la sortir du coffre et la portèrent jusqu'au bord du trou.

— On le jette à trois.

Le mercenaire compta.

Le père Donovan ressentit une appréhension soudaine quand il vit l'ossuaire heurter la terre avec un son mat. Le couvercle retomba violemment sur sa base et se cassa en deux. Le prêtre songea à Santelli assis dans son bureau, œuvrant avec zèle à préserver l'institution créée dont l'homme auquel ces os avaient appartenu était l'instigateur. Il repensa à sa réunion avec ce même Santelli, quelques semaines plus tôt, quand ils avaient dressé ensemble le plan de bataille initial. Une nouvelle fois, le Vatican semblait sortir victorieux de l'affaire.

Conte fit le tour de la fosse pour récupérer sa pelle. Enveloppant ses mains autour de la poignée, il observa les bords tranchants. Un solide coup sur le crâne de Donovan devrait faire l'affaire. Le corps rejoindrait le sarcophage. Recouvert de terre, le C-4 ferait le reste. Du coin de l'œil, il vit que le prêtre était accroupi comme s'il nouait le lacet de sa chaussure.

Soudain l'ecclésiastique se releva, mais c'était un homme très différent que Conte avait maintenant face à lui. Donovan pointait un pistolet argenté directement vers la poitrine du mercenaire. Conte regarda dédaigneusement le bibliothécaire avec son arme comme s'il le trouvait presque comique. Le pistolet était un Beretta standard, probablement subtilisé dans le quartier des gardes suisses. Le mercenaire constata que la sûreté était enlevée.

Donovan était déterminé à survivre, non pas tant pour lui-même que pour préserver la vie innocente de Charlotte

Hennesey et de toute autre personne qu'il avait pu involontairement entraîner dans ce fiasco.

— Jetez cette pelle, ordonna-t-il.

Secouant la tête d'un air réprobateur, Conte se baissa pour poser la pelle sur l'herbe spongieuse, puis, d'un geste rapide, il tenta de récupérer le Glock accroché autour de sa cheville droite et caché sous la jambe de son pantalon.

Le premier coup de feu retentit étonnamment fort et la balle frappa la main droite de Conte avec une force redoutable. Le projectile traversa la chair et l'os et érafla la cheville du mercenaire en ressortant. Celui-ci tressaillit, mais n'émit pas un son. Du sang sortait à gros bouillons de la plaie et la main blessée s'était rétractée comme des griffes. Conte leva les yeux vers Donovan.

— Fumier. Tu vas me payer ça.

— Debout, lui cria Donovan.

Le prêtre osa même se rapprocher un peu, le pistolet pointé sur la tête de l'assassin. Tuer ce fils de pute n'allait pas être aussi dur qu'il l'avait pensé. *Donne-moi la force, Seigneur. Aide-moi à faire cela comme il faut.*

D'abord, il crut que le mercenaire allait se soumettre. Mais la réaction de ce dernier fut beaucoup trop rapide pour Donovan. Conte se jeta en avant. Il planta une épaule dans la poitrine du prêtre, ce qui força celui-ci à reculer et à tomber.

Par un quelconque miracle, le prêtre parvint à ne pas lâcher son Beretta. Conte essaya de le lui arracher de la main gauche, mais il évalua mal son effort et referma la paume sur le canon de l'arme. Un second tir fendit l'air. Anéanti, Conte poussa un hurlement. Maintenant, l'autre main était elle aussi mutilée.

Malgré ses blessures, l'Italien parvint quand même à plaquer à terre la main de Donovan qui tenait le pistolet. Conte assena un grand coup de coude sous le poignet du prêtre qui eut pour effet de projeter le Beretta à distance. Puis il ramena son coude et l'écrasa violemment sur le visage de l'Irlandais. Os et cartilages craquèrent. Le nez du prêtre se mit instantanément à projeter du sang et Donovan hurla de douleur.

Conte écrasait de tout son poids l'ecclésiastique qui se débattait férocement pour lui échapper, mais en vain. Le mercenaire lâcha le bras de sa proie pour préparer un autre coup de coude. À travers ses lunettes à double foyer maculées de sang, Donovan entrevit le seul point vulnérable de Conte, l'hématome sur sa tempe. Il comprit qu'il n'avait qu'une fraction de seconde pour frapper et il cogna de toutes ses forces sur la bosse pourpre.

Donovan avait atteint son but. Momentanément étourdi, le mercenaire bascula sur le côté, ce qui permit au prêtre de se remettre tant bien que mal sur ses pieds. Voyant qu'il n'avait aucune chance de récupérer le Beretta, il s'enfuit en courant.

Après quelques secondes, la douleur cuisante s'estompa, mais Conte voyait encore des étoiles à travers le brouillard rouge qui voilait son œil droit. La bague de Donovan avait rouvert la plaie causée par le coup de marteau et le sang lui inondait le visage. Secouant la tête, il vit le prêtre s'éloigner sur la piste en direction de l'autoroute.

Conte sentit le pistolet sous son épaule. Il essaya de s'en saisir, mais aucune de ses mains estropiées ne voulait lui obéir. Si déjà le simple fait de ramasser cette maudite arme était problématique, tirer serait impossible.

— *Affanculo ! Sticchiu !*

Abandonnant le Beretta, Conte se releva pour se lancer à la poursuite du prêtre.

À mi-chemin de l'autoroute, Donovan cavalait comme un fou sans cesse de regarder par-dessus son épaule. Non seulement Conte s'était relevé, mais il courait de toute la puissance de ses jambes et réduisait rapidement la distance qui les séparait. Ce n'était qu'une question de temps avant qu'il le rattrape. Désarmé, Donovan savait qu'il ne faisait pas le poids contre l'assassin surentraîné, que celui-ci fût blessé ou pas. *S'il te plaît, Seigneur, aide-moi à me sortir de là.* Donovan percevait le halètement rauque de Conte dans son dos.

Il n'était plus qu'à deux pas derrière lui, prêt à lui tomber dessus. Puisant dans ses réserves d'énergie, Donovan poussa son corps au bout de ses limites.

Cinq mètres.

Deux mètres.

Lorsque l'Irlandais posa son premier pied sur le bitume de l'autoroute, il eut à peine le temps de voir une voiture surgir à grande vitesse juste à la périphérie de son champ de vision. Il entrevit les phares dangereusement proches, entendit le coup de klaxon retentissant et le crissement des pneus… Donovan ne repéra pour ainsi dire pas la ligne jaune qui divisait la chaussée.

Au dernier moment, le véhicule fit une embardée pour l'éviter… à l'instant où les pieds de Conte touchaient la route.

En s'effondrant sur le bitume, le prêtre vit les jambes du mercenaire plier et se briser contre l'avant de la voiture. Conte fut projeté sur le capot. Il heurta le pare-brise et fut catapulté par-dessus le toit du véhicule pour retomber sur la chaussée.

Pour compenser la manœuvre aussi brutale que soudaine, les systèmes ABS et de contrôle de traction de l'automobile entrèrent simultanément en action. Seulement la berline ne fut pas en mesure de neutraliser la conjonction d'une vitesse excessive, d'une violente embardée et d'un revêtement rendu glissant par la pluie. Elle se coucha sur le flanc et fonça sur un grand sapin. La carrosserie se plia autour du tronc dans une horrible cacophonie de métal froissé et de verre fracassé. La conductrice – une jeune femme avec de longs cheveux blonds qui, apparemment, n'avait pas attaché sa ceinture de sécurité – fut éjectée à travers le pare-brise et son corps flasque demeura en travers du capot de la voiture, le cou brisé et du sang partout. Le bruit de la roue arrière de la Mercedes tournant dans le vide et le sifflement d'un radiateur défoncé se mêlaient au son de la radio qui continuait de diffuser à tue-tête de la musique techno.

Donovan ne pouvait rien faire pour elle.

Conte était à terre, mais, étonnamment, il bougeait encore.

L'Irlandais se dirigea en titubant vers l'assassin blessé, convaincu qu'il représentait encore une menace. En aucun cas, il ne comptait prendre le moindre risque de voir Salvatore Conte s'en tirer vivant. Après avoir scruté les deux côtés de la route déserte, Donovan se hâta d'arracher le pistolet attaché à la cheville droite de Conte. La chambre était chargée et la sûreté enlevée. Alors qu'il plantait l'arme contre la tempe droite boursouflée de Conte, il aurait juré entendre les cloches des églises carillonner dans Belfast.

— Seigneur, pardonnez-moi.

Le père Donovan pressa la détente.

61

Donovan tira le corps brisé de Conte dans un bosquet d'arbustes en bordure de la route et il le dissimula sous un tapis superficiel de feuilles et de branches. Tout en fouillant le mercenaire pour le soulager de son portefeuille, il tomba sur une seringue et une fiole de liquide clair et les fit disparaître elles aussi dans sa poche.

Ensuite, il remonta la piste en courant jusqu'à la fosse et se laissa tomber dedans. Le bibliothécaire du Vatican ramassa les deux moitiés brisées du couvercle et les déposa sur le sol à l'extérieur de la fosse, puis, précautionneusement, il retira les deux briques de C-4 de l'ossuaire, mais les laissa dans le trou.

Plantant ses deux pieds fermement de chaque côté de l'ossuaire, il s'accroupit le plus bas possible et passa ses mains en dessous du sarcophage, dans le sens de la longueur. Comme il n'avait que très peu de place pour manœuvrer, il lui fallut un bon moment pour le remonter petit à petit le long du mur de terre. Le problème n'était pas tant son poids que ses dimensions peu pratiques. Enfin, il parvint à le hisser hors du trou. En sueur et à bout de souffle, il en sortit lui-même.

Après avoir rapproché l'Alfa Romeo, Donovan consentit un ultime effort pour remettre l'ossuaire et les pelles dans le coffre. Dès qu'il eut claqué celui-ci, il se laissa tomber sur le siège conducteur. Donovan avait l'impression de ne plus être qu'une masse sanguinolente et sale. L'épuisement le submergea. En plus de ses muscles douloureux, son nez tuméfié lui élançait cruellement. Mais tout bien considéré, il se sentait assez bien. L'adrénaline en train de retomber le laissait dans un état presque euphorique. Et par-dessus tout, il était fier de sa performance. Cela faisait bien longtemps qu'il n'avait pas tenu une arme ou qu'il ne s'était pas battu au corps-à-corps. Mais comme son père avait coutume de le dire : « *Les Irlandais ne pardonnent à leurs grands hommes qu'une fois qu'ils sont bel et bien enterrés.* »

Dieu l'avait protégé... et il savait pourquoi. Cette injustice avait besoin d'être réparée.

Il essuya le sang et ses empreintes sur le Beretta et le Glock de Conte. Les deux armes sentaient encore la poudre brûlée. Puis il les glissa dans la boîte à gants. Il jetterait le Glock dans la première rivière venue. Mais pour le moment, il préférait conserver le Beretta. Une fois le contact mis, il manœuvra la berline pour la ramener sur le sentier.

Quand il atteignit l'autoroute, Donovan marqua une pause et s'étonna que la scène du drame soit toujours déserte. Pas une voiture n'était passée.

Regardant le cadavre recouvert de branchages sur le bord de la route, Donovan savait qu'une fois découvert il serait difficile, voire impossible, d'identifier le mercenaire atrocement mutilé. Les empreintes digitales, les dossiers dentaires ou tout autre moyen d'identification médico-légal – quelle que soit leur sophistication – n'aboutiraient indubitablement à rien. Il était tout aussi certain que Conte ne pouvait être relié ni de près ni de loin au Vatican. C'était purement et simplement un personnage sans attaches, un homme de ténèbres qui retournait dans les ténèbres.

Donovan se demanda quelle direction prendre.

Sans trop réfléchir, il prit à droite, cap sur le sud-ouest. Alors que la scène de l'accident disparaissait dans le rétroviseur, il pria silencieusement pour l'âme de la conductrice morte.

62

Jérusalem

Assis à sa table de cuisine, Razak buvait son thé de fin d'après-midi. La sonnerie de son téléphone cellulaire interrompit le fil de ses pensées. Le petit écran du portable signalait : « numéro masqué ». Perplexe, le Syrien décrocha.

— *Assalaam ?*

— Je vous ai vu à la télévision.

L'homme parlait anglais et sa voix était vaguement familière.

— Qui est à l'appareil ?

— Un ami.

Razak posa son verre. Peut-être un journaliste, pensa-t-il. Ou peut-être même un informateur. Mais il était persuadé d'avoir déjà entendu cet accent chantant quelque part.

— Je sais qui a volé l'ossuaire, déclara l'inconnu sans ambages.

Le musulman se redressa sur sa chaise.

— J'ignore ce dont vous parlez.

Le correspondant allait devoir se montrer plus précis s'il voulait qu'il lui confirme quoi que ce soit.

— Si. Je vous ai rencontré il y a quelques semaines à peine à Rome. Vous m'avez remis un paquet au Caffè Greco. En même temps, vous m'avez donné votre carte et dit de vous appeler s'il y avait le moindre problème.

Mentalement, Razak se représentait parfaitement l'homme chauve à lunettes, assis à sa table, avec ses longs doigts secs étreignant un verre de bière. Il était habillé de noir avec un col blanc : un ecclésiastique chrétien. Razak se rappelait que la sacoche de cuir qu'il avait livrée au prêtre contenait un dossier confidentiel, mais il essayait de comprendre le rapport avec l'ossuaire.

— Oui, c'est vrai, répondit-il avec une seconde d'hésitation. Je vous écoute.

— Le livre contenait des informations très détaillées sur un ossuaire enfoui dans les entrailles du Mont du Temple à l'intérieur d'une chambre secrète.

— Quel livre ?

— En plus de celui dont je parle, il y avait neuf autres ossuaires dans cette crypte. Je me trompe ?

— Continuez.

La voix de Razak se voulait encourageante, sans vouloir donner l'impression qu'il reconnaissait pour vrai ce que l'autre affirmait.

— J'ai en ma possession le dixième ossuaire.

Regrettant de ne pouvoir enregistrer cette conversation, Razak abasourdi marqua un temps d'arrêt.

— Vous avez tué treize hommes... et profané un lieu très saint.

Il se leva de la table et commença à arpenter l'appartement.

— Non, le coupa le correspondant avec force. Pas moi.

Razak perçut la sincérité de l'inconnu.

— Mais je sais qui l'a fait, ajouta celui-ci.

— Comment puis-je savoir que vous dites la vérité ?

— Parce que je vais vous rendre l'ossuaire... Ainsi vous pourrez mettre un terme à tout ça, comme vous le jugerez bon.

D'abord, Razak ne sut que répondre.

— Et pourquoi feriez-vous ça ?

— Je vois ce qui se passe là-bas, à Jérusalem, poursuivit le mystérieux correspondant. Trop de personnes innocentes souffrent. Je sais que vous êtes d'accord avec moi. Vous êtes un homme juste. J'ai pu le dire à l'instant où je vous ai rencontré.

C'était presque trop à intégrer d'un coup pour Razak.

— Je ne pense pas que vous allez faire la livraison vous-même ?

— Malheureusement, j'ai encore des choses à faire ici. Je suis certain que vous comprenez qu'il ne m'est pas possible de prendre ce risque.

— Bien sûr.

Un nouveau silence s'installa entre les deux interlocuteurs. Mais Razak ne put s'empêcher de demander au bout d'un moment :

— Qu'y avait-il à l'intérieur de l'ossuaire pour qu'il ait tant de valeur ?

Cette fois, la pause fut beaucoup plus longue.

— Quelque chose de très… profond.

Razak haussa les épaules en repensant à la folle théorie de Barton sur les chrétiens fanatiques. Les restes de Jésus auraient-ils réellement pu se trouver à l'intérieur de l'ossuaire volé ? Le mystérieux livre parlait-il de l'origine de la relique ?

— Est-ce que vous allez également retourner le contenu de l'ossuaire ?

— Malheureusement, cela ne m'est pas possible.

Razak osa une autre question.

— Était-ce vraiment… *Ses* restes dans l'urne ?

Il essaya de se préparer à recevoir la réponse.

L'autre hésita. Il savait parfaitement ce à quoi le musulman faisait allusion.

— Il n'y a aucun moyen de le savoir avec certitude. Pour votre propre sécurité, s'il vous plaît, ne posez pas davantage de questions à ce sujet. Dites-moi simplement où vous voudriez que la livraison soit faite.

Razak réfléchit. Il se représenta Barton assis dans la cellule d'une prison israélienne, dans l'attente de son procès. Puis il pensa que Farouq s'était manifestement joué de lui. C'était le Gardien qui se trouvait finalement derrière toute cette affaire. En organisant la livraison de ce livre à l'origine de tout ce processus, il avait mis en péril tant la paix que des vies humaines. Razak décida de donner à son interlocuteur un nom et une adresse de livraison.

— Quand puis-je espérer son arrivée ?

— Je vous promets de le faire partir dès aujourd'hui. Je ne ménagerai aucune dépense pour qu'il vous parvienne aussi vite que possible.

— Et le livre ? demanda Razak.

— Je le joindrai à l'expédition.

— Pouvez-vous l'envoyer à une adresse différente ?

— Absolument.

Razak lui fournit une seconde adresse postale.

— Et pour que les choses soient claires, ajouta l'interlocuteur anonyme, cet archéologue anglais détenu par la police israélienne n'a absolument rien à voir avec tout ça.

— Je m'en doutais, répondit Razak. Et les vrais voleurs ? Que va-t-il leur arriver ?

Il y eut un nouveau silence.

— Le bras de la Justice finit toujours par s'abattre sur les coupables. Je pense que vous serez d'accord avec ça.

Ce furent ses dernières paroles. Il avait raccroché.

SAMEDI

63

Jérusalem, Mont du Temple

Après la prière de l'aube, Razak fila droit vers la mosquée al-Aqsa. Il n'avait pas dormi de toute la nuit. Son esprit ruminait l'appel téléphonique stupéfiant que lui avait passé le prêtre rencontré trois semaines plus tôt à Rome. La police israélienne avait raison. Seul un homme de l'intérieur avait pu appâter et aider les voleurs. Maintenant, il était clair que Graham Barton n'était pas cet homme.

À l'arrière du bâtiment, il emprunta un couloir de service qui s'achevait sur une porte coupe-feu métallique récemment installée. Au-dessus de celle-ci, un signe en arabe signifiait : « À n'ouvrir qu'en cas d'urgence ».

Il tendit la main et tourna la poignée.

Derrière la porte, un escalier en colimaçon dont la peinture était encore fraîche descendait directement dans la mosquée Marwani souterraine, douze mètres plus bas. Un passage secret ? Pouvait-il s'agir de l'équivalent moderne de celui qu'avait utilisé Joseph d'Arimathie deux mille ans plus tôt ?

Il laissa la porte se refermer toute seule et reporta son attention sur le couloir.

De chaque côté de celui-ci se répartissaient les réserves de la mosquée.

Le rythme cardiaque de Razak s'accéléra quand il s'approcha de la première porte. Il l'ouvrit. À l'intérieur de la petite pièce, des boîtes en carton s'empilaient contre un mur et un rayonnage croulait sous les produits de nettoyage. Sur une autre étagère, des exemplaires neufs du *Qur'an* – le Coran – étaient alignés, prêts à offrir l'illumination spirituelle à de nouvelles recrues musulmanes. Il referma la porte et gagna le local suivant.

Derrière la deuxième porte étaient entassés des chaises, un bureau mis au rebut et des tapis orientaux de réserve roulés dans du plastique et appuyés contre un mur latéral. Le long de la paroi du fond, on avait déposé les vestiges carbonisés du mihrab qui avait été incendié par un jeune juif australien, Michael Rohan, le 21 août 1969. Razak se rappelait avoir entendu dire que le fanatique avait déclaré aux autorités israéliennes que Dieu avait inspiré son acte pour accélérer la venue du Messie et la reconstruction du Troisième Temple de Jérusalem.

En ressortant de la pièce, Razak se dit que cet homme se trompait. En tout cas, c'est ce qu'il voulait croire.

Il continua à déambuler dans le corridor, jusqu'à la porte qui marquait le seuil de la dernière réserve. En appuyant sur une poignée, il fut surpris de constater qu'elle était fermée à clé. Il fit une nouvelle tentative. Rien.

Perplexe, il traversa la spacieuse salle de prière de la mosquée et sortit dans le soleil matinal. Razak longea l'esplanade pour gagner le bâtiment de l'école coranique. S'il y trouvait le Gardien, il réclamerait l'ouverture de la pièce pour inspection.

Mais en haut, le bureau de Farouq était vide.

Razak resta un moment sans bouger. Il avait du mal à savoir ce qu'il devait faire maintenant. Puis, avec quelque répugnance, il contourna le bureau et entreprit de fouiller ses quatre tiroirs.

À l'intérieur, il découvrit une collection d'objets hétéroclites, dont un pistolet compact et un litre de bourbon Wild Turkey. Dès lors que le Coran interdisait strictement la consommation d'alcool, Razak espérait ardemment que Farouq avait confisqué cette bouteille à quelqu'un. Caché dans le tiroir gauche du bas, il tomba sur un coffret de bronze ouvragé, mais celui-ci était fermé. Finalement, il dénicha ce qu'il cherchait : un trousseau de clés. Il s'en empara et redescendit pour quitter le bâtiment.

Alors qu'il remontait l'esplanade, Razak n'avait pas conscience que le Gardien le filait discrètement.

Après s'être faufilé au milieu des fidèles de la salle de prière de la mosquée al-Aqsa, Razak s'engouffra dans le couloir arrière et sortit les clés de sa poche. L'une après l'autre, il les essaya. Au passage, il se demanda si une toute petite clé ternie n'ouvrirait pas le coffret qu'il avait trouvé dans le bureau de Farouq. Finalement, alors qu'il n'en restait plus que deux et qu'il commençait à désespérer, la clé d'argent qu'il introduisit dans la serrure coulissa aisément. Retenant sa respiration, Razak adressa une prière silencieuse et la tourna.

Le verrou s'ouvrit avec un petit cliquetis.

Le Syrien pressa la poignée de la porte. Au-delà du seuil, la petite pièce aveugle était plongée dans l'obscurité. Razak fit un pas en avant et tâtonna pour trouver l'interrupteur sans refermer la porte. La pièce semblait vide.

Les néons du plafond clignotèrent et s'allumèrent lentement. Leurs éclairs vifs le firent cligner des yeux.

Puis la lumière inonda la pièce... et le visage de Razak exprima la plus totale stupéfaction.

Le long du mur du fond, on avait soigneusement aligné sur le carrelage de vinyle les neuf ossuaires de Joseph et des membres de sa famille, dont les noms étaient inscrits en hébreu sur le flanc.

— Qu'Allah nous sauve, murmura le Syrien.

Du coin de l'œil, il détecta une silhouette dans l'encadrement de la porte et pivota.

Farouq !

— Tu as bien fait, Razak.

Le Gardien croisa les bras en enfilant les mains dans les amples manches de sa tunique noire.

— Tu ne dois pas être troublé par ce que tu vois. Ils vont rapidement disparaître.

Que le Gardien soit aussi versé dans l'art de supprimer les preuves gênantes commençait à l'écœurer.

— Qu'avez-vous fait ?

— Une noble action pour aider notre peuple, répondit sèchement le vieil homme. Ne t'inquiète pas des petits sacrifices qui doivent être consentis.

— Des petits sacrifices ?

Razak regarda les ossuaires.

— Vous avez fait arrêter un innocent.

— Barton ? Innocent ? Aucun d'*eux* n'est innocent, Razak. Et surtout pas quand ils comptent souiller le nom d'Allah.

— Est-ce que les autres membres du conseil sont au courant de tout ça ?

Le Gardien esquissa un mouvement dédaigneux.

— Qu'est-ce que ça changerait ?

— Vous m'avez envoyé à Rome pour livrer un paquet au Vatican. Un livre qui les a conduits à perpétrer ce crime atroce. Je pense que quelques explications sont nécessaires. Beaucoup d'hommes sont morts et un innocent est en prison. Et pour quel résultat ?

— Razak.

Une expression de profonde déception sur le visage, Farouq secoua la tête.

— Tu n'as pas saisi la gravité de la situation. Nous sommes parvenus à unir les gens, à les rendre solidaires les uns des autres. Notre peuple se repose sur nous pour le protéger, lui et sa foi. Et une foi comme la nôtre doit rester forte, quoi qu'il arrive. Ici, à Jérusalem, ce que nous défendons, ce n'est pas simplement un bout de terre ni même un sanctuaire. L'islam est tout. Saper son enseignement, c'est détruire l'âme musulmane. Tu ne comprends pas ?

— Mais ce n'est pas une guerre.

— C'en est une depuis le commencement. Depuis que les chrétiens et les juifs ont décidé de revendiquer cette terre oubliée, sanctifiée par le grand prophète Mahomet, qu'Allah lui accorde la paix. Ai-je besoin de te rappeler que j'ai versé mon propre sang pour protéger mon peuple et ce lieu même ? Un grand nombre de nos frères et de nos sœurs ont donné leurs vies pour que des hommes comme toi...

Il lui planta un doigt dans la poitrine.

— ... puissent encore vivre ici.

Razak préféra se taire. Indéniablement, ils étaient redevables à des hommes comme Farouq, des hommes qui s'étaient opposés énergiquement à l'occupation israélienne. Mais il était las de la rhétorique, las des haines perpétuelles qui pourrissaient la région. Il voulait des réponses. Et Razak était certain que, pour les obtenir, il devait d'abord comprendre précisément comment un ouvrage livré à Rome avait pu fournir l'emplacement précis d'une ancienne crypte dissimulée sous l'Haram esh-Sharif depuis des siècles.

— Qu'est-ce que vous m'avez fait remettre au Vatican ?

Farouq médita sa réponse.

— Si je te le dis, te sentiras-tu en paix avec tout ce qui s'est passé ?

— Peut-être.

Le Gardien se tourna vers la porte.

— Suis-moi.

64

Assis dans le bureau de Farouq, Razak attendait impatiemment que le Gardien lui explique comment il avait pu permettre à des chrétiens de violer l'Haram esh-Sharif, un acte si vil et si fourbe que rien ne pouvait justifier à ses yeux.

Le vieil homme tendit la main.

— Mes clés, s'il te plaît.

Razak sortit le trousseau de sa poche et les lui déposa dans la paume.

Farouq se baissa vers le tiroir du bas et en sortit le petit coffret rectangulaire qu'il déposa sur ses genoux.

— Quand nous avons commencé à fouiller la mosquée Marwani en 1996, commença-t-il, des tonnes de gravats ont été charriées vers les décharges de la vallée du Cédron après avoir été soigneusement tamisées et examinées. La dernière chose dont nous avions besoin, c'était qu'un quelconque vestige soit récupéré au milieu des gravats et interprété à tort comme une relique ayant appartenu au temple juif.

— Vous voulez dire au temple de Salomon.

Le Gardien hocha la tête.

— On n'a toujours pas trouvé de preuves archéologiques précises accréditant cette thèse et, du même coup, cette absence de preuves renforce notre position.

La voix bourrue de Farouq s'éleva d'un ton.

— Mais comme tu le sais, les juifs sont parvenus à persuader le gouvernement israélien et quelques archéologues musulmans d'étudier la solidité de toute l'esplanade, en arguant du fait qu'une protubérance serait apparue dans le mur extérieur pendant nos travaux. Ce serait soi-disant le signe d'un glissement des fondations.

Farouq s'agita sur son siège.

— Moi-même et plusieurs autres membres du conseil, on a essayé de les arrêter. Mais l'Autorité pour les antiquités israéliennes a convaincu de nombreuses personnes – y compris certains d'entre nous – que cette étude était essentielle. Elle aurait dû commencer il y a quelques jours à peine.

Il aurait été difficile de passer à côté de cette controverse très largement médiatisée. Razak voyait très bien où tout cela menait.

— Donc vous saviez que la crypte cachée allait être découverte ?

Farouq acquiesça d'un mouvement de tête.

— Mais comment connaissiez-vous son existence ?

Le Gardien tapota le coffret.

— Cette extraordinaire découverte fut exhumée il y a quelques années. En fait, pratiquement dès le début des fouilles.

Les yeux de Razak caressèrent la surface de bronze ouvragée. À première vue, la décoration paraissait islamique, mais un examen plus attentif révélait que les symboles – principalement des cruciformes ornés – étaient indubitablement chrétiens. Un seul motif décorait le couvercle. La représentation blasphématoire de créatures vivantes était une nouvelle preuve que cette image n'était pas islamique.

— Qu'est-ce que ce sceau représente ?

— Deux chevaliers médiévaux en armure, portant des écus et partageant une lance unique et un seul cheval au galop. C'est le symbole de ceux qui ont juré de débarrasser ce pays de l'influence musulmane. Les chevaliers chrétiens du Temple de Salomon. Les templiers.

Razak leva brusquement les yeux.

— Alors Graham Barton avait raison ?

— Oui. C'était le sceau des templiers quand ces infidèles ont occupé l'Haram esh-Sharif, en 1099. Tu peux imaginer ma surprise quand je l'ai trouvé. Et je fus encore plus surpris quand j'ai appris son origine.

— Où l'avez-vous trouvé exactement ?

— Enterré sous le sol de la mosquée Marwani. Un engin de terrassement a brisé une dalle de pierre et nous avons fait cette étrange découverte.

— Et qu'y avait-il à l'intérieur ?

Farouq tapota une nouvelle fois le couvercle.

— Entre autres choses, il contenait un manuscrit appelé l'*Ephemeris Conlusio*. C'est l'ouvrage que tu as livré il y a trois semaines à Rome.

Razak se rappelait que le prêtre chauve rencontré au Caffè Greco avait avec lui un grand porte-documents de cuir frappé d'un symbole bien connu : deux clés croisées associées à une mitre papale, autrement dit les armoiries de l'Église catholique. Celles de la cité du Vatican. *Des chrétiens fanatiques !*

— Nous avions besoin de l'aide des catholiques.

Razak croisa les bras.

— Je suppose que ce livre indiquait la localisation précise de la crypte ?

— Il y avait un dessin accompagné de mesures précises.

— Et le reste du manuscrit ?

Farouq décrivit le récit de Joseph d'Arimathie. Ce témoin oculaire racontait la capture de Jésus, sa crucifixion, puis son inhumation. L'existence de l'ossuaire et de ses reliques attestait la crucifixion et la mort physique de Jésus. Une mort de simple mortel ! Farouq laissa à Razak le temps de tout intégrer.

Ce dernier songeait à quel point l'intuition de Barton s'était révélée juste.

— Mais si c'est vrai, cela contredit également les enseignements du Coran.

— Absolument. Tu connais notre position en ce qui concerne Jésus. Allah l'a emmené au ciel avant que ses ennemis aient pu lui infliger le moindre mal – pas d'arrestation, ni de procès, encore moins de crucifixion... et certainement pas d'inhumation. Maintenant, saisis-tu la nécessité d'éliminer cette menace ?

Razak comprit que ce n'était pas seulement l'Haram esh-Sharif que Farouq avait protégé. Les implications de cette affaire allaient beaucoup plus loin.

— Est-ce que vous n'auriez pas pu descendre dans cette crypte pour détruire ces... choses, sans impliquer les catholiques ? Sans tuer des innocents ?

— Le risque aurait été bien trop élevé, répondit dédaigneusement le Gardien. Nous savons tous les deux que l'AAI emploie beaucoup des nôtres. Des gens qui, j'ajouterais, assistent régulièrement à la prière dans la mosquée Marwani. Ce n'est qu'une tactique sournoise de leur part, j'en suis sûr. Nous n'avons pas le droit de fouiller sans l'autorisation explicite des

Israéliens. Si nous l'avions fait, cela aurait provoqué un mouvement de protestation considérable avec à la clé un nombre de morts bien plus important que celui que nous avons eu jusqu'à présent.

— Donc vous avez laissé les catholiques faire votre sale boulot. Et cela vous a permis de nier de bonne foi toute implication.

Chaque nouvelle révélation rongeait un peu plus l'esprit de Razak et ébranlait ses convictions. Une fois de plus, la religion et la politique montraient qu'elles étaient inséparables.

— C'était la seule manière d'atteindre nos objectifs, continua doucement Farouq. Et dès lors que l'existence de la relique était encore plus préjudiciable pour eux, je savais que les catholiques agiraient promptement pour la sortir de sa crypte. De cette manière, ils préserveraient leur institution. En retour, nous renforcions notre position ici en éliminant ceux qui défient les enseignements du prophète.

— Il devait y avoir une meilleure façon…

La voix de Razak n'était presque plus qu'un murmure.

— Tu penses à cet archéologue, n'est-ce pas ?

Farouq parut déçu.

— Razak, nous savons tous qu'en Israël, indépendamment des affinités religieuses, il n'y a que deux camps. Et Barton n'est pas du nôtre. Rappelle-toi simplement de quel côté *tu* es, le mit en garde le Gardien.

Frottant ses paumes l'une contre l'autre, le vieil homme continua :

— Avant que tu ne portes un jugement définitif, laisse-moi te montrer autre chose.

Il ouvrit le tiroir de son bureau et en sortit une liasse de papiers. Saisissant la feuille du dessus, il la tendit à Razak.

— Prends le temps de bien regarder ça.

Razak examina les formes rectangulaires grossièrement dessinées accompagnées d'un peu de texte. Du grec apparemment. Mais incapable d'en comprendre le sens, il secoua une tête dépitée.

— Qu'est-ce que c'est ?

— La carte du Mont du Temple de Joseph. C'est cette même carte que les voleurs ont utilisée pour déterminer l'emplacement exact de l'ossuaire. As-tu noté cette structure au sommet ?

Acquiesçant d'un signe de tête, Razak sentit une boule gonfler dans sa gorge.

Farouq poursuivit d'une voix soudain faible.

— C'est le temple juif que Joseph détaille précisément dans ces pages.

Il tapota la liasse de papiers.

— Alors il a bien existé finalement, murmura Razak.

Il sentit l'air quitter ses poumons.

Mais le Gardien souriait.

— Peut-être. On pourrait même supposer – à l'instar des juifs – que les gravats qu'on a jetés dans la vallée du Cédron étaient autrefois les pierres qui avaient servi à sa construction. Peut-être que tu comprends maintenant pourquoi je refuse qu'il y ait de nouvelles fouilles. Après le vol de la semaine dernière, tout projet de fouilles sous le Mont a été suspendu indéfiniment.

— Et toutes les preuves archéologiques ont été escamotées.

— Dès que nous nous serons débarrassés définitivement des neuf ossuaires restants, il ne restera rien.

Razak ne savait que dire. Si le mur occidental avait vraiment supporté jadis un temple, cela légitimait le droit des juifs à occuper l'esplanade. Leurs interminables lamentations contre le mur seraient justifiées. Et, involontairement, il avait contribué à rendre cela possible.

Farouq tendit de nouveau la main vers son tiroir et en sortit un épais document.

— J'ai traduit le texte complet de l'*Ephemeris Conlusio*. Lis-le quand bon te semblera.

Il le déposa devant Razak.

— Ensuite tu me diras ce que tu aurais fait à ma place. Mais assure-toi bien de brûler ces pages dès que tu auras fini.

Razak n'était pas sûr de pouvoir supporter quoi que ce soit de plus.

— Il y a quelque chose que tu n'as pas livré à Rome. Quelque chose qu'il te faut connaître.

Farouq ouvrit le couvercle du coffret.

— J'ai trouvé un autre document dans cette boîte templière. Un autre journal qui, celui-là, n'a pas été rédigé par Joseph d'Arimathie.

Razak commençait à comprendre que les motifs du vieil homme étaient complexes et pas seulement alimentés par la haine. Cela ne faisait que confirmer que les circonstances jouaient d'une manière cruelle avec le destin d'un homme.

— Alors qui était l'auteur de ce journal ?

Le Gardien sortit du coffret un parchemin d'apparence fragile.

— Le templier qui le premier découvrit les ossuaires.

65

Rome

Dans leur suite du Hilton de Fiumicino, Evan et Charlotte sirotaient un café tout en se relaxant dans de grands fauteuils face aux fenêtres inondées de soleil qui surplombaient les pistes animées de l'aéroport. Ce n'était pas exactement le cadre idyllique classique pour un rendez-vous surprise, mais Charlotte avait assuré qu'elle ne se sentirait pas en sécurité à Rome.

Elle réajusta son peignoir et regarda Evan affectueusement. Une légère brise ébouriffait ses cheveux. Finalement, elle avait passé une bonne nuit de sommeil, grâce à deux verres de vin et un cachet de somnifère. Un petit intermède sensuel-sexuel – aussi inattendu que réjouissant – n'avait pas non plus fait de mal. Après avoir narré par le détail à Evan tous les événements des derniers jours, elle lui avait montré la stupéfiante présentation PowerPoint stockée dans son ordinateur. Aldrich la convainquit que tout allait bien se passer, quel que soit l'accord de confidentialité qu'elle avait pu signer. Néanmoins, par sécurité, il avait réservé la chambre sous son propre nom.

Étant donné l'implication de BMS dans l'étude du squelette, ils devaient se montrer très prudents, lui rappela Evan. Il suggéra d'attendre de voir ce qu'allaient donner les accusations du Dr Bersei contre le Vatican. À ce stade, il considérait qu'il était beaucoup trop tôt pour supposer qu'il lui était arrivé quoi que ce soit de fatal.

Elle le regarda avec des yeux enamourés.

— Tu m'as vraiment manqué, Evan. Et je suis désolée de m'être comportée comme je l'ai fait.

— On ne peut pas non plus dire que j'ai eu une attitude irréprochable, sourit-il. Je brûlais d'envie de te montrer quelque chose hier, Charlie, tu n'as pas idée à quel point, mais j'ai pensé que ce n'était pas le meilleur moment pour ça.

Il avait l'air terriblement excité, pensa-t-elle.

Evan se leva et contourna le chariot de service pour filer droit vers son sac. Il défit la fermeture à glissière de la poche latérale et en sortit une petite boîte, un porte-clés et ce qui ressemblait à une fiole. Puis il récupéra l'ordinateur portable de Charlotte sur la table de nuit et revint s'asseoir près d'elle après avoir déposé les objets sur la table ronde devant la fenêtre.

La jeune femme lui lança un regard intrigué.

— Qu'est-ce qui se passe ?

— J'allais t'appeler. Seulement je me suis dit qu'on ne pouvait pas parler de ça au téléphone. Il fallait qu'on se voie. Mais d'abord, ça. C'est pour toi. Honnêtement, c'est la première raison de mon voyage.

Avec un large sourire, il leva la petite boîte dans la paume de sa main.

En la voyant, son cœur tressauta. On aurait dit une boîte à bijoux. La taille parfaite pour... *Est-il venu pour me demander... ?* Elle lui prit l'objet et se redressa sur son fauteuil.

— Allez. Ouvre.

Elle le regarda. Ce n'était pas exactement l'approche la plus romantique.

— C'est l'échantillon d'os que tu m'as envoyé.

— Oh, fit-elle.

Simultanément, elle se sentit à la fois déçue et soulagée. Soulevant le couvercle, elle baissa les yeux sur le vieux métatarse qu'on aurait aisément pu confondre avec un fossile. Posé sur un morceau de gaze blanche, il avait un petit trou net perforé en son centre, là où Evan avait extrait son ADN. Elle le toucha délicatement du bout de son index.

— Tu te souviens de cette anomalie dont nous avons discuté ?

— Naturellement.

Elle se demandait ce qu'il avait bien pu trouver qui l'incite ainsi à parcourir la moitié du globe.

— Et alors ?

— Premièrement, est-ce que quelqu'un d'autre a effectué une analyse de ces os ?

Elle secoua négativement la tête.

— Juste une datation au carbone dans un laboratoire AMS de Rome. Et l'échantillon en question a été incinéré.

— Et le reste du squelette ?

Elle visualisa les vieux os étalés sur la natte de caoutchouc noir. Ils avaient disparu le matin précédent en même temps que l'ossuaire et ses reliques.

— Le Vatican l'a encore.

Était-ce vraiment le cas ?

— Bien.

Il était ostensiblement soulagé.

— Parce que quand tu verras ce que j'ai à te montrer...

Aldrich enleva le capuchon de la minuscule clé USB Flash Drive qui pendillait à son porte-clés et inséra celle-ci dans un port de l'ordinateur. Soulevant l'écran, il activa le programme de lecture multimédia et ouvrit un dossier. Un clip vidéo commença à se charger pour être exécuté.

— J'ai pensé que le scanner avait dysfonctionné quand j'ai vu ça, expliqua-t-il. J'en ai presque eu une attaque cardiaque. Or il avait parfaitement fonctionné. C'est l'échantillon qui n'allait pas.

Le clip finit de se charger.

Elle se pencha en avant pour mieux regarder.

— On y va. La première chose que tu vas voir est le caryotype. J'appuierai sur pause quand il apparaîtra.

Dès que la diffusion commença, Aldrich figea l'image.

Les yeux de Charlotte se braquèrent sur les paires de chromosomes ressemblant à de petits vers, disposés côte à côte par ordre de taille. Les teintes fluorescentes assignaient des couleurs différentes à chaque paire, numérotées de 1 à 23, X et Y.

— Même ici, la mutation est évidente.

— Quelle paire porte l'anomalie ?

— Observe plus attentivement, lui recommanda Aldrich. Et tu le trouveras toi-même.

Elle examina l'image. Dès que ses yeux arrivèrent sur la vingt-troisième paire chromosomique, elle repéra quelque chose de curieux. Sous un microscope, on s'attendait que chaque chromosome présente des rayures colorées visibles sur toute sa longueur. La paire vingt-trois n'avait pas la moindre bande.

400

— Qu'est-ce qui se passe avec la vingt-trois ?

— Gagné. C'est elle. Mais continuons et, si tout va bien, tu vas très vite comprendre.

Aldrich afficha un nouvel écran montrant un noyau de cellule grossi au microscope. On voyait les chromosomes et la substance nucléotide dans leur état naturel non ordonné. La paroi nucléaire de la cellule était à peine visible à la périphérie de l'écran.

— J'ai marqué la vingt-troisième paire chromosomique.

Aldrich la désigna.

— Tu vois ?

Il avait tracé des cercles jaune vif autour des deux chromosomes anormaux.

— Oui.

— Regarde mieux encore, Charlie. Voici le film des extractions.

— Quoi ?

— Je vais t'expliquer dans une seconde.

Elle remarqua que la jambe gauche d'Aldrich s'agitait nerveusement.

Sur l'écran, une aiguille de verre creuse pénétrait la membrane nucléaire. Son bord affilé contrastait nettement avec la structure cellulaire naturelle. Alors, des paires chromosomiques – mais pas la vingt-troisième – furent extraites.

— J'étais en train d'enlever les chromosomes pour le caryotype.

Au sommet de la fenêtre de l'ordinateur, les chromosomes isolés vinrent s'afficher sur un bandeau noir, par ordre de taille.

— Voici les paires extraites, montra-t-il du doigt. Jusqu'ici tout va bien ?

— Oui.

À l'écran, l'aiguille se retira du noyau et la membrane se referma au point de perforation.

— Maintenant regarde ça.

C'est alors qu'elle remarqua un processus incroyable. Les chromosomes jumeaux sans rayures – encore à l'intérieur du noyau de la cellule – commencèrent instantanément à se dédoubler et à produire de nouvelles paires chromosomiques pour remplacer les éléments extraits. La régénération spontanée s'arrêta dès que le noyau eut atteint son point d'équilibre – néanmoins inhabituel – avec ses quarante-huit chromosomes.

— Qu'est-ce que je viens de voir ?

Elle détourna son regard de l'écran.

— *Evan ?*

Aldrich leva attentivement ses yeux vers elle.

— Une phénoménale découverte biologique. Voilà ce que tu viens de voir. Je la repasse.

Il ramena le curseur de lecture à l'endroit où l'aiguille avait été retirée de la cellule. Le bandeau noir avec les chromosomes manquants se trouvait de nouveau au sommet de l'écran. Et le phénomène se reproduisit, comme Evan l'avait dit. *Phénoménal !* C'était le processus biologique le plus remarquable dont elle ait jamais été témoin. Une régénération génétique spontanée.

Charlotte se couvrit la bouche de la main.

— Mais c'est totalement impossible.

— Je sais.

Rien sur terre ne pouvait expliquer ce dont elle venait d'être témoin.

— C'est scientifiquement absolument impossible qu'un chromosome humain puisse créer des répliques exactes d'autres paires chromosomiques. Il y a l'ADN de la mère, celui du père... un code génétique complexe.

— Je sais. Ça va à l'encontre de tout ce que nous connaissons en tant que scientifiques, n'hésita-t-il pas à reconnaître. J'ai eu beaucoup de mal à m'y faire moi-même.

Un ange passa.

— Tu veux en voir davantage ?

Tout excité, il cligna les sourcils et sourit de nouveau.

— Tu veux dire quelque chose de plus spectaculaire encore ?

— De beaucoup plus spectaculaire.

Aldrich se détendit.

— J'ai effectué une analyse complète en utilisant le nouveau scanner génétique et j'ai dressé la carte du codage ADN en le comparant aux cartes du génome qu'on connaît. Tu sais ce que je cherchais ?

— Des anomalies parmi les trois milliards de paires basiques, répondit-elle.

Le diagramme moléculaire du génome type ressemblait à une échelle vrillée ou à une double hélice avec des « échelons » horizontaux formés à partir de paires d'adénine et de thymine ou de guanine et de cytosine – que l'on surnomme aussi les petites « briques de la vie ». Trois milliards de ces échelons se répartissaient autour des brins chromosomiques étroitement enlacés, pour former les « gènes » – des segments d'ADN uniques, spécifiques aux fonctions et aux organes corporels. Avec le scanner laser, les séquences de gènes pouvaient être analysées afin de détecter des codages corrompus ayant pour résultat une mutation.

Aldrich se leva brusquement et se mit à déambuler dans la pièce.

— J'ai découvert que l'exemplaire que tu m'as envoyé ne répertoriait que moins de *dix pour cent* du matériel génétique total théorique que l'on trouvait dans le génome humain standard.

Charlotte s'enfonça confortablement dans son fauteuil. Encore sous le coup d'une certaine incrédulité, elle ne put s'empêcher de secouer la tête.

— Je ne comprends pas.

— Moi non plus, répondit son compagnon. Donc j'ai effectué davantage de tests. Beaucoup plus. En utilisant notre nouveau système pour comparer le génome à toutes les anomalies connues... Tu es prête ? Je n'ai trouvé *aucune correspondance*. Rien ! Pas une seule !

Pendant un moment, l'esprit rationnel de Charlotte se referma comme une huître. Aucune explication ne lui venait.

— Qu'est-ce que ça signifie ?

— Que cet échantillon n'a aucun ADN égoïste[1] ! hurla Aldrich.

Avant l'achèvement du Programme sur le génome humain[2] en 2003, les scientifiques croyaient que la supériorité humaine sur d'autres organismes – particulièrement en termes d'intelligence – devait se traduire par un code génétique considérablement plus complexe. Mais en réalité, le génome humain s'est révélé beaucoup plus simple que prévu. Il est apparu, par exemple, qu'il

---

1. En anglais, *junk ADN*, littéralement traduit jusqu'à une date récente par ADN-poubelle ou ADN dépotoir, mais plus judicieusement – et plus poétiquement – restitué aujourd'hui par ADN égoïste.

2. *Human Genome Project.*

n'avait qu'un douzième du contenu génétique d'un vulgaire oignon. Les généticiens ont attribué la différence à l'ADN égoïste : des décharges de gènes morts – à côté des brins d'ADN valides – rendus obsolètes par l'évolution.

Cela ressemblait à un conte de fées scientifique. Mais en repensant au profil physique tridimensionnel sans défaut qu'avait restitué l'échantillon d'ADN – l'absence de la moindre identification ethnique, l'androgynie, la coloration et les traits uniques –, tout devenait logique.

— Evan, est-ce que tu es sérieusement en train de me dire que cet échantillon possède un ADN avec une structure génétique parfaite ?

Il acquiesça d'un mouvement de la tête.

— Je sais que cela semble trop beau pour être vrai.

Un génome sans défaut impliquait l'absence de processus évolutionnaire. C'était un organisme dans sa forme la plus pure, non corrompue.

La perfection, pensa-t-elle. Mais comment un *humain* pouvait-il présenter ce type de profil ? Cela ne cadrait assurément pas avec ce que Darwin ou la science moderne avançaient pour expliquer le développement humain à partir des primates.

Evan Aldrich agita une main tremblante devant l'écran.

— Cet ADN pourrait potentiellement être utilisé comme un spécimen-étalon afin de repérer les anomalies lorsqu'on le comparerait à d'autres échantillons. Et il pourrait être répliqué en utilisant du plasma bactérien.

Charlotte le dévisagea.

— Est-ce que tu ne vas pas un peu loin ?

— Cela porterait la recherche sur les cellules souches à un niveau entièrement nouveau. Je veux dire que c'est un ADN *parfait* dans une forme virale ! Inimaginable !

Il parlait lentement.

— C'est un miracle, en fait, continua-t-il. Mais il m'a fait penser à toutes les conséquences que sa divulgation publique pourrait entraîner. Je me suis demandé comment réagiraient les gens. D'abord, j'ai songé à toutes les vies qui pourraient être sauvées, à l'évolution de la médecine que cela engendrerait. Puis j'ai imaginé les firmes biotechnologiques se battant pour développer des traitements pour les riches. Et les bébés de synthèse. Et les soins médicaux rationnés. Et l'élitisme biologique. En réalité, seuls les riches bénéficieraient de cette découverte. Les pauvres n'en auraient pas une miette. Et même en espérant qu'ils pourraient quand même en tirer un avantage, l'effet d'un tel éradicateur de maladies serait dévastateur. Une longévité accrue ne conduirait qu'à une augmentation de la population sans précédent, avec des conséquences désastreuses sur toutes les ressources du globe.

Elle se sentit accablée.

— Je vois ce que tu veux dire, mais…

— Laisse-moi finir, la pressa-t-il. Toute cette affaire aura quand même une utilité.

Il tendit sa main droite et brandit la fiole devant Charlotte.

— Ça !

66

Cité du Vatican

Le cardinal Antonio Carlo Santelli regardait fixement la Piazza San Pietro – la place Saint-Pierre – par la fenêtre de son bureau. En son centre, l'obélisque géant scintillait d'un blanc pur dans le soleil du matin. Il déplaça son regard vers la basilique et les statues de saints qui s'alignaient au sommet de la façade. Si les catholiques découvraient un jour la noblesse de ses desseins – protéger les fidèles en véritable serviteur de Dieu –, placerait-on son effigie là-haut pour l'immortaliser et le vénérer ? Allait-il devenir un martyr des temps modernes ? Un saint ?

Il ne pensait pas seulement aux péripéties des dernières semaines. S'il remontait jusqu'au scandale du Banco Ambrosiano, les révélations dont il avait eu connaissance – voire dont il avait été témoin – depuis qu'il était en fonctions au Vatican l'avaient progressivement conduit à s'interroger sur son dévouement envers l'Église. Il se demandait s'il avait vraiment mis sa vie au service du bien ou s'il s'était mis à apprécier tout ce qu'il avait exécré jadis quand il était un jeune prêtre idéaliste.

La veille, en fin de matinée, après s'être personnellement occupé de faire libérer Conte d'une geôle des gardes suisses, il avait donné à l'imprudent mercenaire le feu vert pour éliminer les derniers éléments susceptibles d'impliquer le Vatican dans le fiasco de Jérusalem : l'ossuaire et son contenu, naturellement ; le père Patrick Donovan ensuite ; puis le Dr Charlotte Hennesey ; et enfin son amant américain, Evan Aldrich.

Ses mains allaient encore se souiller d'un peu plus de sang.

Toute la nuit passée, il avait attendu que Conte se manifeste pour lui confirmer que les reliques avaient été détruites. Mais il n'avait reçu aucun appel. Maintenant, il commençait à s'inquiéter d'une éventuelle trahison du mercenaire. Il était convaincu que la prochaine fois qu'il appellerait ce serait pour lui réclamer encore un peu plus d'argent. Avec un chantage à la clé.

Pire, à peine quelques minutes plus tôt, il avait entendu que les informations parlaient de la mort d'un vieux guide dans les catacombes de Torlonia. Ce n'était généralement pas ce genre de nouvelle qui faisait les gros titres. Mais l'incident en apparence banal avait suscité une enquête de routine. Ils s'étaient intéressés au seul nom trouvé sur le registre de visiteurs dans le bureau du guide. Cette piste avait conduit les enquêteurs jusqu'à l'épouse éplorée du visiteur en question qui venait justement de contacter la police pour signaler que son mari n'était pas rentré à la maison la nuit précédente. Une fouille des catacombes s'en était ensuivie. Et les autorités n'avaient pas mis longtemps à retrouver le corps brisé de Giovanni Bersei au fond d'un puits.

Peut-être qu'en d'autres circonstances l'incident aurait été instantanément rangé dans la catégorie des accidents. On aurait simplement parlé d'une étrange et malheureuse coïncidence à propos de la mort quasi simultanée de deux hommes au même endroit. Seulement, un témoin – une jeune joggeuse – avait rapporté avoir vu un homme quitter le site et charger le scooter de l'anthropologue dans une camionnette. Le portrait-robot qu'elle avait fourni présentait une ressemblance stupéfiante avec un autre portrait-robot provenant de Jérusalem.

Les médias s'emparaient de l'affaire.

À tout instant maintenant, Santelli s'attendait à un appel des enquêteurs.

Un autre scandale en perspective.

Santelli tenait les deux morceaux du parchemin que les scientifiques avaient trouvé dans l'ossuaire du Christ. Dans sa main gauche, il avait le dessin de la fresque du plafond de la crypte de Joseph dans les catacombes de Torlonia. Dans sa main droite, il tenait le texte en grec ancien qui légendait le croquis. Il avait ordonné à Conte de le séparer de l'image car il craignait que le texte ne contienne un autre message explicite. Avant d'ordonner au père Donovan d'accompagner Conte pour son ultime voyage, il avait demandé au prêtre de traduire le message en grec, ce dernier vestige d'une menace contre la chrétienté vieille de plusieurs siècles.

Donovan avait retranscrit la traduction sur un papier à en-tête du Vatican. Santelli se pencha sur son bureau et déposa les deux moitiés du parchemin près de celle-ci.

Il avait envisagé de détruire le rouleau, de le brûler, sans attendre. Mais maintenant, il espérait que son contenu lui apporterait une quelconque forme d'apaisement. Inspirant profondément, il étudia le vélin une nouvelle fois, puis tourna son regard vers la transcription du père Donovan :

Puisse la foi nous guider dans notre vœu solennel de protéger la sainteté de Dieu. Ici repose son fils, attendant sa résurrection finale pour que le témoignage de Dieu puisse être restauré et que les âmes de tous les hommes puissent être jugées. Que ces os ne détournent pas les fidèles, car les histoires ne sont que des mots écrits par des hommes malavisés. L'esprit est la vérité éternelle.
Puisse Dieu avoir pitié de nous tous.
Son loyal serviteur,
Joseph d'Arimathie.

Le bourdonnement de l'Interphone arracha le cardinal à ses pensées.

— Éminence, je suis désolé de vous déranger, mais…

— Qu'y a-t-il, père Martin ?

Le jeune prêtre semblait en proie à la plus vive agitation.

— Le père Donovan voudrait vous voir. Je lui ai dit que vous étiez occupé, mais il refuse de s'en aller.

Alarmé, le cardinal s'effondra sur son fauteuil. Ses mains en agrippèrent les accoudoirs. *Donovan ?* Impossible. Santelli ouvrit le tiroir supérieur de son bureau et vérifia qu'il contenait toujours son Beretta.

— Faites-le entrer.

Quelques secondes plus tard, la porte du bureau s'ouvrit.

Tandis que le prêtre irlandais s'avançait dans la pièce, le secrétaire d'État vit que de profondes contusions s'étalaient sous chacun de ses yeux. Le nez du prêtre, tordu et gonflé, donnait l'impression d'avoir été tout juste refait. Le bibliothécaire portait une vieille paire de lunettes à grosse monture en plastique au lieu de ses habituelles lunettes à double foyer et monture métallique. Santelli regarda le sac de cuir rebondi que le prêtre serrait dans sa main gauche.

Donovan s'assit dans le fauteuil de cuir face au prélat et posa le sac sur ses cuisses.

Cette fois, le cardinal ne proposa ni sa bague à baiser ni même sa main à serrer.

Donovan ne perdit pas une seconde en civilités.

— Je suis venu vous montrer quelque chose.

Il tapotait le sac.

Si Santelli ne s'était pas trouvé dans l'une des salles les plus sécurisées de la cité du Vatican, protégée par des détecteurs de métaux et d'explosifs, il aurait pu penser que la grosse sacoche contenait une arme ou une bombe. Mais rien de tout cela n'aurait pu arriver jusque-là. Il y avait personnellement veillé après l'intrusion aussi inopinée qu'éprouvante de Conte quelques années plus tôt.

— Mais d'abord, je dois vous demander pourquoi vous avez essayé de me faire tuer ?

— C'est une accusation très grave, Patrick.

Santelli glissa un bref coup d'œil vers le tiroir supérieur de son bureau.

— Assurément.

— Portez-vous un micro ? Un quelconque moyen d'enregistrement ? C'est de cela qu'il s'agit ?

Donovan secoua négativement la tête.

— Vous savez parfaitement qu'il aurait été détecté avant que je franchisse cette porte.

Le prêtre avait raison. Ce sanctuaire était conçu pour être d'une sûreté à toute épreuve. Les conversations cruciales qui s'y tenaient ne devaient surtout pas tomber dans une oreille indiscrète.

— Vous voulez vous venger ? Est-ce pour ça que vous êtes venu ? Êtes-vous venu... pour me tuer, père Donovan ?

— Laissons ce travail à Dieu, vous ne croyez pas ?

Le visage de Donovan était impassible.

Un moment de grande tension s'écoula avant que Santelli fasse un signe vers le sac qui donnait l'impression de contenir une énorme boule de bowling. Le cardinal s'attendait presque à ce qu'il renferme la tête de Conte. Mais il savait Donovan incapable de violence. Pour autant, il se demandait pourquoi l'assassin n'avait pas accompli la tâche qui lui avait été confiée et pourquoi le prêtre avait l'air d'avoir disputé dix rounds. Était-il de mèche avec Conte ? Celui-ci l'avait-il envoyé extorquer de l'argent ?

— Alors que m'avez-vous apporté ?

— Quelque chose que vous devez voir de vos propres yeux.

Donovan se leva et quand il posa la sacoche sur le bureau immaculé du secrétaire d'État il se fit un bruit semblable à des chevilles de bois qui s'entrechoquent. L'Irlandais nota que l'économiseur d'écran de l'ordinateur avait changé. Maintenant, on voyait se dérouler les mots *« La foi, c'est ce que vous croyez, pas ce que vous savez... Mark Twain »*. Donovan resta debout, les yeux fixés sur Santelli.

Il y eut un bref moment de silence tandis que les deux hommes se dévisageaient.

Finalement, arc-bouté sur les bras de son fauteuil et soufflant comme une forge, Santelli se leva laborieusement.

— Bien, Patrick. S'il faut en passer par là pour que vous acceptiez de sortir d'ici... qu'il en soit ainsi.

Agacé, le cardinal se pencha vers la sacoche. Il hésita un instant, puis ouvrit lentement la fermeture à glissière. Quand il écarta les deux bords pour regarder à l'intérieur, on entendit le même petit bruit que précédemment.

Le visage du cardinal vira instantanément au blanc spectral dès qu'il vit le crâne et les os humains. L'ultime relique ! Lorsqu'il releva les yeux, ceux-ci avaient perdu tout leur éclat ardent.

— Vous n'êtes qu'un petit bâtard moralisateur. Vous irez certainement en enfer pour ça.

— Je voulais que vous vous réconciliiez avec lui avant que je ne procède à une inhumation décente, indiqua Donovan.

L'idée de transporter les os sacrés dans ce qui ressemblait à un sac de campeur l'avait mis extrêmement mal à l'aise. Mais la veille, dans l'après-midi, il s'était arrêté chez DHL pour organiser l'acheminement immédiat de l'ossuaire vers Jérusalem. Le manuscrit avait été envoyé séparément à Razak, le messager musulman qu'il avait rencontré à Rome. Quant aux clous et aux pièces de monnaie, ils avaient été rangés dans la boîte à gants de la voiture de location avec le Beretta.

— Fils de pute.

La voix de Santelli était étrangement calme.

Ensuite, tout se passa très vite.

Sortant brusquement les mains de ses poches, Donovan s'empara du poignet du vieil homme et, simultanément, de l'autre main, il brandit une petite seringue en plastique. Il l'enfonça profondément dans la partie supérieure du bras du cardinal, puis il pressa le piston.

Avec le regard de quelqu'un qui ne comprenait pas ce qui se passait, le prélat parvint à se dégager. Il s'effondra sur son fauteuil et agrippa son bras à l'endroit où l'aiguille l'avait piqué. Avant même qu'il ait pu appeler à l'aide le père Martin, la Tubarine avait atteint son cœur pour provoquer l'arrêt fatal. Santelli se tordait de douleur. Ses mains griffaient et tentaient de déchirer sa propre poitrine.

Patrick Donovan regarda le corps de Santelli se convulser une dernière fois.

— La volonté de Dieu, dit-il tranquillement.

Il ignorait ce que contenait la seringue, mais il était certain que c'était de cette façon que Conte avait tué le guide découvert dans le bureau d'accueil des catacombes de Torlonia. Il était extrêmement difficile d'introduire une arme entre ces murs. Donovan avait tenté sa chance avec la seringue.

Le meurtre allait à l'encontre de tout ce qu'il tenait pour sacré et il avait rompu le vœu qu'il avait fait à Dieu de laisser derrière lui son passé mouvementé. Mais si Santelli n'était pas neutralisé, Charlotte Hennesey allait sûrement mourir et lui aussi. Les Israéliens ne connaîtraient jamais la vérité et un archéologue innocent allait devoir endosser la responsabilité d'un crime qu'il n'avait pas commis.

Donovan ramassa précautionneusement son sac à dos et regagna l'antichambre. Il dit au père Martin que le cardinal ne voulait pas être dérangé et lui demandait de bloquer tous les appels.

Le père Martin acquiesça et regarda avec un air circonspect son collègue irlandais se diriger vers la porte à grandes enjambées, passer entre les gardes suisses et s'éloigner dans la grande galerie. Une fois Donovan hors de vue, il se précipita vers le bureau de Santelli. Dès son entrée, il vit la calotte pourpre dépassant au-dessus du fauteuil qui faisait face à la fenêtre. Deux fois, il prononça le nom du cardinal sans obtenir de réponse et il se décida à contourner lentement le bureau.

67

Jérusalem

Tandis qu'il attendait que Farouq chausse ses lunettes de lecture, Razak ne détachait pas ses yeux de l'ancien manuscrit.

Le Gardien s'éclaircit la gorge et commença sa lecture à haute voix :

12 décembre de l'an de grâce 1133.

Ce fut sainte Hélène qui, la première, découvrit la véritable origine de Jésus-Christ. Elle vint en Terre sainte en quête de preuves historiques attestant que le Christ n'était pas le fruit unique de la légende ou de la tradition. Au cours de son pèlerinage, elle découvrit ce qu'elle crut être le tombeau vide du Christ et, enfouie sous le Saint-Sépulcre, la croix de bois sur laquelle Jésus souffrit sa Passion et mourut. Aujourd'hui, nous portons la vraie croix au combat pour défendre Dieu et notre foi. La rumeur nous a prêté la possession de nombreuses reliques similaires. Mais celle que j'ai découverte aujourd'hui est encore la plus merveilleuse.

Mais d'abord, il me faut expliquer comment les choses se sont produites.

À Jérusalem, il existe depuis des siècles des chrétiens qui ne suivent pas les paroles de notre sainte Bible. Ce sont des gens pacifiques qui ont survécu depuis des centaines d'années dans l'isolement. Ils se donnent le nom d'« ordre de Qumran ». Je les ai rencontrés et j'ai beaucoup appris sur leur foi. Dans un premier temps, leurs croyances m'ont choqué, car leurs anciens manuscrits affirment beaucoup de choses qui contredisent la parole de Dieu. L'ordre croyait que le Christ était mort comme un simple mortel et que seul son esprit s'était relevé de la tombe pour apparaître à ses disciples. Ils prétendaient même que le corps du Christ reposait toujours dans un lieu caché où il attendait que la résurrection survienne au jour du Jugement dernier et que ses os seraient de nouveau régénérés par l'esprit de Dieu.

Je les ai interrogés sur l'origine de leurs écrits. Ils ont affirmé avec force que leurs enseignements et leurs Écritures existaient bien avant le « Livre des Romains ».

En entendant cela, je fus enclin à réagir violemment. Mais, intrigué, je voulus en apprendre davantage. Au cours du temps, ces gens, aimables et généreux, sont devenus nos amis. Au gré d'une étude attentive, je commençai à comprendre que leurs croyances, bien que non traditionnelles, étaient enracinées dans une vraie foi et une authentique vénération. Leur Dieu était notre Dieu. Leur Christ était notre Christ. L'interprétation était la seule chose qui semblait nous séparer.

Le onzième jour du mois d'octobre 1133, Jérusalem fut attaquée par une armée de guerriers musulmans. Si nous fûmes en mesure de les repousser, ce ne fut pas avant la disparition de nos frères chrétiens de Qumran, car ils avaient déployé tous leurs efforts pour défendre leur cité sainte. Leur chef, un vieil homme du nom de Zachariah, fut sévèrement blessé et il était mourant quand nous le trouvâmes. Il était en possession d'un vieil ouvrage. Sachant qu'aucun de ses frères n'avait survécu à l'attaque, il me le confia. Avant de mourir, il murmura que le livre contenait bien des choses, dont un ancien secret longtemps protégé par son peuple : l'emplacement de la chambre où le corps du Christ avait été inhumé. Puis Dieu rappela à Lui l'esprit du vieil homme.

J'ai fait appel à des scribes de confiance locaux afin de traduire le contenu du livre, qui pour l'essentiel était en grec. C'est alors que je découvris que le texte était en réalité un journal rédigé par un érudit du nom de Joseph d'Arimathie. Dans le livre, je trouvai également une carte dessinée par ce même Joseph, marquant l'emplacement du corps du Christ. Je compris à cet instant que la tombe était enfouie sous nos pieds, sous le site même du Temple de Salomon.

J'ordonnai à mes hommes de trouver la tombe de Joseph. Après avoir fouillé et ouvert des brèches dans trois anciens murs pendant des semaines, nous avons atteint la roche. Là, mes espoirs auraient pu aisément s'envoler, car la présence de roche signifiait qu'aucun homme n'avait jamais touché cet endroit. Mais les mesures précises de Joseph d'Arimathie laissaient entendre qu'il fallait encore creuser. Nous avons continué et nous avons tout d'abord dégagé des débris. Ainsi,

nous avons compris que ce que nous avions pris pour le flanc
de la montagne n'était en fait qu'une énorme pierre circulaire.
Quatre hommes furent nécessaires pour la faire rouler. Derrière
elle, il y avait une chambre cachée, précisément là où Joseph
l'avait indiqué.

À l'intérieur, nous trouvâmes neuf urnes de pierre sur lesquelles
étaient inscrits les noms de Joseph et de sa famille. À mon
grand étonnement, un dixième ossuaire portait le symbole sacré
de Jésus-Christ. Et dedans, nous trouvâmes les os humains et
les reliques qui n'auraient pu venir que de la croix.

Pour respecter le serment que j'ai prêté de protéger Dieu et
Son Fils Jésus-Christ, j'ai mis en sûreté ces reliques merveil-
leuses sous le Temple de Salomon. Car si le vieil homme avait
dit la vérité, ces os risquaient un jour d'être ramenés à la vie
afin que les âmes de tous les hommes puissent être sauvées.

J'ai intitulé le livre de Joseph d'Arimathie, *Ephemeris Conlusio*.
À l'intérieur de celui-ci se trouvent les secrets de notre salut.
Puisse Dieu me pardonner mes actions.

Son fidèle serviteur,
Hugues de Payen.

Farouq roula soigneusement le parchemin jauni et le remit
dans le coffret. Il ôta ses lunettes et s'appuya contre le dossier
de son fauteuil pour attendre la réaction de Razak.

Le Syrien finit par reprendre la parole.

— Dites-moi si j'ai bien compris. Au XIIᵉ siècle, les chevaliers
templiers se sont liés d'amitié avec un groupe de juifs radicaux
– ou peut-être de chrétiens – qui leur ont donné l'*Ephemeris
Conlusio*. C'est ce livre qui les a conduits vers le corps de Jésus,
inhumé dans une salle secrète sous cette esplanade même. Il y a
près de neuf cents ans, les templiers ont muré la crypte et caché
dans le sol ce coffret contenant cet *Ephemeris Conlusio*. Vous-
même avez découvert le coffret au cours des fouilles entreprises
en 1997.

— Tout cela est exact.

Razak essayait de ne rien oublier. Il fut tenté de demander
à Farouq pourquoi les templiers avaient caché des reliques aussi
extraordinaires. Mais il savait que le Gardien n'aurait pu
qu'émettre des hypothèses. Il était évident que les chevaliers du
Temple avaient protégé un très vieux secret. Au regard des relations tendues entre le pape et les moines-soldats à cette époque,
il était assez probable que les templiers avaient décidé de

conserver ce secret par-devers eux comme une sorte d'assurance – voire un moyen de chantage – contre l'Église. Tout cela aidait assurément à expliquer leur rapide ascension. Mais la piété qui transpirait de la lettre de Hugues de Payen suggérait quelque chose d'autre. Peut-être les templiers avaient-ils de nobles intentions ? Après tout, ils avaient eux aussi été jadis des protecteurs de ce lieu saint.

— Comment êtes-vous parvenu à convaincre le Vatican d'agir ?

— Facilement. J'ai parlé au père Patrick Donovan, le conservateur en chef de la Bibliothèque vaticane. Pour moi, il était le seul homme susceptible de connaître l'existence de l'*Ephemeris Conlusio* et, plus important encore, ses implications. Dès que je l'ai mentionné, il m'a conforté dans cette idée. Quelques jours plus tard, vous le lui avez livré à Rome. J'ai eu raison de supposer qu'il allait déclencher les choses.

— Et s'il avait ignoré l'existence de ce livre ?

Farouq ricana d'un air moqueur.

— Cela n'aurait pas vraiment eu d'importance. Je serais quand même parvenu à le convaincre. Il se devait d'entendre ce que j'avais à lui dire.

— Vous avez pris un grand risque malgré tout.

Au regard de sa réaction, Farouq jugea préférable de ne pas dire à Razak qu'il avait en outre aidé les voleurs en introduisant secrètement des explosifs dans Jérusalem. Ils lui avaient été fournis par des contacts appartenant au Hezbollah au Liban, tout autant soucieux de renverser l'État d'Israël. À la requête des voleurs, il leur avait même procuré un autre matériel : une foreuse capable de percer la roche. On avait demandé à Farouq de l'acheter à l'étranger en liquide et le Hezbollah l'avait également aidé sur ce point.

— La probabilité, Razak, mon ami. Il y a une grande part de chance dans une issue favorable. Dans le cas présent, elle était de notre côté. Et j'ai agi comme je l'avais jugé juste. Comme je l'ai déjà dit, empêcher la découverte du corps de Jésus préservait les enseignements tant de l'islam que du christianisme. Hélas, et c'est très regrettable, des vies ont dû être sacrifiées dans l'affaire... même si elles étaient juives. Mais si nous n'avions rien fait, le bilan aurait été bien plus lourd – tant sur un plan physique que spirituel –, aussi bien pour les chrétiens que pour les musulmans. Seulement, dans ce cas, les juifs auraient gagné à nos dépens. C'est le meilleur résultat que nous aurions pu espérer. Je pense que tu es d'accord.

Razak se voyait contraint de convenir qu'il y avait une logique indéniable – bien que tordue – dans le discours du Gardien. Il aurait été extrêmement difficile de limiter les dégâts.

— Mais qu'est-ce que ça vous a fait de découvrir que tout cela va à l'encontre de nos enseignements ?

Farouq regarda le plafond.

— Rien de tout cela ne peut remettre en question notre foi, Razak. Tout ce que cela signifie, c'est qu'il nous faut approfondir davantage la question pour en comprendre la signification. Même si ces os volés étaient vraiment les restes de Jésus, ma foi ne pourrait pas en être ébranlée.

Razak se rappela des textes prébibliques dont lui avait parlé Barton et qui voyaient la résurrection comme une transformation spirituelle et non physique. Si le terme « résurrection » avait été utilisé pendant des siècles, peut-être que son sens avait quelque peu évolué pour aboutir à une définition littérale.

— Et le temple de Salomon ?

Le Gardien plissa les lèvres.

— De l'histoire ancienne. Exactement comme la cité de Jebus que conquit le roi David et qui fut renommée Jérusalem mille ans avant l'époque de Jésus. Les juifs ont répandu beaucoup de sang innocent pour défendre leur prétendue « Terre promise ». Mais quand les rôles ont été renversés, ils se sont sentis souillés. Personne ne possède vraiment cet endroit si ce n'est Allah. Pour l'instant, les juifs sont les maîtres d'Israël. Mais notre présence ici, sur ce site, leur rappelle que la marée s'inversera de nouveau un jour. En fin de compte, il appartient à Allah de décider qui sera victorieux.

Farouq fit le tour de son bureau et posa une main sur l'épaule de Razak.

— Allons prier à la mosquée.

68

Rome

Aldrich se rapprocha de Charlotte.

— Si je te disais, Charlie, que nous pourrions soigner n'importe quelle maladie avec une seule injection d'un sérum si puissant qu'il peut recoder tout ADN endommagé ?

La bouche de la jeune femme s'ouvrit, mais aucun mot n'en sortit. Elle laissa ses yeux passer de la fiole à Evan, avant de revenir sur la petite ampoule. Était-ce possible ?

— Quand j'étais chez toi, la semaine dernière, j'ai vu le traitement dans ton réfrigérateur, le Melphalan... avec ton nom dessus.

Charlotte sentit un poids lui comprimer la poitrine et ses yeux se remplirent instantanément de larmes.

J'avais eu l'intention de te le dire, mais...

Elle s'effondra dans les bras de son compagnon.

— Tout va bien, lui dit-il doucement.

Les larmes de la jeune femme redoublèrent, mais elle se redressa brusquement.

— Mes pilules ! J'ai laissé mes pilules au Vatican. Je suis censée les prendre chaque jour !

— Ne t'inquiète pas pour ça, l'assura-t-il. Tu n'en as plus besoin maintenant.

Elle en resta sans voix.

— Le myélome est un cancer sévère, expliqua-t-il. Je sais qu'il doit te déchirer intérieurement. Et je suis certain que c'est pour ça que tu as été distante ces derniers temps. J'ai exagéré la semaine dernière. Tu dois avoir tant d'autres choses dans la tête en ce moment. Je me suis montré égoïste.

Elle acquiesça en sanglotant.

— J'ai... Je ne l'ai dit à personne.

— Je pense qu'à partir de maintenant tu dois impérativement commencer à t'ouvrir davantage avant d'imploser émotionnellement, lui sourit-il. C'est une chose dont nous devons absolument nous assurer. Je peux m'occuper de toutes les tâches difficiles, Charlie. Tu dois te décider à me faire confiance.

Avec un hochement de tête, elle tendit la main vers la boîte de mouchoirs posée sur la table de nuit.

— Je dois le dire à mon père, aussi.

Elle essuya ses larmes.

— Mais ça me fait peur. Il a déjà dû affronter la perte de maman...

— Ce ne sera pas nécessaire.

L'insistance d'Evan commençait à l'agacer sérieusement.

— Mais enfin de quoi parles-tu ?

Il tenait toujours la précieuse fiole dans le creux de sa main.

— Si je ne me trompe pas, tu n'auras plus jamais besoin de parler de quoi que ce soit de cet ordre. Et il n'y aura plus de raison de continuer à te bourrer de Melphalan. J'aimerais que tu sois la première à participer à mon essai clinique.

Elle s'essuya les yeux.

— Allons, Evan, ce ne peut être aussi facile.

— C'est ce que je pensais moi aussi. Mais tu seras sans doute d'accord pour admettre que je suis un spécialiste en génétique. Et je suis absolument certain de ce que j'affirme.

Elle regarda de nouveau la fiole, l'air grave.

— Mais pourquoi moi ? Il y a tant de personnes plus méritantes... plus *malades*.

— J'en suis certain. Et si nous avons raison, peut-être que nous pourrons nous demander comment leur venir en aide. Mais si on veut pouvoir y arriver, j'ai besoin d'être sûr que tu seras là pour me seconder et m'aider à y parvenir.

— Donc... tu veux que je m'injecte cette substance dans le corps ?

— Oui.

— Mais cet ADN était celui d'un homme. Alors est-ce que ça ne va pas me transformer en homme ?

Ils rirent tous les deux et cette soudaine hilarité dissipa une partie de la tension qui régnait dans la chambre.

— J'ai déjà retiré tout ce qui était spécifiquement sexuel, l'assura-t-il. Ce que tu as ici, c'est un sérum « personnalisé » qui régénérera tes os en priorité, tes cellules sanguines et ainsi de suite. Avec l'ADN d'un génome parfait pour base, ce sérum peut être fabriqué de façon à cibler spécifiquement toutes sortes de dysfonctionnements génétiques.

— C'est incroyable, murmura-t-elle.

Il regarda la fiole à son tour, puis sa compagne.

Le temps paraissait suspendu tandis qu'elle réfléchissait à l'autre solution terrible qui s'offrait à elle : poursuivre la chimiothérapie. Sans aucun doute possible, même si elle parvenait à maîtriser relativement le mal incurable qui lui dévastait les os, ce traitement lui retirerait tout espoir d'avoir un jour des enfants. Dans le meilleur des cas, elle pourrait vivre encore dix ou quinze ans. Mais elle n'atteindrait jamais ses cinquante ans.

— Eh bien ? la pressa Evan.

Charlotte lui sourit. Elle savait qu'elle pouvait lui faire confiance. Elle se rappela l'Ange de la mort de la basilique Saint-Pierre qui tenait un sablier dans la main.

— OK.

— Super.

Il souriait d'une oreille à l'autre.

— Mais, bon sang, réponds simplement à une question : qui *était* ce type ?

Le père Donovan avait raconté à Charlotte l'histoire du squelette substitué par Joseph d'Arimathie pour empêcher que Jésus apparaisse comme le Messie attendu par ses coreligionnaires. Maintenant, cette théorie lui semblait totalement ridicule. Seul un être divin pouvait présenter un profil génétique aussi remarquable.

Charlotte se dirigea vers la fenêtre et contempla silencieusement les lumières de l'aéroport. Alors elle tourna des yeux tristes vers Aldrich et lui sourit.

69

Cité du Vatican

La basilique Saint-Pierre de Rome avait fermé ses portes à dix-neuf heures tapantes. L'immense sanctuaire sombre était vide, à l'exception d'une silhouette portant un grand sac noir et remontant à grandes enjambées le transept nord.

Le père Donovan se dirigea vers l'avant du monumental baldaquin. Une balustrade de marbre entourait une crypte, une « grotte », aménagée directement sous l'autel pontifical. Le prêtre prit le temps de se signer. Après s'être assuré que personne ne le regardait, il ouvrit la porte latérale et se glissa à l'intérieur. Le bibliothécaire referma la porte derrière lui et s'engagea dans un escalier semi-circulaire.

À quelques mètres sous le sol de la basilique, un tombeau de marbre ouvragé avec raffinement luisait dans la chaude lumière des quatre-vingt-dix-neuf lampes à huile ciselées, brûlant perpétuellement en hommage au site le plus sacré de toute la cité du Vatican – le *Sepulcrum Sancti Petri Apostoli.*

La tombe de saint Pierre.

Pierre était l'homme qui, selon Joseph d'Arimathie, aurait été désigné par ce dernier pour assumer deux tâches d'une importance capitale pour le Messie : transférer les dix ossuaires de Rome dans une nouvelle crypte sous le Mont du Temple à Jérusalem et remettre son précieux manuscrit – la base des Évangiles chrétiens – aux juifs zélotes qui avaient contribué à l'exécution de l'ambitieux projet de restauration du Temple envisagé par Jésus.

Donovan se rappelait le dernier passage de Joseph, dans l'*Ephemeris Conlusio* :

Cette nuit-là, l'empereur Néron a organisé un banquet dans son palais. Je dois être son invité et il a demandé que ma femme et mes enfants viennent aussi. Avec beaucoup de tristesse, j'ai accepté, bien que je connaisse son dessein, car son cœur est noir. Ceux qui célèbrent les enseignements de Jésus ont refusé de lui rendre hommage. Pour cette raison, il a fait brûler vifs beaucoup d'entre eux.

En raison de mon loyal service envers Rome, Néron m'a fait savoir que ma mort et celle de ma famille chérie seraient humaines. La nourriture que nous mangerons ce soir sera empoisonnée.

Rome est vaste, mais il n'existe aucun endroit où il ne nous retrouverait pas. La seule protection qui s'offre à nous est celle de Dieu. Notre destin est Sa volonté.

Il a été accordé que nos corps soient remis à mon frère Simon Pierre, pour être inhumés dans ma crypte à côté de Jésus. Une fois que nous aurons tous été libérés de la chair, Pierre se rendra à Jérusalem. Sous le grand Temple, Jésus sera inhumé, car je le lui ai promis avant son exécution. Là aussi nous partagerons Sa gloire le jour de l'Expiation. Alors le Temple sera purifié. Puis Dieu retournera dans son saint Tabernacle. Ces écrits, j'ai demandé à Pierre de les remettre à nos frères, les esséniens. Ils protégeront ce témoignage de Dieu et de Son Fils. Ils diront à tous les hommes que le jour de l'Expiation est proche.

Quand Pierre eut rempli ses devoirs vis-à-vis de la communauté, il retourna à Rome pour continuer de prêcher les enseignements de Jésus. Peu après cela, il fut lui-même emprisonné par Néron et condamné à être crucifié la tête en bas sur une croix renversée jusqu'à ce que mort s'ensuive.

Continuons, s'encouragea silencieusement Donovan.

Directement sous la base du baldaquin, entre des colonnes de marbre rouge, une petite niche sous verre abritait une mosaïque dorée représentant un Christ nimbé d'un halo. Devant cette dernière, on voyait un coffret recouvert lui aussi de dorures, un ossuaire.

C'était dans celui-ci que se trouvaient les os de saint Pierre, exhumés d'une tombe profondément enfouie sous le baldaquin et découverte fortuitement au cours de fouilles en 1950. Le squelette avait été trouvé dans une fosse commune, mais il avait immédiatement attiré l'attention des archéologues supervisant les fouilles parce qu'il appartenait à un vieil homme auquel il manquait les pieds – ce qui était prévisible dans le cas d'un condamné crucifié la tête en bas et dont on avait tranché les chevilles pour le détacher. La datation au carbone effectuée par la suite avait rendu son verdict. Le sujet mâle avait vécu au cours du Ier siècle de l'ère chrétienne.

De sa poche, Donovan sortit la clé d'or qu'il avait prise dans un coffre-fort des Archives secrètes du Vatican. Il posa le sac par terre, puis, doucement, il introduisit la clé dans une serrure du cadre de la niche. Les gonds laissèrent échapper un sourd gémissement lorsqu'il ouvrit la porte.

Il contempla l'ossuaire d'or pur qui ressemblait à l'Arche d'alliance, ce qui n'était assurément pas un hasard. Juste au-dessus, les quatre colonnes spiralées du baldaquin reproduisaient à l'identique les motifs du temple de Salomon.

Sachant qu'il ne disposait que de peu de temps, Donovan tendit les mains et attrapa fermement le couvercle de la boîte. Après avoir pris une profonde inspiration, il le secoua et parvint à le soulever.

Comme il s'y attendait, l'ossuaire de saint Pierre était vide.

Après les analyses effectuées sur les os du saint, le squelette avait été inhumé dans l'humble crypte de l'ère constantinienne où il avait été trouvé. Peu de gens savaient que cette boîte n'était là que pour commémorer le premier pape.

— Que Dieu ait pitié de moi, murmura-t-il révérencieusement, les yeux fixés sur la mosaïque du Christ.

Récitant le Notre-Père, il commença à transférer les os de son sac de cuir dans l'ossuaire. Il acheva sa tâche avec le crâne et le maxillaire inférieur. Puis il remit le couvercle en place.

Au moment où il refermait la porte de verre et tournait la clé dans la serrure, il entendit des bruits au-dessus de lui, à l'intérieur de la basilique. L'ouverture d'une porte. Des pas pressés. Des voix excitées.

Juste au-dessus de la niche, une lourde grille de métal permettait d'aérer la grande cavité qui se trouvait sous l'autel. Instinctivement, Donovan passa la clé à travers la grille et la laissa tomber dans le vide. Il entendit le petit tintement du métal heurtant la roche. Puis il se souvint de la seringue vide dans sa poche et s'en débarrassa aussi.

Ramassant le sac, il remonta l'escalier et resta tapi au sommet des marches.

— *Padre Donovan*, l'appela une voix forte en italien. Êtes-vous là ?

Glissant un œil à travers la balustrade, il aperçut trois silhouettes – deux en uniforme bleu et béret noir et une troisième en soutane. Deux gardes suisses et un prêtre.

Pris au piège !

Pendant un instant, il envisagea de battre en retraite dans l'escalier et de se perdre dans l'immense crypte funéraire pontificale souterraine jouxtant le tombeau de saint Pierre. Peut-être qu'il pourrait se cacher là un moment au milieu des centaines de sarcophages, patienter, puis essayer de s'échapper de la cité du Vatican.

Il se demanda comment ils l'avaient trouvé aussi rapidement. Puis il se rappela qu'il avait utilisé sa clé magnétique pour pénétrer dans la basilique. Chaque fois qu'on utilisait la clé, le système de sécurité des gardes suisses l'enregistrait. La sombre réalité de sa situation lui apparut dans toute son horreur : il ne pouvait pas se cacher, parce qu'ils savaient où il se trouvait.

Faisant tout son possible pour rester calme, il gravit les dernières marches et ouvrit la porte.

— Oui, je suis ici, les héla-t-il.

Les deux gardes se dirigèrent rapidement vers lui. Le religieux restait prudemment dans leur sillage.

— Je finissais juste mes dévotions, tenta de leur faire croire Donovan avec assurance.

Ils semblèrent accepter cette explication.

— Père Donovan, commença le plus petit garde d'une voix brusque. Il faudrait que vous nous accompagniez.

Le conservateur fixa le Beretta rutilant du garde avec un intérêt tout neuf. Il repensa à la veille, quand lui et Santelli s'étaient rendus dans leur caserne pour en faire sortir Conte. L'armurier de la garde suisse était en train de nettoyer une demi-douzaine de pistolets. Au milieu de l'excitation du moment, personne ne s'était aperçu que Donovan avait glissé une arme et quelques cartouches dans sa poche.

Parvenant à esquisser un sourire, Donovan demanda :

— Il y a un problème ?

— Oui, répondit le religieux qui s'était finalement avancé vers lui.

Rechaussant ses lunettes, Donovan reconnut le père Martin. L'assistant de Santelli avait-il découvert le corps ? Les gardes étaient-ils venus l'arrêter ?

— Un problème majeur, précisa Martin d'un air sévère. Peu après que vous ayez quitté le bureau du cardinal Santelli ce soir, Son Éminence a été retrouvée morte.

Donovan fit de son mieux pour paraître surpris et simula un sursaut d'étonnement. En réalité, son pouls battait à tout rompre et il sentait ses paumes devenir moites.

— C'est impossible !

Il se prépara à la suite : la mise en accusation.

— Il semble qu'il ait été victime d'une attaque cardiaque, expliqua le père Martin.

Scrutant le visage du prêtre, Donovan fut convaincu qu'il connaissait la vérité. Il laissa échapper un long soupir, perçu par ses interlocuteurs comme une réaction de choc, alors qu'il s'agissait simplement de soulagement.

— C'est très regrettable, continua Martin d'un ton tranquille.

Il fixa le sol un moment comme s'il méditait. Plus tôt ce soir-là, il avait écouté la conversation entre Donovan et Santelli en se servant du téléphone du cardinal comme d'un Interphone. Ce qu'il avait entendu l'avait profondément choqué. Il était presque certain que le père Patrick Donovan avait exercé sa vengeance sur le vieux comploteur, même s'il se demandait comment il s'y était pris. Les détecteurs de métaux ne repéraient-ils pas toutes les armes ? Mais peu importait, pensait-il. S'il s'était trouvé dans la position de Donovan, il aurait agi de même. Et, en tout cas, ce chien de Santelli était mort. *Non seulement l'Église s'en portera mieux*, songea le père Martin, *mais moi aussi.*

— Nous allons avoir besoin de votre aide pour récupérer ses papiers officiels dans les Archives.

L'assistant du défunt soupira avant d'ajouter :

— Il va aussi falloir prévenir la famille du cardinal.

Donovan leva la tête, les yeux brillants.

— Certainement… Nous pouvons y aller maintenant si vous le voulez.

Martin lui adressa un sourire rassurant.

— Soyez béni, mon père.

DIMANCHE

70

Jérusalem

Graham Barton n'avait jamais été aussi heureux de revoir les rues poussiéreuses de Jérusalem. Il inspira à pleins poumons, savourant les parfums familiers et revigorants des cyprès et des eucalyptus. C'était une merveilleuse matinée. Il sourit en apercevant Razak au pied des marches du poste de police et son sourire s'élargit encore quand il constata que Jenny se trouvait à côté de lui.

Elle gravit les marches en courant et lui sauta au cou. Il pouvait sentir les larmes de son épouse qui l'embrassait.

— Je me suis tellement inquiétée pour toi.

— Je n'ai fait que penser à toi. Merci d'avoir fait le voyage.

Elle lui sourit en retour.

— J'ai toujours été là pour toi, tu le sais.

Razak étreignit Barton.

— J'ai entendu dire qu'à Jérusalem ce genre de mésaventure est assez banal, plaisanta le Syrien. Mais la justice sait trouver les coupables.

— Certainement. Et en parlant de ça, dit Barton intrigué, comment avez-vous réussi à me faire sortir de là ? Qu'est-ce qui a convaincu les Israéliens que ce n'était pas moi ?

— Vous le découvrirez bien assez tôt, répondit Razak. Je vous ai apporté un cadeau.

Il lui tendit une épaisse enveloppe qui paraissait contenir un livre assez épais.

— Qu'est-ce que c'est ?

— Une copie de l'une des pièces à conviction présentées comme preuve pour vous disculper, indiqua le Syrien de manière sibylline.

Barton accepta le paquet.

— Cette enveloppe contient de grands pans d'histoire, avertit Razak. Vous devriez lire ce livre. Il raconte beaucoup de choses très intéressantes.

71

Farouq était assis sur sa véranda. Il surplombait les toits de tuile rouge et les façades patinées par le temps du quartier musulman de la vieille cité. C'était une journée exceptionnellement douce. Sous un ciel immaculé, une légère brise sentait l'essence de palme.

Il se sentait bien. Mieux même que depuis très longtemps. Israël était une nouvelle fois à deux doigts d'une confrontation violente. La lutte pour la libération de la Palestine était plus intense que jamais et la foi de tous les vrais croyants – le feu vital nécessaire pour entretenir le conflit – était forte. Souriant, il but une gorgée de son thé à la menthe. À distance, il entendait la foule près de l'Haram esh-Sharif. Curieusement, la tonalité des cris paraissait peut-être aujourd'hui légèrement différente. On aurait presque dit des cris... d'allégresse.

À l'intérieur de l'appartement, le téléphone sonna.

Farouq se leva de son fauteuil et rentra pour décrocher.

— *Assalaam.*

— Monsieur.

La voix d'Akbar tremblotait.

— Vous avez entendu les infos ?

— Non. Qu'est-ce qui t'inquiète comme ça ?

— S'il vous plaît. Allumez la télévision... CNN. Ensuite, rappelez-moi pour me dire ce qu'il faut faire.

Il y eut un petit clic et la ligne devint silencieuse.

Inquiet, Farouq attrapa la télécommande et alluma CNN. Deux commentateurs apparaissaient sur un écran fractionné : un présentateur derrière son bureau dans le studio et une blonde attrayante avec dans son dos le Mont du Temple. Au bas de l'écran, un bandeau précisait : « En direct de Jérusalem ».

Les bras croisés, Farouq resta debout pour écouter.

— *Je suis certain que cela suscite pas mal d'agitation dans Jérusalem*, déclarait le présentateur d'un ton sérieux. *Taylor, comment les autorités locales réagissent-elles à ces nouvelles ?*

Il y eut un léger blanc, le temps que le signal satellite répercute la question entre New York et Jérusalem.

— *Eh bien, Ed, tel que cela se présente*, répondit gravement la journaliste, *nous sommes toujours dans l'attente d'une déclaration officielle du gouvernement israélien. Jusqu'à présent, nos seules informations nous sont fournies par des chaînes locales.*
— *Et est-ce que cet informateur anonyme a été identifié ?*

Cette fois, le délai de réponse fut encore plus long.

— *Pour l'instant, non*, répondit la fille en tenant son oreillette. *Et cette question paraît susciter autant d'émoi que les reliques elles-mêmes.*

Le visage de Farouq se décomposa. *Les reliques ? Cet informateur ?*
Le présentateur se tourna vers la caméra.

— *Si vous nous rejoignez seulement maintenant, sachez que nous sommes en direct avec Jérusalem, où en fin de matinée, aujourd'hui, les autorités israéliennes ont récupéré un objet clé lié à l'attaque violente de vendredi dernier sur le Mont du Temple ; attaque qui, rappelons-le, a fait treize morts parmi les soldats israéliens et qui, jusqu'à maintenant, laissait de nombreuses questions sans réponses. Taylor, ce livre qui a été remis anonymement à la police israélienne... est-on certain de son authenticité ?*

Ce n'est pas possible, essaya de se convaincre Farouq. Ses genoux le lâchèrent soudain et il s'effondra dans un fauteuil.

— *Il nous a été rapporté que les archéologues travaillant avec l'AAI – l'Autorité pour les antiquités israéliennes – ont analysé cet ancien manuscrit et en se fondant sur les datations au carbone, oui, ils sont convaincus que le document est*

authentique. Ils ont d'ailleurs invité des scientifiques non israé-
liens à étudier ce document, ce qui incite la plupart des obser-
vateurs à valider leurs conclusions.
— Vous a-t-on dit de quoi parle le livre ?

La transmission se brouilla une fraction de seconde.

— Pas encore, répondit la journaliste avec un mouvement de
tête dénégateur. Mais l'AAI tiendra une conférence de presse
demain après-midi pour fournir de plus amples détails. Des
sources proches de l'enquête laissent entendre que cet ouvrage
contiendrait des récits historiques irréfutables concernant le
temple juif qui se situait ici même, sur le Mont du Temple, au
Iᵉʳ siècle de notre ère. Autre fait étonnant, on dit que le livre
rapporterait des faits proprement déconcertants sur la vie et la
mort de Jésus-Christ.
— Déconcertant, c'est le mot qui qualifie le mieux cette affaire.

Le journaliste en plateau affecta une mine encore plus grave
tandis que ses épaules se raidissaient.

— Comme vous pouvez l'imaginer, continua la correspon-
dante à Jérusalem, les sourcils particulièrement froncés pour la
circonstance, *ces nouvelles font l'effet d'un coup de tonnerre ici.*
Comme vous pouvez le voir, les juifs font la fête dans les rues…
Les musulmans quant à eux sont très mécontents. Et assuré-
ment, les chrétiens auxquels nous avons parlé sont impatients
d'en apprendre davantage. Le Mont du Temple est depuis long-
temps l'objet d'une rivalité permanente entre les trois religions
monothéistes…

Les yeux rivés à l'écran, Farouq al-Jamir eut l'impression que
le monde s'effondrait autour de lui. Il essayait de comprendre
comment le manuscrit original avait pu revenir à Jérusalem…
et si soudainement. Le Vatican ne pouvait pas l'avoir remis aux
autorités : il connaissait trop bien les implications détestables
de ce document pour les catholiques. Et Razak avait bien fourni
l'original à l'émissaire du Vatican à Rome, et pas une copie.
Enfin théoriquement. Était-il possible qu'un second exemplaire
original existe ? Les probabilités semblaient extrêmement
réduites.
Soudain, la sonnette de la porte d'entrée retentit.

Il n'avait aucun rendez-vous de prévu ce matin. Avec un grognement renfrogné, le vieil homme se dirigea vers la porte alors que la sonnerie insistait.

— Je viens ! hurla-t-il impatiemment.

Ouvrant la porte d'entrée, il fut surpris de voir une camionnette jaune de livraison de la société DHL garée devant chez lui. Le chauffeur palestinien attendait sur le seuil en uniforme, un gros appareil rectangulaire en main. Les cordelettes blanches d'un iPod pendaient de ses oreilles. Farouq fronça les sourcils quand il vit que le jeune homme portait un short.

— Vous devriez mettre des vêtements corrects, grommela le Gardien. N'avez-vous pas honte ?

Le livreur haussa les épaules.

— Vous avez un paquet.

Le visage du vieux dignitaire musulman traduisit sa perplexité.

— Qu'est-ce que c'est ?

— Comment j'pourrais le savoir ? répondit le jeune homme. Si vous signez ici, j'vous l'apporte.

Il présenta à Farouq le bordereau électronique et désigna l'écran tactile. Le Gardien signa avec le stylet plastique qu'il lui tendait.

— C'est gros... lourd, aussi. Où vous voulez que j'le mette ?

De plus en plus inquiet, Farouq se gratta la barbe, un vieux tic hérité de l'époque où il était soldat.

— Dans le garage.

Il l'indiqua du doigt.

— Je vais vous ouvrir la porte.

À l'intérieur, Farouq poussa le bouton d'ouverture de la porte du garage et pesta en se faufilant le long de sa Mercedes détruite. Le seul atelier de carrosserie digne de ce nom dans le quartier était tenu par un juif qui, vu le contexte actuel, avait refusé le travail. Maintenant, ce cauchemar de métal allait devoir rester là tant que Farouq ne trouverait pas quelqu'un pour effectuer les réparations. Un rictus mécontent sur les lèvres, il attendit bras croisés que la porte du garage s'enroule lentement sur ses rouages grinçants.

Le livreur attendait de l'autre côté avec le colis.

Au moment où ses yeux se posèrent sur la caisse, les rides de son visage crispé s'évanouirent. Il s'avança et regarda des deux côtés de la rue étroite.

Le jeune homme déposa le colis sur le sol de ciment du garage. Après avoir rapporté et arrimé le chariot dans la camionnette, il remit le contact et fila.

Circonspect, Farouq examina l'étiquette de livraison. Le colis venait de Rome et l'adresse de l'expéditeur correspondait à une boîte postale. Quant à l'expéditeur, le nom indiqué était celui d'un certain Daniel Marrone.

Soudain le Gardien eut une sensation de vertige.

Il lui fallut dix bonnes minutes pour trouver le courage d'ouvrir la caisse. Et même alors, ce ne fut pas facile. Une fois le couvercle enlevé, il constata que la boîte avait été remplie de plastique à bulles pour protéger son contenu. Quand il enleva cette protection, ses doigts finirent par toucher une surface froide. De la pierre. Un immense abattement s'empara de lui, une écrasante sensation d'échec, de fiasco complet. D'abord le livre. Maintenant... ça ? Après avoir arraché la dernière couche de plastique à bulles, il posa un regard absent sur les magnifiques gravures du couvercle fracturé de l'ossuaire. Il reconnut instantanément le dessin qu'il avait vu dans l'*Ephemeris Conlusio*.

Sans crier gare, des silhouettes se découpèrent brusquement dans l'ouverture du garage.

— Ne bougez pas, ordonna une voix en arabe.

Farouq se redressa de toute sa hauteur et aperçut quatre hommes qui approchaient. Chacun d'eux braquait un pistolet sur lui. Ils portaient des vêtements civils et des gilets pare-balles. Mais le Gardien sut immédiatement qui les avait envoyés. Des agents du Shin Beth. Des fantômes surgis du passé.

— Qu'est-ce qui se passe ? demanda-t-il.

Ari Teleksen apparut au coin de la porte du garage. Un sourire sardonique faisait remonter ses deux bajoues fatiguées. Entre ses lèvres sévères, une cigarette pendait négligemment. Parfaitement conscient qu'il allait offenser le musulman, il exhala une volute de fumée.

— Farouq al-Jamir.

La voix de baryton de Teleksen emplit le garage.

— Je crois que c'est le mode d'emploi pour ce que tu as dans ce colis. Tu l'avais oublié dans ton bureau.

Entre les trois doigts de sa main mutilée, il brandissait une liasse de feuilles sous plastique.

— Si tu préfères l'original, je peux demander à mes amis de l'Autorité pour les antiquités israéliennes.

Le Gardien reconnut immédiatement la photocopie de l'*Ephemeris Conlusio.*

— Exactement comme au bon vieux temps, hein ? ricana Teleksen.

Il souriait largement maintenant.

— Prêt pour une petite promenade ?

Pour la première fois depuis longtemps, Farouq eut peur. Très peur.

Remerciements

C'est avec une immense gratitude que je salue tous ceux qui m'ont inspiré et ont été pour moi une source inépuisable de soutien affectif ou d'informations techniques.

Ma merveilleuse épouse Caroline pour sa patience et ses encouragements et mes adorables filles, Vivian et Camille, qui me rappellent quotidiennement que la famille est le plus précieux des dons.

Mes amis et ma famille – vous vous reconnaîtrez ! – qui ont enduré mes radotages incessants et m'ont procuré les débats stimulants qui ont harmonisé mes pensées et m'ont permis de garder les pieds sur terre.

Mes agents littéraires et amis d'outre-Atlantique, Charlie Viney et Ivan Mulcahy, qui ont cru en moi et m'ont aidé à exprimer tout mon potentiel – Jonathan Conway aussi !

Mon fantastique éditeur, Doug Grad, dont l'incroyable maîtrise de son art n'est surpassée que par l'intelligence... et Alison Stoltzfus qui est parvenue à ajouter encore une pointe de talent à une équipe déjà gagnante.

Et finalement, le remarquable corpus de connaissances que l'on trouve sur les rayonnages, qui se projette sur les écrans des lecteurs vidéo et DVD ou qui parcourt le cyberespace à la disposition de tous. Partez à sa découverte !

Collection Belfond noir

BALDACCI David
- Une seconde d'inattention
- L'Heure du crime
- Le Camel Club

BLANCHARD Alice
- Le Bénéfice du doute
- Le Tueur des tornades
- Un mal inexpiable

CLEEVES Ann
- Des vérités cachées

COBEN Harlan
- Ne le dis à personne
- Disparu à jamais
- Une chance de trop
- Juste un regard
- Innocent
- Promets-moi
- Dans les bois

CRAIS Robert
- L.A. Requiem
- Indigo Blues
- Un ange sans pitié
- Otages de la peur
- Le Dernier Détective
- L'Homme sans passé
- Deux minutes chrono
- Mortelle protection

EASTERMAN Daniel
- Minuit en plein jour
- Maroc

EISLER Barry
- La Chute de John R.
- Tokyo Blues
- Macao Blues
- Une traque impitoyable

ELTON Ben
- Amitiés mortelles

EMLEY Dianne
- Un écho dans la nuit

FORD G.M.
- Déclarée disparue
- Terreur sur la ville
- Cavale meurtrière

GLAISTER Lesley
- Soleil de plomb

GRINDLE Lucretia
- Comme un cri dans la nuit

GRIPPANDO James
- À l'abri de tout soupçon
- Le dernier à mourir

HARRISON Colin
- Havana Room
- Manhattan nocturne

HYDE Elisabeth
- La Fille du Dr Duprey

RIGBEY Liz
- L'Été assassin
- La Saison de la chasse

SANDFORD John
- Une proie mortelle
- La Proie de l'aube
- La Proie cachée

SCOTTOLINE Lisa
- Une affaire de harcèlement
- Une affaire de persécution
- Une affaire de succession

SHEEHAN James
- Le Prince de Lexington Avenue

UNGER Lisa
- Cours, ma jolie
- Sans issue

WALLIS MARTIN J.
- Le Poids du silence
- Descente en eaux troubles
- Le Goût des oiseaux
- La Morsure du mal

Achevé d imprimer au Canada
en mai deux mille huit
sur les presses de Quebecor World St-Romuald